ODYSSEY OF CHINA

九州幻想

·贲书铁券·

新世界出版社
NEW WORLD PRESS

图书在版编目（CIP）数据

九州幻想. 贲书铁券 / 潘海天主编. -- 北京 : 新世界出版社, 2010.2
ISBN 978-7-5104-0816-8

Ⅰ. ①九… Ⅱ. ①潘… Ⅲ. ①长篇小说－作品集－中国－当代 Ⅳ. ①I247.5

中国版本图书馆CIP数据核字(2010)第015486号

九州幻想·贲书铁券

作　　者：潘海天 主编
责任编辑：戚　飞
封面设计：刘　洋
责任印制：李一鸣　黄厚清
出版发行：新世界出版社
社　　址：北京西城区百万庄大街24号（100037）
发 行 部：（010）6899 5968 （010）6899 8733（传真）
总 编 室：（010）6899 5424 （010）6832 6679（传真）
http://www.nwp.cn
http://www.newworld-press.com
版 权 部：+8610 6899 6306
版权部电子信箱：frank@nwp.com.cn
印　　刷：北京中印联印务有限公司
经　　销：新华书店
开　　本：700×1000　1/16
字　　数：300千字　印张：17
版　　次：2010年2月第1版　2010年2月第1次印刷
书　　号：ISBN 978-7-5104-0816-8
定　　价：22.00元

澜州主要城市介绍

【文】胤祥

由北向南方向

天渺：港口，是从澜州到宁州最近路线的起点。第一次人羽战争以羽族战败而告终，羽族军民北渡宁州时正是从天渺港出发。而这次行动能够成功，全赖羽族名将南怀璧因伤退隐后的苦心经营。天渺港也成为羽族南渡时的据点之一。

霍北/斯达克：羽族十城中翼姓羽人的城邦，因良好的位置和水况成为澜州最大的港口城市。也是经由水路通往擎梁半岛航路的枢纽。

宁远/昔兰尼加：羽族十城中风姓羽人的城邦，擎梁半岛重镇。第一次人羽战争后两族停战，澜州划擎梁山而治，羽族第一王朝的部分遗老遗少不愿北渡，在澜州以宁远为中心定居下来，甚至与人族政权和亲（事详莫雨笙《星命如玄前传》）。擎梁半岛也成为日后羽族反攻的根据地。胤朝时成为晋北国的大城市。

高山之城/阿克罗：羽族十城中汤姓羽人的城邦，也是十城中唯一的山城。阿克罗城扼守擎梁山要道，在第一次人羽战争中，羽族军民北渡成功的重要原因是阿克罗城启动古老秘术引发火山喷发，炸毁擎梁山交通要道，使得人族大军不能通过，汤姓羽族因为做出的重大牺牲而受到其余羽人的敬仰。

金河七城：第一次人羽战争后，由人族在销金河流域建立的七座城市，沿销金河流向依次是云陆、青岳、康城、松卫、新叶、浅川、抚阳，人族后来建立的燕国定都云陆。在第二次人羽战争中均毁于战火。公子木《术世 · 太阳之 》中提到抚阳和新叶被屠城，莫雨笙《星命如玄》的主要故事发生在云陆城。

永恒之城/秋叶：羽族的都城，羽王与鹤雪团的长居地，城外不远处则是羽族的宗教圣地神木原。在第一次人羽战争中毁于战火。胤朝时成为晋北国的都城。秋叶并不属于任何一个城邦，十城选王开始之后，所选出来的羽王无论是何姓氏，都必须进驻秋叶城，在贲朝的很长一段时间内，由于羽王均由羽氏担任，所以秋叶城常被误以为是羽氏的城邦，其实不然，秋叶属于整个羽族。

迷雾之城/雾水/苏西斯：羽族十城中羽姓羽人的城邦，在第一次人羽战争中毁于战火。

瑞特恩：羽族十城中鹤姓羽人的城邦，山城，在第一次人羽战争中毁于战火。

八松/塞撒尼：羽族十城中云姓羽人的城邦，第一次人羽战争后人族在塞撒尼城的基础上兴建了八松城，胤朝时成为休国的都城。

天水：夜北高原上唯一的城镇，是第二次人羽战争前由人族燕国政权内部的反政府军建立的根据地（事详莫雨笙《星命如玄》）。

锁雁关：反政府军在夜北高原陆路的唯一出口处建立的关隘，后来在其周围逐渐也形成小型的城镇（见莫雨笙《星命如玄》）。

千骑之城/斯特兰：羽族十城中经姓羽人（纹面羽）的城邦，羽族唯一的骑兵部队所在地，扼守晋北走廊要道，是自中州经锁河山前往澜州的唯一官道的必经之地。在第一次人羽战争的开始前即有小规模战事（事详塔巴塔巴《冲锋》），而因羽族内讧，纹面羽一夜被屠杀殆尽（事详塔巴塔巴《弯刀之夜》），这使得澜州门户大开，可以说斯特兰城一毁，整个澜州门户大开，“弯刀之夜”也在根本上左右了人羽战争的局势。此后历朝历代斯特兰城都成为军事要地。晟朝末年蛮族南下，牧云氏主攻的澜州一线正是从泉明渡海，经斯特兰而进入中州。

夏阳/鲁斯宾那：羽族十城中纬姓羽人的城邦，在晁王朝的人族城市基础上兴建，纬姓羽人重商贸轻军事，第一次人羽战争后随羽族北渡，城邦并未受到破坏。此后夏阳成为澜州东部重要的港口。

艾尔斯：羽族十城中雪姓羽人的城邦，地处丛林之中，第一次人羽战争中首先遭到焚城的羽族城市。

浔洲/杰尔巴：羽族十城中天姓羽人的城邦，地处夜沼东南部，衢江上游。第一次人羽战争后成为南部澜州的重要城市。

天渺
昔兰尼加/宁远(风)
擎梁半岛
霍北/斯达克(翼)
高山之城/阿克罗(汤)
抚阳
销
擎
梁
山
浅川
新叶
永恒之城/秋叶(羽)
松卫
康城
迷雾之城/苏西斯/雾水
瑞特恩(鹤)
青岳
宣武王陵
临峪堡
云陆
八松/赛撒尼(云)
锁雁关
河
走
马
山
夜北高原
天水
辟
先
山
晋北走廊
朱颜海
兰泥镇
千骑之城/斯特兰(经)
若感峰
羊齿峰
夏阳/鲁斯宾那(纬)
夜
沼
鎖
河
山
艾尔斯(雪)
浔州/杰尔巴(天)
遂
顺
川
定
南
江
蘅
江
沧
江

未来将至

【文】今何在

《2012》，全世界的富人们乘上了中国造的船，而穷人们除了几个关系户，全淹死了。如果有续集，也许是大佬们把船门一关，想出去再交十亿欧元。上来那是船票，没告诉你还有燃油附加费、船只养护费、尸体打捞费吗？

《阿凡达》，地球人在这电影里终于比外星人牛叉了，结果终于被外星人打败了。看来美国人对越战的噩梦，会一直延续到几百年后。你没发现伊拉克和阿富汗都没有树么？

不得不佩服，人家大片的剧本写得真好，深刻、直指人性。

《2012》：大家都死了就我活着，还顺便占了别人老婆。

《阿凡达》：抢了别人女朋友还当了别人国王占了别人家产，然后把和自己竞争这个星球的前同事全干掉了。

《泰坦尼克号》：抢了别人老婆还拿了别人的大钻石，不过倒霉的是那船沉了。《2012》和这故事的唯一区别就是他们改用中国船了，而《阿凡达》和这故事的唯一区别就是他们改泡外星人了。

再看看咱中国人拍的这些片子：

《十月围城》：全死光了就剩一配角还是个通缉犯，只能逃去外国了。

《三枪拍案惊奇》：全死光了剩一老板娘还是个通缉犯，只能逃去西域了。

不好意思其它片子我因为支持正版不买盗版所以没看。

如果给中国人十亿美金，让中国电影人来拍一部科幻大片，会是什么剧情呢？来假想一下。

陈导版《2012》：全球大地震，但因为中国科学家发明了圆环套圆环的建筑结构，全世界房都倒了，此间风景独好。全世界人民高兴地说：跟着你，有肉吃。

张导版《阿凡达》：潘多拉星球上一棵树也没有，完全是西北风光，但住着一群热爱二人转的东北“银”。这一天，邪恶的波斯人带着大炮火枪来到了他们村，要把火炮卖给他们。讨厌工业文明的潘多拉村人愤怒地拒绝了大炮，只挑了一把火枪，然后为了这把火枪，全村人内讧，都死光了。

何导版《绿客帝国》：一百年后，科技发达了，人类所有的内心活动都可以被感知，每个人的大脑都接入了无所不在的绿色网络，谁想了什么其他人立刻可以知道。于是再也没有人敢动坏念头了，再也没有人敢腹诽老板了；哪怕是地铁上看见美女动了一点歪念头，立刻就得挨一耳光；想扁人，拳头还没握起来就先被指控；想抢银行，买长筒袜的时候就被售货员扭送法办；想买房但是没钱，站在售楼部外面多一秒也会被保安赶走。于是整个社会再也没有犯罪了，一切都透明了，大家的思想都纯洁了，人人见面堆满微笑礼让三先，内心空空如也，一切完美了。

- THE END -

九州幻想 目录

《童谣》纯真少女，尘世初涉；踏破铁鞋，终不悔。异族老汉，隐居十年，连环作案为哪般？

——老鱼

现在，你应该捡起之前攒着没看的《24格每秒天堂》从头看起了。这是潘海天最近七年来最精彩的科幻小说。提示：尤其对于看过大量外国影片的读者来说。

——阿豚

读《铜镜记》的阅读语感非常顺畅，这是在西式白话文出现之前我们所固有的文本逻辑，给该文所配的插图也非常cute。

——阿豚

刘慈欣展示了他宏大叙事的黑色幽默一面，世上没有无缘无故的爱，也没有无缘无故的恨，诅咒软件的诞生，其实是具象化了人心中报复的欲望之魔，这种魔鬼的报复在新时代的电子世界中，展现出只有科幻小说才能表达的黑色喜剧效果。

——阿豚

看完《暗月之痕》，再次加深了我的一个观点，那就是——男人的痛苦都是因为女人啊！

——恰好

谁说的，陆伯言的痛苦就不是因为女人！男人的痛苦缘于理想，理想，理想！

——加菲

Nursery rhyme 【文】唐缺

九州 童谣

多兰斯城邦的阿克西
是谁杀了你？
——是我的父亲
他把我头朝下高高吊起
多兰斯城邦的阿克西
是谁杀了你？
——是我的母亲
她把我的头按在水里
多兰斯城邦的阿克西
是谁杀了你？
——是我的父亲和母亲
他们把我头朝下高高吊起
把我的头按在水里
他们看着我停止呼吸
然后命令我
夜深之后去找你
快开门 快开门
我是多兰斯城邦的阿克西

——羽族童谣《多兰斯城邦的阿

1

天色渐渐明亮起来，阳光照进了这座天启城里的宏伟宫殿。天启的旧皇城本来就很具规模了，但我仍然下令修建了这座新殿，不为别的，只为了它前所未有的高度，可以俯瞰一切的高度。

我披衣起身，离开床上肌肤雪白的赤裸女子，慢慢拾级而上，站到了天启城的最高处。在我的眼前，壮丽的朝霞之下，九州历史上最伟大的帝国犹如一幅缓缓展开的画卷，让我的心胸中激荡着难以言说的豪迈。

三十年，我用了整整三十年的时间，才完成了征服九州的大业，完成了这个几千年来都没有人能够完成的奇迹。华族、蛮族、羽族、夸父、河络……所有的种族，所有的国家，所有的城邦部落，我的敌人们一个个臣服于我的脚下。即便是海洋的主人鲛族，也不得不在我的海船下俯首称臣。

回想起十六岁提起一把生锈的马刀起事时的场景，仿佛还在昨天。三十年间，多少往事化为寂寞的烟尘。我在心里默默历数着那些曾和我一同奋战过的同伴们，他们中的很多都不在了，还有很多从我的朋友转变为我的敌人，在战场上与我刀兵相见，而彼时的我，早已麻木于无穷无尽的杀戮，甚至无暇去想一想是否应该对昔日的战友网开一面。从越州到中州，再到宛州、殇州、宁州……上百万人的鲜血和尸骨才成就了我今天的帝业。但我不会为此感到丝毫的内疚，一将功成万骨枯，那些微不足道的生命，正是因为我的胜利才有了价值。

“陛下，当心着凉。”女子不知什么时候也跟着起身，来到我的背后。她体贴地把一件白狐皮裘披在我的身上，猎杀上千只白狐才能制成这样的狐裘。我没有动，享受着她的侍奉。每一天晚上，我都会换一个不同的女人来陪我，不过这一个，显得特别美丽，似乎有些与众不同。也许我可以多留她几天。

我微微一笑，握住了她的手：“你叫什么名字？”

“岑旷。”女人带着醉人的媚态回答，简直能让人骨头发酥。

“这很像是男人的名字啊，”我若有所思，“你果然是个不一般的女人。”

2

退出这段梦境后，岑旷站起身来，下意识地向后退出一步。

“怎么了？被吓着了？”叶空山眼睛都没睁开，懒洋洋地发问。

“没什么，就是在别人的精神里看到自己，而且还光着身子，实在有点不习惯。”岑旷老老实实地回答。

叶空山的脸上没有丝毫羞惭：“所以我才让你阅读一下我的梦境。要了解人类，就要从他们最基本的思维方式开始着手。”

“原来你们男性人类的梦境就是这样的，”岑旷吁了一口气，“成就霸业，占领天下，杀死一切看不顺眼的人，再把所有的财富和女人都收拢到自己的手里。”

“大同小异，不过你总结的这几点还算到位，”叶空山说，“我早就建议过，要了解我们人类的文化，还得多读一些坊间流行的小说。你要是积累了一定的阅读量，就不会对刚才的梦境感到奇怪了——这年头一百本小说，九十九本都是帝王争霸，打斗厮杀，英雄美女爱来爱去，还都是些动不动就脱衣服的美女。”

“欲望。”岑旷想了一会儿，说出这两个字。

叶空山满意地点点头：“没错。所谓欲望，就是对自己得不到的东西的渴求。你看看那些每天辛勤工作六七个对时、被监工抽得满身鞭痕还不敢还嘴、连媳妇都娶不起的穷汉们，下工之后找点这些小说来读，在臆想中自我代入——赚钱、娶十七八个漂亮老婆、把监工切成碎块油炸了下酒，也是一种蛮不错的娱乐方式么。”

“可是……你梦里的那个女人，为什么会是我的脸？”岑旷又问。

“因为你长得漂亮嘛，”叶空山耸耸肩，“我总不能想着隔壁卖花生大妈的脸吧？”

岑旷好像懂了，犹豫了一下，又补充说：“不过有一点，在你的梦里，最后我脸上的表情，真是很……很好看，可我从来不记得我曾做出过那样的表情。你们男人的想象力真是丰富。”

岑旷是一个魅，以女性人类为模板凝聚而成的魅。从凝聚成功之后开始，她就产生了对人类强烈的兴趣，并渴望能了解这个种族。由于她具备阅读他人思维的强大精神力，青石城的老捕头黄炯收留了她，本来想让她协助办案。但岑旷在凝聚过程产生了一些要命的缺陷：她的内心过于单纯，甚至于不会说谎，而人类的思维活动是狡黠的、复杂的，充满了歧义、错觉和欺骗，使她很难完全施展自己的身手。于是黄炯把她交给了捕快叶空山，试图让这个衙门里最奸猾、最一肚子坏水的家伙来教会岑旷识别人心的诡诈。

不久之前，两人刚刚一起侦破了差点把黄炯吓死的青石城鬼婴案，但这并没有让岑旷长太多信心。在鬼婴案中，岑旷成功切入了嫌疑人的精神，读取到大量的记忆片段，却并没能够成功解读，最后还是多亏了叶空山从岑旷的叙述中听出关键，解决了这个案子。好在岑旷心机足够单纯，也并没有觉得有多么气馁，仍然踏踏实实跟着叶空山学习。

“别着急，你虽然傻头傻脑，但也是有利有弊，”叶空山对岑旷说，“它保证了你精神力的足够纯粹，才能完成对头脑健全的人使用读心术这样几乎不可能的工作。一般的魅在很短时间内就能融入其他种族的社会，但他们也不可能具备你这样的能力。”

“我宁可没有这种能力，”从来不说谎的岑旷回答，“我现在运用这种能力给你当助手，也不过是无法揣摩人心的无奈之举。”

“你已经学会了人类的一个大优点，”叶空山一本正经地说，“卸磨杀驴。这正是现在在门口偷听的那个老头子最爱干的事，他今天一定又找到什么借口来扣我薪水了。”

话音刚落，捕房的门被推开了，满脸不悦的黄炯钻了进来，在椅子上一屁股坐下：“别忘了，老子也经常煞费苦心保住你的饭碗。”

“那今天你打算往我的饭碗里添点什么作料呢？”叶空山问。

“有一桩很麻烦的案子，我担心别人处理不好，还得你出马，”黄炯说，“刚刚发现的一起杀人案，现场留下了一些羽族文字，看起来好像是什么羽人的符咒。我派你去，不仅因为你看得懂羽族文字，更重要的在于现在正是人羽关系高度紧张的时候，上头不希望这件事演变成为战争的导火索，所以你得灵活处理。”

“我最不喜欢‘灵活处理’这四个字，”叶空山懒洋洋地站起来，“通常上级所要求的‘灵活处理’，其实就是‘谨慎谨慎再谨慎’的平方。”

“你说对了。”黄炯板着面孔。

杀人现场保护得很不错，这大概是因为死者的情形过于诡异，以至于根本没人敢靠近。叶空山对此感到很满意，他环顾了一下这间装饰得富丽堂皇、摆满古玩字画的卧室，对岑旷说：“看见了吗？这就是最典型的暴发户，有点钱都要摆在台面上，恨不能抱着金子睡觉。但你一定要明白，这样的生活一般人会在口头上鄙视，而心里无比地羡慕……”

但岑旷并没有留意到他在说什么，注意力完全被那具尸体吸引过去了。死者是个男性，穿着昂贵的丝绸睡衣，双腿被一根绳子牢牢捆住，把身体高高地倒吊起来，悬在房梁上，就像是一块挂在房檐下的摇来晃去的腊肉。而他朝向地面的头则浸在了一口装满水的大水缸里，不知道这会不会是他的直接死因。

岑旷看着死者被反绑在背后的双手，已经由于和绳子的剧烈摩擦而擦破了皮，绳子上沾着不少已经干掉的血迹。她想象着死者的头颅在水中无法抬起，全身不停挣扎，却终究无法逃脱溺毙而死的场景，心里就像有虫子爬过，非常不舒服。

由于身体倒吊，死者身上的衣服倒卷了下去，露出背脊上一片红色的印迹。岑旷靠近一看，那是一些曲里拐弯的文字，并不是东陆文，而是羽人所使用的华丽轻灵的象形文字。

“认识吗，好学的岑小姐？”叶空山一边打量着这些字，一边问岑旷。所有的字都是用针尖之类的尖锐物体直接刺在皮肤上的，暗红的色泽令人触目惊人。

“我正在开始学，但还不太熟，”岑旷努力辨识着，“多兰斯城邦……多兰斯城邦的……阿克西……是谁……杀了你？

叶空山微微一笑，很流畅地念了下去：“多兰斯城邦的阿克西，是谁杀了你？是我的父亲，他把我头朝下高高吊起；多兰斯城邦的阿克西，是谁杀了你？是我的母亲，她把我的头按在水里；多兰斯城邦的阿克西，是谁杀了你？是我的父亲和母亲，他们把我头朝下高高吊起，把我的头按在水里，他们看着我停止呼吸，然后命令我，夜深之后去找你。快开门，快开门，我是多兰斯城邦的阿克西。”

“你真厉害！”岑旷不得不佩服，“那么快就能译出来。”

“不是我厉害，而是这玩意儿我很久以前在宁州游荡的时候就听过，”叶空山回答，“这不是什么符咒，只是一首童谣，流传于多兰斯城邦一带的童谣，一般被人们称为《多兰斯城邦的阿克西》。”

“童谣？”岑旷回味着这些文字中流露出的恐怖氛围，“为什么会有那么可怕的童谣？”

“关于这首童谣，倒是有过一些传说，”叶空山仔细验看了尸体，招呼仵作把尸体解下去检查死因，回过头继续对岑旷说，“据说在多兰斯城邦有一个羽族小孩，饱受父亲、继母和继母儿子的欺凌。有一天，他忍无可忍，拿起一把刀砍伤了继母的儿子，第二天就传出了他的死讯，他的父亲声称他掉进河里淹死了。当然了，事实真相如何，谁也无法探究了，但从此之后，这首童谣开始到处流行，而这个孩子的家人，在某一个暴风雨之夜神秘地全家暴毙，死因……和你眼前看到的这一幕完全一样。每一具倒吊着的尸体的身上，都刻着这首童谣。”

岑旷打了个寒战。

死者名叫严于德，四十二岁，正如叶空山之前所说，是个做玉石生意的暴发户，家里娶了三房妻妾，不过并无子嗣。而仵作也很快查明，严于德正是被溺死的，死亡时间就是前天夜里。据说当时他的脾气出乎意料地暴躁，赶跑了身边所有的人，一个人呆在那间宽大的、隔音效果挺好的卧室里，一夜都没出来。一直到了早上，里正跑来根据近期法例登记家里的人口，人们敲门没有应答，强行撞开门，于是发现了现场惨状。也就是说，暂时找不到案发时的目击证人。

一个很具有讽刺意义的现象是，丈夫死了，妻子通常会成为最重要的嫌疑对象，尤其对于严于德这样很有钱的丈夫和他那三个只对他的钱有很深厚感情的妻妾。严于德尸骨未寒，三个女人已经开始为了瓜分财产的事情打得不可开交，叶空山见到她们的时候，三人都是怒气冲冲、披头散发，显然是分赃不均。但在严于德的死因方面，她们的口径惊人的一致：不知道。

“昨晚老爷不知道为了什么，发了老大的脾气，”严于德的大房用拉家常一般随意的口气说，“我们三个要陪他，一个都不让，还把我们都撵出去了。”

“那你们做了什么？”叶空山问。

“还能做什么？凑在一起打打牌呗，”二房接口说，“女仆们都可以作证。”

岑旷问了一圈，女仆们果然都说，三位太太聚在一起打牌打了一夜，直到早上发现严于德的尸体为止。她虽然并没有用读心术，但按照叶空山教给她的一些简单的判断方法，觉得女仆们所说都是真话。而问遍了严府上下的其他人，也都一无所获。

“怎么样，能想到点什么吗？”叶空山问岑旷，“不要紧，证据这种东西，就像树上的叶子，迟早有被风刮到地上的一天。不过这起案子很有趣，你可以锻炼一下你推理的能力。随便想，随便说，就当是在讲故事好了。”

岑旷皱着眉头：“抱歉，我没法随便说，你知道我从来不擅长空想。我始终不太明白，严于德是一个人类，怎么会和羽族的童谣牵扯到一起？而且把这首童谣刺在他身上能说明什么？”

“童谣是一种很有意思的象征，”叶空山说，“就像这一首《多兰斯城邦的阿克西》一样，童谣并不都是纯真无邪的，正相反，许多童谣都包含着杀戮的气息和阴郁的恐惧。正因为如此，很多带有黑暗气息的童谣，非常受疯子们的青睐。”

“疯子？”

“疯子，疯子杀人犯，疯子杀手，”叶空山阴森森地露出一口白牙，“某种程度上，那些具有奇特的杀戮欲望的人，都是大部分心智还没有长齐的孩子，那些童谣中简单而残酷的美感，也许恰好能击中他们的脆弱之处。”

“你又提到了欲望，”岑旷说，“杀人也能演变成为欲望吗？”

“万事万物都能演变成欲望，”叶空山说，“就好比你，了解人类也能够成为一种欲望。同样的，什么童谣啦、诗文啦、箴言啦，很多时候都能成为一种欲望的宣泄口。一个内心极度压抑的狂徒，或许会从那些文字与歌谣里找到指引自己前进的方向。比如说，有些凶犯会这么想：童谣是神给我的启示，我按照这首童谣的指令，完美地再现这一场景，就能得到神的救赎。”

岑旷点点头又摇摇头，看着叶空山站起身来：“你要干什么？”

“谈天扯淡结束，做点正经事去，”叶空山说，“我得去查一查这个严于德的背景。”

“那我呢？我做点什么？”岑旷问。

叶空山想了想：“你到城东的羽人聚居区，和他们聊聊天，看看关于这首童谣，他们能不能告诉你更多的相关信息。”

“我一个人去？”岑旷一愣。

“就是你一个人，”叶空山神气活现地说，“总不能一辈子都让爸爸扶着你走路。”

3

叶空山说得轻巧，岑旷走进这条聚居着青石城大多数羽人的街道时，还是感到相当紧张。羽人们看她的目光是冷漠的、戒备的，这更让她浑身上下针扎一样的不舒服。

我到什么地方都是个异族，她莫名其妙地想，无论对于人类还是对羽人。她想起前几天，街上的里正带着个衙门里的文吏，挨家挨户登记各家的人口状况，凡有外族人都要重点记录。岑旷虽然跟着叶空山，却并没有衙门的正式编制（身上的腰牌也是叶空山动手给她做的假的，黄炯睁一只眼闭一只眼假装没看见），被他们盘问了好久。

衙门如此大费周折是有原因的。这段时间的人羽关系相当紧张，两族在贸易方面产生了剧烈的摩擦，各自宣布了无数禁运禁贩的货品，下头的普通生意人也憋着气，甚至有某些商会商号直接动了刀子，死了一些人。岑旷听叶空山讲过，九州大地上的事情大致如此，打打停停，停停打打，即便曾有过连续几百年没发生大型战争的好日子，各种小规模战斗也未曾停止过。二十多年前，东陆的皇帝北征蛮族、南伐鲛人，打得民不聊生。现在好容易清净了二十年，难道新皇帝又要对羽族动武？

“喂，你已经在这条街上转了三个来回了，到底想干什么？”这一声粗暴的喝问打断了岑旷的思绪。她回头一看，一个中年羽人已经带着三四个年轻羽人围了上来。在这种情况下，按理说她应该编造几句谎言搪塞一下，但不幸的是，我们的岑旷小姐由于凝聚时的先天缺陷，完全不会说谎。她犹豫了一下，决定不予回答，因为叶空山总是强调办案时隐藏身份的重要性，但她一旦开口，身份就非得暴露不可。

羽人们见她一言不发，以为她心存蔑视，更加恼火，一个年轻人毛毛躁躁地伸手就去抓她的胳膊。但刚刚碰到岑旷的衣袖，他就忽地脑子里一片空白，一瞬间失去了意识，昏倒在地上。

“杀人啦！有人类跑到我们这儿来杀人啦！”羽人们叫喊起来，很快街面上呼啦啦涌出一大帮子人，把她围在了当中。岑旷正在手足无措，羽人们却忽然安静下来。一个领袖模样的羽族老者拄着拐杖，慢慢走到她跟前。

“你对他做了什么？”他先指着倒在地上的年轻人严峻地问。

“他想要攻击我，所以我暂时封闭了他的意识，”岑旷说，“大约半个对时后，他就能醒过来。”

“那你是来做什么的？”

岑旷又是一阵犹豫，但看形势不说也不行了：“我是一个捕快，来这里想了解一些和《多兰斯城邦的阿克西》有关的情况。”

这句话仿佛具有奇怪的魔力，羽人们都静了下来。老人打量了一会儿岑旷，哑然失笑：“你不是人类，你是一个魅！”

“我是魅。”岑旷点点头。

“怪不得，”老人的面孔温和多了，“我想也不会有人类跑到这儿来闹事。看来你倒是挺诚实的，诚实到不怕在这里丢了小命。”

“你错了，其实我很怕丢掉小命，”岑旷说，“但我还是不得不诚实。”

“那就对了，”老人点点头，“你要是说了半个字的谎话，恐怕就只能躺着出去啦。”

羽人的茶有一股树叶的清香，让岑旷略微安心了一点。这位老人无疑在羽族聚居区很有威望，岑旷跟着她进到这间被装潢成茶室的树屋后，其他茶客都一言不发地迅速离开，没有人敢于上前打扰或者在远处窥视，这也让谈话氛围慢慢轻松起来。

“关于这首童谣……”老人沉思了一阵子，“已经流传了很多年了吧，在我小的时候就曾听我祖母讲过。这里头还藏着一个故事呢。”

“是讲一个孩子被父母杀死的故事吗？”岑旷把叶空山告诉他的那个传说复述了一遍。

“他毕竟是个外族人，其实并没能听到全部，”老人摆摆手，“有关于这个故事，其实还有一点隐藏得很深的隐情。你知道它流传得最广的时候，是在什么年代吗？”

岑旷摇摇头，老人的眼神里骤然间多了几分沧桑和隐隐的愤怒：“是在上一次人羽战争的时代。而这个故事，与其说是一个纯粹用来吓人的童谣，倒不如说是用来警示族人的警钟。”

“警示族人？”岑旷不大明白。

“在那个故事里，杀害了阿克西的继母的，是一个人类，”老人已经迅速收起了刚才无意间流露出的一丝愤怒，表情显得淡泊而从容，“阿克西的父亲续娶了一个人类，结果给家庭带来了巨大的不幸。这首童谣其实是在提醒羽人，永远不要相信人类。”

“这么说，把这首童谣刻在人类的身上……”岑旷心里一紧，有些明白了。

“我并没有那么说，”老人微微一笑，“童谣只是童谣，传说只是传说，而杀人案最需要的是证据。不过我建议你，不要过于相信人类。在他们眼中，我们永远都是异族，永远只会是危险的敌人或者可以利用的对象，而不是真正的朋友。”

岑旷沉默了一会儿，慢慢说：“也许你说的是对的，但我还是觉得，我可以和人类做真正的朋友。”

“你果然诚实得很啊，”老人叹息着，“那就走你自己的路吧。”

回到熙熙攘攘的人类街道，岑旷仍旧觉得心里沉甸甸的，好似压了一块石头，一些很不妙的联想不断地窜上来。但在回到衙门的时候，她不得不暂时把那些乱七八糟的思绪放下，因为叶空山的景况吓了她一大跳。

叶空山三十出头，没有家室，所以在捕房里摆了一张床，经常不回家睡。此时他就躺在那张床上，满身血污，嘴里不住地哼哼唧唧，左眼肿的老高。上司黄炯站在床边，正在严词厉声地呵责他。

“我这张老脸算是被你丢尽了！”黄炯的表情看上去简直活像他自己挨了打，“一个受了十多年培训的捕快，被几个喝醉了酒的地痞打到遍体鳞伤。现在我在衙门里已经成了笑话了，别人都在夸奖我带队有方，培养出你这样的杰出人才！”

“怎么了？你被谁打了？”岑旷连忙从抽屉里找出伤药，坐到床边替叶空山涂抹。

“哦，没什么，遇到几个小地痞而已，”叶空山用虚弱的声调说，“这个故事教育了我们，办重案的捕快应当注意身份，就不该去管酒醉滋事之类的小闲事，不然反而容易惹祸上身……”

岑旷扑哧一笑，这句话已经能充分说明之前发生的一切了。黄炯还是很愤慨，嘴里嘟嘟囔囔抱怨个不停，甚至表达了希望地痞们下手再狠点的恨铁不成钢之情。奇怪的是，一向以招惹黄炯为乐的叶空山这一次却不声不响，任由黄炯数落个够。等到老头儿带着一脸不依不饶的表情摔门出去，他忽然从床上坐了起来：“差不多了。晚上陪我抓人去。”

岑旷一愣：“你没事儿？”

“我是故意被他们打的，”叶空山活动着肩膀，“今天下午，你去找羽人们的时候，我也没闲着，去调查了一下严于德最近的商业往来。我找到了他的合伙人，也见到了账本，却发现账本上有作假的痕迹。”

“作假？”岑旷的反应倒也不慢，“就是说他近期的生意有点问题了。这么说来……会不会和凶杀案有点联系呢？”

“很难说，但我刚刚离开没多久，就被那群地痞打了，这样的巧合很像是某种暗示、或者说威胁，”叶空山龇牙咧嘴地说，“所以我干脆就装作不敌的样子，让他们揍了一顿，以便麻痹他们。”

“原来你是故意挨打的，你怎么不和黄捕头解释一下呢？”岑旷恍然大悟。

“因为我接着要干的事情有违律法，他一定不会批准，”叶空山说，“再说了，他对我的实力判断倒也差不多。虽然我从小到大练就了一身挨打的好本事，这一点皮外伤对我而言完全不算什么，但要打别人，我的确是很不在行。真动手和那几个地痞打的话，充其量也就半斤八两。”

“人类的捕快，大多都是你这种武艺的吗？”岑旷问。

“倒不是，我只是其中特别不能打的而已，”叶空山没有半点惭愧，“我一向认为，办案最要紧的是要靠脑子，光凭着四肢发达是什么都干不成的。”

“逻辑有问题，”岑旷说，“练武也并不就意味着‘光靠四肢发达’。”

“这会儿你又聪明起来了！”叶空山一瞪眼，“抓紧休息休息，今晚陪我去抓人。不对，既然你对我的武艺那么鄙视，我应该说‘今晚替我去抓人’。”

玉石商文瑞这一天看上去颇有些心绪不宁。合伙人严于德刚刚死掉，当天下午就有捕快上门摸底，这更让人们把目光都聚焦在了他的身上。而他也并没有闲着。捕快前脚出门，他后脚赶紧授意手下豢养的流氓跟上去，装作是酒醉闹事，找茬把那个捕快臭揍了一顿，看架势应该打得那厮十天之内起不了床。

除此之外，他还做了一些其他的事情。文瑞在晚间之前打发走了商号里的其他人，早早关门，将自己关在房里，生起火盆，然后从书柜后的暗格里找出一叠文书，准备扔进火里焚毁。这时候他隐隐听到屋外有人走动，似乎有一个人影在窗外一晃。

文瑞连忙把文书塞进柜子里，小心翼翼地开门一看，除了一阵凉风吹过，并没有什么人。他摇摇头，关门回去，取出文书后重新坐下，看着眼前烧得红亮的炭火，叹了一口气，把手里的纸张一张一张扔进火盆，看着白色的纸页迅速变黑，化为死无对证的灰烬。他松了口气，斜靠在椅子上，一边吸着烟，一边思考着之后的对策。

慢慢地火盆里的炭火逐渐熄灭，不再散发出热力。文瑞拍拍手，站起身来准备收拾火盆，但就在他低下头的一瞬间，他的身子僵住了。

火盆里面没有纸灰，只有烧光了的炭。可是他刚才明明亲手把文书都扔进去了。

文瑞呆呆地站在那里，百思不得其解，正在纳闷，身边有人拍了拍他的肩膀。文瑞大吃一惊，猛一回头，正看见白天找他麻烦的那个自称姓叶的捕快。现在这家伙脸上还带着几块淤青，但看起来精神健旺，一点不像下午被打得半死时的德行。

更糟糕的是，该捕快的手里赫然就捏着他的文书，那些分明已经被烧毁的文书。文瑞张大了嘴，不知所措，跟在叶捕快身后的另一个蛮漂亮的女捕快开了口。

“只是一点精神幻术而已，”她说，“你开门的那一下，我已经从窗外跳进去了，拿走了你的文书。你后来以为自己烧掉了它们，但其实你手里什么都没有。”

“所以现在证据都在我手上了，”叶捕快一边用他那种死人都能被气活的恶心腔调慢吞吞地说着，一边翻看着那些文书，“难怪不得你不敢说真话呢。你和严于德居然违反国家律法，私自进行被明令禁止的民间商人和羽族之间的玉石生意。乖乖，真不知道杀严于德的人知不知道这一点，否则不用他动手，你们俩按律都该斩首。”

4

白纸黑字，铁证如山，文瑞就算再狡诈也没办法过多抵赖。加上叶空山公然违反衙门的规定，并没有按照法定程序进行审讯，也让他失去了拖延时间的机会。

“你们这些有钱人，犯了点事就总会通关系、找状师，一点一点抵赖，赖到最后无罪释放为止，”叶空山手里端着酒杯，看都不看被牢牢绑在柱子上的文瑞，“所以我不会给你这个机会的，要么今晚说出来，要么你就一直在这根柱子上享受吧，看你能挺到什么时候。”

文瑞还没来得及开口说话，叶空山已经抢着又说出了下一句：“打算威胁我么？不妨告诉你，老子当捕快当了十多年，前前后后被解雇过六次了，再来一次也不在乎。你最好还是乖乖合作，我只是想弄清楚那起杀人案而已，其他违法的事情我都可以装作没看见。”

他的最后一句话无疑起到了很好的效果，文瑞耷拉着脑袋，无可奈何地开了口：“没错，我们违反了国家的禁令，把玉石走私出去卖给了羽人，从中赚取高额的差价。昨天你来找我问话的时候，我担心会惹麻烦，所以没有把真的账本给你看。”

“不止如此吧，”叶空山说，“根据这些真实的交易记录，你们在最近一个月内突然降价抛售，迅速卖光了在宁州的库存。而如果按照原价稳稳当当地出售，你们至少能多赚七成。这到底是为了什么？”

文瑞支支吾吾地回答：“这个么……近期风险太大了，官府查得很紧，我们也赚足钱了，不敢再做，所以抛掉存货收手了，反正就在宛州踏踏实实做生意也一样有赚头。”

这个回答显然并没有实话实说，但叶空山再要追问，他就死活不说出更多的内容了。而叶空山毕竟也不能真的严刑逼供，或者把他无限期地关押下去，看看天已经亮起来，还是只能选择放人。

“要不然我去探查一下他的精神？”岑旷跃跃欲试。

叶空山考虑了一会儿，还是摇摇头：“这个人太狡猾了。在他神智完全清醒的状态下，你光是侵入就很困难，也极可能被他设置的虚假记忆所欺骗。再等等吧。反正他有把柄抓在我们手里，也绝不会敢去告官的。”

岑旷很不甘心，却也不敢擅自行动，只能按照叶空山的要求去监视文瑞的动向。文瑞倒是并没有其他特别的举动，只是又加雇了几名护院，不知道是为了防杀手还是防捕快。岑旷经过一番谨慎的对比，认为二者可能性均等。

但叶空山却不见了。他在桌上扔下一张纸条，同时给黄炯和岑旷留了言。对黄炯，他很简单地说，他要暂时离开青石几天，调查一些线索，过几天就会回来；对岑旷则加了一句不知是提醒还是勉励的话。

“这几天就靠你了，多动自己的脑子，少碰别人的脑子。”岑旷念出了这句话，然后发现黄炯压根就没有听。老头儿气得全身的每一块肥肉都在颤抖：“这个王八羔子，关键时候开小差！他是在把这件案子当成儿戏吗？这案子不解决妥当，说不定会惹出大麻烦的！”

黄炯没有瞎说。虽然官方努力封口，但所谓纸包不住火，“一个人类被按照羽族童谣的方式谋杀”的消息仍然不胫而走。尽管凶手并未被查明，各种谣言已经扑打着漂亮的翅膀飞遍了青石城，有人觉得这是羽族对人类的报复，有人觉得这是人类冒充羽人干的，言下之意是说国家在为开战故意造势。在各种流言的中心，是焦头烂额的黄炯，战争的走势如何就取决于他的结案报告了，可叶空山偏偏在这时候悠悠闲闲地消失了，难怪他大光其火。

“我觉得你应该相信他，”岑旷劝慰他说，“叶空山虽然最喜欢胡闹，但据我所知，他还从来没有耽误过任何一桩案子。你每次替他挡灾，不外乎都是些在家睡懒觉不上工、喝醉了酒往衙门大门上乱涂乱画辱骂城守之类的事，但从来没有办案不力。”

“好吧，我姑且信任他一回，”黄炯唉声叹气，“但这案子上头催得很急，我最多再给他三天时间，三天后他不回来，我就另外换人。而他……必然会被撤职，十个我也保不住他。”

这番话让岑旷感到了沉重的压力，她反复读着叶空山给她的那一句话，忽然间有点明白了其中的含义：叶空山想让她试一次独立面对迷局，让她不要总想着自己的读心术，而是尝试从读心术之外的角度去努力。

你不是一个用来探查他人精神的工具。你需要自我的思考。这就是叶空山想要表达的真意。

岑旷感到了一阵温暖，也增添了一些自信，她打起精神来，一边继续监视着文瑞，一边也收罗了与两名玉石商有关的各种资料。

她发现，即便排除掉秘而不宣的同羽人的地下交易，单从明面上的资料来看，这也的确是两个奸猾狠毒的奸商，不然也不会发家那么快。可想而知，他们在玉石交易中得罪羽人的可能性其实是相当大的。

虽然还不明白在这起杀人案中童谣的具体意义，但文瑞和严于德极有可能是一条线上的蚂蚱，岑旷努力模仿着叶空山的思维方式进行推断。她想来想去，觉得文瑞也会处在危险中，所以打算盯紧他。

这一夜她又在文宅外面的一棵大树上蹲了一夜，这是她自己找到的好地方，可以借助枝叶的掩护窥看院里的动静。萧瑟的秋风吹了整整一夜，吹得她打了好多个喷嚏，好在风声足够大，不至于被树下的人听到。她也不知道应该庆幸还是遗憾，这一晚上安然无恙，并没有发生任何意外。文瑞在护院们的严密保护下，安安稳稳睡了一觉，直到天亮后才从睡房里出来，大大地伸了个懒腰。

岑旷也跟着伸了个懒腰，从树上溜下来，准备回家睡一觉。所谓家，其实也就是黄炯在衙门外给她找到的一个空房间，曾经到那里观光过的叶空山给出了“惨不忍睹”的评价。

“完全没有女人味，”他毫不客气地说，“就算有男人想要勾搭你，看到这间比停尸房还空荡的屋子也该吓跑了。还有，弄把锁把大门锁上，不学会有点戒备心就不可能像人！”

岑旷倒不在乎吓跑男人什么的，但她还是抱着“努力向人类靠拢”的心态，在繁忙的各种学习中又加入了学习针织的垫子作为挂在墙上的装饰。此时她刚刚回到家门口，就看见黄炯站在那里，手里把玩着她刚刚织好的一个垫子，满脸焦虑。

“我真不该做出那个三天的许诺！”他嚷嚷着，“叶空山那个孙子刚一走就出事了！”

“出什么事了？”岑旷一下子睡意全无。

“又有人死了，”黄炯跺着脚，“就在昨天晚上。死因和那个玉石商一模一样。”

于是岑旷的觉睡不成了。她跟着黄炯来到了案发现场。如黄炯所说，一模一样的死状。死者双手反绑，两腿捆在一起，从脚踝处被倒吊起来，然后头浸在水里。和严于德的死稍有不同的是，作案者要么没找到大水缸、要么怕经动人不敢去搬，只是用了一张椅子放上一个水盆。不过效果是一样的，都是溺毙。

“死者是什么人？是不是也是做玉石生意的？”这是岑旷的第一反应。

“玉石生意？半根毛的关系都没有！”黄炯瞪了她一眼，“死者是个普普通通的牲畜场老伙计！”

青石城地方虽不大，却是九州重要的牲畜贸易市场，许多当地人从事的都是和牲畜有关的行当。这位名叫马大富的老人就在他人的马场马行里干了一辈子，赚一些糊口的钱，也并没有婚娶。这天清晨是他的工友发现他没有去上工，到家里去一瞧，才发现了尸体。

“叶空山那小子也不在……你看看，他身上刻着的是那首破童谣么？”黄炯掀起马大富背脊上的衣物。

岑旷仔细看了一会儿：“没错的，这首童谣用词很简单，基本都是我学过的词汇。这就是用羽族文字刻的《多兰斯城邦的阿克西》。”

“这么说来，又是一起，”黄炯掐着自己的额头，“看来光杀一个人根本不能让他满意啊。”

岑旷学着叶空山的样子检查着死者，并未发现其他的特殊之处。死者的情状几乎和之前被杀的严于德一模一样，死前也经历了极大的痛苦挣扎，以至于手腕处的皮肉完全被绳子磨破了。

而寻找目击证人的工作同样艰难。死者孤身一人，脾气也不大好，平时极少有朋友走动。问起他的邻居，基本都是众口一词：“老马？不知道，什么都不知道。他就是每天天亮了开门上工，傍晚回家关上门……哦对了，他爱喝点酒，身上总有酒气。别的真的不知道。”

“这就是所谓的连环杀人案吗？”岑旷问。

“很大可能性，但毕竟还只是第二个，”黄炯说，“但愿只是普通的仇杀，这样还有可能锁定凶手的范围。”

“如果不是呢？”

“那就是一个疯子在按照某些我们完全不知道的标准来挑选牺牲品，甚至于压根没有标准，”黄炯脸上的肥肉由于苦闷挤到了一起，“那样就麻烦大了。而不幸的是，这首该死的童谣很有可能意味着后者。”

诚如黄炯所言，岑旷奔忙了一天，发现严于德和马大富的生活完全没有任何交集。这是两个生存在不同世界中的人，一个一直在外地开杂货铺，近几年来到青石和文瑞合伙做玉石生意，很快发家；另一个却一辈子都没离开过青石城，靠着一手伺候牲口的本事活命。

也许严于德的社会关系还复杂一些，性情孤僻的马大富却是再简单不过，基本上连他这辈子究竟认识几个人都能掰着指头数出来。几十年来，他的生活就是不断重复的上工——回家——喝酒——睡觉——再上工，枯燥到令人发指。邻居们说不出什么来，岑旷只好再到马行里去打听。马行的老板很冷淡，能提供的信息比邻居们还少，岑旷正要失望地离开，发现门外有人悄悄向她招手。她一眼就认出，那是发现尸体的马大富的工友。

“这人就是个闷葫芦，”他对岑旷说，“工作一天也不会说超过十句话，总体而言，干活也算任劳任怨，有点什么磕磕碰碰、甚至于被无故克扣工钱，他都不会计较。但你一定要小心，不能在某些方面招惹到他，一旦惹急了，就像捅了马蜂窝。”

“某些方面？具体是什么？”岑旷问。

“说不清楚，您得知道，不同的人都有不同的怪癖，”这位工友很为难地说，“说起来也巧，这个马行已经是我和马大富第二次共事了，七八年前，我们曾在另一个马行里干过。有一次号里的牲畜突然开始大片大片地感染疫病，所有人都不能回家，就在马行里搭棚子住下，轮班倒着伺候牲口。马大富干了两天，就在一天半夜里突然跟发疯了似的，把他同铺的工人暴打了一顿，打断了人家两根肋骨。结果他被扫地出门不说，这一年的工钱都赔给人家了。”

“为什么要打人呢？”

“一个旁人看来简直很可笑的理由，”工友无奈地说，“那个兄弟睡觉老打呼噜，吵得马大富整夜没法入睡。但实际上他的呼噜半点也不响，或者说，工棚里至少还有三四个人的呼噜声比他更响，以至于别人拿片布塞住耳朵才能入睡，偏偏马大富就是不能忍他，我们都不明白为什么。所以我想，这家伙之所以喜欢喝酒，说不定也是因为喝多了才容易入睡。”

这倒是很好理解，岑旷想着。她自从凝聚成形后，为了全面了解人类的特征，也曾阅读过不少医书。某些人的精神总是高度紧张，睡觉时就是容易受到惊扰，一丁点声响就能让他睡不着，而他在愤怒和紧张下，很可能随手揪过一个人就打，那个挨打的人不过是代人受过而已。

可这个发现对于案情又有什么帮助呢？如果是老被人吵得睡不着觉的马大富杀死了别人，那还好说，可眼下是马大富自己被杀。

我毕竟还是欠缺叶空山那样的分析能力啊，岑旷不无忧郁地想，可叶空山什么时候才能回来呢？

5

岑旷在傍晚时分打了个盹，然后强忍着困意继续监视了文瑞一夜。不知为何，尽管马大富的死亡被证明和玉石生意毫无关联，她还是固执地认为文瑞很可能成为下一个目标。叶空山之前曾和她说过，直觉这种玩意儿并不可靠，但当你没有什么证据可以使用的时候，不得已之下，还是只能靠直觉，“总不能什么都不干吧”。所以眼下，岑旷决定相信一把自己的直觉。

连续几天的奔忙，一天两夜几乎没有睡觉，岑旷觉得自己已经困倦到快要死掉了。她是多么希望那个凶手迅速现身然后被自己一举擒获啊。

但是凶手偏偏要折腾她。岑旷苦熬了一整夜，仍旧没有发现任何可疑的人闯入文宅，而那些膀大腰圆的护院更是尽职尽责，四处巡逻，好几次岑旷都觉得自己差点就会被发现，那样的话，自己兴许会被当成凶手抓起来的……

她正在胡思乱想着，却发现竟然真的有人注意到了她的存在。在太阳即将升起的这个时刻，有一个黑影在文宅外出现了。她开始以为是疑凶，却没料到这个黑影三步并作两步，左顾右盼间已经来到了她藏身的树下。

“这棵树是文宅外面最好藏身、视野也很开阔的一棵，所以我猜上面一定藏了一个人，不，是一个魅。”叶空山的声音从树下响起。

岑旷大大地松了口气，从树上溜了下来：“你可算回来了，这几天……”

叶空山摆摆手打断她：“先回去吧，回去再说。”

“可是天还没亮呢，”岑旷有点犹豫，“你不是说过么，黎明即将到来的时候也是最危险的时候。”

“行啦，这会儿就别背我老人家的语录了，”叶空山说，“凶手的目标不是文瑞，你先回去睡一觉——瞧瞧你这眼圈，活像被人揍了两拳——睡醒了我和你慢慢说。”

岑旷快快地回到住所，头一沾到枕头就睡着了，醒来时已经是黄昏。抬眼一看，叶空山搬了张凳子坐在门口，活像个上门逼债的。

“还没记住给你的门加把锁呢？”他说，“看来你仍然没有意识到这个世界步步危机的本质。”

“不厉害的人，就算进来我也能对付；足够厉害的人，我加把锁也没有用，”岑旷回答，“别管我的门锁了，你这一趟去哪儿了？是去宁州了吗？”

“我？当然没去宁州，那么远，三四天时间单程都不够，别提来回了。宁州那边的事情我前几天就已经发了加急文书，很快就会有回音的，不需要我亲自过去调查的。”

“那你到底去哪儿了？”岑旷问。她闻到桌上的几个纸包发出一阵香气，肚子立刻咕咕叫起来，知道是叶空山给她带了吃的，于是毫不客气地打开纸包，撕下一块烧饼。

“我其实一直就在青石城，以及附近的一些地方，反正没有离开过宛州，”叶空山狡黠地一笑，“这案子刚一出来，我就有一种模模糊糊的判断，很可能案情的方向会向着某种老掉牙的套路去进行。所以查案的重点根本不在宁州——我敢打赌这两个黑心商人必然在宁州干过得罪羽人的事情。我只需要在青石弄清楚一些关键性的问题就好了。”

模模糊糊的判断、老掉牙的套路、一些关键性的问题，叶空山显然是在故意卖关子，这让岑旷有些不满。但她也知道，叶空山不愿意说，就是把他的嘴巴撬开都没用。所以她只是轻轻叹了口气：“那你弄清楚了那些‘关键性的问题’没有呢？”

叶空山的脸上骤然罩上了一层阴云：“老实说，弄清楚了，但因此矛盾也来了。严于德的尸体被摆布成那样，有一点明显不合理的地方，甚至可以说是一个要命的大破绽，我现在还没想明白。”

岑旷更加糊涂。叶空山拍拍她肩膀：“别急，不是我不告诉你，而是关键的证据还没到呢，现在大半都出自于空想。我估摸着再过两三天，宁州那边就会回信了，那我的判断是对是错也就有谱了。”

“但是你至少应该告诉我，为什么我不必去盯文瑞了？”岑旷终于忍不住说，“我还是觉得，严于德死了之后，文瑞也处在极度的危险之中。他们俩一起合伙做生意，就算是得罪人也应该是一起得罪……”

“孩子，你太天真了，对人间的罪恶知之甚少，”叶空山长叹一声，“你为什么没有想到，严于德得罪的就是文瑞呢？”

岑旷很是吃惊：“你的意思是说……严于德其实是……”

“很有可能，就等着证据了。”叶空山简短地回答。

“可我还是不大放心，”岑旷想了一会儿，“而且，马大富的死不也还没查明吗？”

“马大富么……很可能只是一个冤死的幌子，”叶空山说，“如果要制造羽人连续杀害人类的假象，光有一个死者恐怕未必够。文瑞也是个很狡猾的人。”

“可我还是觉得马大富的身上有文章，”岑旷皱着眉头说，“他的那种暴躁易怒并不常见，说不定就是导致他被杀的原因呢。”

“你才见过几个人，就敢说‘常见’？”叶空山瞪她一眼，“每一个人身上都藏着外人所不知道的怪癖。你要是通过这些怪癖去细究，也许每一个人都会变得奇奇怪怪充满嫌疑。别在他身上浪费时间了。”

“那我就问一句：我还想继续盯着文瑞，可以吗？”岑旷拿出死缠烂打的架势。

叶空山哑然失笑：“你不想去也得去，不过不是防他被杀，而是防他逃跑，去吧，盯住他吧，死心眼的孩子。”

于是岑旷又连续盯了文瑞两天晚上，并且开始觉得自己已经要变成住在树上的羽人了。秋日的夜风就像软刀子，一点一点把寒意切入到身体内，让她觉得分外难熬。而文瑞连续几天的安稳无事也让她越来越怀疑自己是在多此一举。

人族和羽族这段时间的闹腾渐渐趋于平静，虽然双方依然剑拔弩张，但已经不再是大家咋咋呼呼要你打我我打你的时候了。毕竟羽族实力偏弱，而人类在二十年前那场与蛮族和鲛人的双线作战中也元气大伤，并不愿意在这休养生息还未结束的时候就贸然动兵。

“然而战争这种东西，如果大家都那么精明而克制的话，也就永远都打不起来啦，”叶空山躺在他那张舒服的睡床上，眼睛都懒得睁开，“这当中最根本的在于，战争一开，死的都是士兵，而决策者都躲在后方安安全全，还能吹嘘两句什么运筹帷幄、决胜千里。用别人的性命去铺垫自己的身家，那么划算的事情，谁不乐意干呢？”

岑旷眼窝深陷，喃喃地说：“是啊，我又想起你那个梦了。这就是所谓的一将功成万骨枯么？”

“那叫做闲得发慌瞎想想，”叶空山高高跷着脚，“反正做梦杀掉多少人都不要紧。可是现实生活中就没有那么轻松写意了，死一两个人就能让捕快忙得团团转。”

“是啊，还要蹲在树上装羽人。”岑旷疲倦地掐着自己的额头，这个动作是她跟黄炯学来的。

“一举两得嘛。虽然你我的出发点不相同，但决定采取的行动是一致的。”

“我就是怀疑文瑞可能被杀，没办法。我不会说谎，不能骗你说你的分析让我完全信服。”

“那就随便你了，”叶空山一摊手，“反正无论怎样都得你去看着他，谁叫你是下属呢？这就叫等级观念，官大一级压死人。”

其实让你去盯我还不放心呢，岑旷在树上瑟瑟发抖时止不住地想。叶空山虽然很聪明，也很不守规矩，让他去监视别人，没准半道就不耐烦跑掉了。这个叶空山啊……真是谜一样的人物，自己跟随他也有一段日子了，却始终没听他讲起过他的身世和他的经历。岑旷始终觉得，一个人要能修炼到叶空山那般胆大心黑而又玩世不恭，一定会经受过许许多多常人难以想象的磨砺，而不是像自己这样，几乎就是一张白纸，正在慢慢往上添加内容。

想到白纸，她又立即想到了叶空山的梦境，想起了梦境里那个赤裸的“自己”，不知怎么的脸上有点发烧。这么微微一走神的工夫，极度的困倦让她终于忍不住了，两眼皮子像坠了铅一样合上，开始恍惚间感觉自己正躺在一张舒适柔软的大床上，而该死的叶空山正立在床头，为她殷勤地摇着扇子，就好像戏文里伺候皇帝的太监。

不过这个古怪的梦境并没有持续太久，叶空山忽然间变成了一个被倒吊着的死人，满面鲜血地凝视着她，她的身子一斜，险些从树上栽下去，幸好及时惊醒并伸手抓住了树枝。出了一身冷汗的同时，她也清醒过来，连忙把视线转到院子里。

她觉得并没有什么异常，但刚才是货真价实地睡着了，她抬头看了一眼云层和月光的变化，确信自己最多就眯了两分钟的眼睛，这才稍稍松了口气。看看院子里走过的护院们，一个个都是懒懒散散无精打采，显然这样护卫也让他们觉得劳累难忍。

这真的是小题大做么？岑旷心里嘀咕着，目光散漫地扫向文宅的各处角落。忽然之间，她看到一个黑影飞快地从文宅后院翻墙而出。

那是什么人？岑旷一下子警醒起来。她想要去追赶，但离得太远，黑影已经很快跑得不见了，除非她真成了住在树上的羽人，否则铁定追不上。她放弃了追过去的念头，但心却悬了起来，总觉得这个黑影背后是不是有点文章。

想来想去，岑旷还是从树上跳下去，然后翻墙进入了院子里。她并没有故意放轻脚步，尽管如此，仍然在走出好几步后才被发现，在一片“什么人？”的呼喝声后，她已经被围住了。

岑旷掏出叶空山给她做的假腰牌，在护院们面前晃了晃：“捕快。赶紧带我去见见你们家的主人，快点！”

护院们虽然对于如此年轻貌美的一个小妞竟然会是捕快有些惊疑，但叶空山的腰牌做得可以以假乱真，而岑旷看上去倒也一脸正气不似女飞贼，所以他们没有犹豫，把岑旷带到了文瑞的卧室外，敲响了门。

门里没有任何反应。护院又加重力道敲了几下，声音在静夜里传出去很远，文瑞却仍然不出一声。岑旷陡然意识到不妙：“快把门撞开！”

文瑞的房门相当结实，所以负责撞门的护院也鼓足了一口气，但没想到力量还没使足，门就轻松被撞开了，原来这扇门根本没有锁上，只是虚掩住的。他猝不及防地滚了进去，头重重碰在一个硬物上，险些晕了过去。

但紧跟着抢进房的岑旷才真是恨不能一头晕过去。借助着清朗的月光，她看得很清楚，那个倒霉的护院一头撞上的东西不是别的，而是一个装满水的水缸。而水缸的上方，正倒吊着岑旷一直苦苦监视着的文瑞。没错，和前两起案件一模一样的死状，五花大绑倒吊着的身体，浸在水里的头颅，用羽族文字刻在身上的诡异童谣。文瑞和他的伙伴严于德一样，按照童谣里的说法，“他们把我头朝下高高吊起，把我的头按在水里”，就这样失去了生命。

岑旷捧着头，慢慢坐在地上，心里直想把自己一刀捅死。两分钟，她仅仅是睡着了两分钟，惨剧就在两分钟里发生了。这两分钟的疏忽，让她若干天来的辛苦监视全都白费了。虽然文瑞的死证明了她的猜想是正确的、而叶空山的判断有误——文瑞自己也是凶手的目标，但现在人已经死了，错误或是正确又有什么意义呢？她忽然觉得，自己作为一个捕快真是太不称职了，而这个行当一旦出现什么错误疏漏，损失的就会是他人的生命，哪怕只是一个人品低下令人鄙夷的奸商的生命。

护院们和闻讯而来的管家仆人们围在一旁，一个个不知所措，有一些担心东家的死会让自己遭到牵连怀疑，已经悄悄拔腿开溜了。剩下的在那里拿不定主意是该先报官还是该先把尸体解下来，可是“官”现在不就在地上坐着么？

忽然一个仆人喊了起来：“动了！老爷动了一下！”

岑旷慌忙抬头，果然看见文瑞的身体剧烈地震颤了一下，她猛地从地上跳起来，用秘术割断了绳子，然后招呼其他人把文瑞拽了出来。然而伸手探一下鼻息，文瑞的呼吸早已停止，脉搏也完全没有了。

那只是尸体的正常痉挛而已。

最后一根救命稻草也没了，岑旷终于忍受不住，晕了过去。

醒来后，岑旷发现天已经亮了，自己仍然躺在文瑞卧室的地上，只是身下多垫了一层褥子。她抬头一看，文瑞的尸体已经不见了，估计是被送到了仵作那里，而叶空山正在卧室里左右查看着。两人视线相对，都能从对方的目光里看出一点愧疚的影子。

叶空山先开了口：“是我的错。我做出了错误的推理，否则的话，我会亲自来这里守着，也许就不会让他得逞了。”

岑旷摇摇头：“都得怪我。我不该睡着的。”

“你睡着了多久？”叶空山问。

“最多两三分钟，”岑旷回答，“所以我想不通对方怎么能就在我的监视下完成这个复杂的杀人步骤，而完全不被我听到点动静。光是吊起来还好办，可还有那么大的一口水缸啊。”

“这的确是个问题，”叶空山若有所思，“如果你确定只迷糊了那么一小会儿的话，动作再快的人也没法完成这些工序的。”

岑旷叹口气：“也许是我之前就有麻痹大意的时候，以至于有些响动没有听到。”

“我倒不这么认为，”叶空山说着，忽然转移了话题，“就在天亮之前，我所要的调查结果也到了，一看我就知道我的判断出了错，所以我赶紧跑到这里来，没想到已经出事了。”

“你之前的判断到底是怎么样的？”岑旷问，“文瑞都已经死了，你总可以告诉我了吧？”

“当然可以了，”叶空山从文瑞那张红木床下爬出来，蹭的一脸灰，“等你回家睡够了觉，晚上我就告诉你。”

6

人已经死了，虽然很不痛快，但岑旷总算可以抛开一切先大睡一觉了。梦里交缠着种种诡异的场景，这些日子里的所见所闻就像是各种各样的原料，混在一起炖出了一锅大杂烩。她梦见自己成为了九州的女霸主，站在殇州最高的雪山上向下俯瞰，却看到灰蒙蒙一片无穷无尽的海水；她梦见羽族发动了战争，密密麻麻的箭雨从天而降，让人们只好顶着锅盖出门过日子；她梦见两个死去的玉石商人在她面前诉苦，说他们蹲在树上太难受了，实在不想继续监视院子里的杀手了。最后她见到了叶空山，叶空山被捆得结结实实，倒吊在房梁下，脸浸在一池鲜血中，身上写着几个字……

睁开眼睛时，叶空山正坐在桌旁，一边喝酒一边往嘴里扔花生米，她这才安下心来，擦了擦额头上的冷汗。

“你睡得很不踏实，”叶空山说，“又喊又叫的，梦见什么坏事了？”

“很多很多，”岑旷说，“我还梦见你也被吊起来了，但身上刻的不是那首童谣，而是另外几个字：这就是不称职的捕快的下场。”

叶空山把一颗花生米囫囵吞了下去，被呛得咳嗽连连，好半天才喘过气来：“这大概是说明你心里觉得我不够称职吧。不过话说回来，这一次我的判断的确失误了，但所谓智者千虑必有一失，何况思路的过程还是可以让你借鉴一下的。”

“当第一起杀人案刚刚发生，我就有了一个怀疑，”叶空山说，“这很有可能是某种故意诱人入彀的布局，目的就是转移视线，隐藏凶手的真实身份和真实目的。遇到类似连环杀手的案件，产生类似想法也是合情合理的。当我了解到严于德有一个关系紧密的合作伙伴时，立刻就把他列为头号嫌疑犯。”

“所以接下来的日子里，我只是传书要宁州的同行帮我调查这两人的生意背景，而把主要精力放在奔走于青石城一带，查访那些和这两人有生意杰出的人，旁敲侧击地打听他们的关系。得到的结果非常耐人寻味，这两个孙子虽然是生意伙伴，但彼此关系并不是很融洽，特别是这两年开始和羽族进行走私生意后，更是爆发了激烈的争吵。严于德贪财，希望把这条线长时间地做下去；而文瑞却力求谨慎，屡次劝对方见好就收，赚够了就撒手，安心做点不违法的正经买卖。”

“如果走私赚得很大的话，严于德肯定不愿意放弃。”岑旷说。

“那是一定的，”叶空山回答，“我简单给你解释一下玉石生意的事儿吧。宁州的玉产量不高，但羽人爱虚荣、讲排场，王公贵族对玉的需求量很大，把宛州的玉石弄到宁州去卖，价钱至少翻一倍。国家看了当然眼红，所以把对羽人的玉石生意收到自己手里，声称这是国家重要资源，禁止民间商人私自买卖。但是利字当头，很多人也顾不得什么律法了。”

“也就是说，严于德要钱，文瑞要保命，这是他们的根本分歧，”岑旷想了想，“所以你觉得，最近风头越来越紧，文瑞肯定拼命想收手，而严于德不同意，所以他就下了毒手？”

“这就是我一开始所推测的，”叶空山摇摇头，“而且第二个死者的出现更加印证了我的猜想，我觉得文瑞会制造出利用童谣连续杀人的假象，洗脱自己的嫌疑。最让我坚信这一点推断的证据是，在这几天的调查中，有人告诉我，半个月前，文瑞曾经和一名道上有点名气的杀手接触过。”

“杀手？”岑旷一惊。

“没错，虽然没有人知道他找杀手是为了什么，但推想一下文瑞身边最想要杀死的人，除了严于德，也没有别人了。但现在他自己也死了，所以我的想法肯定是有问题的。何况，从宁州得到的信函告诉了我一点新的消息，让羽族报复杀人显得更加可信了：他们俩在宁州捅下了大漏子，这也许才是连文瑞都不得不同意赶紧清货停止生意的原因。”

“大漏子？他们干吗了？”

“这两位爷遇上了一个笨蛋羽族低级贵族，是一个刚刚花钱买来一个官位的财主。羽族人很重视出身，此人即便做了官，还是被人看不起，于是想走风雅路线，买一块极品好玉去巴结当地城主。但他们并不知道这个贵族买玉的目的，以为他只是想要买块好玉自己收藏，看他一副外行的模样很好骗，拿了一块染过色的次等玉糊弄了他一大笔钱。后来的事情可想而知，这位贵族马屁拍到了马蹄子上，被城主狠狠一通训斥，羞愤之下，服毒自尽了。”

岑旷“啊”了一声：“那可是大官司。”

叶空山耸耸肩：“可不是么？这个贵族虽然并不受欢迎，但只要‘人类奸商害死了一个羽族贵族’这样的消息传播出去，哪怕死者原本十恶不赦，也足够引起一场轩然大波。我那边的眼线告诉我，有很多羽人都想要严于德和文瑞的命。这样的情节，恰恰和《多兰斯城邦的阿克西》所叙述的内容相吻合：羽人受了人类的欺凌，于是要复仇。”

“难道真的是羽人下的手？”岑旷皱起眉头，“那样的话，恐怕最后战争就难以避免了。”

叶空山笑了起来：“你反正不是人类，怕什么战争呢？”

“我们魅获得生命并不容易，”岑旷回答，“看到任何生命化为乌有，对我而言都不舒服。对了，你上次跟我说，即便依照你的推理，凶手的布局也有一个大破绽，是什么呢？”

“我当时觉得，文瑞即便要设局杀害严于德并转移他人注意力，也不应该正好使用羽族的传说，”叶空山说，“那样的话，人家顺藤摸瓜，说不定就揪出了他们俩的走私案，那岂不是引火自焚？现在看来，我实在应该沿着这一思路往下，就能避免一些错误了。”

叶空山把自己和岑旷得出的粗略结论告诉了黄炯，黄炯不动声色，让两人什么都别干了，先好好休息几天。但他们实在闲不住，延续着之前的思路继续往下推演，却慢慢发现了一些新的问题，令思路不得不重新开始。岑旷正在摩拳擦掌的时候，一盆冰水却兜头浇了下来。

两天之后的一大早，老头胖乎乎的身子钻进了门："这起案子就此叫停。"

“叫停？什么意思？”岑旷眨着眼睛，表示不解。

“意思就是说，该干吗干吗去，但是别调查这个案子了，”黄炯说，“结案了。”

“怎么能结案呢？”岑旷一下子急了，“凶手的影子都还没抓到，难道就这么算了？”

“你说对了，就这么算了，”黄炯脸上的每一块肥肉都写满了不甘心，“昨天刚刚抓到了一个在逃犯，按律应当处斩，所以这几起案子统统都会计到他的头上去，反正他只能死一次。”

岑旷还想再说，叶空山已经很镇定地发话了："说白了，上头不想打仗，对吧？"

黄炯哀叹一声，整个身子陷到了椅子里："有什么办法呢？这种时候，尽量不要多惹麻烦了。如果这两个奸商的确是因为欺骗羽人而遭到的报复，就算他们活该好了。很多时候办案子都得顾全大局，不能由着性子来。"

叶空山摇摇头："你不必说道理，道理我懂。不过我得提醒你一句，这起案子未必那么简单，我这两天又想了想，觉得里头还有别的文章。"

“还能有什么文章？两个奸商害死了羽人的贵族，然后被别人仇杀了，多简单明了的解释，不也符合那首童谣的含义嘛。”

“可是第二个死者马大富呢？”叶空山说，“马大富可是个和羽人半点瓜葛都没有的角色。”

“那兴许是羽人们为了把水搅浑而拉进来的无辜受害者吧，只能当他白死了。”

“不对，不会的！”岑旷大声说，“我和羽人们交谈过，他们是一个自尊心极强的种族，如果真的是他们设计的存心报复，就不会拉无辜的人下水。这两天我和叶头儿讨论过了，马大富的死肯定解释不通。”

“不通也非得这么硬解释！”黄炯火了，“这是命令，我们都只能无条件服从！你们以为老子不想把凶手揪出来收拾一顿吗？”

岑旷不说话了，但看得出来还是不服气，叶空山却展露出一个含义不明的微笑："别发火，老头儿，相信我，再过上几天，你一定会回来找我，并且让我重新开始查案的。"

“你那么肯定？”

“我和你赌一个月的薪水。”叶空山说。

黄炯气哼哼地走掉了，叶空山若无其事地招呼岑旷："别理他了，老头儿也有自个儿的难处。我们做自己的事。先把动机刨去不管，三起案件你都到了现场，你能不能分析一下，凶犯会有什么样的特征？”

“我试试看，”岑旷沉吟了一会儿，“首先这个人行事冷静从容，很有条理，除了现场几乎没有留下痕迹之外，那几个水缸很能说明问题。”

“哦？说来听听。”叶空山点头表示鼓励。

“水缸是很沉重的东西，这个人能够将水缸移进屋子，灌满水淹死人，还可以不被发现，除了现场作案时的小心谨慎外，一定还包含了之前大量的窥探，已经弄清了院落的结构以及护院们的行动规律，否则不可能做得那么滴水不漏。而且他应该还很懂得变通。”

“这又怎么解释？”

“他杀害马大富时，用的是椅子上放的水盆，因为马大富家里没有足够大的水缸。他显然并不拘泥于一定要把道具都处理得尽善尽美，要的只是那个结果。”

“说得很不错，”叶空山拍拍她的肩膀，“而且还有一点很重要的结论，这个人肯定跟着马帮、商队、镖队之类的队伍干过。”

“为什么？这我就没看明白了。”

“注意他捆扎绳子的方式，以及绳结，”叶空山说，“那是一种专门用来捆绑货物的方式。运货的车队往往会经过一些崎岖艰险的地段，货物如果捆得不够紧，就会被颠散，所以他们都有一些很独特的绳技。”

“会不会是和这两个玉石商都有仇的帮他们运货的人？”岑旷眼前一亮，“如果这个人是干活出身的，难保不会也曾经和马大富共事过，没准就曾经因为什么小事被马大富打过！他其实是在利用这首羽族童谣作掩护，干掉他曾经的三个仇人！”

叶空山一拍桌子：“完全有这个可能性！不过么，这当中还是有一点小问题，这个人如果一直混迹底层卖苦力，又怎么能构思出这么精巧严密的杀人方式，甚至于懂得羽族文字呢？”

“也许是深藏不露的高人？也许是什么大户人家的后人落难了？我在戏文里听到过这种桥段。”岑旷坚持说。

叶空山乐了：“小说和戏文，讲述的大多是不可能在现实中发生的事情，我们最好还是稍微考虑一些可能性更大的推断。这几天你看家，我要去好好调查一下那个之前被忽视掉的马大富，如果这一回我没有判断错的话，过不了多久，黄老头儿还得回来找我。”

7

“你早猜到了，对不对？”黄炯吼道，“既然猜到了为什么不说出来？”

“猜什么？我什么都没猜，”叶空山翻翻白眼，“再说了，就算我猜了，你肯听吗？你就知道冲我嚷嚷‘我们都只能无条件服从！’……”

黄炯无可奈何地挠挠头：“好吧，大哥，你胜利了！现在快去现场看看吧！”

如叶空山所料，第四起童谣杀人案发生了。两名玉石商的死亡显然并不是凶手的最终目的，关于此案是羽人复仇的猜想被推翻，叶空山在挤对了黄炯几句后，见好就收，带着岑旷来到了现场。

这一次的死状仍然和前面三次差不多，以至于岑旷看到那具倒吊着的尸体就有想吐的感觉。叶空山却仍然一丝不苟，尤其着重观察了绳结的样式。

“还是同样的打法。”他对岑旷说，然后把头扭向了黄炯，“就算你把你的整张脸换成苦瓜，也无助于破案，还是先告诉我这回死的是什么人吧。”

“这个人名叫罗尔立……是一个正义的闲人。”黄炯撇撇嘴，显得很不屑。

“正义的闲人？那是什么意思？”岑旷好奇地问。

“意思就是说，这种人明明什么本事都没有，却总爱指手画脚地多管闲事，总爱在不归自己管的事务上多嘴多舌，”黄炯说，“二十年前的人鲛战争之后，这个姓罗的就开始在宛州甚至宛州以外四处游荡，宣扬人类应该和鲛人和平共处，并且多次试图帮助以秘术幻化外形生活在人类群体中的鲛人逃跑。你们别误会，我并不是说我就是个支持屠杀鲛人的战争狂，而是这家伙空有一腔热血，却是个成事不足败事有余的废物，被他帮到的鲛人少，被他拖累的反而多。”

这应该是个悲剧，但岑旷却实在忍不住想笑，好在竭力止住了。而这一段历史她也听叶空山讲过：在人类社会中生存的异族，数量最少的就是鲛人，只有寥寥无几的鲛人能够通过秘术化生双腿、改变外形，混在人群之中。但在二十来年前的那场战争后，愤怒的皇帝下令全面清查躲藏在人群里的鲛人——有点类似于现在排查羽人——也杀害了不少无辜的鲛人。只是鲛人数目本来就少，所以并没有引起太大波澜。

“那这位闲人靠什么吃饭呢？靠鲛人给他的酬金吗？”叶空山问。

“那倒不是，”黄炯摇摇头，“这事说来也挺滑稽的。这厮不缺钱花，他本来是将门之后，父亲就是在二十年前的战争中被鲛人抓走杀害的罗坤将军，光抚恤金就够花一辈子了。”

“罗坤的儿子？”连叶空山都有些吃惊，“那他可真是太不孝了。祖父和父亲都在人鲛战争中葬身大海、尸骨无存，他捣鼓起保护鲛人的营生倒挺热乎。”

看岑旷不大明白，叶空山解释说：“五十多年前的第一次人鲛战争中，一位名叫罗毅人的海军统领被鲛人凿沉座船，沉入了海沟；三十年后，他的儿子罗坤也在一次鲛人劳工的叛乱中，被鲛人偷袭抓到了海里，从此不知所终。这个罗尔立如果是罗坤的儿子，那也算够混蛋的了。”

“也就是说，凶手杀死了两个得罪过羽人的玉石商，然后又干掉了这个帮助过鲛人的‘闲人’……他的动机究竟是什么？”岑旷大惑不解，“难道他喜欢羽人，讨厌鲛人？”

“太牵强了，再说犯罪动机这种玩意儿，不是简单的喜欢什么讨厌什么，”叶空山很深沉地说，“在不少的凶杀案中，杀人的目的甚至根本就是出于‘爱’，比如说，我觉得你岑大小姐在人世间活得太辛苦太危险，为了让你获得永恒的安逸，索性杀掉你，这样你就可以摆脱一切烦恼了。”

岑旷打了个寒战，看着眼前这具倒吊的尸体，只觉得有千头万绪无法理清。叶空山却满脸轻松，甚至于有某种兴奋。

“你是看到死人就很开心吗？”岑旷觉得不可理喻。

“多死一个人，就意味着多一些线索可以去挖掘，”叶空山说，“如果能找到这个家伙和马大富之间的一些共同点，那我这两天的一些模模糊糊的想法就都有可能成立了。”

“和马大富的共同点？”岑旷微微一怔，“为什么不是和两个玉石商的共同点？”

“玉石商是玉石商，罗尔立是罗尔立，”叶空山做出了一个很奇怪的回答，“并不是摆在一起的东西就一定都有联系。而一些并没有被摆在桌上的东西，却反而有可能是关键。”

“我已经习惯了你打哑谜了，”岑旷很无奈，“但我从来没有一次能猜准。”

“你要是乐意就慢慢猜吧，不过在此期间还得帮我做点其他事就行。”叶空山附在岑旷耳边，小声说了句什么。

“什么？这是什么意思？”岑旷有些莫名其妙，“你调查那个人干什么？他和这案子有关么？”

“无关，我是为了其他的事情去调查他的，你也顺便可以换换脑筋，当然别让那家伙知道。”叶空山一脸让人恨得牙痒痒的高深莫测。

两天后的夜里，秋风刮得更加凌厉，地上的枯叶被吹得沙沙作响，预示着冬之神的脚步在临近。叶空山四肢摊开躺在捕房里的那张床上，发出均匀的鼾声。岑旷推门进来时，看着他憨态可掬的睡相，止不住地摇头。

“老是摇头会容易头晕的。”叶空山依然双目紧闭，嘴里蹦出这句好似梦呓的话。

“你闭着眼睛也能看到我的动作？”岑旷大吃一惊。

“我只是听到了你的脚步声，然后猜到你一定会摇头——这是一种最高级的读心术。”叶空山说着坐了起来。岑旷哭笑不得，过了好半天才反应过来，把自己这两天所打探的事情告诉了叶空山。

叶空山面无表情地听完岑旷的汇报，然后挥了挥手，并没有予以置评。他穿上鞋，坐在了桌子前，也不管桌上放着的馒头早已冷硬，毫不客气地张口大嚼。岑旷又是忍不住摇摇头，替他打来了一杯热水。叶空山一口气吞下四个大馒头，打了个饱嗝，舒舒服服地往椅背上一靠：“就是这么回事！”

“怎么回事？”岑旷茫然不解。

“我是说，这个案子我基本上分析出来了，”叶空山面带笑容，“从凶手到作案手法，再到杀人动机，我心里大概都有数了。只需要等到明天见一个人之后，一切就都确定了。”

岑旷张大了嘴，却说不出话来。她几乎以为叶空山是在骗她，但看这厮一脸小人得志的嘴脸，以及眼神里不容动摇的自信，又并不像是在说谎。

“可是我什么也没有想到，半点头绪都还没有想到。”她喃喃地说。

“这很正常，”叶空山宽容地说，“这起案子本来就足够复杂，可能存在着三重欺骗。”

“三重欺骗？”岑旷瞪大了眼睛。

“是的，总共不过死了四个人——当然不抓住凶手的话，以后或许还会有更多——就包含了三层不同的欺骗手法。就好比一条看起来很短的路却藏了三条岔道一样。只要我明天见的那个人能给我一个肯定的答复，这三条岔路就算是清清楚楚摆在我面前了。”

岑旷几乎一夜未眠，反反复复推想着叶空山所说的三层欺骗，却不得要领。她发现自己的脑子的确还是简单了一些，对于人世间的诡诈所知仍浅。虽然拥有九州绝大多数秘术师都不能拥有的读心能力，却总感到一身的本事无处施展，就好比眼下，她倒是挺愿意恶狠狠地探查一下凶手的精神，可是却还连个嫌疑人都指不出来呢。

“这就叫做屠龙之技了。”叶空山曾经在开玩笑时毫不客气地说。

“什么是屠龙之技？”

“从前有个叫岑旷的漂亮姑娘，从外面学艺归来。人家问她学了什么，她说：‘我会屠龙’。可是放眼九州大地，你能找出哪怕一个人曾经见到过龙的存在么？”

叶空山其实说得对，岑旷悲哀地想着，我的本事大概就很像屠龙之技，虽然叶空山在后面还补充了一句听起来很像是安慰她的话。

“不过么，只要有人能找到龙，屠龙之技就能派上用场，”叶空山毫不谦虚地拍着自己的胸脯，“我就是那个替你寻龙的人。”

岑旷胡思乱想着，天快亮时才打了个盹。还没闭多久眼睛，替她寻龙的叶空山就过来敲门了。

“跟着我，听听我怎么和人说话的，长长见识。”叶空山下令说。

岑旷莫名其妙，但也早就习惯了叶空山这些不做解释的安排。她乖乖跟随着叶空山来到了一间从很早就开始营业的茶馆，和他隔了一张桌子坐下，耐心等候着。茶馆这种地方的喧嚷热闹并不是岑旷所喜欢的，但为了接触到更多的人类，了解人类的喜好和生存状态，她在空闲的时候也会尽量往茶馆里钻。某些时候，单是听听说书先生评书段子的受欢迎程度，也能大致了解一些人们的心态。比方说，讲述那些历史上的风云人物的野史故事就总能吸引大批听众。

茶馆里的人渐渐多了起来，叶空山独霸一桌，悠然自得地喝着茶。一个相貌朴实木讷的中年汉子混在人流中走进茶馆，径直坐在了叶空山对面。

“你来了。”叶空山淡淡地打招呼说。

“别扯废话了，”对方看来和叶空山早就认识，但神色间却充满戒备，“为什么找我来？我不是早就和你说过，没事的时候……”

“有事，而且和你有关，”叶空山也毫不客气地打断了他，“放心，我不是来干涉你的生意的，我只是想要了解一些事情。上个月你是不是接受了宁州血羽会的一桩委托，去谋杀两个来自宛州的人类玉石商人？”

“没错，是有那么一回事。”中年汉子答得很干脆。岑旷心里一跳，这才明白过来这个汉子的身份，原来两名玉石商真的是羽人们花钱雇凶杀害的，自己一直以来的看法是正确的。而血羽会的名头她也听说过，是活跃于宁州的一个帮会组织，势力相当庞大。由这样的组织对羽族的敌人发出诛杀令，倒也合情合理。之前查出的文瑞曾和江湖杀手有所接触的事，多半就是正在和此人讨价还价。只是叶空山接下来的那一句话让她一下子就懵了。

“但血羽会并不想要你真的杀死那两个人，”叶空山用不容置辩的语气说，“他们只是要你假装杀死了人而已，因为这两人的走私生意每年都会给血羽会上缴数额可观的保护费，血羽会并不希望他们死。而你并没有把这一点告诉那两个人，而是佯装要货真价实地杀他们，逼得他们向你开出高价保命。你倒是真有商业头脑。”

中年汉子的脸色变了，顿了一会儿，勉强笑了笑：“叶空山，你果然有点本事啊。不错，我抓住了他们俩，告诉他们我是被羽人雇佣去杀他们的，但如果他们愿意付我一笔钱，我就饶了他们——说到头，我不过是多赚了一笔小钱而已，在我的雇主那边，我并没有失约。”

“也就是说，他们的死，的确不是你干的？”叶空山盯着对方的眼睛。

中年汉子毫不避让：“不是。听说他们死掉之后，我也在感到惊奇。要知道，那种倒掉的死法是我教他们布置假现场的方法，没想到最后他们真的死在了童谣上。血羽会为此还来找过我的麻烦，但这两个人死的时候，我根本不在宛州，这才洗清了嫌疑。”

岑旷竖起耳朵仔细倾听着，她认为这个汉子并没有说谎，看来叶空山也是这么认为的，因为他很轻松地放对方走掉了。于是问题来了：杀人的究竟是谁呢？

“是啊，动脑筋想想，”叶空山对岑旷说，“杀人的会是谁？现在我们已经确定了，这不是羽人们干的，虽然他们曾有这个计划。”

“这就是你所说的第一层欺骗了，”岑旷说，“羽人们的确想要干掉这两个玉石商，但血羽会却试图安排假局。那剩下的两层呢？”

“我不是叫你动脑筋嘛，”叶空山说，“既然我都告诉你这当中存在的是‘欺骗’了，那你仔细琢磨一下，会是谁欺骗谁呢？”

岑旷皱起眉头，陷入了沉思。欺骗……欺骗……有施加欺骗的人，就必然会有被欺骗的对象，这是一个相互的关系，那么就必须要找到可能引发出这种关系的两个人，或者两个阵营。

她忽然一下子想到了叶空山最早曾作出过的那个后来被推翻的推断：是文瑞杀害了严于德。由于文瑞也步严于德的后尘丢掉了小命，所以该推断看似不成立了。但如果这当中也包含着欺骗的话……

“我明白了！”岑旷叫出了声，“你最初的那个猜测其实是正确的，严于德就是文瑞杀害的！不同的是，在这起杀人案中，严于德根本没有丝毫反抗，因为他的本意就是要炮制一个假死的现场，但没想到文瑞背叛了他，弄假成真了！”

“说得很好，”叶空山拍拍巴掌，“这也正是我现在得出来的结论。前些天我对严于德和文瑞的调查并不是没有成果的，除了发现了这两人之间紧张的关系之外，我还发现文瑞找殇州的商人购买了几株昂贵的腐心草。”

“腐心草？能让人暂时停止呼吸、陷入假死的那种药物？”

“就是它了。这两个遭到追杀的玉石商肯定是想借助腐心草来装死，把他们的死讯散布出去，然后再隐姓埋名藏起来，大不了以后换个名字接着做生意就好了。我估计，按照他们商量的顺序，应该是严于德先‘死’，然后再轮到文瑞。”

岑旷明白过来：“所以那天晚上严于德做出一副十分暴躁的样子，赶走了其他人，其实就是和文瑞一起布置这件事。但没有想到，文瑞偷偷把腐心草调包了，所以严于德枉自送掉了性命。文瑞这么做其实是一举两得，一方面除掉了一直与他不合的伙伴，另一方面严于德是真死，也会让他的假死更少受到怀疑。可是接下来马大富又是怎么死的呢？”

“我建议你跳过马大富，直接去思考文瑞的死因。”叶空山说。

“为什么？”

“因为马大富的确是一个与严于德、文瑞毫无关联的人，”叶空山说，“这就是我所谓的第三层欺骗。”

“你是指……有人模仿严于德的死状杀害了马大富，以便混淆视线，把一桩毫无关联的凶案栽赃到羽族身上，而使自己摆脱嫌疑！”岑旷兴奋地说，“这么一说我就全明白了！这个人真正的目标是马大富和罗尔立！”

“这四名死者，其实是划分成了毫不相干的两拨，”叶空山说，“两个玉石商是一拨，马大富和罗尔立是另外一拨。只不过第二位凶手足够狡猾，把所有人的注意力都吸引到了羽族童谣上面去。他尤其聪明的在于，先杀死了马大富，再回过头去杀害文瑞，这种故意安排的次序很难让人不把马大富也当成两名玉石商的同伙。”

“文瑞也是第二个凶手杀的？”岑旷有些意外。

“是的，文瑞杀死了严于德，而剩下的三个人都是第二个凶手杀的，”叶空山脸上的表情居然隐隐有点佩服，“这个人不但胆子大，还很细心，居然模仿了文瑞打的绳结。”

“你是说，那种经常跑货运的人才会使用的绳结？”

“没错，文瑞发家之前经常亲自押运货物，打那种绳结他可是驾轻就熟。而第二位凶手就更不简单了，只是在现场看了几眼，他就牢牢记住了绳结的打法，并且在之后的案子里如法炮制，堪称滴水不漏啊。”

岑旷领会着叶空山话里的含义：“你是说，这第二个杀手……在严于德死去的那一天到达过案发现场，并且检查过尸体？那会是谁呢？除了衙门的捕快之外，还有仵作，还有……”

她的脸色突然变得苍白：“是那个人！是你前两天让我帮你调查的那个人！我还以为此事和本案完全没有关联呢！”

“万事万物都是存在着关联的，”叶空山说出了这句总被哲人挂在嘴边的大废话，“我之所以得出现在的结论，就是靠了你替我调查出的结果。当然了，我并不是故意要卖关子对你隐瞒，而是担心你控制不住自己的情绪，被对方发现破绽，你毕竟是个不会说谎的魅啊。”

“你是对的，”岑旷说，“那现在我们应该做什么？可以去抓人了吗？”

“我想应该是时候了。”叶空山点了点头。

8

尹良是青石城一个普普通通的小磨坊主，但这两天的日子却过得提心吊胆毫不安生。原因无他，四处都在传言要打仗了，青石城里华族之外的其他异族被看得很紧。尹良自己是地地道道的华族人类，但他图便宜，在磨坊里雇佣了两名逃荒过来的蛮族力工。蛮子力气大，对生活的要求也低——每天管饱三顿饭就行，所以他甚至每个月不必支付工钱，让两个蛮子敞开了吃馒头就行，平均算下来还不到一个普通帮工的一半价钱。

这样的小便宜他占了有一年，眼下却似乎可能给他惹来麻烦。他想要打发两个蛮子回去，却又怕磨坊里一下子少两个人显得欲盖弥彰，何况也舍不得损失那么多人力，毕竟这样便宜好使唤的蛮子以后再想要找着可就不容易啦。结果怀着侥幸心理拖了半个月，附近街道的里正终于上门了，身后还带着一个登记人口的衙门文吏。

躲是躲不过去的。尹良只能先把蛮子们藏到地窖里，硬着头皮把两人放进了门，心里苦苦盘算着借口。然而借口还没想出来，一名小工跑过来小声汇报说，又有两名捕快来找他了。

完了，连捕快都惊动了，事情真的闹大了！尹良一颗心悬到了嗓子眼上，迎接瘟神一般再把捕快们也让进来。

“两位大人……不知今天光临……”尹良结结巴巴地从牙缝里往外挤着话，甚至都不明白自己到底说了些什么。不过他很快发现，似乎新来的这一男一女两个捕快对他丝毫也不感兴趣。尤其是那个身材微胖的男捕快，根本连正眼都没有瞧他一下，倒是很奇怪地径直走向了不久前先来的里正和文吏。

“你还真是尽职尽责呢，这当口了还一心扑在工作上。”男捕快用一种充满挖苦的语气说，然后刷地一声拔出了腰刀。女捕快也配合着他的举动，绕到后方，挡住了出口。

这是要干什么？尹良糊涂了。他唯一能确定的一点是，自己的麻烦暂时过去了。看两个捕快咄咄逼人的德行，一时间肯定顾不上去招呼他那点小事了。不过眼前又有里正又有衙门的文吏，他们要找的到底是哪一个呢？

一段长时间的静默后，那个头发斑白的中年文吏缓缓开了口：“果然厉害，不知道你是怎么怀疑到我身上来的？”仔细看去，此人其实也就是三十多岁，比叶空山大不了多少，但脸上的皱纹和头上的白发却让他看来就像五十岁一般。

他又转头看看严阵以待的岑旷：“那天你来找我问询你是否会被驱逐，我还真相信了，没想到你竟然是来调查我的。”

“我的问询并不是假的，我是真的担心，所以你才看不出破绽来，”岑旷摇摇头，“忘了告诉你，我是个不会说谎的魅。当然了，不能说谎，并不意味着我必须告诉你所有的事。所以我只是在真实的担心和询问之外，又做了一点其他的工作而已。而且，虽然现在抓住了你，我却仍然不知道为什么会是你。”

“我建议我们换别个地方说话，”叶空山说，“别老堵在这儿，耽搁别人的生意。”

尹良巴不得听到这句话。他充满期待地看着两名捕快一前一后，夹着那个不知道犯了什么事的文吏向外走，把一头雾水的里正抛在身后。但三人刚刚走到门口，中年文吏却突然发难，他飞起一脚踢向了叶空山的腰间。叶空山显然有所防备，奈何身手实在不佳，虽然做出了格挡动作，还是被文吏踢到了手肘上。他这一下吃痛，不自觉地让开了路，文吏猛地夺门而出，把磨坊的门撞了个稀烂。

岑旷顾不上关照叶空山，急忙紧追出去，叶空山捂着胳膊，哼哼唧唧也跟了上去。

尹良心想：这个捕快真是个废物，看来还没有女人顶用。他又想：只损失了一扇门，算是大幸了，但愿两名捕快把文吏收拾掉，从此没人再来找他的蛮族雇工的麻烦。

这位文吏虽然年纪不小，在衙门里干的又是文书工作，奔逃起来却相当迅速，而他刚才赏给叶空山的那一脚也足具功力。岑旷一边穷追，一边小心戒备着对方可能的突然袭击，耳中听到叶空山跟在后面不知大呼小叫着些什么。她这时候已经能确定，叶空山没有找错人，因为这个背影她见过，就在文瑞死亡的那天夜里。

文吏发足狂奔，但毕竟不如岑旷年轻，慢慢两人间的距离开始缩小。此时三人两追一逃已经进入了一条热闹的街市，街上到处是挑着担子卖菜的菜农小贩，文吏如果混进人群里，只怕又要不好找了。岑旷正在焦急，忽然耳边嗖的一声，像是有什么小器物飞快地掠过。而随着这一声响，前方逃窜的文吏却一下子重重摔倒在地上，跌的头破血流。岑旷快步上前，发现他的腿上扎着一柄小而尖锐的飞刀。

“老子虽然不怎么会打架，不代表就没有绝活。”叶空山充满得意的语调在耳边响起。岑旷哭笑不得，倒也颇感欣慰，走上前去，准备把伤了一条腿的文吏捉住。文吏坐在地上，并没有打算拖着伤腿强行逃跑。他的目光显得出奇的沉静，一面右手伸入衣襟抚摸着肋部的伤口，一面抬头扫视着逼上前来的两名捕快：“我想请教一下两位的尊姓大名，好让我明白自己栽在了谁手里。”

“我叫叶空山，这是我的助手。”叶空山大大咧咧地回答。

“叶空山？原来你就是那个好几次差点被除名的叶空山……我败在你手里，也不冤枉了。”文吏苦笑一声，笑容忽然僵直，身体软软地倒了下来。

“糟糕！他自杀了！”叶空山大喊一声，冲了上去。果然，文吏刚才已经用偷偷藏在怀里的匕首刺入了自己的心脏，只是仓促之间没能吃准部位，一刀刺下后，还有一口气在。

岑旷看着从文吏的胸口不断涌出来的鲜血，一时间手足无措：“怎么办？要不要赶快找大夫抢救？”

叶空山翻开文吏的眼皮看了看：“来不及了。现在我们只剩一件事可做。”

“什么事？”

“给他一点药吊命，然后迅速探查他的记忆。好在人人都知道你从来不会说谎，所以你说出口的话大可以直接当作证据来用。否则的话，我们岂不变成了逼死国家公务人员的凶手？”

“没想到我的作用还有那么大……”岑旷不知是在感叹还是自责。

“所谓优秀的领导者，就是能让每一块废铜烂铁都闪耀出金子般的光辉。”叶空山煞有介事地挺了挺胸膛。

9

濒死者的记忆总是混乱而支离破碎，就像是一副被撕扯成了无数碎片的图画，想要重新拼出全貌几乎已不可能。岑旷所能做的，只能是尽量深入到文吏的内心世界，挖掘出可能的犯罪证据。她就像是在一片凶险莫测的沼泽中穿行，小心翼翼地寻找着可能的落脚点。

在穿越了一层层迷雾般的无效记忆后，她终于找到了这个叫做庄园的文吏的谋杀记忆。在这段记忆中，庄园悄悄潜入了马大富家，很轻易地制服了马大富。他以并不太熟练的手法把马大富倒吊起来，因为手法不纯熟，所以前后调整了好几次，以确保绳结打得标准。他满意地看着醉醺醺的马大富头浸在水里，身体无力地挣扎，直到最终溺毙。叶空山的判断是准确的，虽然到现在岑旷也没有想明白叶空山是怎么怀疑到庄园身上的，但这些记忆并没有掺假，马大富是被庄园谋杀的。

在这一段记忆里，有一点在情理之中的发现仍然让岑旷比较费解：她能够感受到一股强烈的、汹涌澎湃的仇恨，而且似乎已经蓄积了许多年了。仇恨？庄园这个默默无闻的小文吏怎么会和养马人马大富有什么不可化解的仇恨？

很快地，岑旷又找到了庄园杀害玉石商文瑞的记忆，其过程和杀死马大富的过程不大相同，因为文瑞自己布置好了现场的一切，这一点也符合叶空山的猜想。但文瑞显然没有料到会有人对他下手。就在他嚼下腐心草之前，早已埋伏好了的庄园突然出现，打昏了文瑞，抢走了腐心草，让文瑞的假死变成了真死。

这一段记忆中还伴生着另外一段记忆，那是庄园之前也曾以衙门文吏的身份到文府调查人口，借此记住了文府里的各处路径。所以这一天，他其实是趁着天黑前就早已潜伏在文府里了。

难怪不得呢，岑旷心想，我那天只睡着了那么短的一点时间，根本不够凶手安排的。原来凶手早在天黑之前就混进去了，而作案现场根本就是文瑞自己布置的，当然可以轻而易举地不让旁人发现了。

如此说来，最后一名死者罗尔立也是死在庄园手里的了。事实上，岑旷的确看到了这一段记忆，虽然已经残缺，还是可以看到庄园潜入罗尔立家中的状况。只可惜再往后的记忆随着庄园的逐渐死去，都已经消散了。不过看到的这些已经足够定罪。

不对，还不足够，岑旷想着，还缺少犯罪动机。叶空山总是对她说，除非是疯子上街乱砍人，否则一切的犯罪都是有动机的。而对于捕快来说，多了解一些不同的犯罪动机，非但对今后的办案大有好处，也能更方便她加深对人类的理解。

对人类的理解……想到这里，岑旷转过身，向着庄园记忆的源头奔去，想要探寻一下他杀人的理由。她一路穿越过若干纷繁复杂的场景，眼里所见似乎始终都只是庄园坐在衙门那间阴暗的小屋里，日复一日地佝偻着背，和各种各样的官方文书打着交道。这个人的生活显得平淡、乏味、毫无生趣可言，甚至连回家之后也只是读书、吃饭、睡觉。

这时候岑旷感受到了一股异样的波动，她知道，那是庄园距离死亡又近了一步。一瞬间，无数正在阅读的记忆灰飞烟灭，岑旷几乎是不由自主地被推到了一个很遥远的记忆中。这记忆好像海里的漩涡，一下子把她卷了进去。

场景骤然发生了变化。之前的一切都是灰暗的色调，显示着庄园生活的无趣和内心的孤独，但在这一刻，金色的灿烂阳光猛然间映满眼帘。

岑旷发现自己正身处一座漂亮的小花园里，虽然栽种的并不是什么名贵的花卉，但鲜花的芬芳混合着绿草的气息，带有一种温馨的勃勃生机。花园位于一座宛州样式的小院落里，看来这里是一户寻常的住家。

接着她发觉自己的身量缩小了，好像变成了一个十来岁的男性孩童。她身不由己地跟随着这段显然在庄园头脑里有着沉重分量和深刻烙印的记忆，奔向了花园的中央。在那里，有一对夫妇模样的中年人，伸手把她揽入怀里。

充满感伤的温暖情怀瞬间包围了岑旷，那是一种她从出生之后从来没有体会到过的情绪：甜蜜、美好、浑然天成、仿佛血肉相连般的牵绊。她突然意识到，这就是所谓的亲情——而对于一个由精神游丝凝结而成的魅来说，亲情是永远不可能先天存在的东西。

这个少年就是小时候的庄园；这一对中年男女，就是庄园的父母。她得出了这个不容置疑的结论。

更令人吃惊的一幕紧随之发生，从花园一头的一座小屋里，奔跑出一个大约六七岁的小男孩。他的面目在这段记忆里模糊不清，但能判断出他正在笑。庄园的父母报以同样的笑容。这应当是庄园的弟弟。而在这时候，庄园内心的愉悦和欢乐达到了顶峰——显然他很爱自己的这位弟弟。

一家四口沐浴在阳光下，这看起来应当是一幅幸福而祥和的画卷，但忽然间画卷的颜色又发生了变化，天地间变得阴沉昏黑，花园里那些盛开的花朵都瞬间枯萎了。

岑旷看见花园在燃烧，火光冲天，空气中布满了呛人的浓烟，无数嘈杂的声响充斥着耳膜。恐惧、惊惶、无助……各种各样的情绪搅在一起，像一锅正在沸腾的热粥。少年时代的庄园正处在极度惊恐中。

这时候两张熟悉的脸出现了，岑旷几乎怀疑自己看错了，但她很快确认了。自己没有看错，眼前出现的一群人中，打头的正是童谣杀人案中的两名被害者：养马人马大富和将门之后罗尔立。那时候两人看上去比他们死亡的时候年轻许多，以岑旷的粗浅经验，相隔可能有将近二十年的时间。他们带着满脸狰狞的杀意，嘴里露出尖利的獠牙，背后伸展开蝙蝠一样丑陋的黑翼，从天而降。

这一幕刚开始让岑旷迷惑不已，但她紧接着意识到，这是庄园内心深处对那段久远回忆的涂抹修饰。马大富和罗尔立不可能真的嘴里带着獠牙、背后长着翅膀，那种在记忆里经过扭曲的形象，表达的是庄园对二人刻骨的仇恨与愤怒。

庄园为什么会那么恨这两个人？岑旷正在想着，记忆已经给出了答案。她看见庄园的母亲跪在两人身前，苦苦哀求着些什么，但显然当时的庄园自己也没能听清母亲和两人之间的对话，所以记忆里只有一些刺耳的嗡嗡声。

可是父亲呢？庄园的父亲此刻又在什么地方？岑旷的视线随着庄园的目光四处游移，很快在院子的另一个角落见到了那个中年男人。男人正站在一口水井前，而他手上正在做的动作让岑旷大为吃惊。

——这个男人手里倒提着他的小儿子，也就是庄园的弟弟，正在往井绳上拴！孩子小小的身躯很快就被捆扎起来，倒吊着放入了井口。而男人没有丝毫犹豫，两手一松，孩子的身体就像石头一般坠入深井。

接下来的记忆变得无比破碎驳杂，垂死的庄园的精神走到了尽头。岑旷最后注意到的一个画面是，少年的庄园站在已经沦为废墟的家里，面前是两个土堆，或许是他父母的坟茔。然后，他用瘦弱的身体吃力地推着一车砖石向那口深井，把砖石倾倒了进去。无边无尽的悲伤与痛苦伴随着黑暗笼罩了一切。

10

叶空山默不作声，耐心地听岑旷讲完了她所见到的一切。他的神情镇定而从容，似乎这一切都在他的预料之中。但当听岑旷讲到最后一幕，也就是少年庄园埋葬了父母又埋葬弟弟的场景时，他的身体微微抖了一下。

这个动作并没有逃过岑旷的眼睛：“怎么了？觉得太惨了？”

“的确惨，但并不是由于这个故事本身，”叶空山轻叹一声，“庄园很可能犯了一个错误。”

“什么错误？”

叶空山摆摆手：“先不提他。我先来解释一下这桩案子吧，想必现在你的脑子里满是疑问。”

“跟着你办案，我已经习惯了。”岑旷淡淡地说。

叶空山笑了笑，扭头看看门口：“再等等，黄老头儿验完尸马上就要来了。我省得给他重复多讲一遍。”

黄炯进门时沉着脸，看来是憋了一肚子气无处发泄，叶空山给他倒了一杯茶：“想骂人赶紧骂，骂完了老子好给你讲故事。”

“这个故事你最好讲得圆一点，”黄炯哼哼着，“虽然庄园是自杀的，但他毕竟也是衙门的人，不能那么不清不楚地就死掉。你要是解释得不干净，会惹来麻烦的。”

“没关系，您老解决麻烦的能力天下第一，”叶空山故作谄媚状，“小人的前途一次次都仰仗您老了。”

“滚蛋！”黄炯把喝干了的茶杯往桌上重重一碰，“快点交代！”

叶空山替他续上茶：“这个案子刚一开始的时候我犯了错误。因为它摆布得太像是种族仇杀了，我反而认为与此无关。当然了，最后的凶手的确不是羽人，但案件的源头却被我忽略了，这是我的错，不容否认。”

“难得你也有认错的时候。”黄炯晃动着他肥硕的大脑袋。

“我们首先来谈第一位死者严于德，他是被合伙人文瑞杀死的。根据我的调查，严于德和文瑞长期对羽族进行被朝廷禁止的玉石走私生意，并因为一起意外事件惹恼了羽人，羽人委托杀手组织血羽会，试图以童谣杀人的方式对两人进行惩戒。但血羽会是一个唯利是图的组织，他们不愿意失去两人每年交纳的数目可观的保护费，那名杀手更是敏锐地嗅到了其中赚更多钱的法门，两名玉石商进行了谈判。最后的结论是，玉石商们付出一大笔钱，并按照这首童谣的方式假死，以此逃过羽人的追杀。”

“严于德照做了，他没有想到的是，因为长期以来的矛盾，文瑞其实早就想干掉他，眼下出了这档子事，正好是一举两得。他可以换掉严于德的腐心草，让他由假死变成真死，而事实上，他办到了。如果一切顺利的话，过上两天，他再对自己导演这么一出，不过这次他应该嚼下货真价实的腐心草，然后隐姓埋名，避过了风头后再东山再起。这个如意算盘是打得不错的，但他万万没有料到，一出偶然的巧合、一个意外的现场目击者，非但彻底粉碎了他的计划，还将童谣杀人演化成了血腥的系列案件。”

“偶然的巧合？意外的目击者？你指的是庄园吗？”黄炯问。

“没错，就是他，”叶空山把岑旷所阅读到的记忆讲了一遍，“从我们的岑旷小姐所探查到的情况来看，庄园童年时代的悲剧记忆被保藏得非常完整，对于一段二十年前的往事而言，记忆那么清晰非常难得。而反过来说，之所以那段记忆保藏得那么完整，很有可能是因为，它们被封存在了记忆的最深处。”

“你的意思是说……”黄炯琢磨着用词，“他受到了刺激，所以……很长时间内根本不去触碰到这段记忆。但实际上，它们一直……一直……”

“一直在沉睡，”岑旷插嘴说，“它们始终存在，却又被刻意地封存起来，或许是庄园的一种自我保护，防止再次受到惨剧的刺激。但时隔多年后，一桩原本风马牛不相及的案件却由于相似的场景而令这段记忆复苏了。”

“你是说，他弟弟被倒吊着抛入井里的那段？”黄炯似有所悟。

“庄园很爱他的弟弟，”叶空山说，“这种深爱令他在掩埋那口井的一瞬间，就不自觉的封闭了自己过往的记忆。我特意让岑旷调查过庄园，这个人从来没有透露过自己少年时代以及之前的经历，记录在案的解释是他的头部曾经受到过撞击，以至于失忆了，这正好和我的推测相吻合。而他所能记起的是三年的流浪生涯以及机缘巧合成为文吏后的十六年平凡人生，在这十九年中，他的生命之舟始终无比平稳地运行着，毫无波澜，毫无亮点，因为他的全部欢愉都在那个时刻随着童年的记忆同时被封闭了。”

“可是，倒吊着被溺死的严于德，让这段记忆骤然复活了？”黄炯一拍大腿，“倒还真是差不多的场面。你是怎么想到这一点的？”

“我首先怀疑到，马大富和严于德毫无关系，这两起案子表面近似，却很可能是出自两名不同的罪犯之手，而第二名罪犯是在模仿第一起案件，”叶空山回答，“但如果仔细想想，为什么单单要挑这个时候来模仿？为什么恰好要选择这种时候？恐怕不会是巧合。于是我开始想，会不会是这一幕场景对罪犯产生了强烈的刺激。于是我的怀疑范围转到了曾出现在严于德命案现场的人中间。尤其增加我这种怀疑的，是死者身上的绳结。”

“绳结怎么了？”

“我已经认定马大富是死于另一名凶犯的手里，但他身上的绳结和第一起案件里一模一样，这一点很奇怪，因为就算他也听说过那首童谣并能写出来，没道理绳结也碰巧手法一致。最后我觉得，要么我判断错了，要么第二名凶犯曾经到过现场，观察过严于德身上的绳结，并决意模仿，以便打乱我们的思路。”

“没错，庄园那天早上的确是和里正一起上门，最早发现了严于德的尸体，但是有很多人到过现场，而至少也有仵作和其他捕快仔仔细细查看过尸体，”岑旷提出疑问，“为什么你那么快就怀疑到这个文吏身上呢？”

“因为他还得查找自己的仇人所在的位置，”叶空山回答，“别忘了我这个猜测是基于突发的刺激，而非长时间的谋划。在这种情况下，假如我一段过去的记忆突然复苏，想要去寻找凶手，时隔二十年，怎么能在几天内就找到我要杀的人呢？”

岑旷明白了：“因为他是常年和青石城的人口记录打交道的衙门刀笔吏！所有的文书记录都在他的手里，想要查找迁居记录并不会很困难！”

“就是这么回事，”叶空山满意地点点头，“所以过程就很清晰了。严于德死后的那天清晨，庄园本来是随着里正去调查严家的人口状况的。但那个恐怖的杀人现场一瞬间唤醒了他沉睡已久的记忆，让仇恨之火迅速点燃。庄园是个很聪明的人，这么多年来把自己微末的工作打理得井井有条，正是他性格的一种体现。所以在那个时刻，他表现得丝毫不动声色，装作检查尸体，牢牢记住了尸体的各项特征，除了绳结外，又打听了那首童谣，找某个有求于他的羽人，把那些对他而言有如天书的羽族文字抄了下来，以方便日后的复制。”

“接着他就开始了他的报复行动，总共有多少人我们不得而知，但可以肯定最开头的两个人是马大富和罗尔立，那是岑旷在他的记忆里读到的。他回到衙门后，首先查到了马大富的住址，很幸运的，此人并没有离开青石。他近乎完美地复制了严于德命案的现场，杀害了马大富，并将其伪装成为了连环杀人案。但这之后问题来了，是立即接着再杀死罗尔立呢，还是布置一些烟雾，让案情更复杂呢？他选择了后者，并且无巧不巧，决定以严于德的生意伙伴文瑞作为目标。不过考虑到庄园的性格，这也可能不是巧合，而是身在衙门办差的他听说了两人做生意的一些风闻后，觉得文瑞是个最好的靶子。”

“这个选择帮了他大忙，因为文瑞竟然自己在白天就把现场布置好了，替他解决了最大的麻烦。他轻松地等待着文瑞作茧自缚，然后只需要完成最后一击就足够了。这一招走得很对，文瑞的死再次打乱了旁人的视线。在我们苦思着如何去应付羽人的时候，庄园动手杀死了他第二个真正的目标，也就是罗尔立。”

“果然是个足够离奇的过程，”黄炯叹息一声，“可我们应该怎么去证明呢？庄园已经死了，所有这一切都只是你的凭空推测。”

“我之前不是说了么，庄园找到某个有求于他的羽人，打听了这首童谣，还抄录了文字，”叶空山胸有成竹，“前两天我可半点没闲着，已经找到了这位羽人，他可以作证的。此外庄园的家里也一定能找出一些抄录羽族文字和练习绳结留下的证据。”

“那就好，”黄炯舒了一口气，“可还有最关键的一个问题：动机。庄园为什么要杀这两个人？在他的少年时候到底发生了什么事，会让他的父亲把自己的亲生儿子捆起来扔到井里去？”

“这一点么，我也有了一点个人的猜测，不过我建议，我们最好是实地去看看。”

“实地看看？”

“是的，我查到了马大富二十年前居住的地方，并且猜测庄园当时也住在那里——那正是当年那场悲剧的起因之一。运气不错，我猜对了。”

这里早已不再是十八九年前的样子了。当时此地还算是一片比较规整的居民区，而现在，随着青石城多年的拆迁改建，这块位于城西的土地已经成为了重要的牲畜交易市场，各种马行鳞次栉比。叶空山一路问询，终于找到了一家夹在马行当中的小餐馆，该餐馆专业向各马行的伙计们提供能填饱肚子但味道很不怎么样的便宜饭菜。

“和咱们衙门里的午饭有得一拼，反正通常情况下吃不死人。”叶空山揶揄着，挥手赶走在他脸上盘旋的苍蝇，当先走了进去。餐馆老板追问了很久，得知这几位捕快并非是来刁难他的税务状况的，也并没有什么人因为在这里吃饭而死掉，这才放下心来，领着众人来到了后院。

“喏，就在那边，”他伸手一指，“那里的确有一口早就被掩埋了的枯井，反正也不碍事，所以一直没有人去清理过。各位随便看吧。”

老板离开后，叶空山招呼着从外面临时雇来的几名力工，搬开了压在井口的大石头，又一点点清除了井里的沙石。岑旷站在一旁，表情很是不忍。

“怎么了？不忍心看到一具孩童的尸体？”叶空山问。

岑旷点点头，叶空山打个响指：“我保证，你会看到更加令你吃惊的玩意儿。”

岑旷不解，但还是耐心地等待着，眼看着力工们慢慢把这口枯井清理了出来。叶空山朝井里望了一眼：“差不多了，停下来吧，拿绳子。”

他把一根粗麻绳系在腰间，让力工们拽着，自己慢慢垂了下去。岑旷担心地守候在井口，她想要提出由身手更好的自己下去，但想到一具小小的孩童尸骨，心里忍不住地胆怯，终于没敢开口。

好在叶空山的身手并没有她想象中那么糟糕，大约二十分钟后，他在井下用力扯了扯绳子。力工们七手八脚把他吊了上来，替他解下腰间的绳索。岑旷看得分明，他的手里抱着一具白森森的骸骨。

这一幕场景实在让岑旷不大好受，偏叶空山这厮就是不肯放过她：“来，看一眼吧。”

“有什么好看的？”岑旷转过身去，不敢看。

“你一定要看看，我说过了，你肯定会吃惊的。”

听了这话，岑旷才勉强转过身来，她看见黄炯也是一脸的惊奇，正盯着叶空山手中的尸骨。定睛一看，她就像被雷劈了一样，呆住了。

那具小小的尸骨并没有腿，从尾椎骨的位置，伸出去一长条绝不可能生长在人类身上的骨头。这根长长的骨头，看起来很像海中大鱼的尾巴。

“看到了吧？”叶空山的语气有些沉重，“这是一个鲛人的孩子。他之所以被扔进井里，不是他的父母想要杀他，而是想要救他，因为鲛人在水里也是可以自由呼吸的。当时孩子可能只是晕厥过去，但庄园并不知道这一点，他以为弟弟已经死了，于是推土石填平了这口井。他并不知道，他自己才是杀害了弟弟的凶手。”

“我不明白，庄园是个如假包换的人类，为什么他的弟弟是鲛人呢？而他又为什么不知道这一点呢？”岑旷问。

“有两种可能性，”叶空山说，“要么这个弟弟是被收养的，要么庄园自己是被收养的。据我所知，鲛人化生成为人类的秘术效果，在鲛人死后的一段时间里也能继续维持，所以不能以庄园亲手埋葬了父母就做出判断，恐怕需要掘开他父母的坟墓才能知道真相。”

由于坟堆早就在历年的改建中被推平，寻找坟墓花费了更多的时间。好在岑旷凭借着当时在庄园的记忆中模模糊糊的一瞥，勉强记得大致方位，华灯初上时，坟墓被找到了。

“原来，被收养的其实是庄园，只是他自己一直不知道而已。”岑旷轻声说。在她的眼前，两具成年鲛人的尸骨静静地躺在浅浅的墓穴里，鲛尾无力地垂在泥土中，扬起的头颅仿佛还在寻找着大海的方向。

此时衙门已经下工，各种手续只能第二天再办，三人把鲛人们的尸骨运回到停尸房后，才想起这一天奔波还没有吃东西。叶空山在街边卤菜摊胡乱买了些酒菜，三人就近来到了岑旷的住所。

“是罗尔立的身份提醒了我，这件事也许和鲛人有关，”叶空山抹抹嘴边的肉汁，“当我开始猜测罗尔立和马大富究竟为了什么得罪了凶手时，我绞尽脑汁地寻找着这两人的共同点，但看起来，他们根本就没有任何共同点。一个是衣食无缺多管闲事的将门之后，一个是四处卖苦力的养马汉子。后来我终于想到了，有一样东西能把他们都联系起来，那就是鲛人。”

“我不明白，”黄炯说，“罗尔立到处宣扬保护鲛人也就罢了，马大富和鲛人能有什么关系？”

“马大富这个人很有意思，他曾经莫名其妙地揍了一个工友，理由是此人吵到了他睡觉，但事实上，那个人的呼噜声并不算响，至少不比工棚里的其他人更响，”叶空山下意识地捏捏鼻子，“你说马大富为什么会打他呢？”

“我以为是马大富这个人精神总是高度紧张，所以被吵醒后，胡乱揪了个人就打。”岑旷说。

叶空山笑着摆摆手：“你太过注重从精神方面去分析，反而忽略了更加基本的东西。确实，很多人是由于精神上的原因不容易睡觉，而另一些人则可能是体质上的问题。比如说，人的耳朵里有一片小软骨，假如某些声音的振动恰好能让这块软骨发生共鸣，那就会令人非常难受。这就是为什么呼噜声音高的人反而没有吵到马大富的原因。此外，记得我先前告诉你的那一点么，大约二十年前，马大富和庄园家正好是邻居。”

岑旷努力领会着他的意思，忽然间明白过来：“你的意思是说，庄家有什么特殊的声音，吵到了马大富？那种声音，就是……就是……”

“鲛歌！”黄炯大声喊了出来。

“是的，就是鲛歌，”叶空山回答，“当年庄园的父母究竟是怎么躲避到人类的世界中安居，又是怎么收养了庄园，已经没有办法探寻了。但我们可以想象，不论怎么用秘术在人前掩盖自己的真实形体，到了某些特定的时候，鲛人会依照自己千万年来的本能，不可抑止地发出鲛歌的声响。那是鲛人用自己的喉骨所发出的特殊的声音，没有歌词，没有意义，却是这个种族永远无抹去的、融入了血液当中的记号。而这样的鲛歌，在旁人耳中或许会当成无意义的吟唱，甚至是醉汉的嘶吼，对于体质特殊的马大富而言，却是一种无比痛苦的折磨。碰巧这时候，他遇上了四处寻找鲛人的罗尔立。鲛人不会在自己的脑门上贴标签，罗尔立要寻找鲛人，自然是通过旁敲侧击打听各种各样的蛛丝马迹，鲛歌就是其中之一。”

岑旷恍然大悟：“这么说来，又是这个罗尔立好心办了坏事？”

“办坏事是真的，好心就未必了，”叶空山脸上挂着一丝鄙夷，“你好好想想，这个人虽然嘴里号称要帮助鲛人，但成功率究竟如何？到底有多少鲛人是想要接受他的帮助、最后却反而倒了大霉的？”

岑旷心里一颤：“你是说，这个罗尔立，其实是打着帮助鲛人的旗号，专门挖掘出潜藏的鲛人，然后出卖他们？”

“一个人的祖父和父亲都死在鲛人手里，但他却反而成为了保护鲛人的斗士，我个人是很难相信世上真存在着这么伟大的灵魂的。”叶空山颇有些冷酷地回答。

岑旷没有再说什么。她默默地坐在杯盘狼藉的桌旁，眼前交替掠过今天下午和傍晚所见到过的那三具鲛人的白骨。此时已经无需叶空山再做更多的解说，事件的轮廓已经完全清晰。

罗尔立很轻易地在马大富那里打听到了让后者饱受折磨的鲛歌，并且很快判断出马大富隔壁的庄家很可能藏着鲛人。他用惯常的花言巧语套出了实情，并且立即翻脸带人去追捕鲛人。慌乱中的庄氏夫妇知道自己不能幸免，唯一能做的就是把同为鲛人的小儿子垂入井里，并怀着万分之一的侥幸希望庄园能在事后发现他，把他救起来。然而他们死得太快，甚至没能对儿子交代两句，结果失魂落魄的庄园根本没有发现弟弟还在水里活着，动手填掉了那口井。他那可怜的弟弟，也许都还没反应过来，就已经生生被砖石砸死。而这将近二十年前的一切，却又引发了今天的一系列血案。在这一刻，人类、鲛人、羽人的命运纠缠在了一起，纠缠在了那首黑暗的羽族童谣之上。

“是谁杀了你？是我的父亲和母亲。他们把我头朝下高高吊起，把我的头按在水里。”她呆呆地念着童谣中的这两句话，身子微微颤抖着。

“你是不是又想像鬼婴案之后那样哭出几滴马尿？”叶空山侧头看她，“破一个案子就哭一场，过上几年，你这间屋子就会留下一个水滴石穿的动人传说了。”

岑旷摇摇头：“不，我哭不出来。我只是一下子又想起来你前些日子让我看过的你的梦境。皇帝君王们为了征服，就会把一个个种族推向相互仇杀的境地，让蛮族杀华族，羽人杀夸父，让鲛人在陆地上化为枯骨。可他们究竟有没有想过，他们脚下的每一寸疆土上，都浸透着死者的鲜血，都堆满了那些破碎的幸福。庄园杀了罗尔立，因为罗尔立害死他全家；罗尔立害死了这一家三口的鲛人，因为他的父亲和祖父都死在鲛人手里，可这一切的源头又都在哪里呢？”

“没有人能够找到它的源头，”叶空山微带着醉意说，“就算是传说中龙渊阁里的学者也不能。所以对于世上的凡人们来说，在帝王们的美梦中坚强地活着，就算是最大的幸福了罢。”

“胡说八道！”黄炯哼了一声，“就凭这番话就够你坐牢的了！管好你那张臭嘴。”

叶空山嘿嘿一笑：“惹急了我把从我这张臭嘴里蹦出来的话编成童谣，让街头巷尾的小屁孩儿们传唱去，皇帝老子能奈我何？”

黄炯叹了口气，不再多说，摇摇晃晃地走出门去，临出门前回过头来：“和你说了好多次了，添一把锁，女孩子家的，房门上不加锁，当心被叶空山这样的坏人溜进来。”

岑旷小声说：“他不是坏人……”说完发现黄炯已经走远了。而不是坏人的叶空山显然喝多了，竟然毫不客气地占据了她那张干净整洁的床铺，嘴里含糊不清地念叨着些什么。岑旷仔细聆听，发现他居然在念着一首儿歌，一首自己从来没有听过的人类的儿歌：

妈妈叫我锁好门，但我忘在了脑后。
第一天晚上，羽人砍下了我的左手；

爸爸叫我锁好门，但我忘在了脑后。
第二天晚上，夸父砍下了我的右手；

爷爷叫我锁好门，但我忘在了脑后。
第三天晚上，鲛人砍下了我的左脚；

奶奶叫我锁好门，但我忘在了脑后。
第四天晚上，河络砍下了我的右脚；

第五天我记住了锁门，可我又没有脚又没有手。
于是魅钻进来，砍下了我的头。

暗月之痕

【文】公子木

1

微寒的风卷起落叶，暂时吹开了抚阳城中积郁的沉闷。

曾经锦绣繁华的长街如今空旷得像一片死地，偶尔走过一队沉默的羽人，手中没精打采地握着弓箭，从敝旧的军服上还可以看出他们军人的身份。

月力涨满的七夕之夜，羽族从海峡对岸展开双翼，屠灭抚阳全城，距今已经十二年了，久远得像是一段褪掉颜色的传说。而燕国坚持了整整八年的抵抗，也在四年前由于一纸和约放松了警惕，终于一朝君臣葬送于鹤雪精英首次亮相的暗杀。[有关燕国王室的结局，请参阅莫雨笙《九州·最高楼》。]

燕祚既亡，这场被称之为“八年光复”的战争，最终以羽族的全面胜利而宣告终结。但羽族人并没有庆贺的余裕，收拾故土的大业还只是刚刚开始。

四年之内，义军蜂起，各自打出谢家遗民的大旗。纵然小股游勇，难有大规模的攻城拔寨，但不绝于缕的游击滋扰，里应外合，也足以让销金河沿岸城邑的新任主人们疲于应付。沉寂了数十年的秘术师们，仿佛借尸还魂的幽灵，渐渐又恢复了活力。当秘术配合上战阵的攻防，便让这些简陋的民兵，有时也能展现出惊人的破坏力来。

自身安危尚未保障，羽人重回故土，又如何来得及经营教化，施展政才？十万大军，除却极少人马班师，其余尽皆戍守在澜州城池关隘，协助剿匪平乱。然则这茫茫澜州大陆，百万异族生民，经年累月镇压下去，不知何时方能扑灭那遍地烽烟？

相比而言，抚阳城最接近销金河入海口，又被十二年前屠作一座空城，形势最为安定，便被羽人设定为后方的赴援基地。就这样，数以万计的生力军和伤病员一起，喝酒，斗殴，赌博，醉生梦死，构成了这座城里最主要的居民和最主流的生活方式。这座一直以文华昌明著称的城市，迎来了它最后的，也是它最不欢迎的一批客人。

鹤青岩背着一个包袱，慢慢地从抚阳城的一条巷子穿过。

这条巷子在战争以前，大约曾是抚阳城里著名的烟花游乐之所。两旁饶有风情的青石矮壁之上，题写着各色风流随性的诗句辞章。鹤青岩对人族的书法颇有些心得，想得出当年那些文人酒酣耳热，鲜衣怒马的意气豪情。只是到了如今，字迹斑驳，墙壁上最醒目的印痕，却是些深深浅浅的乌黄的尿渍。微风一扫，骚臭扑鼻。

石墙围成的院子里，雕梁画栋的楼阁全都改作了兵营。朱红色的门板被卸下来，垫在地上当赌桌。几个羽人围着它坐下。其中一个用手指戳门板上密密麻麻的小洞——那是屠城时被扎穿的箭孔——他的同伴们猥亵地笑起来，嚷着脏话。

昏暗的大厅里面，传出来一声撕心裂肺的尖叫，然后是一群人的爆笑。鹤青岩知道那定是在折磨人族的战俘，这里的士兵们无聊时爱玩的娱乐。

刺鼻的烟味传来，围墙内有黑烟升腾，不知道是谁又在焚烧什么物事。

这一切都已司空见惯，鹤青岩面无表情地走过去。但是鬼使神差地，他又折了回来。

他想了想，慢慢走进大厅。

“喂！我说，”他对着一屋子的羽人说，“你们都很无聊。”

所有人都扭过头盯着他，一个个表情阴郁，就像在看一个无生命的物体。正在“享用”的士兵抬起眼睛，眼神冰冷。那是个体型魁伟得完全不似羽人的家伙，拥有黝黑发亮的皮肤和粗壮如牛腿的胳膊。他举起右手，指掌间淋漓地滴下来鲜红的血。他把手放进嘴里，一口口把血吮干净，再伸出来，慢慢地将它攒成拳，骨节响动。

鹤青岩没有看他，只是低头看那个被折磨的战俘。什么也看不出，只有个血肉模糊的躯体，像有些微弱的呼吸起伏，间或低低地发出几声呻吟。

羽人士兵一记重拳打来了，最简捷的直线，目标是鹤青岩的鼻梁。拳带劲风，凶猛得简直要把他的整张脸面炸开。围观的人吹起兴奋的口哨。

但是鹤青岩轻轻地避开了它。

他侧了侧头，飞快地切进了对方的进攻圈。拳在外围，对方的身体于他只是一座空城。鹤青岩右肘先蓄后弹，“咔嚓”一声撞碎对方的胸骨，整个动作就在一眨眼的时间内完成。这是他练习过数十万遍的招式，只此一招，但绝不会发生任何失误。这是最适用于暗杀者的武术，羽人先天力量不足，贴身时的肘击是最有效的杀招。

魁梧的对手如一段枯树般栽倒在地上。鹤青岩紧了紧背上的包袱，转过身向外走。

“或者杀死敌人，或者被敌人杀死……但这么玩可真是无聊。”

留下了这句告诫，他伸出腿，咔嚓一踩地上那俘虏的咽喉。后者颈项向后一扭，胸口顿时失去了起伏。跨过他的尸体，鹤青岩大步地走出门。

外面很冷，鹤青岩忍不住将衣领竖起来。巷子里依然没什么人，除了先前围圈赌钱的几个士兵。他们停下手中的骰子，转过头盯着鹤青岩，神色中有几分诡秘，又透出几分凶狠。忽然有脚步声响，那些眼瞧着同伴被打伤的士兵从大厅里追赶出来，却不知所措地停在自己身后。鹤青岩扭过头，面无表情地看着他们，没有人敢上前发难。

那招传自厌火城的肘术彻底地镇住了他们，于是鹤青岩转过头走了。他想这些人还都只是新兵，看起来凶神恶煞，却在真正的生死面前脆如薄纸。

“前面的兄弟！……喂！请留步！”

鹤青岩觉得后面有个声音是在喊他，但是他没有回头。走在抚阳城里，不敢随随便便停下来，尤其在得罪了人又落单的时候。前两天就发生过这样的事：有个人族的探子化了装成功潜进城来，不知是想刺探军情还是想搞暗杀。总之在他采取进一步行动以前，他犯下了一个失误，就是在某支营队掌握的地盘没能表现出足够的礼貌。结果就是当他走在那里时，有人从后面叫住他，他刚停下来就被一张瓦片掷中了后脑。

他在被恶狠狠地敲了几顿闷棍之后，终于忍不住将自己的身份暴露出来，然后大家才知道这家伙原来是个探子。据说掷瓦的兄弟还因此记了功。

“……停一下！嗨，叫你呢！”

真无聊，街头打闷棍也可以立功……这帮家伙更加肆无忌惮了。

鹤青岩似乎还沉浸在自己的思绪中。急匆匆的脚步声由远及近，一只手拍上他的肩膀。同一个瞬间，鹤青岩霍然转身出手，眼神中陡地射出摄人的光！

“等，等一下，我并没有恶意！”

——是个胖胖的中年男人，夸张地举直了双手。两只细长的眼睛，眯着讨好的笑意。

鹤青岩闷哼一声，收住了习惯性地要撞出去的右肘。不管怎样，眼前这个家伙不像是一个能对自己造成伤害的人。“你是谁？”他决定先问一问。

“我姓经，单名承，经承，联军十二团七纵的队长。”中年人敬了个不太标准的军礼。

鹤青岩这才看出对方居然还穿着羽族的军服，即使如此，也很难将他知觉为一名军人。不光是身材的问题，这家伙身上也缺乏军人本该有的杀气。

鹤青岩想了想：“十二团七纵？没有印象。”澜州联军的编制确实也过于混乱了。

“也算打过交道。”经承搓着手笑笑，“承蒙兄弟你看得起，刚才就在十二团的军炊营里捎走的军粮。这时背在你肩上的，正是鄙团今天的晚饭。”

行藏被人叫破，鹤青岩掂了掂背上的包袱，岿然不动的面皮竟也有点挂不住了。“那又怎么样？你们上万个人，匀我一份口粮又怎么了？——你跟踪我，还想讨回去么？”他自知这番话并不如何在理，是以声色俱厉，反倒加了几分凶狠。

经承连连摆手：“哪有，哪有！在下敬佩兄弟你的身手，想请你喝杯酒。”

“喝酒？”鹤青岩愣了一愣，狐疑地盯住对方。胖胖的中年军人堆起了一脸讨好的笑，指了指腰间，牛皮的束腰上晃悠悠地挂着个铁皮罐子。

鹤青岩摇了摇头：“我已经戒酒好几年了。”

“戒酒？”经承乐呵呵地笑着，挠挠头。他的头发很少，有点像人族男子的中年谢顶，有一个亮亮的大脑门。“就算你戒了，你周围那些人也戒不掉吧？何况，那个日子就要到了，能够大醉一场，岂不是解脱了无穷苦恼，兄弟真的不想么？”

鹤青岩面色一寒：“你说什么？你怎么知道？”

经承诡秘地笑了笑：“我调查过你和你们，但我没有恶意。”

鹤青岩逼近一步：“你究竟想做什么？”

“有一个跟你们一样的人，需要你们的帮助，”经承拍了拍腰间的酒罐子，“真的不请我回去说么？有酒，而且他们等你的口粮，也等着急了吧。”

2

“燕归楼”曾经大概也是座胜友常临，高朋满座的上等酒楼，只是抚阳易主十二年，皮之不存，毛将焉附。连当年燕王御笔亲题的金字匾额，如今也逃不脱被劈柴烧火的命运，更不必说紫檀木的桌椅，花雕木的窗棂，琉璃玉的器皿，窖藏三十余年的“美人名剑”……诸般珍奇名贵的器物家什，早已被精力旺盛的侵占者们破坏和消耗殆尽。这些羽人初到澜州，倒是从善如流地学会了滥饮和开荤。军炊营表面仍不开举火之例，以维系羽人寒食的传统，然而士兵们暗地里盘踞在城里的酒楼饭馆，用灶台生火造饭，大碗喝酒，大块分肉，嘲弄着元极道的迂阔，把他们的一切清规戒律都视为陈腐的教条。元极道是羽族流传极广，影响极大的宗教，它的信徒有着极其纯正的信仰和极其严苛的生活戒律。在燕国覆亡的那年（即鹤雪团被正式启用的时间）以前，它一直是在羽朝具有统治地位的国教。闻名于后世的鹤雪术，因与元极道的教义相悖，在此前始终是羽族的禁术。而当鹤雪团突破了重重阻力，被正式启用并确立了实战中的价值之后，元极道在羽族的影响力也开始日渐消退。

经承和鹤青岩走进燕归楼的时候，楼下大堂里正进行着一场斗殴。

两个精赤着上身的羽族汉子，互相绕着圈子，嘴里毫不停歇地对骂着醉话，不时地击出一拳试探着，周围一群酒气醺醺的士兵，兴奋地为每一次碰撞呐喊。鹤青岩对此见得多了，清楚这还只是刚开始，接下来他们就会扭打成一团，抠眼睛，掐鼻孔，抓头发，踢打下阴，抓一根桌子腿对抽，满场血肉横飞。围观的人会越来越多，有时会分成两拨加入战局，有时只是在场外助威和技术指导，赌棍们大概会趁机买马下注……

总是如此。事由不重要，结果也不重要，重要的是它总是会发生。

“那么，去楼上吧。”鹤青岩耸了耸肩。

楼板上也挤满了看热闹的兴奋的士兵，鹤青岩尝试从他们中间挤上楼。“劳驾！”他说，但没有人有反应，大家喷着酒气，嬉笑着望着场面中央。“劳驾！”鹤青岩重复了一遍，这次声音里透出刀锋一般的冷峻来。挡路的几个人浑身一颤，不耐地转过眼光，凶狠瞪视。及待与鹤青岩眼神一触，却纷纷本能地向后一缩，闪出一条通路来。

二楼倒还保留了几副座头。寥寥的几个羽人各据一桌，倾倒的酒坛没人收拾，弥散开一股浓浓的劣质酒香。看起来他们都醉得不轻，否则也不会错过楼下的热闹。有人趴在桌上打鼾，有人仍然摸索着想再开一坛。见到经承和鹤青岩上楼，还有神志的几个人勉力抬了抬手中的酒碗。“老鹤来了，干！”一个十七八岁的年轻人迷糊地说，喝完他猛然站起来，跌跌撞撞地冲到栏杆旁边，哇的一声，翻江倒海地朝着街上大吐。

“哪里来的酒？”鹤青岩冷冷地问。

没有人理他。鹤青岩面无表情地四面环视一圈，把肩上的包袱重重地扔到地上。

“我问你，哪里来的酒！”他倏地踏前两步，箭一般出手，按住那年轻人的后颈。

“呼……”年轻人歪歪斜斜的，在他手里根本没有反抗之力。然而他也并无丝毫惊惧，扭过头，一双浑浊的眼睛扫了两个人一眼。然后他笑了起来，喷出一口一口的酒气。“老鹤，干，干……”他傻笑着。鹤青岩将他整个人翻过来，抓到自己面前，狠狠盯着他。年轻人却像是一摊烂泥，脑袋一歪，整个人趴到鹤青岩的肩上，人事不省。

鹤青岩冷哼了一声，松手将年轻人扔在地上。

“为什么啊？为什么活得像猪狗一样？”他低声说，像是在自言自语。

他忽然暴躁起来，用脚踢开了地上的包袱，里面的干粮散落出来，滚满了整个地板。几个还有神志的羽人眼里放出了光，他们从座上爬了起来，趴到地板上到处捡拾。

“吃！吃！”鹤青岩冷冷地吼道，“看看你们现在这样，就跟……”

他的话被打断了，经承呵呵笑着，使劲按住他的肩膀。

“没必要没必要。”经承拖着他，选了一张靠着栏杆的桌子，“我们就坐这桌吧，可以俯看风景。让人想起那些有明月的夜晚，我们展开翅膀在天上飞。”

鹤青岩拉开椅子坐下来，冷冰冰地侧过头，往楼下看。

“兄弟隶属哪个团的？”经承解下腰间的酒罐，“真是好身手，哪一年进的队伍？”

鹤青岩望着楼下，淡淡地摇头：“我不是军人，只是普通百姓。”

作为占领年头最久的城市，抚阳城里确实开始有了极少量的羽族移民，他们大多是在宁州被通缉的犯罪者、流浪人，以及想要捞一笔油水的投机者。羽族军队容许了他们的存在。毕竟从长远看，想在澜州重建城邦，没有先遣者是不行的。

“哦？”经承的眼睛眯了一眯，“那是我事先调查得不够了。”

“说正事吧，”鹤青岩不耐地将目光转回来，“你找我究竟想干什么？”

“呵呵，”经承笑了一笑，透出几分神秘，“酒还没有喝，不适合谈太煞风景的事情。来，今天就先喝这么一壶，喝到差不多的时候，我们再说。”

酒意有些上涌，经承解开了军服的前襟。

“还剩最后一点，”他晃了晃手中的酒罐子，“老哥哥我的意思差不多够了，兄弟难道就真的一口不沾？”他倾过身，把最后的酒倒在鹤青岩碗里。

鹤青岩冷冷地坐在他对面，面前是满满的一碗酒。他说过戒酒，经承自斟自饮的时候，他当真就只是看着，滴酒不碰。经承端起鹤青岩的酒碗，硬要捧到他手上。鹤青岩翻过手，压住了经承的手腕。两个人对坐着有点僵持。这时楼下忽然爆发出一阵高亢的喝彩，而后是持久不息的欢呼和鼓掌声。两个人的注意力都被吸引了过去。

过了许久楼下才渐渐安静下去，脚步声凌乱散开，像是围观的人渐渐散了。楼板上有人开始热烈地讨论和谈笑着，脚步声响，几个看客返回了二楼。

“哟，老鹤还喝酒呢？不如都让给老子喝了吧！”有人看见经承和鹤青岩推酒的情状，挑衅地笑道，“老鹤你这人不能喝，倒像个娘儿们的样子！”

四周的士兵轰然大笑。无数道嘲笑的眼光投过来，两个人成为了看客们新的兴奋点。

鹤青岩转过头，眼神像冰刀一样：“你说什么？你再说一遍。”

他一拍桌子想要站起来，这时一只手按住了他手腕，轻轻地拍了拍。经承看着他轻笑，慢慢摇了摇头：“这些都只是莽夫，不清楚自己究竟想说什么，干什么。打生打死，不知道其中原因，这样的人其实也很可怜，兄弟你何必跟他们计较。”

街面上传来一阵喧哗，鹤青岩转头去看。一群人拖着一具尸体从酒楼里走出来，正是刚刚在楼下打架的其中一人，遍身鲜血，身后拖过一道长长的红色血迹。过了片刻，另一个打架的人追出来，半边脸上血肉模糊，背脊上纵横交错的全是刀口。他嘴里一面高声笑骂，一边还要追上去踢打尸体，却被围观的人半劝半拦地挡了回去。

“暗月日快要到了，大家都很难受吧？”经承忽然问。

他说话的声音不大，听在鹤青岩的耳中，却字字有如惊雷。他转回头：“暗月？”

“是啊，暗月，”经承呵呵笑着，“看不见的月亮啊。”

鹤青岩沉默了半晌：“我需要听你说实话……你究竟是什么人？”

经承狡猾地笑了起来：“这未免太不公平，我也不知你是什么人；你开口便要我说实话。我甚至都不知你叫什么名字，枉我还叫了你这么多声兄弟。”

“我姓鹤，我叫鹤青岩。”

“鹤兄弟，”经承的眼神里闪过一丝锐利，“从前是当兵的吧，杀过很多人？”

鹤青岩的脸色一寒：“我说过我不是军人。”

“鹤兄弟不必瞒我了，”经承笑了笑，“我虽然懦弱没用，至少还是一个老兵。我见过的军人也有数百成千，什么样的人上过战场，什么样的人亲手杀过人，眼神里就透得出来。一个人的眼睛是最骗不了人的，鹤兄弟，你眼睛里杀气太重。”

鹤青岩的脸色阴晴不定，终于低下头：“也是从前的事了，有年受了伤，就退出了队伍。否则，”他用手指了指地上的包袱皮，“也不会没出息偷吃的。”

“为国尽忠受的军人却得不到赡养，是我们国家的耻辱，”经承点头叹息，“鹤兄弟不必说了。今后我的队伍但凡有一份口粮，也就有你的人一份。”

鹤青岩抬起头，却毫无感激之色：“无功受禄，反让人于心不安。”

“我知道鹤兄弟对我仍有疑惑。”经承大笑，“那么我就回答你的问题吧。说起来讽刺，老哥哥我这样平庸的人，居然也出身一个还算显赫的世家。我的一位远房太叔公，在齐格林曾是最有地位的贵族之一，元极道的大司祭，名字叫经九冥。”

鹤青岩的眉头皱了起来：“艾格瑞特大司祭？”

经承叹了口气：“是他，愿他老人家在天上安息……艾格瑞特，这正是我们家族的姓氏。现在大家都用人族姓名相称，很少再使用那些神使文的名字了。艾格瑞特，对，艾格瑞特……可惜他却是这个家族的叛徒。我父母一辈其实离太叔公很疏远，不过承蒙他老人家看得起，二十年前在齐格林他的居所见过我一面。那一年我刚刚从军。”

鹤青岩摇摇头，他对经九冥这个大司祭并没有好感。

经承笑了笑：“那时我还很年轻，太叔公怜我无知，告诉我羽王正在筹划对人族的战争。因此我们那一代年轻人，终于要打破百年的承平，第一次握起杀戮的弓。就在我上战场之前，太叔公给了我一些关于暗月的告诫，来自于他读过的古籍。”

鹤青岩的神色一动，身子前倾了过来：“什么样的告诫？”

经承又露出了老奸巨猾的笑容：“鹤兄弟，抱歉我不能说了。老哥哥我知道的东西其实也不算多，要是我这时都说出来，只怕兄弟你再不肯帮我的忙了。”

鹤青岩目光灼灼地盯着他：“你想要我帮什么忙？”

“一个小忙，”经承诡秘地笑笑，“你放心，绝对值得。只看你和你周围的这些朋友们，你们中了暗月的诅咒，这十年来，每到明月之力消退，暗月之力大涨的日子，你们便痛苦得辗转反侧，生不如死。纵然滥饮，自残，斗殴，豪赌，那些自欺欺人的癫狂真的能帮你们么？何况今年的暗月日就要来了，这一次不同以往，是十几年来暗月之力最满的一次，暗月彻底遮蔽明月，整整六个对时，你和你的朋友们将会如何支撑得过？”

鹤青岩默默地摇了摇头：“我们有我们的办法。”

“有用吗，鹤兄弟！”经承大笑起来，“我知道你是一条汉子，你一直在试图把这些人聚集起来，互相撑持着渡过难关，你努力为他们创造着生存的条件。可是你毕竟是一个人，怎么抵抗得过星辰的意志呢？暗月远离我们的时候，你们可以生活得很好，相互敬爱，可是暗月现在回来了！就算你还在苦苦坚持，他们又怎样呢？这些人心中的痛苦，不是单凭毅力就可以克服的吧。”他用力拍了拍鹤青岩的肩膀，后者默然。

就在他们周围，醉醺醺的羽人们满地捡拾着干粮，一边塞进嘴里，一边含糊地呓语。

“不必再多说了，”经承站起身，系上军服的扣子，将空酒罐重新拴回腰带上，“干了你面前的酒，跟我走吧。我们会努力让这些朋友获得新的人生。”

“否则，”他忽然伸手指向栏外，“随着暗月日的临近，那就是后果。”

顺着他指的方向望出去，那场斗殴留下的尸体已经被拖得远了，看热闹的闲人也纷纷散去。街面上只留下蜿蜒的一道血迹，如一条暗红色的长蛇。

鹤青岩默默地站起来，端起碗，然后把酒一气喝干。

3

无星无月的夜晚，风中传来若有若无的腥臭。经承和鹤青岩谨慎地走在寂静的原野上。羽人用锐利的目光审视着身周的环境，每一块岩石背后都仿佛隐匿了危机。十里之外的身后，抚阳城沉默地蹲伏在他们的视线尽头，像一尊安静的巨兽。

"这是什么……"鹤青岩抽了抽鼻子，皱起眉。

"尸臭味，"经承说，他的手微微一抖，攥紧了佩刀的刀柄，"几天以前，在这里曾经抛下过两百七十具人族的尸体，他们的尸骨都没有处理。"

"这一说我也有印象。是一撮人族的山贼，领头的是一个燕国侍卫，扬言要攻下抚阳？几天前被处理掉了，原来是你们干的，听说打得很漂亮。"

"是么？不敢当，"经承心不在焉地笑笑，"只是靠着一点老兵的经验。"

鹤青岩回头看了一眼："你说的人究竟在哪？我们离城已经很远了。"

"快到了，帮我看看前面是不是有一条河？他就在河边，"经承伸长脖子，向前方张望，"话说回来，你既然陪我走这么远了，要不我再透露点情报？"

"是有条河，看方向是销金河的某个支流。"鹤青岩冷冷地说，"我和经九冥不是同类，所以他说的东西我并不相信。不过，你如果想说的话就请自便。"

"真是冷淡的年轻人，"经承悠长地叹了口气，"而且嘴硬。"

"二十年前我太叔公告诉我，尽管在人族的土地上，秘术已经被明令禁止，秘术师的活动转入地下。但是仍然有一些流派没有销声匿迹，并且似乎得到了皇室和诸侯的秘密支持。其中就有太阳和暗月两门秘术。暗月掌管人类的仇恨，那是诅咒之术，嫉恨执著之念不灭，这门秘术便也不会消亡。倘若远征东陆，必须提防被诅咒所伤。"

"你是说，我们这些年的痛苦，都是因为中了暗月秘术的暗算？"

"暗月施术的方式，未必是暗算，"经承呵呵笑了，"你知道毒蜂么？这种秘术就仿佛是它的尾刺，从来不会主动伤人，但是遇到了致命攻击，它们会在死去的一刻将尾刺射出，同时便失去了生命。那根刺从此就成了你心里的一个附骨之蛆。就算把它拔出来，伤痕还在，永远好不了。诅咒之术就是靠这个伤痕起作用，折磨你一辈子。"

鹤青岩不动声色地听着："经九冥的建议是……在东陆不能杀人么？"

"并不是，"经承收起了笑容，"只是不能滥杀。生命的给予和褫夺，那是神明才拥有的权力。众神通过星辰传达它们的意志，而凡人的义务只能够是遵行。妄图超越这一原则，凭人之妄念而断人生死，受到暗月之伤，便没有星辰可以救护。"

"可笑，"鹤青岩冷笑，"那怎么知道神的旨意，谁该杀，谁不该杀？"

"罢了，看到你的笑容，我就知道你不相信，"经承哈哈大笑起来，"其实你的问题并不难。羽人的守护星是明月啊，千百年来，它的意志一直不都是由元极道来传达的么？明月的护佑之力，足以抵御暗月的反噬，只是大家现在都不再相信了。"

他忽然停下了脚步："到了！就在前面。"

满天的风声忽然静了下来。

尸臭的味道更加浓了。河边上有一间简陋的棚子，里面像是点了灯，透出微微的光来。借着这点光亮，隐约看见河边有一个瘦小的身影。蹲在地上，喘息连连，像是在用什么东西笨拙地掘着地，姿势怪异，让鹤青岩的心里忽的有些不安。

经承掩住鼻子，在一块岩石后蹲了下来，另一只手做了个噤声的手势。

“这个人是……”鹤青岩也跟他一起蹲下，同时压低了声音。

经承脸色一变，猛地伸出手掩上鹤青岩的嘴。然而已经迟了！河边那个身影有着惊人的敏锐，他猛然转过身，径直朝他们藏身的地方冲了过来！

“藏不住了！”鹤青岩拍了拍经承的肩，一跃而出。对方正面冲向自己，一瞬间他已经看清了对方手中的兵器，那是一柄人族惯用的厚背军刀。他熟悉这种刀的制式，十二斤四两，这使他稍微有点吃惊，因为以对方双手举刀的架势，显然是想仗着膂力大劈大斩。这对人族中偏于强健的武士来说，倒是极具杀伤力的进攻手段。然而对方却偏偏是一个瘦弱的羽人。他举刀的两只手微微颤动着，像是有些掌控不住刀的重量。

但这并不影响他的攻击！一刀呼啸着劈下，卷起风声。鹤青岩从这一刀中感受到对手的决心。那是毫无转圜的必杀的信念！他知道不能留手了。

他贴着刀锋，身体斜斜地向后一仰，伸手便去切对方颈上的动脉。这本是一记虚招，只是迫对方不得不回手自救。谁知对方不理不顾，军刀落地一挑，余势成弧，竟又切出一个平斩，毫不犹豫地挥向鹤青岩的腰间！鹤青岩又是一惊。对方摆明是同归于尽的打法，初次见面，素不相识，就使出这样决绝的招数，难道已经疯了？

一想到自己何苦和这种疯子以命换命，他立刻收了进招，身体如一片柳叶般倒翻回去。对方的平斩落了空，跟着一声虎吼，追上又是一刀劈下。

但鹤青岩早已经算到了这一刀。避开了对方两招，他大致掌握了他出招的轨迹和规律。以他经历的那种程度的训练，就算对方是个疯子，却也只要稍微多花点工夫想出破解之法。现在他想好了，一个旋身，舞蹈般滑过斜切而下的弧线。

他转过头，看见岩石后经承担心的目光。他冲他点了点头。

然后他如鸟儿般轻盈地腾起，滑翔般倒跃。对手挥着刀追了上来。鹤青岩舔了舔嘴唇，露出一丝诡秘的笑。对手已经落入了他的圈套，这场战斗他有了胜算。毫不惜命的挥刀确实能占到优势，尤其在自己比对手更惜命时，这使对手能把全部精力都放在进攻上，平添一倍的力道和速度。跟这样的对手在招数上太较真是愚蠢的，但是在奔跑时，永远是空手的人更稳操胜券。何况对手握着十几斤重的刀，就跟他拼耐力好了。

“鹤……鹤兄弟！”他看见经承从岩石后站起来，冲着他喊。

他控制着自己退避的速度，永远保持对方只差一步就可以赶上。他听见对方粗重如牛的喘息声，劈下的刀光越来越难以收束。他闭上眼，用心捕捉每一分微小的信息。机会快要到了！对方的体力已不足以再支持他势若疯虎般的狂攻。

他深吸一口气，猛地睁开眼然后出手！他的进攻毫不费力地便达到了目的。全力进攻固然凶猛，一旦攻势衰竭，剩下的就是全身空门大开。

“鹤兄弟！”那一瞬间他听见经承的声音，“……不能杀他！”

鹤青岩愣了愣，那句话猛然让他回忆起什么，手上不由自主地慢下来。就是那么短暂的一失神，对方攻势中短暂的空隙补上了，断续的刀光重新接成了一条长河，长河的尽头便要将他整个人劈作两半！当他蓦然惊觉的时候，刀已及身！

“不能杀他！”

很多年前，鹤青岩曾经听见过这句话。但是在那之前，他更习惯的是另外一句。

——杀了他，杀了他！绝对不要留情！

——假如你不杀他，他就会杀你啊！

于是他想起了那个夏天灼目的日光。日光下那个男人的声音冷厉，他拼命地睁大眼睛，可是他怎么也看不清那男人的面目。冷汗顺着额角流下来，他的神经像绷紧的弓弦。即使是闭目小憩，他也能感觉到无数双目光，蛇一样盯住自己的脊背。

“如果你不会杀人，那么你就是一只废物！我们不需要废物！”

时而奔跑，时而展翼飞翔，时而藏匿于暗处，他必须躲开那些无所不至的目光。

他拉开弦，他感觉到银丝弦紧绷在掌心中的张力。他不需要刻意的瞄准，他眼睛看向哪里，弓箭就会自然地射向哪里。他的手心干燥，心跳稳定。

他下了决心。他只要松手，只要松手。——假如你不杀他，他就会杀你啊！

这时那张惊惶的脸忽然挡在自己面前：“求求你，不能杀他，不能杀他！”

这张脸和经承的脸重合了。这人是谁？鹤青岩却不为所动，他只是轻轻地纵身一跃，避开这人的遮蔽。他的目标现在就在眼前，一身白衣，纤细的身影背向自己。他意识到自己的危险了么？他似乎刚要转头……但这些都不重要了，他的箭已在弦！

只需松手吧。还犹豫什么？他对自己喊道，那脆细的弓弦，已经绷痛了手心。

但是——

你一松手，就一了百了！什么都不用想，也不用再回头！任务解决了，很快！

但是——

短短的一瞬失神，鹤青岩猛地睁大眼，他醒悟到自己身在何方，刀光翻卷而来。

但是——总是会响起那句话啊：“不能杀他！”

“差点就被他伤了。幸好，他那时体力刚好用尽。”

鹤青岩没有回头。他坐在湿冷的河岸边，低头用手搅着缓缓的河水。在他的头顶上，从云层后露出了小半个月亮，淡淡地洒下些光辉。明亮的月色让让鹤青岩的烦躁减轻了许多。临近暗月日，明月的力量逐日减弱了，难得碰见这样的好月光。

“我知道的，感谢。”脚步声走到他身边，经承慢慢坐了下来。他疲倦地喘了口长气，脸上不复有惯常的笑容了，连声音里也透出一股浓浓的倦意。

“他现在怎么样？”鹤青岩漠不关心地问。

“还好，睡着了。”经承捡了块石头，抛进水里，“我在明月秘术上造诣不深，还不足以替他驱除暗月的咒术，至多也只能让他暂时镇静一阵。即使如此，施术以前也必须花很长时间去集中精神，所以我真的很感激兄弟你帮我制住他。”

“他跟我们一样，是被诅咒的？”鹤青岩说，“他是你手下的兵？”

经承笑了起来，点点头：“也是我的儿子，十七岁，这是他从军的第一年。”

鹤青岩沉默了一下：“怎么弄成这样？我们当中都没有人会这么狂暴。”

“暗月之术强弱不同吧，”经承笑嘻嘻的，指了指不远的地方，“他杀的是大人物。”

鹤青岩点点头。他在那里看到了很多具已快腐烂的死尸，都是三日前的战事留下来的。获胜者只收走同袍的尸骨，却不必理会战死的敌人。他们见到那个掘地的身影，其实是在为了埋葬尸体刨坑。鹤青岩也明白了那把军刀上为何土迹斑斑。

“这样的怨力，到了暗月日的当晚，不知会怎样难熬，”鹤青岩说，“有什么办法么？”

“办法倒是有，时间上不一定赶得及，”经承笑呵呵地喘了几口气，站起身，“只能仗着鹤兄弟的武功和福分，死马当作活马医了。我们先把他弄回去。”

4

“我让你再喝！”鹤青岩伸出手，劈手夺下对面的人手中的酒罐。

“老鹤你……”那人手舞足蹈，鹤青岩抬手给了他一个耳光，将他打得清醒了一瞬。他捂着脸，看了一眼鹤青岩铁青的脸色，唯唯地缩了回去。

“都听好了么？”经承笑嘻嘻地环顾了一圈，确定没有人再敢打岔了，“趁着现在明月的月力尚好，诸位还可以控制自己的神智，我就只说一遍。”

“诸位所经历的，乃是暗月的诅咒之术。先由暗月的秘术师施加给受术者，由受术者本人的执念孕育滋养，如同毒蜂的刺，淬取着体内的毒液，然而，这根刺却始终长在受术者身上，不会发生任何效果。之时一旦受术者遭遇横死，那执念骤然断绝，精神不散，便会将暗月之力移转给伤害他的那个人，这便形成了诅咒。执念越强，诅咒越强，并随着暗月之力的盈亏而涨落。诸位都吃着这苦头，个中滋味想必都清楚。暗月之力最强时，轻则神智模糊，重则痛不欲生。像我儿子现在所受的，应该是执念极强的血咒。”

经承顿了一顿，借着月光，看周围的羽人听得入神，便卖个关子：“然而你们中的诅咒之术并不是无可挽救，就我所知，至少有四个人可以破解。”

这句话让喧闹的酒楼里静了一瞬。羽人们伸长了脖子，面面相觑。鹤青岩猛地上前一步，探出手像是想要挤出经承嗓子里的话来：“四个人？哪四个？”

经承呵呵笑着，向后缩了一缩：“第一个人就是天启城里，当今皇帝的御医首座，人称真阳星君的叶承轩叶仙手，此人的太阳秘术已至登峰造极，据说有起死回生的神力。若他肯出手，以真阳火的神通，这种程度的暗月秘术根本不在话下。”

羽人们愣了愣，而后哄笑声打破了沉默。大家纷纷摇头，像是听见最荒谬的答案。

鹤青岩冷冷笑道：“叶仙手？我也曾想过带弟兄们前去中州寻他。但我听说，每天求他看病的人，几乎可以排满小半个天启城，要何年何月才轮到我们弟兄。何况当年的七夕对决，也有此人参与。他既是人族，又怎肯耗费精神施救我们羽人？”

经承淡淡一笑，伸出第二根手指：“羽人之中，倒也有位救主。那便是明月之魂的主宰，泰格里斯姬武神殿下。明暗双月，有如水火，天然互为相克。而历代姬武神殿下的明月之魂，都是至纯至强的武神境界，以之拔除暗月之阴翳，如驱光照影。”

这次羽人们不再发笑，而是面有怒色。有人开始喝酒，丧失了继续听的兴致。鹤青岩的脸色沉下去："自那个姓雪的丫头死后，羽族哪里还有姬武神？"

"死了又如何？不要以为死人便帮不上忙，"经承仍是不慌不忙，呵呵大笑，"姬武神的光辉也只是暂时的隐匿。我要说的第三个人，还是一群死人。"

鹤青岩的脸色越发难看了："那又是谁？"

经承慢悠悠地伸出第三根手指："便是被你们杀死的人！"

"要知道你们所受的咒术，就是受这些死者的执念指引，"经承不顾羽人们的面面相觑，"倘若能找出他们临终时的执念所在，替他们达成心愿，这股精神力便会自然消解，附着于其上的暗月之力自然也就不存在了。暗月秘术发源于云州，在当地被称为心蛊，破解心蛊的传统办法就是如此。现在你们去云州打听，还会流传着……"

"那个人！"这时有人大喊，打断了经承的话，"那个人醒过来了！"

经承一惊，扭过头便挤进了人堆，胖胖的身子竟是格外的灵便。人堆之外，并排摆放的四张椅子搭成一张简陋的床。经承的儿子便躺在那张床上，在秘术的作用下熟睡着。为了以防万一，经承用铁链绕在他身上，牢牢地和椅子缚在一起。这时秘术的效力已过，年轻人睁开了眼睛，虚弱而茫然地四处看看，盯着他父亲惊慌的脸。

"小龙，你怎么样？你醒了？"经承也收起了一贯的笑容，声音里透出做父亲的惶急，月光朦胧，又被云遮去了一半，使他有点看不清儿子的眼神了，不知他现在是否还神智清明。后者啊啊地呻吟了几声，一副虚弱至极的神态，却说不出话。

"小龙小龙！"经承趴下来，摇儿子的肩。

其他的羽人却无心关注他儿子的醒觉，纷纷谈论起经承刚才的话。

"这么说，"一个羽人霍地站了起来，"我当时射杀的那个人族武士，临死前还喊着他儿子的名字，记挂那孩子今后的生活……这便是他的执念所在么？"

经承一面照顾儿子，一面点头："很可能是，我建议你尽快找到那孩子，最好在暗月日之前，然后照顾好他，你身上的怨力便会消解，从此……"他的话还没说完，忽然手一抖，经小龙的身子剧烈晃动起来，手脚用劲，拼命想挣脱铁链的束缚，像是体内的恶灵猛烈挣扎。铁链哗啦啦地响，经小龙张开嘴，发出沙哑而疯狂的嗥叫声。

经承手足无措地退开一步。然后是一声大响，经小龙一翻身，带着椅子摔倒在地上。

然而这番骚动却被羽人们这时的振奋给淹没了，经承给出的答案是肯定的，这使他们看到了脱离沉沦的光明。有人拍着桌子，有人开始吹口哨欢呼，只有提问的那羽人张大嘴，愣了半天，忽然又颓然坐倒："可是我哪知道那孩子在什么地方……"

然而刚刚燃起的希望，并未就此扑灭。在他身边，越来越多的羽人从昏昏欲睡中惊醒，放下酒罐，半信半疑地议论这逃离苦海的正途。多少年来，暗月日的痛楚，早已将这些羽人折磨得生不如死。因而纵然是一点微小的可能，也不肯轻易放过。死在自己手下的都有谁，各自可能有怎样的执念，又该如何消解。议论的声音越来越杂。

"糟了！老子前些年杀人太多，不知谁才是受术者！"有羽人哀叹。

鹤青岩也低下头，陷入了沉思。他琢磨自己杀过的人，这时他意识到自己似乎遗忘了一些事。那个不该杀的人是谁？是在什么时间？关于那一段的记忆竟是一片空白。仿佛自己在不知怎样的状态下度过了一段日子，就恍惚变成了被诅咒的人。

“如果，根本不知道杀过谁呢？”他皱着眉说。

他想起了早一些的时候，经小龙发狂时用刀劈向自己，经承大喊不要杀他。那时自己有一阵短暂的失神。在那段恍惚中，自己张开弓正要射向一个白衣人，后者几乎就要转回头。但他转回头会是谁呢？那会不会就是被他自己遗忘掉的记忆？

这念头像是第一次在他头脑中浮现，搅得心中隐约的不安。他忽然意识到自己这时候竟是如此紧张，手已经不自觉地攥成了拳。事实上，自从今晚跟经承出去，自己似乎都一直处在某种莫名的焦灼中。也许是暗月的月相进一步涨满了吧。

“如果，根本不知道杀过谁呢？”他喃喃自语，又重复了一遍。

“滚开！”一个羽人大吼，向对面的人挥出了拳，“你的问题解决了，老子的可还没有！现在别往老子跟前凑！看见你们这副笑嘻嘻的表情就不爽！”

酒罐子飞了起来，直接砸在人的头上。然后是拳头着肉的闷响。喧哗声从整个酒楼上爆发开，惊飞了外面树上的宿鸟。又是一场斗殴开始了。鹤青岩勉力看了看天色，月亮已经被完全遮住了，这些人的最后一点神智也快被诅咒之力吞没。

哗啦啦的铁链声越来越响。经小龙的挣扎越发狂暴，像是铁链也束缚不住。

“镇静！”鹤青岩猛地站起，他的眼皮跳动着，青色的血管暴起。他咬咬牙，勉力克制住自己的痛楚。这是暗月的又一次临近，这样的时刻他已经有经验了。他飞快地出手，拆解同伴之间的斗殴，夺下他们手头的家伙，用最快的方式将他们打晕。他深深地吸了一大口气，他知道这是自己可以支撑的极限。他必须支撑住，否则这些同伴便失去了唯一可以依靠的人，他们会陷于狂乱的打斗和自残中，也许见不到明天的太阳。

他精疲力竭地向经承走了两步，后者不知所措地看着他。

“绑住我……”他无力地向他伸出手。

睁开眼睛的时候，鹤青岩感到喉咙里一阵干渴。他定了定神，发现天已经亮了。酒楼的地板上横七竖八地躺着他的同伴们，都还昏睡着没有醒。

“暗月……”他张嘴说，感到嗓子很痛，“总算又熬过去一轮。”

“要不要喝点水？”经承笑道，“除了你他们都没醒，你下手真黑。”

鹤青岩坐起来，接过经承递过来的碗。他看见地上还有斑斑的血，不由得皱了皱眉。昨晚让大家聚集起来，实在是过于冒险的举动了。暗月的月力像是突如其来地取代了明月，让人猝不及防，好在终于没出大事。他仰起头，咕咚咚地喝水。

“鹤兄弟，你每次都要承担所有人的安危？压力太大了吧。”经承摇了摇头。

鹤青岩将碗里的水一饮而尽，冷冷地哼了一声。

“昨天晚上不过是暗月偶然的接近，跟暗月日的月相还无法相提并论。几天后暗月日，恐怕没有昨晚这么容易了。”经承叹了口气，摸着他儿子的前额。

经小龙也醒了。他不甘地瞪着眼睛，却虚弱无比。他的眼神屈辱，惊恐，有巨大的悲哀，会让人想到战马被杀死前，那双眼睛中淌下的泪水。经承想起那个晚上，不过是刀光一闪，大片的血花绽放开来，那个男人死在了经小龙的刀下，然后一切就不一样了。那时候他看着那具尸体最后的眼神，一模一样的屈辱，惊恐，和巨大的悲哀。

然后血就流了出来，大量的血，不是沿着战刀的血槽，而是像地底的泉水一样向外涌。越涌越快，越涌越多。经承和经小龙都惊呆了，他没法相信一个人的身体里能有那么多血。一时间他们怀疑那男人并没有死，血液的涌动就仿佛具有某种邪异的生命力一般。然而他是真的死了，流出来的那些血液，却汇聚成一条河，慢慢盘旋到经小龙的脚下，那之后，仿佛变成了某种血红色的藤蔓，一点点地向上爬，缠绕住他的肌肤。

那画面诡丽得像一场妖艳的噩梦。这是经承第一次看见暗月的诅咒变成活生生的现实。

然后经小龙就疯了，像是被那个男人的灵魂附体，他嗥叫着挥舞起刀剑，对着这个世界狂劈乱斩，仿佛一个横死者在咆哮，将他所有的憎恨和不甘，都在疯狂的砍杀中表现出来。那些怨念强烈的血液，在暗月催动下，借着经小龙的躯体获得了新生。

“请宽恕这个孩子，”经承用掌心抚摩儿子的额顶，“宽恕他吧，他只是个什么都不懂的孩子。我以明月之光作誓，你最后的心愿就会达成了，很快！”

“最后的心愿？”鹤青岩想起了他昨夜的话，“你儿子杀的是什么人？”

经承从怀里抽出手，递给鹤青岩几张毛边纸。鹤青岩接过来，借着淡淡的月色，看见最上面一页鲜血淋漓地写着几行字，像是一封遗信。

杀死我的人，我并不厌憎你。我们都是不得已的。

如果你被血液里的咒怨所纠缠，请记住这是因为那个叫谢凌的姑娘。我们生不能相依，请将我死后的骨殖带给她。让她看这封信，我请求她为你施法禳解。

“嗯，是那个死人写的血书。”面对鹤青岩疑问的目光，经承点了点头。

鹤青岩把这张纸翻来覆去看了两遍：“谢凌？这个名字有点耳熟。”

“不太可能忘了吧？”经承轻笑道，“只不过我们都不这么叫她了。从前是燕国的公主，燕思王谢冲的堂妹。四年前为了和亲，被谢思华送到宁州，跟储君成了婚。当时也算是轰动宁州的一件要闻，街谈巷议都是谢凌的名字。现在该称她储妃了。”

“是么？”鹤青岩低头沉思，“谢凌，谢凌……我记性越来越差了。”

“储妃也是个可怜人，”经承呵呵笑道，“写信的人，是她过去的情郎吧，却稀里糊涂地死在小龙的刀下。当初这桩和亲，想必伤透了这对年轻人的心。”

“但她终究没能拯救燕国，他的情郎也只能在亡国后流落于盗匪。”鹤青岩道。

经承摇摇头，苦笑着叹口气：“乱世间的男女，连两厢情愿的幸福都不可享有。储妃也真可怜啊，奈何要出生在帝王家？”他摆了摆手，“鹤兄弟，不说这个了，你可知储妃就是第四个可以救你们的人么？”他忽一下收敛笑容，双目炯炯。

鹤青岩心中一震：“她？第四个人？”

“不错！”经承点头道，“第四个可以破解暗月诅咒之术的人，就是施术者本人！”

鹤青岩呆了一呆："施术者？……难道我们这么多人，都是被这位储妃施下的诅咒？"

"你以为诅咒之术像洗衣烧饭一样，东陆人人都会么？"经承呵呵地笑了起来，"东陆秘术，前些年比不得近来的兴旺，一直人才凋零。精通暗月秘术的人，多数都隐藏在皇宫和贵族世家，跟宫闱隐秘有脱不开的牵连，在深宫之外却绝少得见。其实四年前，我已经知道储妃是暗月高手了。那天夜里的星象我记得清清楚楚，双月对冲，流星四溅，天火焚于郊野。那时我正好回齐格林探亲，见到这样的天象，心中实在震骇。"

他顿了一顿："后来我才知道，那一天，就是送亲的使团抵达宁州的同一天。"

"一个精于诅咒的女人？"鹤青岩恨恨地吸了口气："好恶毒的计划。"

"恐怕没有什么计划，"经承摇了摇头，"否则的话，他们会派来更具有破坏力的秘术师。暗月之术并不适合用来主动攻击。我想储妃本人，在燕国当公主的时候，大概通过某种机缘掌握了这门秘术，而她将诅咒施于那么多人，也许是为了报复。"

"报复？"鹤青岩皱起了眉，"报复到我们身上？"

"报复这场战争，"经承笑笑，"因为是这场战争让她和她情郎分开的啊。据我的推测，这个叫谢凌的公主得知将被送往宁州和亲，悲愤难耐，便在她能接触到的一队军人身上种下了诅咒，也包括她的情郎。等到将来，这些人被羽人杀死了，诅咒伴随着他们的怨念便会在那些羽人的血液中扎根，吸吮他们的骨髓，怨念不消，诅咒不止。"

"这样，"他忽地叹了口气："大概是这个公主表达恨意的唯一方式了吧。"

5

天色晴朗。无边无际的海洋在阳光的照耀下，仿佛一匹深绿色的华美锦缎，起伏延展中显现出无与伦比的深邃与柔滑，像丝绸般的质地使人沉醉。这是一个令人心旷神怡的上午，风平海静，最适宜出航的时间，大海中却望不见一丝帆影。

云小路——海防司抚阳北区巡哨所二等兵——长长地伸了个懒腰，一时兴起，他在软软的沙滩上发力奔跑几步，借着这一冲之力，身子高高跃起，双手攀住一棵香棕树垂下的老枝，身子毫不受力一般卷起来，像猴子一样随着它飘来荡去。

"啊——啊——天气真好！"

他的堂兄云冷，同时也是和他一组巡视的同僚，守在树下。听见他这句孩子气的感叹，不禁摸着唇上的胡须笑起来。云冷大他两岁，却要老成稳重得多。

"有发现什么异常情况么，小路？"

"没有，"云小路手搭凉棚远望，"就是那两人还站在那里啊！"

云冷皱皱眉头，他不知道"那两人"是哪两个人。可是还没等他想更多，眼前人影一晃，他那经常会忽发奇想的堂弟已经蹦了下来，轻巧地落到沙滩上。

"走吧，云冷，我们找他们聊天去！"

云小路边说这句话边就跑远了。云冷苦笑，也只有追着堂弟的足印赶上前。

“喂，我说两位大哥！”云小路招呼道，“你们在这里站了三天了，都不累的么？”

鹤青岩转过头，看着一前一后赶来的两个哨兵。他摇摇头：“我们想过海。”

胖胖的经承也转过头，附和地笑笑。他抱着一只灰色的包袱。这个包袱被检查过好几次，只有一口厚背军刀，干粮和换洗衣物，还有一包骨殖。就是这么些简单的东西，除了缺少证明来意的文件以外，实在也不能提供给哨所任何值得怀疑的理由。

但是这两人想要过海，而海的对岸就是宁州。这件事放在这个时期，实在是太敏感了。万一他们是人族收买的间谍，谁能担得起这个责任？事实上，云小路他们的哨所的主要职责，就是确保海面上往来的木兰长舟，只能做兵员运输和给养输送之用。

“还是那个故事？过海？王宫？送东西？”云小路撇撇嘴，“两位大哥难道真的就没有更多可以说的了么？拜托，随便说点啥……打发打发时间也好。”

“什么？送什么东西？”云冷还没有听过。

“嗯，昨天这两位大哥说要去齐格林，把这包东西送给储妃殿下啊。”

“噢，那不可能。现在是战争时期，你们没有证明文件怎么能随便渡海，还去齐格林？”云冷说，“何况储妃殿下是什么身份？她怎么可能接见你们？”

“那不用你们操心。”鹤青岩冷淡地说。

云冷和云小路对视了一下，这个年轻人语气中透出的淡定让他们隐约有点敬畏。

“这么说，你们认识王室的人？”云冷觉得有必要认真对待一下了。

“不认识，”鹤青岩回答得很生硬，“只是受人之托。”

“那这不是开玩笑嘛！”云小路在一旁嚷嚷，“就算你们去了齐格林，怎么可能进王宫？”得知这两人与王室无涉，他刚刚有所收敛的心情又活跃起来。

经承在一旁笑眯眯地打圆场：“说不准嘛，我已经递交了申请，先试着等等过海的批文。我们跟你们一样都是军人，都是羽王陛下的盾和长剑，不该受到留难。”

“那才说不准呢！”云小路撇撇嘴道，“军人是羽王陛下的盾和长剑，这话你们也信啊？军人只是炮灰而已啦，齐格林的那帮大人物，才不把军人看在眼里！”

云冷却比他堂弟要细心些。“你是军人？”他狐疑地打量着鹤青岩，“你为什么不穿军服？你的部队番号是多少？有随身携带证明军籍的文件么？给我检查。”

鹤青岩面无表情地瞪了他一眼，像是懒得理他。

“看看，看看，”经承笑嘻嘻地捅了他一下，“我就说鹤兄弟你太随便了，怎么不把你的军服穿上？到时候让两位侯爵知道了，只怕也会怪你丢了身份吧。”

“侯爵？”云冷心中一惊，“什么两位侯爵？”

鹤青岩的眼皮也跳了一下，冷冷地转过头：“你已经知道了？”

“要托人进宫，光凭老哥哥我这一点面子哪够啊？”经承笑嘻嘻地说，“递交的申请上，我已经把鹤兄弟的身份写明了，否则，现在也不敢这么有恃无恐。”

他看着满脸紧张的云氏兄弟，忍不住笑了起来：“这位鹤兄弟真是军人，原有两位上司，如今在齐格林都已位居侯爵了：尊号是原乡侯云翔，武定侯天云渡。”

“原乡侯！武定侯！”云氏兄弟齐齐倒抽了一口凉气。

鹤青岩也把眼睛眯起来。再次听到这两个名字，他的心脏竟也怦怦地跳了几下。这两个名字像灼目的阳光，“杀手双刃”，鹤雪团的团长和首席教导，权倾朝野的两员重臣，齐格林最强悍的军事家，没有人敢直视这两个人物，如同不敢直视骄阳。

云冷这时已经想到了：“原乡侯和武定侯是你的上司，那，那你岂不是？”

“对，”经承替鹤青岩回答道，“这位鹤兄弟曾是一名鹤雪。”

鹤雪！再次听到这两个字，鹤青岩忍不住扭过头，谁也看不见他面上的表情，是痛苦，是羞耻，还是扭曲？终于被人发现这个身份了啊，他闭上眼睛，这样一个高贵而骄傲的称号，却抛在现在的他头上，傻傻地站在海边，只为了一份通行批文。

云小路张开嘴忍不住要表示惊叹了，但云冷用严厉的目光警告他不可轻信。

“我听说鹤雪是羽人中的神迹，随时都能凝出羽翼，连续飞翔几千里也不会觉得困倦。假如你真是鹤雪，为什么不直接飞过海峡，却在这里等待木兰长舟？”

鹤青岩低头沉默着，云冷的问题戳得他心里一痛。

“因为我受了暗月的诅咒，”他终于轻轻地说，“我凝不出翅膀了，不再是鹤雪。”

他没有再说什么。几个人陷入了短暂的沉默，气氛变得有点低沉。云氏兄弟干咳了一声，云小路挠了挠头：“不是，我们不是那意思……对不起啊，您别难过。”

云冷也说：“对对，我们看你们在这里干等，替你们着急……”

“我没有难过，”鹤青岩摇了摇头，“我为什么要难过呢？我要去宁州，所以我便在这里等待。这只是一件任务。我善于等待，但从不善于放弃任务。”

“鹤雪！鹤雪！”云小路兴奋地跳了起来，“只有鹤雪才说这么拽的话！”

经承笑眯眯地在一边看。云氏兄弟完全被这个鹤雪给震服了，云冷从住所搬来了珍藏的一坛果酒，云小路殷勤地劝着，自己兴奋得满脸通红。这个时代的鹤雪还并不多见，被称为“死亡舞蹈师”的这群暗杀精英，羽王最神秘的袖箭，其实登上历史舞台也刚只有几年。

而他们眼中的这位传奇人物，却只是冷淡地摇了摇头，像是自嘲。

“鹤雪又有什么拽的，杀人越多，反噬却是越强。”

他背着双手，望着茫茫无际的一片海洋，发出低不可闻的一声叹息。

现在鹤青岩站在坚实的船板上，手扣船舷。略带咸腥的海风吹动他的头发。在他的前方，碧蓝色的海浪被笔直地切开。再过几个对时，他将踏上宁州的土地。

踏上宁州的土地……再一次。

“鹤兄弟自从上了船，好像一直不太高兴的样子，”经承笑嘻嘻地走到他旁边，“我猜是因为我狐假虎威，以鹤兄弟的名义给两位阁下送信，有些冒昧了。”

鹤青岩冷冷地望着远方的海浪，没有理他。

“可是就算现在不麻烦他们，将来求见储妃，也还是要麻烦的，”经承笑着拍拍他的肩，“两位阁下都真的很看重鹤兄弟呢，最大的船，上百名水手！”

鹤青岩皱起眉头："有些事……比如我和他们的关系，你不清楚，最好不要轻易开口。"

"好了，好了，"经承笑了起来，"鹤兄弟终于肯说话了。"

鹤青岩沉下了脸，经承却嘻嘻笑着，顺势靠得他更近了些："我知道这次是过于冒昧了，不过鹤兄弟，你为什么要答应随我前去宁州，完成这并无把握之事呢？"

"这算什么问题？"鹤青岩冷冷道，"是你说这样可以救我们所有人。"

"是啊！"经承笑道，"我知道鹤兄弟对你的朋友重情重义……"

"不是，你不知道！"鹤青岩猛地回头，打断经承的话，他的表情格外地严肃，"因为你根本不会懂我们这样的人，你不知道这样的痛楚发作在那些无星无月的暗夜，究竟是何等的难熬。那漫长的一晚可以被痛苦延伸到无限长，就好像一切都是静止的……所以他们喝酒，打架，赌钱，用刀在手腕上划出一道一道……他们像猪狗一样生活着，只是为了掩埋痛苦，在烂泥里翻来滚去，那样的滋味……你不知道！我其实不是重情重义，我只是觉得那样会把我们这些人全毁了，所以一旦有拯救的希望，我很乐意全力以赴。"

他说完了，目光灼灼地盯着经承。后者愣了愣，呵呵地笑了起来。

"鹤兄弟，你是真的以为我不懂么？"他轻轻地拍打着船舷，笑容惨淡，"要知道中了诅咒的人，有我的儿子啊。谁会比一个父亲更理解儿子的痛苦？"

鹤青岩不再说什么，他叹了口气，拍了拍经承圆滚滚的肩膀。

"所以我们都是同样的嘛，"经承重新嬉皮笑脸起来，"为了达成这样的目的，不择手段。那么写信联系鹤兄弟的老上司，也不是不可原谅的事，对不对？"

"其实也没什么，只是被鹤雪除名的事，对我来说是一桩埋在心底的羞耻，我不会主动想起，"鹤青岩淡淡地说，"你调查我太深了，这让我有点不安。"

经承大笑："不过我真的很好奇啊，两位阁下都不是刻薄寡恩之人，像鹤兄弟不能凝翼，说起来也没什么丢脸，无非是因公负伤，为什么一定要除名呢？"

鹤青岩不答，看着几只海鸟从水面滑翔而过，掠过洁白的弧线，遥遥地伸向天际。

"哎！你看你看！"鹤青岩抬起手，"是宁州！"

两个人惊喜地趴在船舷上，极目远眺。远远的海平线上，隐约浮现出了一片青色的陆地。这段单调到让人有些疲乏的旅程，终于也快要进入了终点。

"终于要回来了，"经承笑着叹气，"上次离开这片大陆，已经好几个月了。"

"好几个月？"鹤青岩愣了一下，轻轻摇头："我都不记得我有多少年了。"

他短暂地失神了一瞬，然后迅速转移了话题："等到了齐格林，我会去求见两位侯爵，看能不能设法觐见储妃殿下，你还有什么别的门路可想么？"

"门路倒是有，过去一同当兵的几个兄弟，现在有在王宫做侍卫的，也许能帮点小忙，"经承仍是目不转睛地望着远方的大陆，"到时就分头行动吧。"

"可是……"鹤青岩犹豫了一下，终于说，"就算顺利见到储妃殿下，真的就会有用么？如果她的恨意这些年都未消解，又怎会替我们解咒？更何况……"

他沉默了，经承替他将下半句补了出来："更何况小龙杀了她的情郎，对么？"

鹤青岩点头：“虽然她与储君殿下成婚也有好几年了，但是女人的心事，毕竟难测。”

经承笑笑：“我听坊间传闻，储君殿下少年时曾在燕国当质子，当时就对储妃颇有情思，后来两国交兵，却终于如愿成婚，这份惊喜就不消说了。因为储妃喜欢玩偶，储君一掷千金，以匪夷所思的代价，向河络定制了一套他们亲手打造的机关宫女，对储妃宠爱如此。这几年，更为她重建了丹枫馆，收罗各种世上奇珍，将她养在深宫，爱如重宝。虽然是人族的女子，总也是知道好歹的吧。这么久的宠爱，和亲时那一点小小的幽怨早该消了。何况事在人为，只要咱们有机会觐见储妃，就算长跪不起，也求得她回心转意哩。”

鹤青岩冷酷的脸上也不由浮出一丝笑意：“长跪不起？你要跪就自己跪，别带上我。”

“两位将军？”身后的水手怯生生地招呼他们。毕竟是原乡侯亲自担保的人，绝对不敢得罪，水手小心翼翼地选择了最尊敬的一个称谓，哪怕与事实不符。

“嗯，什么事？”鹤青岩没有回头。

“再有半个时辰就到宁州了。舰守让我问候两位将军，是否还需要什么？你们从上船起就没有吃过食物，也没有喝过一口水。舰守让将军们不必拘礼。”

“心领了。”鹤青岩摇摇头，“我从小就被训练不能在陌生的环境下进食，这是个死板的习惯，但我毕竟养成了。请代我谢谢你们舰守，他照顾得很好。”

“等一下等一下，”经承笑嘻嘻地说，“鹤将军拒绝了你们的好意，真是个没劲的家伙，这种招待我可不会拒绝。请吩咐你们的人，给我准备一些淡水。”

“好的，请问经将军需要白水，或是香樟茶呢？”

“不，是我没说清楚，”经承呵呵笑道，“我想要的是一桶浴汤，最好能烧烫一些。实在不方便的话，冷水也没问题。我只是打算在到岸之前洗个澡。”

“经将军是要……现在沐浴？”水手睁大了眼睛。

“我在澜州呆了三年，有些脏了，”经承漫不经心地笑笑，“回家之前，要洗洗干净。”

他悠悠地看着远方，忽然又补了一句：“只是现在的家乡，大概也不是从前那样子了。”

他大笑着拍了拍鹤青岩的肩膀，转身随着水手离去。鹤青岩眯起了眼睛。在大海的尽头，那片大陆已经越来越清晰，笼罩在蒙蒙的淡青色雾气中。

6

这几年来，宁州确实发生了翻天覆地的变化。

十二年前的七夕，羽王在元极道和几位军方元老的全力支持下，向澜州大陆的燕国挥兵，这是一系列变化的起始。那之后，随着姬武神塔丝丽的远渡和意外身亡，大司祭艾格瑞特的病故，月宁侯德雷莫尔在战场上的惨败，元极道至尊无上的地位受到了朝野内外的严重质疑。终于由羽王的堂弟，原乡侯弗勒瓦尔发难，撤下了国教的神坛。

从此羽朝再不是一个以教立国的国度，真正做主的取代为以鹤雪团为标志的新军势力，这些手握重兵，由年轻军官组成的新贵们，日渐成长一支左右朝局的力量，甚至隐隐然凌驾于羽王之上。这对羽王来说，正是一个老套的政治悲剧，他扶植他们以削弱神权和巩固王权，而最终的结果是他扶植起了一批新的敌人，更加强势和不可战胜。

新贵族们巧妙地利用了羽族的年轻人对清规戒律的不满。在他们的煽动下，年轻一代的羽人在短短的几年内，以海潮般的热情扑向并砸碎一切他们所认为的旧事物。有越来越多的羽人开始尝试砍树，生火，吸烟，吃肉，厌火城还一度出现过禽肉馆。激进的年轻羽人相信，打破所有的戒条，尝试任何未尝试过的事物，这是勇气的证明。

甚至连典雅的神使文名字也没人使用了，羽人间互相称呼东陆名字在过去会遭人鄙薄，现在却被认为是一种新的时尚。这是从鹤雪团流行开来的习惯。

另一方面的变化则与澜州的回归有关，战争为两片大陆带来新的活力，大量的年轻羽人开始涌向澜州，其中的一部分又将新鲜的事物带回了故乡。作为一个无主的国度，澜州开始成为秘术家新的乐土，各种隐藏在地下的秘术流派开始浮出水面，甚至连中州的古典秘术师、越州的河络、云州的巫民也大量地迁过来。各种五光十色的秘术技法和技术革新被引入宁州，引发了这片古老土地上的层层蜕变，它不再是青色的森林之州了。

因此当鹤青岩和经承登陆时，他们所见的是一片光怪陆离的土地。青年们高举着火把，醉醺醺地集队走在新开辟出的城市街头，他们打出促战的旗帜，抱怨占领澜州的进度过缓，他们焚烧了村庄的年木，用这样的方式表明他们的态度：呼吁王室拨出更多的钱用作军费，呼吁扩充鹤雪团，整备新军，并抓紧机会将战火进一步推向中州。

鹤青岩有时会忍不住看经承的神色。这个胖子总是一脸笑嘻嘻的，像是无所谓的样子。但鹤青岩知道他是野雨时代的军官，那是一支虔诚的宗教部队，对远古流传下的羽族传统有近乎偏执的执著。所以他猜想经承的笑容背后，也许不那么轻快。

“这里就是原乡侯的府邸？”经承抬头看面前的建筑，“跟人族的官邸简直没有区别。”

“是的，”鹤青岩说，他其实并不想搭话，不过这时他必须装作很有兴趣聊天的样子，才可以应付面前这个小乞丐。小乞丐已经纠缠他们好半天了。

“大叔！”这孩子瘦瘦小小的，一看就是未成年的身材，小脸蛋抹得脏兮兮，跪在地上，像是撒娇，又像是哀求，爬过来扭住鹤青岩的双腿，“您行行好吧！我娘不要我了，我爹上澜州打仗了，剩下我自己在这里，没有饭吃，肚子饿得好痛啊！”

他嘴里发出哀戚的吭哧声，却并没有流泪。像是排演过千万遍的台词了，流利而机械，语调中满是做作的乞怜，只是黑白分明的瞳仁中透出一股失神。

鹤青岩把手伸进兜里，却没有掏出来：“别求我，求我是浪费时间。”

小乞丐转过头，又把可怜巴巴的眼神投向了经承。经承笑嘻嘻地把他推开，顺便拍了鹤青岩一掌：“别把你应付不了的事我往这里引，跟我可没关系。”

孩子抬起头，做侧耳倾听状：“大叔！刚才打雷啦，您说的话我没听见！我真的很饿啊，您可怜我吧。您是侯爵的客人，随便拔一根毛就够我吃饭的啦！”

“哎哟！”经承呵呵苦笑，“这孩子真赖上我了，不过我可不是侯爵的客人，我只不过送这位叔叔经过这里，顺便过来开开眼界，马上我就要去干活呢！”

他冲鹤青岩招了招手：“回见，鹤兄弟！祝你好运！”

鹤青岩也点了点头：“也祝你好运。”

“我那帮侍卫朋友可不如原乡侯这么靠谱，”经承笑道，“我会尽力的，不管成与不成，总之晚上在酒肆见。”他收起了笑容，“离暗月日可没几天时间了。”

他摸了摸小乞丐的头，转身大步走掉。

“滚开！稍微一不留人你就出来惹厌！你个小兔崽子！”中年男人小步从宅邸的大门里冲出来，一脸的凶神恶煞，孩子尖叫一声，一眨眼就溜掉了。

中年男人换上了一副恭肃的笑容：“鹤公子，侯爵在后院试炼林，有请。”

“好，请。”鹤青岩拱拱手，跟在他后面。

门房带着鹤青岩穿过回廊：“鹤公子，以前来过这里？”

“嗯，很多年前的事，”鹤青岩说，“那时和现在比，基本也没什么变化。”

“是，鄙人是自从三年前开始跟随侯爵的，从来没见过鹤公子，想必是阔别已久的故人。侯爵的生活一贯是极素朴，即使这些年的风光，也从来没添置过什么，宅子还是这套旧宅子，连出行的破马车也懒得换。有时陛下来瞧见了，也免不了嘲笑侯爵，说是有失贵族的体面。侯爵也只是笑，您知道他的脾气，从来是谁说话也不听……”

门房唠唠叨叨的，把鹤青岩带过正厅，穿过回廊，来到试炼林外。那是一圈青石垒成的高墙，一扇漆红的大木门，门房替他移开了门闩，小心翼翼地鞠躬：

“两位阁下都在林子里练兵，公子请自便，鄙人告退了。”

鹤青岩点点头，轻轻地推开门。强烈的阳光晃到了他的眼睛，他迈步向门里走去。

“哼，果然是一点没变。”鹤青岩冷冷地哼了一声。他看见那一片郁郁的云松林，苍翠笔直的树干直指天空。他盯着那些树干，一时间有些魂不守舍。

啪，啪，啪。便在这时，他听见前方传来三声轻轻的拍掌。

听见这个声音，他整个人猛地一紧，像是全身毛皮都炸了开来。他一个倒翻，向斜后方就势一跃，整个人随之趴在地上。同一瞬间，刷刷刷几枝白色的羽箭落了下来，扎在他原先站过的地方。鹤青岩不敢停留，整个人如同一条受惊的蟒蛇，在树木之间匍匐着游来穿去，不断地有羽箭射向他，却总是在差之毫厘的瞬间被他躲开。

啪，啪，啪，又是三声拍掌。

再没有羽箭从林叶中射出来，攻击在一瞬间都停了。树林中安静得仿佛从没有人。

鹤青岩长出了一口气，慢慢地从地上爬起来，拍打着白衣上沾染的泥土。身后传来一阵清朗的大笑声，间杂着清脆的鼓掌。鹤青岩没有回头，他对这声音实在熟悉不过。笑声不停，一个穿着人族服饰的中年羽人，宽袍缓带地走来他的身后。

“漂亮！鹤十三！不愧是我调教出来的鹤雪！”

他提了口气，忽然放声高喝：“都看看这个人！他是你们的前辈！是咱们鹤雪团第二百七十八名鹤雪！好好看看，一个鹤雪该怎样无愧于他的称号！”

“禀侯爵，”等他说完了，鹤青岩淡淡地说，“十三已经不再是鹤雪了。”

原乡侯云翔嘿嘿地笑了几声，挥挥手：“你失去了翅膀，但你的敏感和速度都没有丢，否则现在的你就是一只废物。十三，你记得我下一句话是什么？”

“我们不需要废物，但我们没有其他选择，因为每个鹤雪都要从无数只废物中选出。”鹤青岩面无表情地回答，流利得像是从未远离过他的记忆须臾。

“一字不差，你确实是我最得意的学生，”原乡侯满意地点点头，“专注，谨慎，不放过每个细节，现在像你这种人不好找了，虽然有时会过于心软。”

他转过头，对着树林深处大笑：“武定侯，你说如何？”

沉默了一会，树林里传来一个沉稳而缓慢的声音：“毕竟是老牌的鹤雪，技术和心态都无可指摘，像原乡侯教出来的人。”这是武定侯天云渡的声音。

“参见原乡侯，武定侯，”鹤青岩躬身下拜：“多谢两位阁下褒奖。”

原乡侯又一次大笑起来：“谢什么？很多年不见，你变得很拘谨了。来人啊！为我们三个人准备一点清茶和点心，咱们就在这林子里随便坐着聊聊。”

“接到那封信的时候，说实话我很诧异，”云翔用碗盖轻轻拨动着茶叶，“本来没有想过还会收到你的消息。这几年你一直都在澜州？在做什么？”

鹤青岩喝了口茶。这是人族的泡茶方式，但他在澜州也已经很习惯了。

“在抚阳，海边上，随便混日子，做点事养着自己。”鹤青岩含糊地带过了话题。

天云渡扬了扬眉毛：“成家了么？有没有孩子？”

“还没有合适的人，”鹤青岩摇头，“何况我一直身体不好，也没有那个心情。”

云翔的眉毛皱了起来：“还是暗月的毛病？说起来又快到日子了。”

鹤青岩点了点头：“其实这次来，也是为了……”

“不过，身体不该成为借口。”云翔打断了他，“有个家，晚上有个女人等你，这是享受。你有这个运气，坚持在鹤雪团的，没几个人能得善终。但是你退役了就是运气。你就替我们享受点平静的日子。回齐格林来安个家吧，本侯给你照应着。”

鹤青岩抬头，诧异地看了云翔一眼。在他印象中原乡侯一直是个冷厉如刀的男人，很少说出这样温情脉脉的话。他忽然觉得原乡侯对自己真的很器重。

“武定侯，你说是不是？”云翔转过头，呵呵地笑起来。

天云渡欠了欠身：“原乡侯说得有理。”

鹤青岩有一种荒谬的感觉，他从澜州一文不名地回来，却跟这鹤雪团——甚至可以说是朝廷军方——的第一第二号人物坐在一张桌旁，毫无隔阂，像家人一样亲切地边喝茶边谈天。他叹了口气：“多谢两位阁下，只是齐格林也没什么平静可言了。这一路走来，见到了很多意想不到的变化。南面有个村庄，那里的年轻人集结起来把年木烧了。黑烟冒得很高，方圆几十里都能看见。我从那里路过，看见他们的老人哭瞎了眼睛。”

原乡侯摆摆手：“不要提这些扫兴的事。年木烧了，并不是坏事。老人们要哭，随他们哭去。假如一切全按照他们的意思，就不会有澜州的光复，也不会有接着向东陆的开疆拓土。现在的齐格林我看很好，比以前好得多。世界总是要变化的。”

“可是……”鹤青岩还想再说，然而天云渡微微摇了摇头，把他的话挡了下去。

“十三你还没有说正题，”天云渡说，“这次回齐格林，所为何事？”

鹤青岩急忙放下茶碗，肃然站起。

“十三全副身家性命，系于一人，想要求见，请两位阁下成全！”他深深地弯腰拱手。

“这么郑重，是要觐见陛下么？”原乡侯若有所思地盯着他，“倒也不是什么大不了的，我们随时都可带你进宫。不过你说身家性命，那是怎么回事？”

“不是陛下，”鹤青岩低头说，“而是储妃殿下。”

两位侯爵同时放下了茶碗，对视了一眼：“储妃？”

“请不要误会，十三知道这会有许多不便，”鹤青岩补充道，“储君殿下当然也可以在场，或者……直接让十三觐见储君殿下，由殿下转达也可以。请两位阁下原谅，十三这样的要求很放肆，但涉及到十三身上的暗月诅咒，不得不斗胆向……”

“混账！”他的话被一声粗暴的大吼打断了，“鹤青岩，你不要太放肆了！”

鹤青岩愕然抬起头，他看到原乡侯霍地站起，脸色在一瞬间变化，变得极其失望和暴怒。鹤青岩有些惴惴地退了半步，他盯紧原乡侯袍袖下的两只手，那两只手一旦相击，便会有数不清的羽箭像生了眼睛一般，从树林背后瞄准他疾射而出。

天云渡也默默地跟着站了起来，轻轻扯住了云翔的袍袖。

“原乡侯，息怒，”他低声凑到云翔耳边，“也许是……”

鹤青岩听不清他说了什么，他只看见原乡侯阴郁地盯着自己，他觉得冷汗在顺着额角流下来。脑子里猛地像是有什么东西一闪，那到底是什么呢？

他蓦然惊觉，那是一种似曾相识的感觉。他时常会有这样的感觉，总让他感到自己遗忘了很多事情，却又在类似的场合惊觉，像是拾回了只鳞片爪。

“十三，”武定侯的声音在他耳边响起，稳当当的，让他觉得心里镇定了些，“我来问你，你好好想想，还记得自己当年被鹤雪团除名是为什么吗？”

鹤青岩呆呆地点头：“因为十三受到了暗月诅咒，从此再不能凝翼。”

自己肯定遗忘了一些事，可到底是什么呢？——他看着这片树林，感觉到原乡侯冰冷的目光盯在自己身上，这时像是被闪电划过脑海，正如他制服经小龙的那个时刻一样，他恍然想了起来：那个夏天灼目的日光，原乡侯冷厉的声音，他拼命地睁眼，冷汗顺着额角流下来，他的神经像绷紧的弓弦。无数双目光，蛇一样盯住自己的脊背。

“十三！一切就拜托你了！”脑海中那个原乡侯的声音说。

可那是什么事情？他想到自己拉开弓箭，要射杀那个白衣人……年轻人惊恐地拦阻……他不记得白衣人的脸了……难道这段失去的记忆对自己如此重要？

短暂的失神之后，他忽地回到了现实中。天云渡正怜悯地看着他，摇头道：“你果然……”他叹息了一阵，转过头去看着脸色铁青的云翔：“原乡侯……”

云翔不耐地一挥手，止住他的话。良久，像是惊雷终于被满天乌云所遮蔽，他重新坐回到椅子上：“鹤十三，你这混账！你是嫌给我惹的麻烦还不够？”

“可是阁下，”鹤青岩惊慌得有些愕然，他完全不知道原乡侯的怒火从何而来，“我只是，我只是……我没别的意思，只是那诅咒好像跟储妃殿下有关……”

“够了！你到底中了什么邪，你他妈还敢再说？给我滚出去！”云翔断然扬眉，“今天看在武定侯的面子上，以后再拿这件事来捣乱，你就死在这里！”

“阁下，我只是……”鹤青岩愣愣地还想再做分辨。

“我让你，从这里滚出去！”侯爵一伸掌，掀翻身前的小几，碗碟全都落在地上摔碎了，精致的茶点滚得满地都是，“马上！在我改变主意杀你以前！”

“你挺狡猾嘛？啊？来这里纠缠侯爵的客人！你自己还觉得蛮得意吧？都是达官贵人，你这兔崽子不怕脏了人家的眼睛！看老子打不死你……”原乡侯府邸大门口，门房一面嘴里骂骂咧咧，一面不断地伸腿踹那孩子。孩子趴在地上，像毛虫一样蜷成一团，每被踹一下就缩得更紧，此外毫无动弹，哭也不哭一声，显然早就习惯了。

“还在装死？打你个死乞白赖的兔崽子……”门房气哼哼的，又是一脚踹上去。肩膀却被一只有力的手扳住了。他一耸肩回过头，立刻满脸堆下笑来。

“鹤公子，您要走？真让您见笑了……也没打发个下人送您出来？”

鹤青岩不动声色：“先生在干什么？”

门房搓了搓手：“您看，真是，见笑见笑……哈哈，就是那个纠缠您的孩子，老油条了，稍不注意就溜上这来，对侯爵的影响也不好，小人给他点教训……”

鹤青岩点点头：“先生教训完了吧？”

对上他的眼神，门房禁不住打了个冷颤：“是，是，教训完了。”

鹤青岩“嗯”了一声，走过去扶起那个孩子。孩子颤抖了一下，鹤青岩拍了拍他的肩。孩子侧过脸，那张脸被打得鼻青脸肿，眼神中却透出一股硬气，

“伤得不轻啊，”鹤青岩淡淡地说，“这孩子没钱吃饭，先生有钱没有？”

“鹤公子，您说……？”门房愣愣地抓了抓脑袋。

“我问你有钱没有。”鹤青岩回过头，一字一句都咬得很重。

门房浑身打个激灵：“有，有！”他奔进旁边的小屋，从床下搬出一个坛子，明晃晃地装满了银币。他犹豫了一下，鹤青岩已经走到他身边，伸手抄了一大把。

“哎哟，鹤公子，这，哎哎，这……”门房苦着脸。

鹤青岩最后回过头盯了他一眼，拉着孩子的手走掉了。

“记住，以后不要来这里了，”鹤青岩把银币塞到孩子手里，“去洗个澡，买身干净衣裳，找大夫敷点伤药，再好生吃顿饭。对了，这些钱不能全都给你，我自己也没钱吃饭呢……”他掰开孩子的手，又从中拿回了两个银币，塞回到自己兜里。

孩子呆呆的，看着这个面无表情的男人摸摸自己的头，一步一步地走远了。

7

“客人，你的酒来了。”酒肆的年轻招待斜着眼，偷偷和附近的姑娘眉目传情，一面在桌上摆放酒壶和骨瓷杯，对这个胖胖的大叔，他有点懒得搭理。

“谢谢，你们的酒卖得真贵。”经承苦笑着接过了杯盏。

“哎哟，客人，”招待撇了撇嘴，有点看不起这个大叔的寒酸，“现在齐格林什么不贵啊？喝酒图个乐子嘛，别怕花钱。听说过一阵又要打仗了，物价还得涨。”

“又要打仗？”经承笑着倒了杯酒，“这是哪里来的消息？”

“想也知道啊！这几年不都是这样么，没钱了就攒，攒出点钱就拨给部队，准备打仗，”招待这时像是发现了什么，“客人您穿的是什么……好像是军服？”

经承低头看了看：“是，我是现役军人，刚从澜州回来。”

“澜州？”招待瞪大了眼，“原来您从澜州回来啊……我就说嘛！现在像您这么开通的大叔可不多，肯上我们这里喝酒，不愧是在澜州见过大世面的人！我们这边上点年纪的人，都像我爹妈一样，连酒肆的门朝着哪边开都不知道，无趣死了。”

“呵呵，”经承笑眯眯地给自己倒了一杯酒，“我还算开通的大叔么？”

这里是齐格林近郊的一家酒肆，刻意布置成跟澜州一模一样的风格。酒客都是年轻羽人，店面里充斥着喧闹和燥热。经承觉得自己就像回到了抚阳的军营里，他们开着粗俗的玩笑，喝着劣质的酒，这里唯一的区别是还有大量的浓妆艳抹的女人。

“其实我也不那么开通的，不过习惯了。”经承举起酒杯，一饮而尽。

酒肆的墙上贴着钦天监的公告抄本，明天午夜将有十年来最彻底的一次暗月之相。然而直到现在还联系不上鹤青岩，经承有些担心了。他开始挂念留在澜州的经小龙。如果不能在暗月来临之前解除他身上的诅咒，他不敢设想会怎么样。毕竟那是一个女子为她相爱却不能厮守的情郎亲手施下的秘术，他没法估量那恨意的深邃，冰寒入骨。

多喝了几杯酒，经承觉得有点头晕。旁边两桌的客人喝醉了，因为拥护王室还是鹤雪的问题一言不合，大打出手，互相砸伤了好几个人，杯盘桌椅闹得一片狼藉。把他们劝解开来，重新安顿下来的酒客又感到无聊，从外面叫了几个郁非术士来表演戏法。明暗吞吐的火光把酒肆映照得很光鲜。然而经承却感到无比烦闷，仿佛天地都在火光之中颠覆旋转。他不知道宁州为什么会变成这样。这些低俗的术士不该出现在青色森林。

“明晚还来噢！”有喝醉的酒客嚷道，“听说暗月降临的时候，会把月亮遮得一点不剩，四面漆黑，这时吐几条火龙，或者大家放放焰火，应该好玩得紧！”

兴奋的酒客们纷纷响应，他们开始有节奏地敲打桌子，整间酒馆砰砰震响。

经承不自禁地摇头。暗月日，这在过去被认为是施加于整个羽族的不祥，只有姬武神的泰格里斯之舞能够以月光相制衡，不至于让羽人在无边的暗夜中迷失。然而现在的年轻人们却用它找着乐子。真不敢相信这是宁州了。过去的宁州是那样安静单纯。羽人是树上的精灵，他们虔诚地敬奉泰格里斯，他们像蒲公英一样飞翔，彼此相爱。

而现在的癫狂，暴躁，纵欲……整个宁州大陆不也像是被暗月诅咒了么？

就在这时，酒肆的门被用力地推开，经承赶紧起身相迎。他终于等到了要等的人。

鹤青岩面无表情地向他走了过来。

“来来，”经承带着几分醉意招呼，“给这位兄弟上一壶酒，要最好的！”

酒盏端了上来，鹤青岩再不像之前那样坚辞，坐下来倒上就喝。他的酒量其实并不小，一仰脖就是一杯。经承陪着他一起喝。不到片刻便喝空了几个酒壶。四周是一片放浪形骸的喧嚣，让他们很容易陷入一种迷醉的气氛，暂时地忘掉一切。

“啪”的一声，鹤青岩扔掉酒杯，他忽然撑着桌子站起，一脸痛苦的表情。

“鹤兄弟？”经承猛然意识到鹤青岩之前是不沾酒的，“你喝多了，怎么了？”

鹤青岩伸出手，止住他的关切，然后扭过头哇地大吐。旁边的一桌酒客嫌恶地避了开来，很快又重新开始说笑。这种事已经是司空见惯了，喧嚣仍在继续。

“鹤兄弟！”经承的酒被吓醒了一半，“发生什么事了？”

鹤青岩的呕吐终于告一段落，看起来也清醒了一些。他虚弱无力地靠在桌上，面色苍白。经承留神观察他的脸色：“求见两位阁下的事情，难道并不顺利？”

“险些……”鹤青岩喘息着，呵呵笑了起来，“险些就没命了。”

“我也不是很明白，”经承慢慢摇了摇头，“原乡侯的反应未免也太奇怪了，也许是他和储妃有什么过节？我听说现在王室和鹤雪团的关系非常微妙。”

“不至于，”鹤青岩重新倒上了酒，“我了解原乡侯，他不会因为这种事动怒。”

“你还喝？”经承苦笑，伸手试图拿过他的酒杯，“你不要命了？”

鹤青岩默默地举杯拒绝了他，仰头喝干。

“你知道为什么我的那些朋友爱喝酒？”他说，“因为受过诅咒的人，每到暗月日来临的时候，就会浑身燥热难熬，好像血管里埋伏了许多燃料，顺着血液就在全身上下燃烧起来，你会在那股火焰的驱动下，想要跳起来跟人打一架，想要流血，不然也许血管就会爆炸开。只有酒里似乎有一种奇异的镇静力量，可以让躁动稍微减轻一些。”

“那些都是幻觉吧，”经承说，“像你这样喝酒的办法，会把身体毁了。”

鹤青岩点头，又倒了一杯酒：“这也是我从几年前开始坚决戒酒的原因。我不愿让酒把自己毁了，哪怕再难我也要忍着，浑身发抖地去承受血液里的煎熬。”

他喝光了酒，忽然纵声大笑起来，“可是今天，我实在忍不住了。我到底在坚持什么呢？我坚持不住的！我真的感觉到血管里会有什么东西跳出来，某个活生生的，张牙舞爪的东西。到了这个暗月日，真正的诅咒似乎才现身了。它在争夺我的身体！”

经承打了一个寒噤：“你说什么？争夺你的身体？”

“招待！上酒！”鹤青岩重重地顿了一下空酒壶，“是的，争夺我的身体。我越来越相信，血管里的那种燃料是有意志的，它在暗月的月力之下复活了，现在它在驱使我的四肢，甚至驱使我的头脑，去做任何我不想做的事情！我开始不受控制了！”

经承皱了皱眉头，抓住鹤青岩的手：“别再想了，鹤兄弟！这些都是幻觉，都是不真实的东西！两位阁下不肯帮忙的话，我还可以找朋友想办法，无论如何，在明天晚上来临之前，我们一定能见到储妃殿下，求她替大家解了诅咒，就不会有事了！”

鹤青岩摇摇头，把手轻轻抽了回去：“你不会理解的。我已经开始不受我自己的控制了，在我血液有各种各样难以遏制的冲动。我不知道会做出什么事来……”

他从招待的手里接过酒壶，勉强地站起身，看了经承一眼：“你知道吗？我越来越觉得自己好像失去了一些记忆，我从前一定做过非常可怕的事情……”

鹤青岩端起酒杯，摇摇晃晃地凑到旁边的桌子前。

“劳驾，”他喷出一口酒气，想着该怎么开口，“我想……打听个消息。”

几个酒客正喝得醺醺然，这时把注意力都转移到他身上来。“打听消息，唔？你不知道随便跟喝酒的人搭讪是很危险的？”为首一个男子不怀好意地笑着。

“行啦！别吓唬他，他长得倒很英俊，”另一个羽人女人娇笑着向他身上凑过来，“弟弟想打听什么？在齐格林，还没有姐姐我不知道的。”她抛了个媚眼。

鹤青岩面无表情地挡开了她伸向自己胸膛的手。

“我想打听一些储妃殿下的事。你们有没有听说过她最近的状况？”

“什么他妈的储妃？”男子轻蔑地说，“齐格林里只有原乡侯和武定侯，羽王算是老几？他儿子跟媳妇更是不敢见人的脓包。喂！把手从我女人手上拿开！”

他一边说，一边抄起桌上的酒坛，抡圆了胳膊恶狠狠地向鹤青岩挥去。鹤青岩缩头伸手，一搭一拧，男人的惨叫声响起来，他的肘弯被对方扭脱了臼。

酒坛破碎的声音将所有人吓了一跳。喧闹的酒肆里沉默了一瞬，然后响起了助威的口哨声。随着鹤青岩把酒壶砸在一个看热闹的人脑袋上，口哨声也立刻停止了。

“看什么看！”鹤青岩冷冷地吼道，“眼睛没处放了么？”

于是所有人都缩回了头，酒肆的招待也停住了脚步。鹤青岩伸出手，扣住男人的咽喉：“抱歉，我也不知道该怎么跟喝醉酒的人讲话，只能得罪了。”

“你们谁听说过储妃最近的状况？”他重复了一遍问题。

几个年轻酒客的酒都吓成一身冷汗出了。他们互相看了几眼，另一个男子怯生生地答道：“他说得没错……我们确实不知道任何储妃殿下的状况……”

“储君夫妇平时相当低调，”又一个男子补充说，“事实上整个王室现在都很低调。有了鹤雪团的存在，现在谁都知道齐格林是原乡侯和武定侯的地盘。”

“不过，听说储君和储妃的感情很好，储君刚成婚时就为她修建了一座富丽堂皇的宫殿。后来就没有太多他们的消息。储君身体不好，很少离开王宫。即使在风翔大典上也从来没有露过面，更不用说储妃。也有传闻说他们夫妇是被原乡侯监禁了。”第一个女人说。

鹤青岩喷出一口酒气，笑起来：“谢谢，现在我心里有数了。”

他松开手，终于让那个男子喘出一口气。他拍拍那个男人的肩：“随便跟搭讪的人动手，也是很危险的。”他一口气喝干了壶的酒，踉踉跄跄地转身出门。

经承起身追了出去。男子的哀嚎声中，整个酒肆的人都惊疑不定地看着他们的背影。

鹤青岩躺在树林里，喃喃地说着醉话。经承若有所思地坐在他身边。

这一次酩酊大醉，鹤青岩整整昏睡了一天一夜。

直到第二天夕阳西沉的时候，他才睁开眼，看着天边绛红色的流云。昨夜大醉时，记忆将他无意识地带来了这里，现在他终于想起这是什么地方。这里曾是一片树林，是他儿时最常来的场所，在他还没有被送进鹤雪的特训营之前，他每天来这里玩耍。那时一抬头，就能看见密不透风的树冠，连成墨绿色的一片，郁郁葱葱。现在这些树都被砍掉了树干和枝叶，只剩下无数个秃秃的树桩，傍晚的风呜咽着吹过，冷清得像个墓园。

“酒醒了么？有人吩咐我在傍晚时把你叫醒，”经承说，“要不要吃点东西？”

鹤青岩虚弱地摇了摇头，他感到酒已经差不多醒了，只是头还有些疼。他无法判断自己是否需要吃东西，整个身体好像都不属于自己了。他只感到血液里的燥热，浑身仿佛被一团火焰所包围。暗月在今天夜里便会降临，他知道那时一定会发生什么。

“喏，给你这个。”经承递给鹤青岩一封信。

鹤青岩接了过来：“这是什么，给我的？”他看了看封皮，眉毛一跳。

“有人送过来的，”经承说，“还有一包衣服和一张弓，送信的人说会是你需要的东西。”

鹤青岩却没有听他说下去，他已经变了一副神色，飞快地把信拆开：

今夜，原乡侯和我将会面谒羽王陛下，那时王宫附近不会再有鹤雪。羽王的侍卫们自然拦不住你。剩下的事，你可以选择该怎么做。此信看过即焚。

随信附上王宫地形简图一张，鹤雪制服一套，银桦弓一把。祝你好运。

“那个送信的人，还说什么没有？”鹤青岩问。

“还托我转告你一句话，”经承想了想：“十三，一切就拜托你了！”

十三，一切就拜托你了！

鹤青岩的心里忽然一跳，这句话似乎又唤起了他的某些记忆，某些已经被他遗忘的事情，似乎正随着他血液里滚热的律动一起，跃跃欲试地快要破茧而出。

王宫地形简图……他看过一眼，就已经把它记在脑子里，似乎正好和记忆中的某道印痕重合了。他慢慢地打燃火石，将它和那封信一起烧掉。火光中各种炫目的线条和画面开始在他眼前跳跃：狂暴的经小龙，羽人们虐待着战俘；斗殴而死的尸体被拖走；一道蜿蜒的血迹；脏兮兮的小孩伸出手向自己讨钱；一个声音在心里喊：“不能杀他！”老人哭泣；燃烧的年木升起黑烟；“在我改变主意杀你以前！”侯爵凶狠地指住自己。

自己经历了很多事，但他疲倦得都快忘了。他想不清楚，想不清楚就不要想。

他站起来，一身鹤雪装扮，左手握住一具银桦弓，他虚拉了几下弓弦，嘭嘭作响。

“十三……”他对自己说，“一切就拜托你了！”

8

“站住！什么人？”

鹤青岩大步地走到宫门的台阶之下。门前的侍卫喝阻了他，同时看他一身鹤雪的装扮，心里有些惊疑。鹤青岩将银桦弓醒目地背在后背上，倒是坦荡。

鹤青岩不回答他们，静静地一步步登上台阶。

“站住！”侍卫们互相看了一眼，心照不宣地拔出佩刀，“不得再往前行！”

鹤青岩听话地站住了：“鹤十三，鹤雪，求见羽王陛下。”

话音未落，他身子忽然爆发着前冲，快得像一条白色的鬼魅。远在这些侍卫来得及反应之前，其中一人被撞得仰面倒地，而白色的影子早已闪进宫门。

尖锐的警哨声吹响起来。同时鹤青岩已穿过了第一重大殿。他特意选择了暗月降临以前，这时候月力极弱，几乎所有的羽人都不能凝出羽翼，除了鹤雪。而他已经知道，原乡侯为了避嫌，绝不会把鹤雪带到王宫附近。换句话说，这时王宫里没人能飞。

只要没人能飞，就没人能阻拦他！武定侯说过，全王宫的侍卫一起出动，也阻不住鹤雪！鹤青岩有这个自信。鹤雪所受的训练，本就是为了万军之中取大将首级！

受到惊吓的侍卫们从四面八方涌出。他们还未弄清状况，不敢立刻放箭。而鹤青岩利用这一空隙，硬生生又往前突进了数十步。他疯狂地奔跑着，心里忽然涌出一种很奇怪的感觉，像是所有的血都燃烧成了气体。每跑一步，都仿佛和记忆深处的某种律动相合——不顾一切，一切惩罚，一切后果，什么也听不见也看不见，只管疯狂地跑，心跳如鼓！

他疯狂地跑，但他前进的障碍越来越多，上百人的侍卫围过来，极大地限制住他的变化，他将直线改换成曲线，有时不得不来回绕圈。所有人都看出他的目标是王宫正殿，侍卫统领开始下令，有条不紊地列阵，试图以阵法阻拦他鬼魅般的身形。——这个战术无疑是有效的，但他们的判断发生了致命的失误！因为白影一折，鹤青岩忽从西侧奔向了丹枫馆！

前面的全都是假动作！鹤青岩用速度迷惑了所有人。他根本没有突进王宫正殿的企图，他最开始的目标就是丹枫馆——那是王子住的馆舍，储君寝宫。

警哨此起彼伏，但所有的侍卫都追他不上，前方的路哨也已经被引诱到追兵里。鹤青岩早在突袭之前就算好了地形。去往丹枫馆的路线，是他反复推敲以后定下来的，一切都跟他的计算完全相符。他甚至可以稍放慢一点速度，用以回复体力。

但他却在心里暗暗震骇着。他不知道自己为什么敢做出这样无法无天的事情，也不知道后果会怎样。在最开始的时候，一切都像是身不由己。武定侯送来的那封密信，使一切条件成熟了，于是暗月之力再无挂碍，使他彻底被血液中的诅咒所控制。然而等真正踏出每一步，才发现都是那样的熟悉和似曾相识。他心里渐渐地确信下来，自己绝对有过一模一样的经历，他的记忆中缺失了一段，那就是他曾经做出过非常可怕的事情！

去往丹枫馆要先穿过御花园。惨淡的月光，每一棵树上的每一朵花都盛放得安静而冷清。鹤青岩拂过一株掠过他头顶的花枝，却拂不去夜风中一股淡淡的香甜。他愣了愣，有些记忆还残留在发际和指尖，这个场景把所有片断的记忆串了起来。

是自己做的么？不是自己做的么？他霍然贯通，然而身体已不能停止。

闪过御花园的后廊，又穿过一个花厅，他在假山后掩藏住身形，调匀了呼吸。前方不远，一座古老的馆舍矗立在种满了白桦树的庭院里。但鹤青岩并没有再向前进。

在他的身前，三个贵族男人品字而立，静静地挡住他的去路。在他的计算中，怎么也算不到这三个人此时会在这里。左首原乡侯，右首武定侯，身穿朝服，看起来恭谨端严的神色。后面那个男人王服高冠，一头纯金色的头发飞舞，碧蓝的眼神不怒自威。

——那正是羽王陛下本人，他曾经见过的。

这时鹤青岩全都想起来了。他并不惊惧，只是把手里的弓握得更稳。

侍卫们形成了一个半圆形的包围圈，上百张弓箭都搭上了弦，然而没有任何人敢有动静，每个人都如木头做成的雕塑一般，死死地用箭瞄住鹤青岩的背影。

在他们注意的中心，白衣的鹤雪同样拉开了手中的长弓，而他的箭头所向，竟然清清楚楚地对准了羽王。鹤雪逼宫！每个人都不敢相信自己的眼睛，尽管朝野中的流言早就预测了这一天的到来，但是亲眼见到的人，还是没想到来得这么快。

“禀告陛下，”鹤青岩低声说，“我已经别无他法，请您让开。”

“抱歉，我不能让开。”羽王低沉地说，他的声音透出一股深刻的疲倦。鹤青岩愣了愣，他发现羽王已经老了，满脸病容，再不是他当年印象里那个意气风发的执政者。“我身后是我儿子的房间。但他身体一直不好，他的王父不愿他受到惊扰。”

“十三——你胆子好大。”原乡侯沉默了很久，忽然低沉地咆哮，声音像重锤敲动战鼓，“谁他妈让你这么干的！上次的事你忘了么？你他妈中了什么邪？”

“阁下，”鹤青岩摇头说，“上次的事我确实忘了，不过刚才我想了起来。”

“这是王兄和奥列格带的兵？”羽王叹了口气，“带的好兵，只是未免不知轻重了些。”

“请陛下恕罪！”原乡侯狠狠地说，“他就是五年前那个发疯的鹤雪，前来宫里行刺的，那时……那时是我们心软，怜惜他是个人才，没有取他的狗命……”

五年前？鹤青岩心里默默地重复了一遍，原来已经有五年了啊。

他感觉心里的某个最黑暗的洞穴打开了，有些光明要洒下来，让他恐惧中带着点期盼。他看到武定侯遥遥地指着他：“鹤十三，你知道这是在犯上作乱么？”

“十三实在出于无奈，”鹤青岩顿首道，“五年前，也是在这座宫殿里，十三受到暗月秘术的诅咒，从此成了一个废人！下这个诅咒的，就是储妃本人。”

“原来你就是那个鹤雪，”羽王哼了一声，“五年前那个来宫里行刺的鹤雪。”

“行刺”两个字戳得鹤青岩心里一痛。他想起了那段被尘封的记忆，想起那个白衣人转过脸，露出她的真容，那竟是一个姿容清秀的姑娘，以一种近乎漠然和绝望的眼神看着他。那个年轻男人在耳边哭嚎着求情，鹤青岩感到弓弦在指间颤抖。

谁能想到，他成为鹤雪后的第一个任务，竟是去羽人自己的王宫行刺呢？

“十三，”恍惚中他听见原乡侯说，“你听说了么？”

“什么？”他像是又听见了自己的声音，那时他的声音年轻，明亮，有力。

“谢思华派了个公主来和亲啊，王弟竟然真的打算让储君娶她，她就是羽族的储妃了，将来也许就是王后。人族的女人，做羽族的王后，不是很讽刺么？”

“十三听人说，储君在燕国当质子的时候，就认识了这位谢家的公主，并且情根深种。这次的亲事倒有一部分是储君一力促成的，这么看来，倒也不完全是一桩政治婚姻，也许是倾心相爱。不过十三也认为，羽王陛下这么做，是有些欠妥……”

“别可笑了！倾心相爱？那是骗小孩子的把戏！小孩子不懂事，王弟难道也不懂事么？他不是欠妥，是另有打算。那只老狐狸，”原乡侯从鼻孔里冷哼了一声，“他还是不够坚决。松籽那么大的胜利就足够满足他了，加上和亲之后的休战协定，他现在鬼迷心窍，只怕真想跟燕国罢战休兵了。可笑，一场婚姻也想阻挡住我们的脚步？”

“可是谢家公主已经到了，明天的婚典势在必行——阁下的意思是？”

原乡侯的脸色阴沉起来，沉默了很久，抬起头看了他一眼。

“找个合适的机会，杀了她！我想了很久，这是最好的办法！我们鹤雪出鞘的第一刀，不斩敌人，先斩自己！我已经拿到了全部的情报，婚后他们会住在重建的丹枫馆，只要你能溜进王宫，很容易就可以闯入他们的住所！只要杀了这个姓谢的丫头，你的任务就完成了！这是一石二鸟之计，既为鹤雪立威，也断了燕国议和的念想！”

“可是，”他听见自己剧烈的心跳声，“可是阁下，这样岂不是犯上作乱么？”

原乡侯却像是根本没听见他说什么：“十三，一切就拜托你了！我信任你的身手，但还是尽量隐秘些！这事不能传，传出去就会有大乱子，除了武定侯和我，即使是鹤雪团里也不能有别人知道！如果被储君看见，就连储君也一块杀！总之这件事我不过问，要怎么办你可以自行掌握。最好弄成暴病身亡的模样，不管信不信，至少做做样子。”

“原来你就是那个鹤雪，”羽王哼了一声，“五年前那个来宫里行刺的鹤雪。”

原乡侯和武定侯对视了一眼，一齐跪了下去：“请陛下治臣下失于教管之罪！”

“五年前，我记得已经下令杀了他啊？”羽王淡淡地说，“奥列格是行刑官。”

天云渡又看了原乡侯一眼，后者面色铁青，静静地跪着不动。他于是用力磕头：“陛下，这件事是臣下徇私。臣下想，鹤十三是个精英武士，可惜一时……”

羽王打断了他的解释：“所以你放了他，并且还对我撒了谎。”

天云渡满面惶恐，连连磕头：“臣下该死！请陛下治臣万死之罪！”

“治什么罪啊？”羽王笑了，“王兄和奥列格不都是一片忠心么？起来吧，要说治罪，也应该治我的罪吧。我太糊涂，事事都要王兄和奥列格来替我操心。”

这句话的愤懑之意如此强烈，就连原乡侯也不能再继续装傻。他脸色一变，刚要说话，又被羽王挥手打断了。他淡淡地对两位权臣点了点头：“这次我不插手了，王兄的兵，王兄自己处理。”说罢负手而立，仿佛并未意识到被鹤青岩的箭锋所指。

鹤青岩也知道麻烦了。尽管原乡侯和武定侯在齐格林中有着实际的无上威权，但本质上他们毕竟还是臣下。这是一场权力的博弈，如果不想失去控制，就需要极高明的平衡手腕，两位侯爵必须在不过分的前提下，一点一滴地侵削和跨越王室的界限。在这个最敏感的时期发生逼宫事件，甚或于牵扯出五年前的刺案，这将是最糟糕的情形，无异于提供给其他那些素不心服的城邦领主们最好的勤王借口，提前引发羽族的全面内战。

今天这件事已经不能善罢了。他不知道该感激还是该迷惑。五年前他因为刺杀储妃和试图刺杀储君的罪名被捕，而两位侯爵就是在这样的形势下挽救了他一条命。他们设法找来秘术师，抹去了他关于刺杀和被捕的记忆，又设法把他送去遥远的澜州。时至今日他才明白，做成以上这些会是何等的麻烦。其实他们完全可以任他被杀，这样便不虞有丝毫的秘密泄露。但他们还是舍易取难地把他救下来，这是他们对他的器重和珍惜。

然而另一方面，五年之后，又是武定侯为他提供了夜闯王宫的路线，以及鹤雪的制服和兵器。然后他又和羽王一起守在丹枫馆前，见证了他的叛行。他不相信这只是一个巧合，也许武定侯想利用这件事做点什么，也许这是他暗暗期待的一个机会。他不能揣测大人物们的心思，但是他知道，在这个机会里，存在着一个牺牲品，那就是他。

他百感交集。五年前，原乡侯也是同样地牺牲了他，换取对燕国重新开战的机会。

“陛下，请您让开！”血液中的火焰猛地又一次灼烧起来，鹤青岩声音颤抖着喊出来。他意识到自己这时必须还要前进，别无选择，暗月马上便要降临了！

伙伴们还在遥远的澜州等他。那种深入骨髓的痛楚，逼着他要继续向前！

“还有什么说的？这样的逆贼，理应当场射杀。”原乡侯面色苍白，对张弓的侍卫挥手，“十三，你中邪中得太深，五年前我救了你一次，现在我救不了你了！”

“谁也不要动！”鹤青岩也提高了音量，“我手一松，这枝羽箭就射出去了！”

场面僵持住了。没有人敢稍微动弹。鹤青岩哈哈地仰天大笑。

笑声中包含了他最大的愤怒，最大的无奈和最大的嘲讽，笑声中他银白色的羽箭迸出，如一道劈开空气的闪电！每个人都倒吸了一口凉气，那样令人绝望的速度和力量，自离弦起便没有再挽回的可能！那道闪电直接指向羽王，他根本无从闪避！

当的一声巨响，所有闭上眼睛的人张开眼，然后都松了一口气。

那枝羽箭并没有瞄准羽王，而是瞄准了他身后丹枫馆大门的门锁。鹤雪的箭可以射穿河洛锻造的钢铠，更不用说击碎一把濯银浇铸的锁头。门锁碎裂的同时，鹤青岩向前扑去，他的速度在这时爆发到极致，他必须抢在第一轮箭雨到来前冲出。

他及时扳住了羽王的肩膀，用他的身体充当挡箭牌。在侍卫们迟疑着不敢发箭的时候，他向后一撞，成功地进入了丹枫馆的大门。这时他已浑身发烫。

9

一片黑暗之中，他听见一个人轻轻的笑声。

“你来了，你终于来了。”那个人说，“我等了你好多年，你来得太慢。”

“你是谁？”鹤青岩喘息着说，“是储君殿下么？”

“殿下这个词，很久都没有听过了，”那个声音说，“在你心里，我还是殿下么？”

“禀告殿下！”只听外面传来一名侍卫的声音，“现有一名逆贼闯入了您的寝馆，意图不轨。请殿下许可我们进馆擒杀叛逆，我们不会惊扰殿下的安歇。”

“不，别进来，”那个声音冷冷地说，“我被这逆贼制住了，你们一进来我就会死。”

他的威胁立刻起了效果。外面沉默了一瞬，有人跑开了，脚步声带着惊惶。过了一会儿传来上百人密密麻麻的脚步声，在墙外整齐有序地移动，应该是调集侍卫包围了整座馆舍。可以听见低声议论，商量对策的声音。但是没有人敢闯进来。

那声音呵呵地笑了：“这样说可以吧？鹤青岩，我想要一些单独聊聊的时间。”

鹤青岩心里一震：“殿下知道我的名字？”

“五年前不就打过交道了么，”那个声音说，“你闯进我的家，射杀了我的新婚妻子，我用了五年时间。如果连你的名字都查不到，是否也太没用了？”

鹤青岩眼前忽然飘起了一点亮光，借着这点光，他看见了整间屋子的布置。这是一间空旷而高寒的大厅，昏暗的角落里，墙壁上似乎画满了线条诡异的壁画。地上刻着无数巨大的正斜交错的圆。每个圆的圆心都放着一尊青铜铸造的烛台，烛台上托着一截蜡烛，如同被火风吹过，烛火一支接一支地点燃起来，照得大厅内部越来越亮。

在大厅的正前方是一尊人族风格的灵位，有牌位，供品和香烛。上方的墙上挂着一幅女子的画像。看到那幅画像的时候，鹤青岩眼睛一缩，浑身的血液嗡的一声像是沸腾了起来。尽管他这时已经获得了全部的记忆，然而看见那个白衣女子的相貌，确定这个女子就是储妃，也确定储妃早已死于他的刺杀，这些事实仍让他心头震动不已。

“想起来了吧，五年前的事情。”那个声音说。鹤青岩顺着声音的方向望过去，看见的是一个身形纤瘦的影子，坐在大厅的远处，唯一的一角阴影里。

想起来了吧，五年前的事情。其实鹤青岩怎么可能再忘掉呢？那是他作为鹤雪第一次接到的任务啊。那天晚上他失手了，进宫时就已经被侍卫发觉，当他闯入新建成的丹枫馆，也是储君和储妃的新房时，身后追踪而至的几乎是整座王宫的武装。好在他蒙了面，没有人认出他鹤雪的身份，也没有人能追上他双翼鼓风的速度。他从窗口滑入，顺着楼梯一级级地踏上，走往寝间，像一个安静而优雅的客人。他推开门，搭箭拉弓，盯着那个姑娘，丝毫不理储君从床上坐起时惊恐的哭嚎。对他来说，只有侯爵的命令不可违抗，所以他不思考这样行动的原因。他对着一身白衣的姑娘，她回过头，神情漠然而绝望。

“求求你，不能杀她，不能杀她……”他听见储君呜咽的恳求。

真不幸啊，他想，一个远嫁而来的异族公主，被杀手堵在了房里，她新婚的丈夫只能在一旁哀求，她没有任何东西可以保护自己，只能抱紧双臂，在步步逼近的阴影中退到了墙角。她的眼神，她的眼神里有一种尖锐的憎恨，刺痛了鹤青岩的眼膜。

“杀了我吧，羽人，”她轻声而坚决地说，“你们必会付出代价！”

鹤青岩站住了。他从来不知道一条生命在被褫夺之前，会有这样硬如钢铁的恨意。

“假如你不杀她，她就会杀你！”他想起侯爵冷冰冰的训示。

于是他松开了弦，看到那血光迸现的一瞬，他的头脑陡然间“嗡”的一响，所有血液都逆涌上来！像是某种诡异的幻境。不，不是幻境！他清清楚楚地看到了血，满地流淌的血像有了灵魂，藤蔓一样生长缠绕，纠缠自己的肌肤，融入自己的血管……

他被诅咒了，他的血液当中开始涌动起一股躁动不安的力量。那个男人在床前无助地嗥叫，无数的侍卫从外面破门而入。而他，竟再也凝不出一双羽翼。

现在是同样的地点，同样的处境，面对同样的人，同样的诅咒再次被暗月之力唤醒。他像是重新回到五年前，预感到这场绵延五年的噩梦，将在今夜终局。

鹤青岩慢慢走到供桌之前，他解下背上的包袱，取出一只黑色的匣子，放在供桌上。然后他点了几根香。画像上那个女人一如五年前，漠然而绝望。

“那是什么？那个男人的骨殖？”储君在阴影里问。

鹤青岩没有说话。他向着画像拜了拜，最后凝望了一眼，默默地转过身便要推门。

储君笑了起来：“想走么？你现在推开门，立刻便是万箭穿身。”

“难道我还能希望不死么？”鹤青岩笑笑，“做出这样的事，我早就不想活过今夜了。”

“为什么一定要闯进丹枫馆呢？如果你只是在门外，也许还有逃跑的机会，”储君叹道，“只是为了送来那个男人的骨殖么？可是你已经知道我妻子已经不在人世了，你的诅咒便是她用自己的魂灵施与的，你难道还指望她活在人世，帮你禳解？”

“我的记忆在五年前被人抹去了，”鹤青岩说，“所以最初闯宫的时候我并不知道储妃已死，并且就死在我的手下。”他沉默了一阵，转过头，表情既迷惘又无奈，“然而，就算我预先知道，我还是不得不来。因为……我已经快不受我控制了。”

“不受你控制了？”储君问，“那是什么意思？”

鹤青岩低下头：“我的血液里那些诅咒，它们快复活了。”

这是真的。他感到自己的心脏一下一下剧烈地搏动着，像是要从腔子里跳出来。一股令人不安的力量像是要将他整个人从上到下贯穿，使他变成一头凶险的怪物。他能感到暗月月力的逼近，在那一刻，将会有无比可怕的东西从他体内滋长出来，甚至将他整个人引爆。趁着还能自控的最后片刻，他只需要推开门，面对那密集的箭镞……

“想用自己的行动了结你的生命，”储君笑了，“你闯来这里，只是为了这样？”

“是的，”鹤青岩伸出手，搭住了门扣，“我只希望死得有些尊严。”

尊严，不错，这是他追求了一生的东西。他想起那些远在澜州的伙伴们。他们像猪狗一样滥饮，在污泥中翻滚作乐，这时他总是恨铁不成钢地夺下他们的酒壶。尽管他也希望用那种东西来麻醉自己的痛苦，但他总是紧紧地咬着牙齿忍住，没有人理解他为此付出的代价。只因为他希望自己有尊严，那是他加入鹤雪团的第一天就听到的词。

现在他不能再照顾那些伙伴了，他不知道在暗月全满的今夜，他们将怎样度过那漫长的煎熬。他终于未能完成他们的嘱托，他送到了骨殖，可那个关键的女人却早在数年前死于他自己的箭下。这是他的错么？但他已经尽力了。他现在没有其他办法，只能转身接受死亡，像真正的鹤雪一样，努力到最后一刻，然后无怨无悔地面对结局。

“不觉得太委屈么？”黑暗中又有一个声音笑道，“做主的是侯爵，而承担那些憎恨的，却是你这样的小卒。你无力相抗，只能用死亡来保全最后的尊严。”

鹤青岩猛地缩手回头，他的眼睛警惕地眯了起来，他听出来那是谁的声音!

“鹤兄弟，晚上好，”经承慢慢走近他，一张笑眯眯的脸出现在光亮中，“你终于来了。”

鹤青岩茫然不解地看着他：“你……为什么会在这里？”

“我说过，各自寻找门路，”经承笑嘻嘻地说，“我有朋友在这里做侍卫的啊。”

“你，你……”鹤青岩向后退了半步，他从经承身上嗅出了一股危险的气息，他想要以鹤雪的身法避开，但他的身体已经不听使唤了，他猛地大吼一声。

10

经承向前逼近了一步，他手中的匕首插进了鹤青岩的胸口。关键的时刻鹤青岩一缩身，避开了心脏的要害，但他已然受伤不轻，血顺着刀口向外喷出。

“让我来，让我来！”储君在黑暗里说，声音里带着无限兴奋。他的身体仿佛开始颤抖，夹杂着格格的响声。鹤青岩惊得坐在地上，他已经明白储君是谁了!

“快，赶快放开我！”储君喊道，像是有些着急，“暗月就要降临了！”

经承转过身，毕恭毕敬地下拜施礼：“是，殿下！”

随着他这句话，外面忽然传来侍卫们的惊呼声。巨大的黑暗毫无征兆地洒下它的阴影，自北而南，如同天神的袍袖，一瞬间吞没了整个世界。暗月降临!

与此同时，地上的十几朵烛焰像是吸风吐气一般，猛然窜高，变成一尺多长的碧绿色火光，整间空旷的大厅被映成妖异的绿色，像某种秘术的结阵。每朵烛焰之外都刻着一个圆，在地面上形成寸许深的凹槽。现在那凹槽也开始发光，某种物质在里面飞快地流动着，像是干涸的小溪被注入了水，一个圆接着一个圆都活了起来，碧光荧然。

“储君殿下！”外面的侍卫高喊，“您还好么？”

“别进来！”储君尖声高喊，“我没事，你们都在外面守着，不要动！”

鹤青岩低下头，呆呆地望着这一切。他惊讶于自己竟知觉不到痛楚，因为那流入凹槽之中的物质，正是从自己伤口中喷出的血液。一切都像是五年前那场噩梦的逆转，血液仿佛无穷无尽地涌出来。自己浑身的每一处肌肤下都透出了血管爆起的痕迹，而后又迅速被抽空，像是有一股绝大的外力在一张一合地抽吸。他感到自己全身的力量也随着血液一起流失了，然而他觉得莫名的轻松。那些都是诅咒之血，带着无穷的怨念与憎恨。

“放开我！”他听见储君不耐的声音，格格的响声越来越大，仿佛正在经历痛苦的挣扎，“让我过去杀了他，让我结束这场诅咒……我要亲自杀了他！”

“是，殿下！”经承抬头。碧绿的荧光照到了储君身处的角落，他终于现出了他的面容。被铁链捆缚在座椅之上，挣扎不已的，正是假扮他儿子的经小龙。

“你……到底是谁？”鹤青岩问，“经承，你的身份不是……”

他越来越虚弱了，连血液也不再呈喷射状涌出，而是一点点涓涓地向外流，像在榨干他身体里最后的生命。他凭着在鹤雪团中训练出的意志勉强开口，却几乎已看不见任何东西。像幻觉似的，脑子里有那个女人的形象，睁着眼睛幽幽地盯着他。

经承怜悯地看了他一眼：“反正你要死了，那也不妨告诉你。”

他一面试图给储君解开身上的铁链，一面说：“我真名确实叫经承，但我的真实身份是王宫中的侍卫副统领。负责守卫丹枫馆的安全，直接听命于储君殿下。”

“你是他的刀，你们的目的是为了杀我？”鹤青岩说，“原来从一开始你们就在骗我。”

“是的，被一名单枪匹马的鹤雪闯入丹枫馆，是我们全体侍卫的羞耻，”经承点了点头，“我们确实计划杀你。从最初在抚阳城遇见你，到在郊外储君殿下借着诅咒之力向你挥刀，你的武功太强，我们没有把握，只能把你重新诓到丹枫馆里。”

鹤青岩无力地闭上眼睛：“那么，那封所谓的遗信……”

“是，”经承笑了起来，“是伪造的。”

“所以从一开始你就知道，丹枫馆中并没有储妃，储妃已经死了，”鹤青岩说，“都是骗我的，连储妃是暗月的施术者，能够帮我们禳解，也是骗我的么？”

一瞬间，有一种荒谬的晕眩感击中了他。原来有这么多算计都是针对他的啊。他忽然变成一个无比重要的大人物了。可是他到底做了什么？无非是五年前，作为军人执行了上司的命令，杀了一个重要的女人。其实他从不认识这个女人，不了解也从来不想了解她的经历。可是为什么所有的恨意都是针对他呢？代表憎恨的诅咒之术偏偏会施加在他身上，羽王为他判决了死刑，侯爵抹去了他的记忆，储君和经承一同设下了圈套……

“那其实是真的。”储君这时冷冷地插口，“事实上我之所以要杀你，是因为我也中了她的暗月之术，我们两个人中必须死一人，才能解开她的诅咒啊。”

这时经承已经解开了捆缚他的铁链，储君慢慢从椅子上站起身，他的眼睛放出了光，像看到猎物的豹子，他伸出手，从经承手中接过了匕首，然后一步步地向鹤青岩走来，每走一步他的四肢都在颤抖，仿佛有不甘的魂灵在他的肌肉之中鸣振。

储君站到鹤青岩的身边，居高临下地看着他，双目灼灼：“就在你刺杀了她的第二年，燕国灭国，她在澜州的那个情郎竟然跑来了齐格林。由于她的死讯对外一直是保密的，所以那男人竟然毫不知情。我便安排他在丹枫馆和我见了一面。然后我跟他决斗，我一刀杀了他。那之后我跟你一样，被诅咒之血污染了。那是我第一次知道这种诅咒。”

“为什么要跟他决斗？”鹤青岩问，“为什么不随便派一个人杀了他？”

“因为我要证明比那个男人强！”储君放声大笑起来，“我要向我妻子证明，她至死还爱着那个男人，是一个愚蠢的错误。那场决斗的结果证明了这一点！”

“可是那有什么用？”鹤青岩说，“他们反正都死了……”

他说得很无奈，他已经快失去全身的力气。他想这些人的怨念真深啊，在储君第一次爱上储妃的时候；在储妃被迫与情郎分开的时候；在储妃被自己杀死的时候；在储君跟那个男人决斗的时候。每个人都有那么多的遗憾，那么多的不甘，和那么多的对他人的仇恨……而他鹤青岩只是不幸地被卷入了这些怨念的中心。可那些怨念都是为什么？

在它们背后是否存在着一种终极答案或追求呢？但他没有精力去想明白了。

这世界离他越来越远。脑海中那个女人的眼睛，像是慢慢地闭上了。

“死了？”储君的笑声不停，“不会啊，她就活在你的血液里，她能看见呢。”

那双女人的眼睛忽然又睁开，发出逼人的光来。鹤青岩忽然真的相信了，那个女人还并没有死，她凭借着极深的怨念，在鹤青岩的心上割开一道伤口，而她的魂灵便寄居在了这伤痕中，借着暗月之相的涨满而复活……他浑身一震，难道这才是诅咒的真髓？

被那个女人的怨念所控制……在暗月照耀下，他会变成那个女人？

“好了，”储君冷冷地一笑，“时辰已到。”

在他说这句话的同时，碧绿的光芒在一瞬间炽盛，地上刻出的一切圆都像是在燃烧，映得大厅之中的三个人须发皆碧。这是暗月之力最盛的一瞬间。

大笑声中，储君的匕首刺了过来。

“这是暗月的秘仪之火！”他大笑道，“在火中我将淬炼出她的怨念之血，我花了几年的时间才找到破解诅咒的办法，那就是用她的血！你杀了她，所以我现在必须杀了你，那个被我杀死的混蛋才会甘心！只有我妻子的血，才可以解除我身上的怨恨！所以我们之间只能活一个……现在你身在阵中，又是暗月最强的时候，准备受死吧！”

鹤青岩翻滚闪避，仿佛在垂死之前爆发出挣扎的本能。储君一面大笑，一面势如疯虎地进攻。一刀，两刀，三刀！毫不留情……他的攻势忽然停住。

鹤青岩如闪电一般地伸出手，将锋刃死死握在手中。

他的掌心被划破了，却没有血流出来，血已经被结阵吸干了。然而这时他却站了起来。

“羽人啊，你们真的不惭愧啊，”他慢慢地说，“对于那些你们在一念之间而毁掉终生的人们，你们难道就没有丝毫的悔过之心？”他慢慢地睁开了眼睛。

他的眼神照得储君浑身一颤：“你，你，你……”

“殿下，”经承远远地注意到了不妥，“请殿下当心！”

就在那一瞬间，两人的都眼睛猛地一痛！碧绿的火光在转瞬间变得通红。储君低下头，看到最匪夷所思的情境出现了：秘仪之火中刻下的那些凹槽，所有的血液以极快的速度开始倒流，先是沿着那些圆形的轨道转圈，越转越快，然后像是被极强的吸力重新鲸吞到鹤青岩的体内。烛焰的光芒变成鲜红的一片通明，在储君目瞪口呆的时候，这个阵法已经清空了，比它点燃的时候更快。只剩下那些干净清爽的刻痕，不留痕迹。

储君松开握住匕首的手，踉踉跄跄地后退了几步：“你是，你是……”

“是我啊，”鹤青岩一手拿着匕首，一手按住胸口的伤，“我们已经有很久不见了。”

他笑了笑，眉头忽然一皱，像是被什么尖锐的东西给刺痛了。他的衣衫忽然碎裂开来。经承站在他背后，瞠目结舌地看着他后背的变化。有什么东西从那里开始长大，向外凸起，渐渐凝结出翎羽的形状。经承不敢相信自己的眼睛！在这个暗月彻底遮蔽住明月的时间点，他却看到了一双巨大的翅膀正要凝结而生。然而，那翅膀竟是黑色的！

“黑色的翅膀！”他惊恐地大叫起来，“是暗月，快杀了他，他已经被暗月吞噬了！”

“住嘴，”储君忽然说，他的情绪在那一瞬间忽然平静下来，“谁也不要杀他，那个叫鹤青岩的人已经死了，现在这个身体里的人……是她啊……”

鹤青岩静静地看着他，向他伸出了匕首：“来吧，来杀我，否则你便要死了。”

储君慢慢弓下了身子，像一只蜷曲的虾米一样蹲在地上，瑟瑟发抖。鹤青岩不紧不慢地向他逼近着，然后终于一伸手。只听一声虎吼，惊慌失措的经承扑上来救护。然而鹤青岩只是用背后的双翼微一鼓风，便将他整个人吹得倒飞出去。

“来人啊！快来人！”经承使出最后的力气大吼，“储君……有难！”

在急促的脚步声中，储君面无表情地低下头，看着自己的胸口，那里插入了一把匕首，直直地对准了心脏。血液疯狂地涌出来，重新像一条有生命的溪流般汇入秘仪之火的圆圈。然而他的心里却感到久违的轻松。他勉强抬头，盯着那一双巨大的黑色翅膀，在火光中它们如黑色的大丽花一般开合，散落开几根如刀锋一般的黑色翎羽。

“其实……”储君伸出手，用最后的力气说，“我从小时候，就真的很喜欢你……”

他无力地抓了几把，却什么也抓不住。“砰”的一声，没有生命的躯体栽倒在地板上。那些攫紧灵魂的藤蔓终于松开了触爪，让他最后能自由地喘一口气。

而在他身前不远，黑色翅膀的主人已经握紧了弓，面对着羽人们即将蜂拥而入的方向。“五年了，这一仗你们制造了太多伤痕，”他静静地自言自语，“而我们就蛰伏在这伤痕中间，这一仗并没有在五年前结束！现在，我们复仇的双翼，正要展开！”

铁血纪元·赍之书时代设定1.0版

赍朝工作组 制作　　　九州工作室 整理

这是在盛世废墟中幸存的时代。

在洪水侵袭过后的大地上，依然存活的生命们充满恐惧。他们面对着一个被摧毁的世界，和一段从头开始的命运。

晁帝国五百年辉煌一夜间化为汪洋。九州大地永远丧失了和平。在天劫与兵火遗下的尸山中，赍朝这个新生儿，从未擦干满身鲜血。

绵延数百年的战争，让千里澜州两度焦土；极北之地的殇州冰雪中，埋葬着无数勇决的蛮人与夸父；雁返湖上空盘旋的阴云，是人族的贪婪，河络的悲泣，或叛离真神的天谴。

在这个时代，再没有任何人能成为整片大陆的主宰。但每一个人都希望成为主宰。

在这个时代，每个种族都希望安稳地生存。但它们都面对着无尽的死亡。

这是让生命抛弃信任、彼此搏杀的时代。

这是被分裂和仇恨诅咒的时代。

——赍朝工作组·莫雨笙

时代·零：孕育

九州外海倒灌，淹没大地无数，但随着时间流逝，水位逐渐下降，一部分被淹没的陆地重新浮出水面，内三海格局就此正式形成。此时九州陆地缩小至约一千二百万拓，地中三海面积约有五百万拓。广袤的海域为后来航海文明的渐兴提供了条件。而被辽阔内海隔在北方大陆瀚州的人族游牧部族逐渐接受部分夸父战斗文化和羽族自然文化，发展出不同于东陆的独立文化，建立大小数十个部族，统称为蛮。人族文明正式分为东陆华族和北陆蛮族两支。同时期，逐渐熟知洋流变化的鲛族惊喜地发现了几处常年有暖流经过的区域，开始尝试定居生活。

贲王朝就在这样的背景下，于晁王朝的废墟之上建立起来，定都天启，其初期势力范围只在东陆中州一带。

这是一个时代的开端，各个种族重新从纷乱回归稳定，面对新的大陆，蓄势待发。

时代·壹：试探

[星流年3800年~3900年]

这一百年的主题是东陆人族和羽族之间的战争。

贲王朝与羽族争夺澜州。人族惨胜，获得澜州西部。

羽族大部北退宁州，仅有极少数依靠澜州擎梁山的阻隔，在东陆东北部的擎梁半岛上保留部分羽族聚居区。

一、华羽战争历史

1.澜州纹面羽族（经氏）与青羽的内讧，华族趁机开始在澜州制造摩擦并开战。

这一段历史详见塔巴塔巴的《九州·冲锋》、《九州·弯刀之夜》、《九州·清人》，在这段历史中，羽族的统治者非常无知地自断经脉，为之后的失败埋下了伏笔。

但是羽族骑兵——纹面羽在历史中的惊鸿一瞥却已足够惊艳，给后世留下无数传说。

2.华族在澜州取得全胜，大部羽族北渡宁州，风氏一部分遗族和少量羽族居民留在澜州，北渡宁州的澜州羽族与宁州羽族在冲突中政权重组，翼氏政权初步建立，史称羽族第二王朝。鹤雪开始成为羽皇卫队。

这一段历史详见塔巴塔巴的多年大坑《天河水》，这部长篇的开篇已经在《九州幻想》2007年第一期上刊载，后续的填坑计划已经计入日程，预计在今年读者会陆续看到更多篇章，人类在澜州的步步进逼也将陆续展开。

3.（擎梁山以西）澜州华族开始大规模毁林造田，燕国雏形初步出现。

在这段历史中，华族击溃羽族第二王朝，羽族主力和第二王朝王室渡海北迁，部分不肯走的羽人留在了擎梁半岛，为华族所默许。

部分中州华族迁徙至澜州，与澜州华族一同毁林开荒，逐渐形成割据力量，但占据了澜州大部的华族因为擎梁山的阻隔，最终安于现状，没有继续北进。

二、夸蛮战争历史

在这一时期，夸父族和蛮族在殇瀚的交界处产生纷争，但没有爆发大规模的兵力冲突，这也与蛮族各部尚未统一，以及蛮族更多将注意力放在东部边境有关。

三、蛮羽战争历史

内三海出现以后，羽族有一部分被分隔在了宁州，这一部分羽人就是后世的北羽族的前身，这些人和同样被分隔在北陆的瀚州人族——即后世北蛮族的前身——不可避免地产生了摩擦，在这一段历史中，蛮族突破月亮山脉，进逼羽族。

[星流年3900年~4000年]

这是相对和平的一百年，除了蛮族和夸父族小规模的冲突以外，各种族都重在守成。

在这一百年中，羽族的航海技术日趋成熟，并成功进行了首次环绕东陆的航行。羽朝于是运用领先的航海技术，逐步建立起正规海军，其主要目的是为了连接宁澜二州的羽部，企图在华族王朝各地诸侯内乱时对其用兵，以重返澜州故地。

同时，鲛族城邦逐渐形成。

这一百年间，割据澜州的华族最终形成了燕国，这在后续历史中将会重点提到。

[星流年4000年~4100年]

这一百年的主题是反思，南北两大种族——羽族与河络族——同时开始了对自己宗教、政治等等的反思，这一百年种族之间的冲突依旧局限在小范围中，但是种族内部的改变和动荡却是非常巨大的，这些改变为之后的数百年九州格局埋下了一笔浓墨重彩的伏笔。

一、羽族方面

羽族第二王朝（翼）北迁的时候，宁州有少量羽族，那时候的宁羽属于原始住民，没有政权。

澜羽北渡之后，宁州羽族开始繁衍发展，并建立了第三王朝（羽）。

羽族在北宁的第三王朝对澜州战争进行总结反思，痛定思痛，开始了改革壮大的道路。

这一段历史在公子木的"术世"系列中略有提及，本期的梦幻百家讲坛中塔巴塔巴也会对羽族这一段历史的细节进行剖析。

二、河络族方面

失去了神　支持的《北邙古卷》在河络族中的影响力日益下降，族内对阿络卡的怀疑终于演化成对真神的怀疑。与此同时，夫环的地位不断上升，最终达到前所未有的高度；夫环开始在河络生活的各个方面发挥巨大影响力，并逐渐拥有强大的决策权。

这一百年中，河络完成首次统一，北部和东部河络开始走出山谷在地面定居（此举也曾遭到保守势力的质疑），河络的技术随着游历和迁徙被小规模传播，一些河络开始经商（这是对真神第一次叛离的开始），并最终在宛州西部建造辉煌的城市群。

这一系列事件在河络历史上被称为“第一次叛离真神的迁徙”。

（夫环被人族翻译为国王，实际在河络语中的本意，夫环是处理世俗行政事务的总管，阿络卡是唯一领袖。）

以上两大种族各自的改变对后世的影响堪称伟绝，之所以贲朝被称为九州冷兵盛世的伏笔之朝，正是因为战火掩盖下的种族信仰、制度变迁直接造成了胤朝乃至之后更久的九州各族关系格局。

如此之短的时间内发生了种族内巨大思潮衍变、政体革新、信仰分崩，这样的巨变直到暗月纪才再次出现，并一举奠定了暗月纪元一千年的纷乱后统一的局面，关于暗月纪这个纪元，我们会在今年随后的杂志中和唐缺的最新长篇小说《九州·轮回之悸》中提及。

时代·贰：冲突

[星流年4100年~4200年]

这一百年是整个贲朝时期冲突最为剧烈的一百年，之前三百年的积累，令各族之间的矛盾一触即发。

这一百年的战火起于夸父与蛮族的战斗，贯穿着中州贲王朝的内乱、澜州燕国的衰落、宛越两州河络王国的壮大，最终结束于宁州羽族反攻成功，夺回澜州。

一、华族内乱部分

华族内乱分为两个部分，分别是中州的贲王朝内乱，和澜州的燕国兴盛后衰落。

贲王朝在中州的中央政权出现内部斗争，起于星流年4100年前后，起源于前一位皇帝死去之后，皇子争位，并最终牵连了宛州越州河络以及天罗加入战局，这一场内乱囊括中、宛、越三州，大大削弱了贲王朝对各地的掌控力。

这一段历史只有大概的事件设定，没有相关文章，贲朝工作组诚邀所有愿意尝试九州文的读者一起来勾画这一铁血时代。

至于澜州的燕国，其主要的历史详见莫雨笙的《星命如玄》系列，这个割据澜州兴盛一时的国家，在星流年4100年中叶也开始了内乱，澜州华族陷入混乱，此次内乱影响深远，最终导致了羽族的反攻澜州成功。

这一段历史在莫雨笙的《星命如玄》系列和公子木的《术世》系列中均有提及，本杂志还会在后续的篇目中继续跟进公子木《术世》的进度以及继续登载莫雨笙《星命如玄》的相关番外篇。

二、夸父、蛮族部分

夸父与蛮族在瀚州西部发生了战争。

由于蛮族狩猎队伍开至殇西南的天池山脉，与当地夸父矛盾激化，冲突规模持续扩大。

随后，蛮族借此为由，半有组织的劫掠夸父村庄，夸父由于抵抗不及时，损失惨重。

但不久后，迟缓的夸父还是作出了反应，各强部纷纷走下高原作战备集结。面对有组织的夸父军团，认为大战时机不到的蛮族劫掠部队开始撤退。

但是由于一些冒进的蛮族部落作出了不明智的举动，诋毁了蛮古山的夸父祖地，终于激怒了夸父。愤怒的夸父军团剿灭了正在撤退的蛮族劫掠部队。并视蛮族的越境狩猎为偷猎，予以坚决抵抗和剿灭。之后突进殇州的蛮军被阻于夸父经年建立的石城外，多处战线惨败。孤军突入的蛮军，陷于夸父的围剿中。

十年后，夸父突入蛮青阳部，战线与青阳部胶着。又十年，青阳战线被夸父突破，蛮族部队一路退却，终于在青番河汉汇合前来的朔北部，共同击退夸父，夸蛮战争陷入拉锯战。

三、羽族部分

由于瀚州西部发生蛮夸战争，尚未统一的蛮族各部全力应付西线，东线势力回缩。宁州羽族趁此机会完成政权重组，在夸蛮战争的间隙休养生息，鹤雪进一步形成规模，羽族开始准备南下复仇。

在这一百年的后期，贲朝终于无力维系一统假象下的纷争，陷入内乱，各地诸侯互相讨伐。羽族舰队趁机南下，经过两百年的培养训练，鹤雪团初具规模，无论是正面作战还是暗杀，鹤雪团都显示出了强大的实力，有备而来的羽族军队一鼓作气占领澜州三分之二以上的土地。

面对反攻的羽族，燕国集合力量做最后反抗，此后人族很多义和团来复仇，并被燕国收编，这个团队对羽族会取得很多阶段性胜利，后来因为理念不同分歧，燕国灭亡。

由于羽朝对海军早期的定位并非战争主力，而是出于连接部族运输战力的目的建立的，所以在人羽战争进入相持阶段，羽族立足澜州后，海军渐渐被削减。

这一举也为之后的海潮三十年埋下了伏笔。

关于羽族的反攻澜州，公子木的《术世》中对其有详细的描述，本书会对这一大系进行持续刊载。

四、河络部分

宛州河络在地面活动持续加强，以夫环为代表的父权势力开始抬头。

这一百年就是历史上有名的“第一次背离真神的迁徙”，在这一百年和之后的几十年，河络

在地上世界留下了丰富的建筑文化遗产，向整个九州各族展示了他们的工艺和信仰，这是河络发展最为迅速的一百年。

时代·叁：重整

[星流年4200年~4300年]

这一百年战火一直交织在羽族与华、蛮双线交战的烽烟中。

一、蛮羽交战部分

蛮族开始对东境的羽族用兵，针对羽族林地作战的优势，蛮族成批放火毁坏宁州林木，宁州羽族赖以依附的林木被毁以后，蛮族骑兵所向披靡，羽族陆军中包括久负盛名的“野雨”、“锦大风”、“幽笛甲弋”和“赤岚”四支劲旅在内的主力兵团几乎被蛮族全歼，而羽族引以为傲的羽族术士甚至没有来得及使用攻击性法术就已经身首异处。森林燃烧的浓烟在宁州上空笼罩了十八年，故史称“烟霜十八年”。

羽族在蛮羽战争中的颓势一直到“鹤雪团”开始有计划地参与针对蛮族将领的暗杀行动时才开始扭转，接二连三的成功刺杀使得“刺杀”这一早年被认为不符合羽族高贵身份的行为成为鹤雪的重要战术，灵巧的快艇和出没无踪的鹤雪士成为笼罩在人族头顶的噩梦，整个九州都开始关注这个似乎“为暗杀而生”的民族在刺杀行动上的动作。

二、羽族海盗的出现

由于与华、蛮双线交战，羽朝无力恢复初建的海军建制，但又迫切希望截断华蛮海上运流，故被迫将正规海军转为流盗，希图于悄然之中分割蛮族和华族。

羽族海盗应运而生，此时羽朝仅最高层知悉海盗详情，海盗的物资提供也半地下化，并由杉右部分承担渠道引流的作用。而杉右也从中取利，争取了进一步的自治权利。

随着蛮羽阵线压至厌火城下，杉右海盗势力在这个阶段有目的地网罗了厌火城内躲避战乱的内迁工匠，加强自身实力。针对羽族的战略，华族采取了相同的对策，滩海之上一时海盗云集。

羽族使用“鹤雪团”扭转战争颓势之后，蛮族被迫实施内迁禁海，羽族官办海盗逐渐失去存在下去的意义和价值。在羽族软硬兼施的外交手段和暗中交易下，华族诸侯逐渐倒向羽族，华羽达成和解，缔结条约，羽族得以恢复在澜州的生活。因此，对商船的掠夺被逐渐以明令的形式禁止。羽族海盗早期的主要头领均为贵族，数十年下来这些头领已渐渐被下层无翼民取代，被羽朝最终放弃后，杉右接管了大部分的海盗的操纵权，进入了海盗的“横行时代”。

三、华羽交战部分

蛮羽战争后期，由于羽族外交的成功，东陆华族逐渐转向羽族，两者达成和平缔约，华族承认羽族对澜州的统治，并减少了与蛮族的贸易往来，由此奠定了蛮羽战争的局势，蛮族再难从对羽族的战争中得到更多，不得已再次将战线西迁。

但是不过数十年，贲王朝皇室出现了唯一的一位女皇帝颜红沁，她的统治实现了贲朝短暂的武力中兴；颜红沁在位期间，华族撕破与羽族的和平条约，发动突袭。

此战羽族损失惨重，并再次丧失对澜州的统治，局面渐渐恢复第二次人羽大战前的旧观。

关于贲朝女皇颜红沁的故事，将会在夏笳今年的新长篇《九州·红沁》中揭开面纱。

[星流年4300年~4600年]

这三百年是贲朝最后的三百年，历经了最后一次中兴，无功而返的北征，蓄谋的南征，末代王室崩乱等等事件。

这三百年在已有年表中主要表现均为华族皇室：

首先是颜红沁死后中央政权再次陷入混乱，不得已采用了分封制，分封诸侯。

随后淳国在诸侯战争中胜出，淳王登基称帝，史称武成帝；之后数十年间，武成帝整顿吏治，加强中央集权，经过数十年休养生息，贲朝国力日益强大，史称“武成中兴”。

武成帝登基五十余年后，武成帝之孙，历史上赫赫有名的贲宁帝登基。

贲宁帝空怀大志却无治世的才能，倾天下之力两渡天拓伐蛮，未有寸土之功，白白断送了武成帝苦心经营的基业。诸侯王拥兵自重，王室权力逐渐被架空，而华蛮战争的烽烟也自此点燃。

大概也是这个时间段，华族已经开始筹划对南方河络族的讨伐，不过最终没能施行，将人族与河络大战延迟到了胤朝建朝之后。

贲宁帝死后，王室大乱，此后贲王朝内乱不断，政权交迭频繁，直至亡国。

星流4600年前后白胤攻下天启，胤朝建立，贲朝灭亡。

地裂天赍

【文】塔巴塔巴

同学们好，我的这堂羽族历史讲座是从晁开始的，作为一个羽族文学史专家，我会尽量照顾那些现有的史料记载，或者说，是照顾那些支离破碎的史料记载在我脑海中的不靠谱的投影们。其次，我这套思路基本上是在和知名物种学教授九天猪、玖河洛和尾指银戒的讨论中形成的。另外，感谢历史学家胤祥的添砖加瓦。那么就开始吧。大家都知道大晁是第一个统一天下的王朝，它统一的过程是靠武力征服，澜州也是他们打下来的。在这之前三陆各族的生活状态，政治结构我并不了解，因为遍查龙渊阁中的各种记录之后，发现除了今何在教授的冰川时代研究报告以外，似乎也没有什么正经文献。

所以我就只好从各种只言片语中略加推测了，大家都知道我主要搞澜州研究，那么就先说澜州吧。

首先我们来看一段文献：

《九州山河录·销金河》

销金河是夜北最大的河流，其势汤汤，一路向北。传说古代夜北有七海，其实就是七个高原湖泊，高原融雪多数汇入七海当中。后来七海湮灭，雪水没有去处，都流入了销金河，才有了今天的声势。

夜北本来高寒，没有了七海，草场也就越发贫乏，所以今天夜北能够承载的人口与古代不能相比。如果不是淘金带来了大量的外来人口和新鲜的农业技术，夜北居民大概现在也还不过十万。传说中夜北曾有七十万牧人，那种繁荣如今真是难以想象。

这篇文章摘自斩鞍老师的知名历史风物小说《朱颜记》，这部著作详细地描述了晁朝时期夜北高原的生活。所以澜州古代肯定是有人族居住的，要不然朱颜公主是从哪里来的呢？

从上面引述的材料上还可以看出，澜州古代的人族是住在荒凉的夜北高原上的，主要的生活资源得自于畜牧业，或许还种点青稞什么的，跟另一个次元的东方大陆上面敬爱的藏族同胞一样。

那么在晁朝，澜州既有人族也有羽族，不过他们还不能算是混居，甚至可能几乎是老死不相往来的。

说到这里，我们有必要对比着地图给大家讲解一下，请大家翻到课本的第一页，上面有胤祥教授绘制的澜州地图，在这张地图上，我们能看到澜州的地形是这样的：东北角凸出去一块是擎梁半岛，山高林密，跟澜州主体以擎梁山脉为界，阻隔开来，交通很欠便利。

去年我曾亲历了一遍柏舟之行，之后顺路造访擎梁山脉，于是终于可以理解为什么人族政权更迭如此频繁，但大都不会对澜州东北部的那一角加强兵防，这样的地理环境，由西至东确实是易守难攻，但是对于羽族的自北向南的进攻，则要尴尬很多。

《思园笔谈之浔州散记》

浔州古称寻舟。传说大晁开国的时候，南下越州府的军队在这里被夜沼阻拦，四处寻找可以用来横渡夜沼的船筏。当时的越州大都护就给这个地方取名寻舟。过了那么多年，寻舟的名字变成了浔州，大概是因为人们觉得这更像个地名吧？

地名是个很有意思的东西，虽然只有两三个字，里面却能传达很多的信息。比如浔州吧。如今的浔州坐落在夜沼的东岸，背靠着无尽的森林。如果今日有大军到此，打造船舶可能不会是个麻烦。可是按照历史的记载，古代的夜沼比现在大了许多倍，当年的越州军是在旱季枯水的湖床上跋涉十几天后才抵达寻舟的，那也不过是一块长满了水草的高地而已。不知道当年的越州军又是从哪里找来的舟楫呢？

现在，坐在浔州城里的不渡楼上，可以远远望见夜沼上空的黑云。至于夜沼本身，就被密密匝匝的屋檐女墙所遮蔽了。浔州的建筑风格混杂，但是最多见的是宛州的斜檐挑角。狭窄的街道两边是灯火通明的酒楼客栈，春熙路上那些妓院的脂粉味一直飘到了不渡楼上来。至于街头巷尾随处可见的小商铺，永远不要被他们简陋的外表所迷惑，谁都不知道那些小老板的手中藏有怎么样的宝贝。很难想象，在澜州西南边陲这个交通如此闭塞的地方，竟然会有这样一个充溢着奢华气氛的不夜都市。夜沼或许是个危机四伏的地方，但是这里蕴藏的奇珍异宝却把那么多具有冒险精神的人从东陆的各个角落吸引到这里。从这一点上说，浔州更像是一个宛州的都市，与澜州那种荒僻的味道相距就遥远了。

对了，方才店家解释那不渡楼的招牌，说夜沼本是不渡的弱水，现在也是不能载舟的。如果夜沼古来就是弱水，那么越州军又是怎么渡过夜沼的呢？这真是个有趣的问题，我几乎要被这段尘封的历史给迷住了。

沿着地图往南走，澜州的整个中部和北部都是平原，覆盖着原始森林，地理学上应该叫做温带落叶阔叶林。销金河贯穿其中。再往南就是夜北高原，很荒凉，偶有长草，跟青海似的，能凑合着放牧。夜北高原得名是因为夜沼，夜沼就在它南边，夜沼的东面就是上面文献中提到的浔舟城。

青蘅传里对夜沼有描写，那是可怕的大沼泽。夜沼以南，气候接近越州，渐渐向湿热丛林过渡，不太适合居住。大晁以前，地图上还是有很多空地的，没办法，人口少，用不着去那里住。

晁朝时期，宁州和澜州尚连在一起，在这个时代里，宁州有没有羽人呢？我认为可能是有的，但那里是寒带落叶针叶林带和亚寒带常绿针叶林和落叶阔叶林带，气候没有澜州好，所以人口规模很小，生产力水平也更低。大晁派了几个士兵想去征服一下，结果发现没什么好征服的，只好插了个旗子，宣誓主权了事。

所以那时候夜北高原上住着的人类七海部，由于地理因素，和中州的人族尚有交通，而与澜州、宁州的羽族几乎没有太多的交流。

之后大晁一统天下，再之后七海部被干掉了，晁朝中后期，澜州就只剩下了羽人。

好了，说完了晁朝时期澜州的羽人形势图，我们该好好讲一讲羽这个种族了。

拜历史学家苏冰所赐，我们可以直接引用一段文献如下:

《大整合时期羽人分析》

……

羽族发祥于澜州北部，是九州中文明启蒙仅晚于河络的种族，其文明发展的程度在很多方面高于人族。星流1500年前后，羽族已经拥有了完整的宗教体系——元极道，并在宗教支持下建立了第一个的羽族王朝，这就是后世传说中十二武神护佑的黄金王朝，比人族于星流1931年建立的熒王朝要早四百年。但是和熒朝一样，黄金王朝没有留下足够的史料，只留给后世一个羽族横行天下的传奇。

……

晁朝建国之后，晁帝将“风羽经天翼鹤雪纬云汤”十字赐予羽族十大城邦的王室作为姓氏。

……

夜北七部的人族被流放到越州之后，澜州大部相对空虚，羽族十大城邦相继向南扩展。凭借着宗教核心——神木园高深的岁正系、太阳系秘术，羽族将茂密的森林一直扩展到夜沼北岸。其时气候寒冷，澜州南部相对湿暖，更适合羽族生存，十大城邦竞相南扩，只有翼氏中的一支（宁翼）选择向北发展，在宁州的密林里建立家园，而翼氏的另一支（澜翼）则在澜州北部建立了美丽的城市溯那格丽——即后来的霍北。

内战结束的标志，是羽族独特的政治体制——“十一选王制”形成。所谓十一选王，就是由羽族的十大城邦和羽族所信奉的宗教“元极道”的核心神木园共同投票，在十城的城主中选择一位作为整个羽族的首领——“乌戈洛林”，永恒之王。十一选王制的出现得益于晁朝后期内乱不断，自顾不暇。

尽管只是名义上的羽族共主，真正的权力仍然掌握在各个城邦的王室手中，但十大城邦之主仍然把精力放在了对永恒之王的角逐上。到了晁朝后期（星流3500年之后），乌戈洛林基本只由最大的雷格斯城邦（羽氏，青羽）独占，除了仅次于它的艾格瑞特城邦（经氏，纹面羽）无人敢于与之争衡。后世羽族将这个时期称为风氏的“第一王朝”。

……

可以得见，羽人作为一个历史悠久的种族，在晁朝已经有了几个比较重要的姓氏族群，所谓羽族十姓。在十姓的基础上，建立了松散的城邦联盟。

而文献中所记载的“第一王朝”，实际上已经是第二王朝了，真正的羽族第一王朝，始于晁朝建朝之前，终于十一选王制。

晁朝建朝之前，羽族自己发展也尚未壮大，几大姓氏中最大的一支是风氏，势力比较大，大家也都承认他们是名义上的澜州之王。这个可以叫做第一王朝，或者叫古王朝。风氏是比较开明的——因为以当时的生产力条件，没办法建立中央集权的统治。而且众所周知，羽人个性比较孤僻，每个人都很有个性，一个村子都不好管理，所以更不用谈整个羽族的统治了。

之后大晁一统九州，此时的羽人对大晁是臣服的，但保留了相当的自治权。人族比较喜欢种庄稼，最多放放羊，所以对澜州森林也没多大兴趣，所以就像古代我中华帝国对蕃夷的态度一样，服了就行。但是大晁心眼也很多，害怕羽族哪天壮大了惹事，对羽族内部势力采取了拉一派、打一派的态度，分化瓦解，让羽族始终拧不成一股绳。大晁统治了几百年，在澜州也修了一点路，普及了通用语和货币结算，也算是搞了一点基础设施和文化建设。

后来出于我不知道的原因，大晁崩溃了，中州陷入混乱。这在我们的澜州也引起了很大的震动，带来了人民群众思想上的混乱和社会的动荡。这时候，随着生产力的发展，各个城邦都具备了一些规模，相互交往也比较频繁了，加强统治成为了时代的必然。澜州十城已经形成。风氏不温不火的松散统治已经不能适应历史的需要，新的时代来临了。

于是在某年某月某日，第一次大支尔格会议召开，十城领袖激烈争论，最终风氏被废，十城选王的制度兴起，澜州最大的秋叶城变成了青羽——羽姓的领地。而羽氏也担任了选出来的第一届新王。风氏则搬迁到比较荒凉的擎梁半岛昔兰尼加城（日后它会叫做宁远）。在增强羽族凝聚力的需要下，元极道兴起，成为了羽族新王朝的国教，神木园成为了澜州的精神圣地，相当于另外一个次元世界里中世纪的梵蒂冈。以后王权和神权的斗争成为了贯穿整个第二王朝历史的一条主线。这个新王朝（随便你们算做第一或者第二王朝）宗教立国，有大羽族主义，对外来人口是比较排斥的，严格恪守传统。这时候，中州的战乱也渐渐结束，贲朝立国。贲朝也是在战火中打出来的国家，很是崇尚武力。国内一平定，他们就蠢蠢欲动，想打澜州羽人的主意。这时候羽人政权还是比较稳定的，应该说，他们比贲朝立国还要早。姓羽的青羽势力最大，大多数时候都是能当蒜，其次是斯特兰城姓经的纹面羽，也当蒜过几次。剩下别的姓氏当蒜的几次，时间都很短，很不稳固，基本都是元极道的代表势力神木园的傀儡。

我写了很多关于纹面羽的故事，所以也就侧重这里说一下。纹面羽和青羽向来不睦，他们代表了羽族内部的革新势力，要开眼看世界，认为走出丛林才是羽族发扬光大的出路。他们在森林之外的丘陵草原上建起了斯特兰城，扼守住中州与澜州交通要道——天线峡（也就是晋北走廊）。他们有澜州唯一的骑兵队伍，非常强大。（见《冲锋》）从军事角度分析一下，天线峡的确易守难攻，很难通过。但不怕贼偷，就怕贼惦记，防守方哪天万一疏忽了，就有可能被别人偷袭得手。但即使偷袭得手，在这样狭窄的地形里，短时间内人族不可能运送过大量兵力，以及沉重的技术装备，所以这些先遣部队的战斗力，特别是自身的防御力是有限的。只要有一支强大的骑兵队伍发动反冲锋，就可以把他们歼灭天线峡口的阵地上。按照我现有的文，羽族内乱，青羽一下子把纹面羽干掉了，高层全灭，人民四处分散迁徙。这下子澜州门户洞开。人族大举入侵，拉开了人羽几百年战争的序幕。人族先是打了几个胜仗，站稳了脚跟。因为澜州最西边，是锁河山前的丘陵平原，被称为走马山，人族比较占优势。人族在此建立了走马山大营，作为入侵澜州的桥头堡和基地。战争深入森林之后，进入僵持阶段，人族为了维持补给线，步步为营，建立了一系列城堡和营寨。然后就是澜州战争前期最重要的战役——走马山大战。羽族重用天才将领南怀壁为帅，剑走偏锋，一会儿用鱼咬，一会儿用迷魂粉，连破人族三座前线营寨，直逼走马山。与此同时，大贲以青石侯为帅，也兵发澜州，发起新一轮攻势。走马山大战前期，羽族占据优势，但后期南怀壁重伤，三军无帅，犯了很多错误，苦苦支撑的人族军队挺到最后，终于反扑，并且大举焚烧森林，惨胜，从此把战线推到天河（也就是销金河）一线。人族此战虽胜，但元气大伤，不得已休养生息多年，并且采取了移民澜州的计划，让大批贫民到澜州垦荒，无偿送给他们土地耕种。过了几十年，澜州农业初见规模，后勤大大改善，贲朝恢复元气，准备下一次进攻。这时的羽族朝廷还在内讧不休。纹面羽后裔进入羽族权利核心，开始复仇，打着肃清内奸的旗号大搞秘密警察制度，从内部掏空了羽族政权。这时候南怀壁伤好了，但身体极度虚弱。组织上给了他最北边的一座孤城当作封邑，让他养老（其实他还不老）。人族过江，以摧枯拉朽之势扫荡羽族。羽族且战且退，直到退过擎梁山脉，进入擎梁半岛。人族势不可挡，使用河洛攻城器械，攻破擎梁山的关隘阿克罗城，追入擎梁半岛。最后人族大军扫荡擎梁半岛，羽族几十万群众都退到最后的孤城天渺城附近。这时大家才发现，南怀壁在这里已经造了十几年的船，五千艘船停在海边。原来这些年里他联络无根民，重新找回了航海术。绝大部分羽族遗民就坐着南怀壁提供的船，全体北渡。人族大军追来，南怀璧开城投降，人族对残余羽族居民网开一面，准许他们留在半岛定居。青羽王族有一部分不肯北渡，留了下来。同时留下的还有宁远城的一部分风氏。至此，就是贲朝第一次人羽战争之前的种种了。补充几条：

人羽战争的基本模式。我极其讨厌有些人写的羽族重骑兵之类的东西，极其讨厌种族同质化。羽族骨骼中空，体重轻盈，这就决定了他们不可能有重骑兵（除非像我《冲锋》里那样得到秘术的帮助，但这也必须有严格的限制），肉搏的能力也很弱。所以他们最主要的战斗武器是弓箭。常年在森林里生活，也限制里羽族发展骑兵的可能。所以他们的主力必然是以弓箭为主要武器的轻步兵。这样的军队怎样和其他种族抗衡呢？方法有三：1.丛林游击战。在羽族自己地盘上，在密林里，是游击战的天堂。而且羽族是内线作战，补给方便。而且，密林的小规模肉搏战，羽族不见得占劣势。发挥速度优势，未尝不可以一战。这种战法的弊端是就怕敌人豁出去烧林子。2.后勤袭扰战。敌军劳师远征，后勤补给线很长，羽族内线作战，可以派出多股小分队，对敌人的后勤运输频频袭扰，削弱敌人的持续战争能力。没有粮草，战争是一天也打不下去的。这种战法是战略性的，敌人还是可以攒足了力气发动短时间的大规模战役。3.特种作战。羽族有一部分人具备经常性的飞行能力，他们可以作为长途奔袭的“斩首部队”，专门拿敌人的将领开刀，这就可以给敌人形成巨大的杀伤力和威慑力。其实从军事上而言，羽人的优点很多。比如他们新陈代谢慢，吃的很少，又主要吃天然食物，所以后勤补给的压力很轻。而且行动速度快，日行几百里，非常适合敌后穿插长程奔袭。而且，不要只盯着鹤雪，羽族中很大部分虽然不是永远飞翔的，但也可以经常飞。一支分队里配属一个每月飞20天侦察兵，这是多么可怕的事情啊。战场对他们而言，简直就是单向透明的！想象一下，一支羽人精锐特种部队长程奔袭，突然出现在敌人的后方，四处搞破坏，这是多么动摇军心的事情啊。如果这样的部队是十支，是二十支或者五十支，那是什么光景。打一枪换一个地方，绝不硬抗。再加上羽人宗教立国，秘术比较兴盛，而羽人中秘术潜力者本来就多。部队里编入相当比例的秘术师，这样的军队，还用传统战吗？只要羽人有正确英明的将领，那么跟他们作战，就永远没有前线和后方之分，永远是混战。敌人随时可以出现在你的司令部附近，随时出现在你后方基地附近，随时出现在你的脑后。这是多么可怕的敌人啊。

公子木啊公子木，羽人打仗是多么有趣的事啊！看被你写得多么沉闷！！！！

怎么，我看你好似很想反驳，那也得等百家讲坛·贲之书下一讲由你来讲时了，哈哈哈哈。

乐章

【文】思云村·木马

我舅舅总说："飞鸟城才应该是全国的首都。"说这话的时候，他会深深的吸一口烟，看着白色的烟气在面前萦绕，然后补充道，"在音乐上。"

当时我对这句话深信不疑。

舅舅并没有见过首都是什么样子。后来我到了首都，才发现这句话是多么可笑。不过，在这个偏远的小城里，却拥有大大小小几十家剧院，以此说来，舅舅的话并不算太夸张。

我舅舅就经营着这众多剧院中的一个。当然，他至今念念不忘着那一年，他有一个让他的剧院成为全市最好的机会，虽然直到现在，每当我想起那个时候的事情，总觉得那一切是在梦中。

故事这样开始——

我记不清那是多久以前的事情了，可能是我八岁，或者九岁的时候，或许更大一点，当时我家住在舅舅经营的剧院后面的巷子里。

剧院是我妈妈家里传下来的，到我舅舅这一辈已经有将近三百年的历史了。妈妈说，舅舅从小就喜欢音乐，虽然在唱歌上没有什么天分，在音乐鉴赏放面却很早就显示出极高的天赋，再加上为人处事熟谙商场之道，理所当然地接管了这家剧院。虽然在商场上摸爬滚打了多年，对音乐的喜爱早已不及对金钱的执著，但是那些鉴赏的能力绝对没有一丝的减弱。这点，从他发现卡萝尔这件事就可以看出来。

卡萝尔就像突然出现在我们的生活中一样。当初见到卡萝尔的时候，正是春末，那时我还不能对漂亮有一个明确的概念，而现在我又无法记清卡萝尔的样子了，只记得当她坐着马车走过我们家住的小巷子时，巷子里几乎所有人都放下了手中的活计伸着头观望，那时她已经快30岁了吧。印象中卡萝尔一直穿着淡紫色的连衣长裙，很简单的样式，看着却很舒服，后来这个样式在我们那里很流行。赶车的是一个粗犷的中年男子，按照一般的标准应该归到英俊那一类的，只是一脸沧桑，还有不修边幅的胡子茬以及邋遢的衣服，坐在卡萝尔旁边显得非常不协调。最终，那辆马车停在巷尾的一栋空了很久的房子前，卡萝尔就成了我的邻居。

卡萝尔有一种气质，与我们这条巷子里的其他人显得格格不入，这种气质我曾经在舅舅剧院里的那些演员的身上隐约找到过一点痕迹，只是更加自然和优雅，即使那时候我还不知道什么是优雅。这样的气质并没有给她带来什么不同，如同所有的平民家庭一样，卡萝尔不经常出门，而她丈夫，雷安，就是那个男人，则天天在外面工作。雷安的话比卡萝尔还少，而且大部分时间都不在巷子里，我极少看到他笑过，总是一副沉闷的表情，让人感到不能亲近。他的腿有一条是残疾的，并不是特别严重，却让他走路姿势显得很奇怪，再加上剽悍的胡子和纷乱的头发，在我们眼里是不折不扣的怪人，要知道即使飞鸟城是个小城市，城里的男人们也都很注意自己的穿着外貌，他这副样子恐怕连进城的乡巴佬都不如，不过卡萝尔好像并不在意这些。我并不确切知道雷安是干什么工作的，应该是类似建筑工人这样的工作，腿上的残疾明显影响了他的工作，即使每日起早贪黑的干，他们的生活也并不理想。卡萝尔看样子也不精于生计，即使家务都不能做得很好，也不会什么补贴家用的手艺，这让他们的日子显得更加清苦。

小巷子的尽头本来是我们一群小孩子玩乐的地方，而那个没人的旧房子更是我们平时探险捉迷藏的好去处，那是一个样式古老的两层阁楼，空间虽不大，对我们来说却有无穷乐趣，只是卡萝尔住进去后我们就不好进去玩耍了，这件事让我们惋惜了很久。但我们仍然会去那个巷尾玩，所以就经常可以看到一个人在家的卡萝尔。

她喜欢一个人坐在门前的棚子下面出神，有时候脸上带着微笑和陶醉，但偶尔的，我能从她的脸上看到一丝滑过的恐惧。在她满脸幸福的时候，我们经常会听到她轻轻哼唱着一些好听的调调，这种调调让我很是着迷。其实我们都挺喜欢卡萝尔，她对我们一直比较友善，会把我们不小心丢到她那里的玻璃弹子或者皮球丢回来，还会对我们笑，不像巷子里其他人那样会骂骂咧咧的，更重要的是经常会给我们分糖果吃，我们一直很好奇，她家里就像有吃不完的糖果一样，只是，只是，我们很少看到她自己吃。

除此之外，我对卡萝尔没有了解。不知道她从哪里来，不知道她为什么会来这里。巷子里的人也只是在卡萝尔初到这里的几天里好奇的相互交流着各自的猜想，这样的讨论很快无趣的结束了，因为他们不能从卡萝尔家那里得到一点点消息来证实他们的猜想。卡萝尔从来不会提及自己的身世，甚至，她连话都不怎么说。

雷安对卡萝尔很好，我可以看出来，像宠爱小孩子的家长一样宠爱着她，不过他们并不快乐。要知道贫苦的家庭很难有什么乐趣可言，而即使平淡的生活也经常被一点点小事搅得鸡犬不宁，甚至动摇整个家庭平静的根基。我很少见他们吵架，但是却能感觉到那间屋子里时常弥漫出来的某种沉重的气氛，有时候是卡萝尔一个人轻轻的哭泣声，有时候是雷安闷闷地坐在门前抽烟。

但日子总不会一直那么平静。

那年初夏，流行感冒在城市里蔓延，这病并不算致命，但是却造成不少麻烦。巷子里不少人都感染上了，大多是孩子和老人，也有一些中年人，比如我妈妈，又比如雷安。妈妈病得比较严重，天天发烧卧床不起，请了几个医生都不行，那几天家里手忙脚乱的，而我又被命令不能靠近妈妈。我有时候会受不了家里那种气氛，想要出去透透气，就会一个人跑到巷尾去玩。在那个流感的季节，别的孩子们都被关到家里不准出去，我只能一个人玩。

我能感觉那间屋子里弥漫出来的焦虑。

雷安其实病得不轻，看脸色就能看得出来，他的脸色和妈妈的一样黄，嘴唇发紫，眼中布满了明显的是因为半夜被病痛折磨出来的血丝；卡萝尔也消瘦了许多，估计是这些天家中大小事务又全都压在她身上，在加上内心焦急造成的。但雷安不愿意请医生，硬撑着要继续去工作，卡萝尔自然不同意。说是吵架，其实并没有很大声地吵起来，当雷安挣扎着要出去干活的时候，卡萝尔只是一个人抱着雷安干活的工具靠在门上一直得哭。雷安唠叨着要工具，渐渐的好像失去了耐心，吼了卡萝尔一句，声音也并不大，比起我爸爸吼我的气势差远了，想强行上前把工具夺回来，但是卡萝尔死死地抱着，什么话都不说。雷安拗不过卡萝尔，只能一个人坐在门前的路边闷闷地抽着烟，一脸愁苦的表情。后来他们貌似说了什么，现在想来，大概也只是卡萝尔认为自己连累了雷安之类的话，而雷安想劝，却又什么都没说，最后是两个人便一起沉默。

当时我并不能理解这是什么样的感情，只是好奇而已。

雷安终究没有去工作，因为他病得真的很重了。但是他们没钱请好的大夫，也没钱买好的药来治病，雷安的病迟迟没有好转。雷安不出去工作，他们家里就断了经济来源，连吃饭的钱都成了问题，更别说买药治病了。卡萝尔很急，但他们在这个城市里没有亲人，周围邻居也不是很熟，没有人愿意借给他们钱，卡萝尔又不是那种可以拉下脸来求人借钱的女人，我几次看到她向巷子里的人开口，别人刚有拒绝的意思，她就不再说了。

他们只能拿一些家里的东西去变卖，可是又没有什么值钱的，只可以勉强维持着。但有一次，我看见卡萝尔抱着一个漂亮的盒子往外走，被雷安看到后挣扎着抢了下来。卡萝尔追着雷安，执拗的要把盒子抢回去。她大声说着留着这些有什么用，反正自己已经是废人了。雷安训斥着卡萝尔，说着这些东西有多重要，以他们的状况，当出去就不可能赎回来了，不让卡萝尔碰到盒子。终于，卡萝尔不再追着雷安了，靠在一边抽泣了起来。雷安上去抱着她，吻着她的头发，安慰的说着一切都会过去了，但他的眼睛撒了谎。那天卡萝尔一直没有停止哭泣，他们这样持续了好久。

我再也没有看见到卡萝尔笑过，无论做什么事情，有时她还会坐在门前出神的哼歌，但是哼的确是哀伤的调调，让人心碎不已。

也许是命运的安排，那一天，舅舅来看望妈妈，在进我家门之前，他看到了在巷尾玩耍的我，就过来了，貌似是要和我大声招呼或者给我什么他搜集到的有趣的玩具，这是经常的事情。但那天他并没有和我打招呼，也没有给我什么东西，当走到卡萝尔的房子前时，他呆在了那里。我到现在仍然清晰的记得舅舅那时的表情，那种混杂着惊喜、感动、相见恨晚等等多种情绪的，已经扭曲了的表情。我说过，这么多年的商场经历丝毫没有减弱他对音乐的判断力，哪怕只是从几句随意地哼唱之中。只是，舅舅的惊喜绝对不是因为发现了卡萝尔这样优秀的歌手，而是背后巨大的商业利益。

那时舅舅的剧院生意处在一个停滞期，一直不温不火，收入只能勉强的维持，舅舅是个有野心的商人，这些当然不能让他满足，所以他一直在寻找一个机会。那天，他确定，卡萝尔就是这个机会。

卡萝尔并没有接受舅舅的邀请。舅舅认为这是因为是雷安在反对，这让舅舅非常不能理解，因为舅舅开出的价码是雷安工作正常收入的十倍，对一个不知道底细的歌手来说，舅舅这么做算是非常慷慨了，那个价码几乎相当于一个在剧院里演了十年的老演员。雷安也确实非常反对，以至于那天舅舅激动的上去询问卡萝尔有没有这方面的意愿，在卡萝尔意识到舅舅是在说什么之前，雷安就从屋子里冲了出来把舅舅赶走了。卡萝尔很久才反应过来，她的脸上出现了惊恐和抗拒的表情，只是从她的眼神里，我看到了一丝丝的惊喜。

轻易放弃绝不是舅舅的作风。他四处打听着卡萝尔一家的背景，街坊邻居都问遍了，理所当然的一无所获。不过这让他得知了卡萝尔家现在的状况，他非常自信。第二天，他穿着正式的服装再次拜访了卡萝尔家，并开出了更高的价码。当他再次被雷安赶出来时。我从卡萝尔眼里看到闪烁的光彩，从来没有过的。舅舅明显也看到了，他转身向在旁边玩耍的我打招呼时，脸上洋溢着满意的笑容。

在以后的几天里，卡萝尔会偶尔向雷安提起去当歌手的事情，说去当歌手能解决家里的问题，说着这次他们已经逃了这么远了，应该不会再被追到了，而雷安每次都蛮横的反对。我可以从她们家的房子里渐渐嗅出对峙的气味，这样的争论无论过程如何，免不了到一种结局，就是两个人都沉默不语。

可是，雷安的病一直没有好转的迹象，反而一天一天更加重了。

我看到卡萝尔又抱起了那个盒子，在雷安睡着的时候，并且不止一次，直到有一天假睡的雷安看到了这一切。那天卡萝尔回来的时候，雷安正一个人坐在病床上抽着烟。卡萝尔什么都没说，只是把手里的盒子轻轻放回原位，然后去打了水端了药给雷安送过去。雷安一挥手，卡萝尔手里的药和水飞了出去，杯子碎裂的声音让门外的我也不由得打了个冷战。那天他们吵得很激烈，雷安怪卡萝尔没有跟他商量，甚至连告诉他一声都没告诉，卡萝尔刚开始只是哭着，后来开始变得歇斯底里，她大声吼着她不想再过这样的生活了，她受够了这一切，她已经躲了这么久了。我从来没有看卡萝尔哭得这么伤心过，用一种绝望的声音大声地哭着，泪流满面，那哭声听起来悲痛欲绝，仿佛被压抑了许久忽然释放出来的一样。

这样的哭声让我很不舒服，早早的回家去了。那天天气很配合的下起了雨，冲走了地上刚刚积蓄的暑气。我躲在家里看着外面迷蒙的巷子，还有卡萝尔家里彻夜未息的灯光。

第二天，我舅舅赶着马车来接走了卡萝尔，还带来了城里最好的大夫。

这是卡萝尔在飞鸟城传奇之路的开始。

舅舅似乎早已策划好了全部的宣传，效果比预期的还好。那个时候的飞鸟城，流感刚刚过去，卡萝尔比流感蔓延的更迅速。

我很难描述当时的市民的狂热。在卡萝尔出道的第一场演出后，关于她的报道占据的飞鸟市所有报纸的头条。第三场演出的时候，飞鸟市市长大驾光临，在卡萝尔的表演之后亲自鲜花，并当场宣布长期预定舅舅剧院里最好的包厢，在卡萝尔以后每一场演出的时候。第五场演出的时候，各式华美的马车已经停满了剧院周围所有角落，甚至于我们的小巷子都被占满了。在半个月内连续举行了七场演出之后，他把卡萝尔的演出改为一周一次，因为他的宣传目的已经达到了。他甚至不用贴海报，因为卡萝尔的画像已经贴满的飞鸟城每一个角落。卡萝尔非常熟悉演艺界的那些礼节，无论是礼仪还是谈吐都不输于以成名的大家，举止之间所流露出的天然的高雅更让飞鸟城的人为之着迷。来自天堂的声音，音乐之神听了都会感觉羞愧，这是飞鸟城的音乐评论家对卡萝尔的评价，这个评价在飞鸟城很快得到了惊人的认可度。卡萝尔仿佛在一瞬间站在了飞鸟城音乐界的巅峰。

舅舅却并不特别满意卡萝尔的表现。“她可以更好的。”他对我说过，“我有这种感觉。”。但迅速的成功让他并没有特别在意这些。

凭着卡萝尔，舅舅所经营的剧院赢得了飞鸟城最大的市场份额，几乎城中所有显贵都在剧院里订了长期包厢，几乎每个飞鸟城的市民都以来这个剧院中看一场卡萝尔的演出为荣，剧院的票价在短时间内增长了几倍，却从来没有出现过卖不出去的情况，售票口经常会排起长龙，甚至能看到通宵排票的人。飞鸟城的剧院开始纷纷停业，仅有几个能靠着一些老剧目再加上吃老本勉强维持着。事情到此，都比舅舅想象的还顺利，太顺利了，以至于当事情开始脱离舅舅控制的时候，舅舅都没有看出来。

卡萝尔一家再也不用为生活发愁了，他们的所得比他们想到的更多。她赎回了那些当掉的首饰，她出入有专门的马车接送，舅舅找专业的工匠给她制作了各式各样华丽的衣服，随便到哪里都被人瞩目。他们可以请最好的大夫，也可以请市里最好的佣人来照顾家务，雷安的病在精心的照料下很快就好了起来。他们的生活让人羡慕，特别是这个巷子里的人，他们讨论着卡萝尔，口水着她的好运。

只是卡罗尔一家并没有为这些事情而高兴。

卡萝尔和雷安之间的话更加少了，沉默笼罩着他们的房间。卡萝尔没有演出的时候，就会坐在屋子里对这镜子发呆，嘴里喃喃的说着什么，她有时会忽然恐惧的看着门的地方，就好像什么东西要进来一样。她再不会坐在门檐下哼歌了，也再不会给我们糖果吃了，她的表情永远被愁云笼罩。雷安病好了以后表情更加阴沉，仍然天天出去工作，工作到很晚回家倒头就睡觉了，然后第二天很早起来重复，他的眼睛很红，越来越红，布满了血丝，透着焦躁和怀疑的眼神，看着让人害怕。我能感觉到他们房子里现在散发出来的气氛，那是不安。

卡萝尔的名声早已经不只是在飞鸟城了，周围几个城市的贵族也都慕名前来观赏，有的甚至从很远的地方赶路过来，理所当然的，他们都被卡萝尔的歌声所震惊。一时间，赴各地演出的邀请函纷纷而至。巡回演出也是在舅舅的计划之中的，毕竟以卡萝尔的才华，即使舅舅高度赞扬飞鸟城的音乐氛围，一偏远小城却又怎么能够容得下。只是，当舅舅向卡萝尔提起这个消息后，卡萝尔在那里愣了好久，然后一口否决了。她并没有说理由，但是拒绝的如此坚决，舅舅也不好再说什么。舅舅认为可能是卡萝尔那一段时间身体不好吧，当时剧院正在扩建，忙得他没有心思去细想。他不知道，这只是个开始而已。

雷安也一天天变得更加疑神疑鬼了，他对周围的每个人都抱有敌视的眼神，他看人的眼睛好似被猎人打伤的鸟儿。

舅舅询问对卡萝尔来说仿佛是一个讯息，在此之前，她像是在躲避什么，而这之后，她开始在恐惧中等待着。那东西总有一天回来的，因为我从他们的眼神里看到他们知道，他们在等着，就像围栏中瑟瑟发抖的羔羊等待着屠户的到来。

终于来了。

那天是卡萝尔第二十二场演出，如往常一样，飞鸟市的豪门贵族基本上都到齐了，再加上一般市民还有外城慕名而来的，舅舅特别扩建过的剧院人满为患。但这是正常现象，舅舅并没有想到这场演出会有什么意外，更想不到这意外会对带来什么样的影响。

我那天也在场。我不是第一次去看卡萝尔演出，舅舅比较宠我，甚至有意培养我的音乐才能，所以经常带我去看各种演出，只是我后来的表现让他失望了。我同所有人一样喜欢卡萝尔的歌声，只是我不能听出特别的东西，只知道很好，比以前听过的都好而已，另一个感觉就是，就像卡萝尔在巷子里的哼唱一样，我总觉得卡萝尔的歌每次都像没有结束一样，在某个地方会停止，这终止并不是曲调上的，而是纯粹的一种感觉，我想这就是舅舅说的卡萝尔的缺陷。只是那天，这个中止太过明显了，卡萝尔在一首歌还没到高潮的时候戛然而止，愣在那里一动不动。剧院的音乐也随之停止，全场瞬间寂静，所有人都还沉醉在卡萝尔刚才的歌唱之中，没有缓过神来。我努力向台上看，只见她脸色苍白，没有一点血色，她的手紧紧地抓着自己的裙子，仿佛要抓住什么救命的东西一样，她眼睛透出了无尽的绝望，死死地盯着台下某个地方。

舅舅最早反应过来，他立即命人拉下了帷幕，自己冲进后台去了。剧院所有人这才有所反应，所有人都站了起来，想要看清到底是为什么，议论声像炸了锅一样填满了整个剧院。混乱中，我循着卡萝尔刚才盯着的地方看去。一个被裹在黑色的风衣里，戴着面纱的女人身影坐在那里，出奇的平静。我的目光被那个身影吸引了，周围一切仿佛都安静了下来，我看着她，看着她安静的欣赏者剧院内的混乱，看着她轻轻的起身，没有人注意到她，但是我相信，卡萝尔绝对是因为她才会变成这个样子的。因为当我的目光触到她的隐藏在黑色面纱下眼睛时，我可以感到内心升起的凉意。她并没有在意我的注视，静静地走了出去。

第二天我再次看到那双眼睛，在遍布全城的海报上，即使在剧院没看清相貌我也能一眼认出她来。她是另一个剧院的新来歌手，他们说她是唯一超越卡萝尔的歌手，她才是真正完美的天籁之音。舅舅并没有在意这宣传，他的心思都放在卡萝尔身上了，他以为卡萝尔是病了，甚至一再后悔没有更早的注意到卡萝尔的不佳状态，他请来城里最好的大夫给卡萝尔检查，大夫在仔细看后说并没有找出什么病症，只是说是受了惊吓。舅舅询问卡萝尔事情的，她只是愣愣的坐在那里，什么都不说。我从来没有跟舅舅说过，卡萝尔在台上失态的那一天，她哭着对赶回家中的雷安说，“她来了，她追来了。”雷安听了这话后，颓废的坐在地上，绝望的眼神让我至今不能忘记。我想我知道这个她指的是谁。

她叫阿伊德，非常古典的一个名字，和卡萝尔一样，没有人知道她的背景和来历。当舅舅注意到她的时候，他知道已经晚了。飞鸟城的市民在一夜之间改变了喜好，他们抛弃了卡萝尔，因为有新的阿伊德需要去崇拜。阿伊德比卡萝更有天赋，她的声音没有任何瑕疵，阿伊德的歌声更有魅惑力，让整个飞鸟城为之着迷，比他们以前着迷卡萝尔更甚，阿伊德更加优雅，她有种天生的高傲气质，让所有人为之折服，拜倒在她面前。而迅速被人遗忘的卡萝尔，甚至连还手的力气都没有，因为卡萝尔开始拒绝上台演唱了，没有任何理由的，极端的抵制。舅舅专门去听了阿伊德的演出，回来之后只是一个劲的叹息。

只几天的时间，阿伊德便星光灿烂，闪耀全城。

雷安和卡萝尔把自己在家里关了三天，这三天里，他们的屋子死一般的寂静，只是偶尔穿出卡萝尔轻轻的哭泣声和雷安沉重的呼吸，而我的目光无法穿越笼罩在屋子上绝望的气氛。

三天后，当阿伊德正在举办她在飞鸟市规模最大的一场演出时候，我看到卡萝尔和雷安在往一辆马车上收拾东西。这时的卡萝尔仍然穿着那天演出的衣服，只是目光呆滞，脸色就像死人一般。舅舅赶来，送来了最后一个月的酬金，他似乎想劝卡萝尔，但张了张口，没有再说什么，转身留下一路叹息。雷安收起了钱，他看向卡萝尔，卡萝尔没有反应，只是呆呆地站在那里，目光看向无限远的地方。雷安摇着头转身回屋子里去了，等他再搬着什么东西从屋子里出来的时候，卡萝尔已经不在马车前了。

雷安在原地愣了几秒钟的时间，然后发狂了一样问我卡萝尔去哪里了。

我被他的表现吓到了，愣了许久，才给他指了指卡萝尔离开的方向，那是阿伊德正在演唱的方向，雷安疯了一样飞奔过去。

那天后来发生的事情我只是听说了。故事有许多个版本，每一个都诡异而且离奇，只是再追问过去，似乎又没有人能清楚地记得到底发生了什么。

那天舅舅送了钱给卡萝尔以后，失意地在街上走着，鬼使神差的来到阿伊德演出的那家剧院，他绝定再去听一场阿伊德的演出，然后就此结束他在飞鸟城的剧院事业，这整件事对舅舅的打击太大了。他给我讲的版本是这样的。

演出开始没多久，卡萝尔就闯进了剧院，她穿过观众席，径直向舞台走去。她就这么走上了舞台，来到了阿伊德的面前，一路上，竟然没有人想过要阻拦她，甚至在她上台的时候，都没有人有阻止的意思。阿伊德没有停下正在唱得曲目，她高声唱着，以无比高傲的姿态，面带嘲笑。阿伊德的声音越来越高，旋律越来越复杂，那是所有人都没有听过的乐曲。奏乐的人疯了一般演奏着，动作僵硬而且癫狂，这是他们从来没有练习过的曲调，却天生就会一样熟练，他们的表情痛苦，仿佛为了适应这乐章声而拼命驱使着自己的身体。华丽的乐章震慑人的灵魂，充盈着整个剧院，整个剧院的人都用着了魔一样的眼神直勾勾地盯着舞台上的阿伊德，随着这乐章舞动着肢体。

但是，在这狂热迷乱的曲调之中，另一个悠扬的声音渐渐的升起了，起初并不高，但却如一股清新的风，吹散了弥漫在剧院中的充斥的疯狂。这声音从卡萝尔的口中发出，渐渐的盖过阿伊德的歌唱，有如天籁一般洗涤着在场的每个人的灵魂，狂乱的表情和舞蹈停止了，取而代之的是陶醉的神情和端庄的仪态。接着歌声开始改变奏乐，在一番争夺之后，乐曲也由疯狂转为婉约，乐队的人的动作还是变的舒缓，放松了下来，如同沉醉在音乐之中。卡萝尔的声音开始在剧院里萦绕，不休止的唱着，安魂歌一般的声音，仿佛无处不在，那声音浸透人的心神，涤荡人的灵魂。

最终，阿伊德的声音完全被掩盖了，她努力张着嘴，却没有人能听到她的歌声。

“你这个魔鬼，你怎么敢唱出这样的声音。”阿伊德厉声喝叱，声音里充满了惊恐，她那姣好的面容开始变得扭曲，上面写满的恼怒和不甘，“停止你的狂妄行为，你冲不出我的诅咒的！不要妄想挑战我的权威！”

但卡萝尔并没有停止歌唱，她的声音一再升高，没有尽头。阿伊德发出了痛苦的嚎叫：“怎么可能，你怎么敢！”她的面容变得无比狰狞，她的嚎叫让所有人的脊背发凉。她用双手堵住自己的耳朵，不自主地想远离卡萝尔，她的眼睛睁得大大的，发出恐慌和怨怒的光。

终于，她夺路而逃，冲出了剧院。

音乐就此停止。

当雷安发疯一样冲进去剧院时，卡萝尔已经倒了舞台上。

后来的事情舅舅没有也什么印象了，甚至这些事情都是他很难才想起来的。舅舅一直想记起来那天所听到的曲调，他说他现在还经常在梦中听见，可是却从来没有清楚地想起来过，甚至于连一点点片断的音节都不能记起。

我只看到雷安抱着卡萝尔回来，卡萝尔安详的倒在雷安的怀里，脸上透着光彩，就像在做着美丽的梦一样。他眼睛里充满了沉痛，缓缓地走到马车前，轻轻把卡萝尔放在马车上，然后赶着马车离开了。

这就是结局。

人们再也没有见过卡萝尔和雷安，也再也没见过阿伊德。飞鸟城的音乐事业从此一蹶不振，因为那些听过卡萝尔和阿伊德演唱的人再也听不写别人的歌声，而这两个人，也再也没有人愿意提起。各个剧院都荒废了，舅舅及时转变了经营方式，靠着从别的城市引进的杂耍戏剧什么的勉强维持，生意依旧不温不火。但是经常的，舅舅还会一个人坐在空荡荡的剧院内，看着舞台独自发呆。

而对我来说，这一切都像是在梦中见过的一样，总是不能确定是不是真的，只是直到现在，卡萝尔在屋檐下轻轻的哼唱，仍然不时的出现在我的梦中。

【三叶虫点评】

在木马的两篇习作中，我选择刊登这篇的原因是，它符合通俗小说的基本模式。

先抑后扬是最常用也最靠谱的手法之一，卡萝尔被邀请演唱，一而再地推辞和拒绝，以至于终于登台之后，释放读者积累的期待值——这不算完，因为到此时还没有出现矛盾，而矛盾是小说必备的要素。

阿伊德和卡萝尔的矛盾显然是生与死的巨大矛盾，这也是作者没有处理好的地方，我们只能脑补（臆想）她们之间发生过的龃龉，前者曾经对后者落下了巨大的诅咒？她们曾经是朋友吗抑或从来就是敌人？由于结尾的含糊，这篇小说前置的诸多丰富细致的元素营造出一种达摩克利斯之剑悬空的感觉，到后来变成不了了之。

在行文中，文字也尚显稚嫩，比如雷安的抽烟，在距离不远的两处，都使用了“闷闷地”来形容，就显得贫乏了。而“他们讨论着卡萝尔，口水着她的好运。”口水这个词在这篇文章的文风基调中也显得格外扎眼。

有村思云

【文】梳楹

思云村，它诞生于一个诡异的夏夜，某个群里活跃在九州论坛的若干热衷设定的家伙一眼看中了禁忌而神秘的云州大陆，于是呼朋引伴，开天辟地，作图写文，建设了云州的一个村子——思云村，我们这个写作小团队，也就以此为名了。

思云村是什么？

问过这个问题的人很多，甚至包括村子里的人。

若是追本溯源，我会说思云村本是设定在九州世界里的一个小小村落，有一些建筑和动植物，有不少公仆NPC，也有大家以主要成员为原型设定的几个主角，大家可以以此为背景写各种各样精彩的故事。

但是对于我来说，它绝不仅仅只是这样一个背景环境。

它是一个小组，虽然成员不算多，不算勤快，但总是会在你需要的时候，带着同伴默契的微笑站在你面前，不管几点钟就说，早啊。

它是一个聊天灌水打发时间的聊天群，也让我们在闲暇的时间里碰撞彼此的思维。

它也是一些飘忽梦想的寄托，也许看起来缥缈不可及，但是很温暖很坚韧。

它更是一个家，我们热爱九州，热爱思云村，希望为之做出自己的贡献。

我们共同欢笑，共同悲痛，共同度过了近两年的日子。而将来，还会更久。

对我而言，这确实是个神奇的地方。

我们曾经为了每人写一篇三千字的接龙，整整一个暑假反复讨论十二星辰代表的意义；我们也曾经在情人节写下或缠绵或苦情或kuso的情书，还有人配乐朗诵录音给喜欢的人听；我们也曾经为了一个广播剧，关起房门躲着家人，在夜深人静的时候录音，用自己的声音把自己雷得体无完肤；我们也曾经为了如期交作业，没有电脑就用笔辛辛苦苦写下几十页长的描绘村子的文章，没有时间打出来，就把原稿寄给别人帮忙；我们也曾经因为来不及完成小组活动文而背上一个学期“思云一王八”的称号游群示众；我们也曾经为做电子杂志四处找寻音乐图片，试验模板；我们也曾经在同一个对话窗口里度过两次的新年倒计时，在语音里唱歌给大家听，也总会在节日的时候收到一些远方的明信片和糖果巧克力。

也许我还是说不清思云村到底是什么。

但好在我们在这个村子里很快乐。

正如07年的成都科幻奇幻大会时，我们得到的题词一样。

穿越云层，就看见梦想。

虽然这云层真难穿越……

思云村风貌概览

【文】梳楹 慕嫘

商队的马蹄响起在山林间。队伍里的年轻人一直苦着脸不知道何时才能稍稍休憩，而有经验的商队头子在看到林子远处升起的袅袅炊烟后，不由得抬了抬眉毛，似乎已经闻到那混杂着浓烈花香的百花酿了呢。

翻过定西山继续东行，远远就可以看到一块大大的布幔上写了一个龙飞凤舞的“酒”字，而那座酒家后面，似乎就是一个小村庄。年轻人见状欣喜极了，好奇地问长者此处何以有这么一个隐蔽的村子。

思云村是这片丘陵地带上为数不多的人烟聚集之处，她诞生于遥远的战乱年代，躲避战祸的人们来到这里，繁衍生息。对于外人而言是一个平凡的村落，而对于身在其中的村民，这就是全天下最美好的家园。

作为一个不算大的村落，思云村的经济以农耕业为主，并有数处花田盛产香草，兼有不少采集提取特殊香料的法子，于是吸引了不少行商来此，村庄也因此越来越兴盛，基本设施完备，村塾、书斋、染坊、绣店、医馆、药庐、铁铺一应俱全，尤为人称道的是以忘川酿闻名的忘川酒家，忘川酒家在思云村的入口，除了招呼远客接待村民，它还是思云村和外界交流的门户，有时候甚至起到门卫的作用。

这里的冬季寒冷干燥，夏季盛行东和东南风，暖热多雨，雨热同季。思云村外围除了西面的定西山，还有东北方向自西北向东南流过的哲墨河，它的一条支流穿过村子，是村民用水的重要来源。除此之外连绵的森林包围着思云，村子和森林之间的地带是村民开垦出的农田和花田。

从建立至今，思云村也产生了她的节日和风俗，因为村民组成涵盖了众多种族，所以这些节日风俗也依稀有各族传统的影子。比如归然节，远游节，香祭等等。也正是这些节日，使村子的生活更多彩，亦引发了许许多多的故事……

思云村创作小组介绍：

思云村创作小组主要工作为描绘这个名为“思云村”的九州架空世界中的小小村落，同时我们还会接九州幻想编辑部偶尔发到的任务，比如“九州漫游指南”的约稿等等，我们是一个小小的创作团队，努力为九州世界的建设和壮大做出自己所能的贡献。

小组主要成员：

江小娴、慕嫘、银子、秋儿、绛河、碧落、梳楹、木马、残影、Kris、血烬月、神之刃、小希、莫忘楚、信仰、北城千鹤、胭脂王、散漫、诸神的黄昏、魂丝等

我们随时欢迎新成员的加入，详情请关注九州幻想官方论坛的思云村分版：http://bbs.9zfun.com/forum-39-1.html

【编辑导语】刘慈欣展示了他宏大叙事的黑色幽默一面，世上没有无缘无故的爱，也没有无缘无故的恨，诅咒软件的诞生，其实是具象化了人心中报复的欲望之魔。

太原之恋

【文】刘慈欣

诅咒1.0诞生于2009年12月8日。

这是金融危机的第二年，人们本来以为危机快要结束了，没想到只是开始。社会处于一种焦躁的情绪中，每个人都需要发泄，并积极创造发泄的方式，诅咒的诞生也许与这种氛围有关。

诅咒的作者是一个女孩儿，18岁至28岁之间，关于她，后来的IT考古学家们能知道的就这么多。诅咒的对象是一个男孩儿，20岁，他的情况却都记载得很清楚，他叫撒碧，在太原工业大学上大四。他和那女孩儿之间发生的事儿没什么特别的，也就是少男少女之间每天都在发生的那些个事儿，后来有上千个版本，这里面可能有一个版本是真实的，但人们不知道是哪一个。反正他们之间的事情都结束后，那女孩儿对那男孩儿是恨透了，于是编写了诅咒1.0。

女孩儿是个编程高手，真不知道她是怎样学来的这个本事。在这个IT从业者人数急剧膨胀的年代，真正精通系统底层编程的人却并未增加，因为能用的工具太多了，也太方便了，没必要像苦力似的一行行编代码，大部分都可以用工具直接生成。即使像女孩儿要做的编写病毒这样的活计也是一样。众多的黑客工具让编写病毒成为件把几个现成模块组装起来就行的事儿，或更简单，对单个模块修改一下即可。在诅咒之前大规模流行的最后一个病毒熊猫烧香就是这么弄出来的。但这个女孩儿却是从头做起，没有借助任何工具，自己一行一行地写代码，像勤劳的农家女用原始的织布机把棉线一根一根织成布。想象她伏在电脑前咬牙切齿敲键盘的样子，我们不由想起拜伦《西里西亚织工》

中的两句诗：老德意志，我们在织你的尸布，我们织！我们织！！

诅咒1.0是历史上在传播方面最成功的计算机病毒，它成功的主要原因在两个方面：首先，诅咒不对感染者进行任何破坏（其实其他的病毒大部分也没有破坏企图，所造成的破坏是由于其低劣的传播或表现技术所至，诅咒在避免传播中的副作用这个方面做得很完善）；它的表现也很克制，在大部分被感染的电脑上都没有任何表现，只有当系统条件组合符合某一条件时（大约占总感染数的十分之一），才进行表现，且每台机只表现一次。具体的表现方式为：在被感染的电脑上弹出一个显示——

撒碧去死吧！！！！！！！！！

如果点击这个显示，就会出现关于撒碧更进一步的信息，告诉你这个被诅咒者是中国山西省太原市太原工业大学XX系XX专业XX班XX宿舍楼XX寝室。如果不点击，这个显示将在三秒钟内消失，且永不在这台电脑上重新出现，因为被记忆的有硬件信息，所以即使重装系统后也一样。

诅咒1.0成功传播的第二个原因在于系统拟态技术，这倒不是女孩儿的发明，但这项技术被她熟练地用到了极致。系统拟态就是把病毒代码的很多部分做成与系统代码相同，且采用与系统进程类似的行为方式，杀毒软件在杀灭该病毒时，极有可能把系统也破坏掉，最后不得不投鼠忌器。其实，瑞星、NORTON等都曾盯上过诅咒1.0，但他们随后就发现自己惹上越来越多的麻烦，甚至发生了比NORTON在2007年误删WINDOWS XP系统文件更恶劣的后果，加上诅咒1.0在传播中没出现任何破坏行为，且所占系统资源也微不足道，他们就先后把它从病毒特征库中删掉了。

诅咒诞生之日，正是写科幻的刘慈欣第264次因公来太原之时，尽管这是他最讨厌的一座城市，每次来时他还都要逛街，到柳巷的一个小店去为他那老掉牙的ZIPPO打火机买一瓶专用汽油，这是目前极少数不能从Taobao或Ebay邮购的东西。前两天刚下过雪，像每次下雪一样，雪地被压成了黑糊糊的冰，他摔了一跤，屁股的疼让他忘了在进火车站时把那一小瓶汽油从旅行包中拿出来装到衣袋中，结果过安检时被查了出来，没收后又罚款200元。

他更讨厌这座城市了。

诅咒1.0流传下去，五年，十年，它仍然在日益扩展的网络世界静悄悄地繁衍生息。

这期间，金融危机过去了，繁荣再次到来。随着石油资源的渐渐枯竭，煤炭在世界能源中的比重迅速增加，地下的黑金为山西带来滚滚财源，使其成为亚洲的阿拉伯，省会太原自然也就成了新的迪拜。这是一个具有煤老板性格的城市，过去穷怕了，即使在本世纪初仍处于贫寒的日子里，下面穿露屁股的破裤子之时，上身也穿着名牌西装，在下岗工人成天堵大街的情况下建起国内最豪华的歌厅和洗浴中心。现在它成了真正的暴发户，更是在歇斯底里的狂笑中穷奢极侈，迎泽大街两旁的超高建筑群令上海浦东相形见绌，而这条除长安街外全国最宽直的大街则成了终日难见阳光的深谷。有钱和没钱的人怀着梦想和欲望拥入这座城市，立刻忘记了自己是谁和想要什么，只是跌入繁华喧闹的漩涡旋转着，一年转三百六十五圈。

这天，第397次来太原的刘慈欣又到柳巷去买汽油，忽见街上有一位飘逸帅哥，他的长发中那一缕雪白格外引人注目，他就是先写科幻后写奇幻再后来科奇都写的潘大角。被太原的繁荣所吸引，大角抛弃上海移居太原。大刘和大角当初分别处于科幻的硬软两头儿，此时相见不亦乐乎。在一家头脑店（头脑是本地的一种传统美食）酒酣耳热之时，刘慈欣眉飞色舞地说出了自己下一步的宏伟创作计划：计划写一部十卷300万字的科幻史诗，描写200个文明的2000次毁灭和多次因真空衰变而发生的宇宙格式化，最后以整个已知宇宙漏入一个抽水马桶般的超级黑洞结束。大角很受感染，认为两人有合作的可能：同一个史诗构思，刘慈欣写硬得不能再硬的科幻版，面向男读者；大角写软得不能再软的奇幻版，面向MM们。大刘大角一拍即合，立刻抛弃一切俗务投身创作。

在诅咒1.0十岁生日时，它的末日也快到了。VISTA以后，微软实在难以找到对操作系统频繁升级的理由，这多少延长了诅咒1.0的寿命，但操作系统就像暴发户的老婆，升级总是不可避免的，诅咒1.0代码的兼容性越来越差，很快就将沉入网络海洋的底部，成为死亡的沙子销声匿迹。但正在这时，诞生了一门新的学科：IT考古学。按说网络世界的历史还不到半个世纪，没什么古可考，仍然有很多怀旧的人热衷此道。IT考古主要是发掘那些仍活在网络世界某些犄角旮旯的东西，比如十年来都没有点击过但仍能点开的网页，二十年没有人光顾但仍能注册发帖的BBS等等，这些虚拟古董中，来自“远古”的病毒是IT考古学家们最热衷寻找的，如果能找到一个十多年前诞生的仍在网上活着的病毒，他们就有了在天池中发现恐龙一般的感觉。

诅咒1.0被发现了，发现者把病毒的全部代码升级到新的操作系统下，这样就能保证它再存活十年。这人并没有张扬，也许这是为了他（她）所珍爱的这件古董更顺利地存活下去。这就是诅咒2.0。人们把十年前诅咒1.0的创造者叫诅咒始祖，把这个IT考古学家叫诅咒升级者。

诅咒2.0在网上出现的那一刻，在太原火车站附近的一个垃圾桶旁，大刘和大角正里争抢刚从桶中翻找到的半袋方便面。他们卧薪尝胆五六年，各自写出两部300万字的十卷科幻和奇幻史诗，书名分别为《三千体》和《九万洲》。两人对这两部巨作充满信心，但找不到出版者，于是一起变卖了包括房子在内的全部家产并预支了所有退休金自费出版，最后，《三千体》和《九万洲》的销量是分别是15本和27本，总数42，科幻迷都知道这是个吉利的数字。在太原举行了隆重的签售仪式后（同样是自费），两人就开始了流浪生涯。

太原是一个最适合流浪的城市，在这个穷奢极侈的大都市里，垃圾桶里的食品是取之不尽的，最次也能找到几粒被丢弃的工作丸（见后文）。住的地方也问题不大，太原模仿迪拜，在每一个公交候车亭里都装上了冷暖空调。如果暂时厌倦街头，还可以去救助站呆几天，那里不仅有吃有住，太原久已繁荣的性服务业还响应政府的号召，把每周日定为对弱势群体的性援助日，救助站就是那些来自红灯区的自愿者们开展活动的地方之一。在城市各阶层幸福指数调查中，盲流乞丐位列榜首，所以大刘和大角都后悔没有早些投入这种生活。

两人最惬意的时候是《科幻大王》编辑部每周一次的请客，一般都是去唐都这样的高级地方。太原的《科幻大王》杂志深得科幻的精髓，知道这种文学体裁的灵魂就是神奇感和疏离感，而现在高技术幻想已经没有这种感觉了，技术奇迹是最平淡不过的事儿，每天都在发生；倒是低技术具有神奇和疏离感，于是他们创立了幻想未来低技术时代的反浪潮科幻，取得巨大成功，迎来了世界科幻的第二个黄金时代。为了彰显反浪潮科幻的理念，《科幻大王》编辑部拒绝一切电脑和网络，只接收手写稿件，用铅字排版印刷，还用每匹相当于一辆宝马车的价格买回几十匹蒙古马，并在编辑部旁建设豪华的马厩，杂志社人员出行一律骑着绝对没有上网的骏马，城市某处如果听到"嗒嗒"的清脆马蹄声，那就是SFK的人来了。他们常请刘慈欣和大角吃饭，除了因为这两个人以前写过科幻外，还因为虽然他们现在写的科幻已经很不科幻了，但他们本人按照反浪潮科幻的理念却是十分科幻的，因为他们上不起网，也很低技术。

SFK、大刘和大角都不知道，他们这个共同的特点将救他们的命。

诅咒2.0又流传了7年，这时，一个后来被称为诅咒武装者的女人发现了它。她仔细研究了诅咒2.0的代码，即使经过升级，她仍能感受到17年前诅咒始祖的仇恨和怨念，她与始祖有着相同的经历，也处于每天像牙痛般咒恨某个男人的阶段，但她觉得那个17年前的女孩儿即可怜又可笑：这么做有何意义？真能动那个臭男人撒碧一根汗毛吗？这就像百年前的怨女们在写了名字的小布人儿上扎针的愚蠢游戏一样，解决不了任何问题，结果只是使自己更郁闷。还是让姐姐来帮帮你吧（正常情况下诅咒始祖应该活着，但诅咒武装者肯定要叫她阿姨了）。

17年后的今天已经完全是一个新时代了，这时，世界上的一切都落网了。这么说是因为，在17年前网络上的东西只有电脑，但今天的网络就像一棵超级圣诞树，这世界上的几乎所有东西都挂在上面闪闪发光。以家庭为例，家里所有通电的东西都联上了网并受其控制，甚至连指甲刀和开瓶器也不例外，前者可通过剪下来的指甲判断你是否缺钙并通过短信或E-MAIL告知，后者可判断酒是否真品并发中奖通知，而对于过度酗酒者，则间隔很长时间才能开一次瓶……在这种情况下，通过诅咒病毒直接操纵硬件世界成为可能。

诅咒武装者给诅咒2.0增加了一个功能：如果撒碧坐出租车，就撞死他！

其实对于这个时代的一个AI编程高手来说，这点并不难做到。现在的汽车已经全部无人驾驶，网络就是驾驶员，乘客上出租车时要刷卡，这时新的诅咒就可通过信用卡识别他的身份。只要上了车并被识别，杀他的方法多不胜数，最简单的就是径直撞向路边的建筑物，或从桥上开下去。但诅咒武装者想了想，并不愿简单地撞死撒碧，而是为他选择了一个更为浪漫的死法，完全配得上他对17年前的那个妹妹做的事（其实诅咒武装者和别人一样，根本不知道撒碧对始祖做错了什么，也可能错根本不在这男孩儿）。经她升级的诅咒在得知目标上车后，就不理会他设定的目的地，疯狂猛开，从太原一直开到张家口，现在，那里再向前已经是一片沙漠了，车就停在沙漠深处，并切断与外界的一切通讯联系（这时诅咒已经驻留车内电脑，不需网络了）。这辆出租车被发现的可能性很小，即使偶尔有人或车靠近，它就立刻躲到沙漠的另一处。无论过去多长时间，车门从内部是绝对打不开的。这样，如果在冬天，撒碧将被冻死；如果在夏天，撒碧将被热死；如果在春秋，撒碧将被渴死饿死。

就这样，诅咒3.0诞生了，这是真正的诅咒。

诅咒武装者是一名AI艺术家，这也是一族新新人类，他们通过操纵网络做出一些没有实际意义但具有美感（当然这个时代的美感与十几年前不是一回事了）的行为艺术，比如让全城的汽车同时鸣笛并奏出某种旋律、让大酒店的亮灯窗口组成某个图形等等。诅咒3.0就是一件这样的作品，不管其是否真能实现其功能，它本身就构成了一件卓越的艺术品，因而在第2026年上海现代艺术双年展上得到好评，虽然因其人身伤害内容被警方宣布为非法，但仍在网上进一步流传开来，众多的AI艺术家加入了对这一作品的集体创作，诅咒3.0飞快进化，越来越多的功能被添加进来：

如果撒碧在家，煤气熏死他！这也比较容易，因为每家的厨房都由网络控制，这样户主们就可以在外面遥控厨房做饭，这当然包括打开煤气的功能，而诅咒3.0当然可以使房间里的有害气体报警器失效。

如果撒碧在家，放火烧死他！很容易，包括煤气在内，家里有很多可以点火的东西，如摩丝发胶什么的，都联在网上（可通过网络由专业发型师做头发），火焰报警器和灭火器当然也可以失效。

如果撒碧洗澡，放开水烫死他！如上，很容易。

如果撒碧去医院看病，开药毒死他！这个稍有些复杂，给目标开特定的药是很容易的，因为现在医院的药房全部是自动取药，且药库系统都联网，关键是药品的包装问题，撒碧不是SB，要让他拿到药后愿意吃才行，要做到这点，诅咒3.0需要追溯到制药厂的生产包装和销售环节，要有一盒表里不一的药只卖给目标，真的有些复杂，但能做到，而且对于AI艺术来说，越复杂，作品的观赏价值就越高。

如果撒碧坐飞机，摔死他！这不容易，比出租车操作难多了，因为被诅咒的只有撒碧一人，诅咒3.0不能杀死其他人，而撒碧大概没有专机，所以摔死他是不可能的。但可以这样：目标所乘的飞机舱内突然在高空失压（用开舱门或别的什么办法），这时，在所有乘客都戴上的氧气面罩中，只有撒碧的面罩中没有氧气。

如果撒碧吃饭，噎死他！这个看似荒唐，其实十分简单。现代社会的超快节奏催生了超快餐食品，就是一粒小小的药丸，名称叫工作丸。工作丸密度很大，拿在手中沉甸甸的像一颗子弹头，服下去后会在胃中膨化，类似于以前的压缩饼干。关键在生产过程中，工作丸的膨化速度是可以控制的，诅咒3.0可以用与开药类似的方式在生产过程中做手脚，生产出一粒超快速膨化的工作丸，再控制销售过程专卖给撒碧，他在进工作餐时，喝水把工作丸送下去，结果小丸在嗓子眼就膨化了。

……

但诅咒3.0从来没有找到目标，也没有杀死过任何人。早在诅咒1.0诞生时，撒碧受到了不小的骚扰，还有媒体记者因此采访过他，使他不得不改了名，甚至连姓也改了。

姓撒的人本来就很少，加上这个名字不雅的谐音，在这个城市里面没有重名。同时，病毒中记录的撒碧的工作单位和住址仍是他十几年前所上的大学，使得定位他更不可能。诅咒曾经拥有了进入公安厅电脑追溯目标改名记录的功能，但没有成功。所以在以后的4年中，诅咒3.0仍然只是一件AI艺术品。

但诅咒通配者出现了，他们是大刘和大角。

通配符是一个古老的概念，源自导师时代（这时对操作系统的上古时代——DOS操作系统时代的称呼），最常见的通配符有“*”和“？”两种，用于泛指字符串中的一切字符，其中“？”指代单一字串，“*”指代的字符数量不限，也最常用。比如：刘*，指姓刘的所有人；山西*，指以山西打头的所有字串，而如果只有一个*，则指代一切了。所以在导师时代，del *. *是一个邪恶的命令（del是删除命令，而DOS系统下的文件全名分为文件名和扩展名两部分，用.隔开。）在以后的操作系统演进中，通配符功能一直存在，只是系统进入图形界面后人们很少使用命令行操作，一般人就渐渐把它淡忘了，但在包括诅咒3.0在内的各种软件中，它是可用的。

这天是中秋节，明月在太原城的璀璨灯火中像个脏兮兮的烧饼。大刘大角在五一广场的一个长椅子上坐下来，摆开他们下午从垃圾桶中翻出的五个半瓶酒、两半袋平遥牛肉、几乎一整袋晋祠驴肉和三粒工作丸，准备庆祝一番。天刚黑的时候，大刘还从一个垃圾桶中翻出一台破笔记本电脑，他声称自己能把它修好，否则这一辈子计算机工作就算是白干了。他蹲在长椅旁紧张地鼓捣起来，同时和大角意犹未尽地回味着下午救助站的性援助。大刘热情地请大角把三粒工作丸都吃了，这样可为自己省下不少酒肉，但大角并不上当，一粒也没吃，只是喝酒吃肉。

电脑很快能用了，屏幕发出幽幽的蓝光，大角发现无线上网功能竟然也恢复了，就立刻抢过电脑，先上QQ，他的号早就不能用了；再上九州网站天空之城豆瓣水木清华大江东去……那些链接都早已消失，最后他扔下电脑长叹一声：“唉——昔人已乘黄鹤去。”

大刘拿过半瓶酒喝起来，看了看屏幕：“此地连黄鹤楼也没留下。”

然后大刘便细细查看电脑中的东西，发现里面安装了大量的黑客工具和病毒样本，这可能是一个黑客的本本，也许是在逃避AI警察的追捕时匆忙扔到垃圾桶中的。他顺手打开了一个桌面上的文件，是一个已经反编译出来的C程序，他认出了，这正是诅咒3.0。他随意翻阅着代码，回忆着自己编写电子诗人的时光，酒劲上来时翻到了目标识别参数那部分。

大角在一边喋喋不休地回忆着当年峥嵘的科幻岁月，大刘很快也受了感染，推开本本一同回忆起来。想当年，自己那上帝视角的充满阳刚之气的毁灭史诗曾引起多少男人的共鸣啊，曾让他们中的多少人心中充满了军国主义和恐怖分子的万丈激情！可现在，15本，仅仅卖出15本！他奶奶的！他又灌下去一大口，那还是一瓶老白汾，这酒的味道在这个年代已经面目全非，有点儿像威士忌了，但酒精度一点没减。他开始恨男读者，进而恨所有的男人，他两眼直勾勾地看着屏幕上诅咒3.0的目标参数，说：“显拽的圆润木妖怪……胡东奇（现在的男人没一个好东西）。” 顺手把姓名由“撒碧”换成

“*”、工作单位和住址也由“太原工业大学，XX系，XX专业，XX宿舍楼，XX寝室”换成了“*，*，*，*，*”，只有性别参数仍为“男”。

大角也处于一把鼻涕一把泪的感慨中。想当初，自己那色彩绚烂意境悠远的美文如诗如梦，曾经迷倒多少MM，连自己也成为她们的偶像。可现在，看看旁边经过的那些妙龄MM，居然没一个人朝自己这边看一眼，这太让人失落了！他扔出一个已空的酒瓶，喃喃说道：“圆润木素胡东奇，雨润豆素？（男人不是好东西，女人就是？）”说着，把目标参数中的性别由“男”改成“女”。

大刘不干了，觉得这没女人什么事，自己那些粗陋的小说从来也不指望获得女读者的青睐，就又把性别参数改回“男”，大角再改成“女”，两人为惩罚自己的忘恩负义的读者群争执起来，太原也在成为寡妇城市和光棍城市的可能性之间摇摆不定。大刘大角最后抡起酒瓶打了起来，直到一个巡警制止了他们。两人摸着脑袋上的鼓包，达成了一个妥协，把目标的性别参数改成了“*”，完成了诅咒3.0的通配。也许是因为打架的干扰，或由于已经烂醉，他们谁也没动“太原市、山西省、中国”这三个参数。这样，诅咒4.0诞生了。

太原被诅咒了。

新版诅咒诞生之际，立刻意识到了自己肩负的宏伟使命，由于这个操作太宏大了，诅咒4.0们没有立刻行动，而是留下足够的时间让自己充分繁殖，以达到操作所需的足够的数量，同时互相联系，慢慢生成一个统一行动的总体规划，计划的总原则是：对诅咒目标的清除首先从软性操作开始，然后过渡到硬操作并逐步升级。

10小时后晨曦初露时，操作开始。

软操作主要针对敏感的、神经脆弱的和冲动型的目标，特别是那些患有抑郁症和狂躁症的男人女人，在这个心理病和心理咨询泛滥的时代，诅咒4.0很容易找到这类人。在第一批操作中，有3万名刚从医院完成检查的人被告知患有肝癌胃癌肺癌脑癌肠癌淋巴癌白血病、最多的是食道癌（本地区高发癌症），另有2万名刚化验过血的人被告之HIV阳性。这些结果并非来自简单的伪造诊断结果，而是由诅咒4.0直接操纵B超、CT、核磁共振仪、血液化验仪等医疗检查设备得出的“真实”结果，即使去不同医院复查，结果也一样。这5万人中，大部分都选择了治疗，但有四百多人本来就活腻歪了，得知诊断结果后立刻一了百了，以后还陆续有做此选择的。随后，5万名敏感的抑郁的或狂躁的男女都接到了配偶或情人的电话，男人们听到他们的女人说：你看你那个熊样屁本事没有你还像个男人吗我已经和某某好了我们很和谐很幸福你去死吧；男人们对他们的女人说：你已人老珠黄其实你当初就是恐龙我瞎了眼怎么看上你的现在我和小三在一起我们很和谐很幸福你去死吧……这个诅咒4.0编造的情敌大都是目标本来就最讨厌的人。这5万人中，大部分都通过直接找对方质问而消除了误会，但也有约百分之一的人选择了他杀和自杀，其中的一部分两者同时做了。还有另外一些软操作，比如在已经势不两立剑拔弩张的几大黑帮之间挑起大规模械斗，或把被判无期或有期徒刑的罪犯的判决书改成死刑并立即执行等等。但总的来说，软操作效率很低，总共清除的目标也就是几千人。不过诅咒4.0有着正确的心态，知道大事情是从一点一滴做起的，不以恶小而不为，所有的手段一定要都试到。

在软操作中，诅咒4.0清除了自己最初的创造者。在创造诅咒以后的岁月中，诅咒始祖一直对男人倍加提防，二十年来一直用最现代化的手段监视老公，几乎成为谍报专家。但突然接到一直安分守己的老公的一个电话，致使她心脏病突发，送医院后又被输入进一步加剧心肌梗塞的药物，死于自己的诅咒下。

诅咒武装者也死于这一阶段，她收到了HIV阳性化验结果，本来并没打算寻短见，但精神丸过量服用，幻觉中以为窗户是通向一个美妙花园的大门，就从15楼掉下去了。

五天后，硬操作开始了。之前的软操作在城市中激发的超常的自杀和他杀率已经引起了高度恐慌，但诅咒4.0仍需避免政府的分析走上正确的轨道，所以硬操作的第一阶段仍进行得很隐蔽。首先，吃错药的病人数量急剧增加，这些药的包装都正常，但吃下去大部分一剂致命。同时，吃饭噎死的人也大量出现，都是工作丸在嗓子眼膨化所致；还有少部分是撑死的，因为工作丸的压缩密度大大超标，那些食客掂着沉甸甸的小丸，还以为物超所值呢。

第一次大规模清除操作是对自来水系统的操作。即使对于一切受控于网络人工智能的城市，把氰化物或介子气加入自来水也是不可能的，诅咒4.0选择了两种无害的转基因细菌，它们混合后则产生毒性。这两种细菌并不是同时加入到自来水系统中，而是先加一种，待其基本排净后再加第二种，两种物质的混合其实是在人体内进行的，后一种细菌与前一种在胃和血液中的残留发生作用生成毒性，如果这时仍不致命，那目标去医院取到的药物再与体内已有的两种细菌发生反应，做完最后的事。

这时，省公安厅和国家AI安全部已经定位了灾难的来源，针对诅咒4.0的专杀工具正在紧急开发中，于是，诅咒操作急剧加速和升级，由隐藏的暗流变为惊天动地的噩梦。

这天早晨的交通高峰时段，从城市的地下传来一连串沉闷的爆炸声，这是地铁相撞的声音。太原市的地铁建成较晚，设计时正值城市成为暴发户，所以十分先进，磁悬浮并在真空隧道中运行，以高速闻名，被称为准时空门，意思是从起点进去后很快就能从终点走出。因此它们的相撞也格外惨烈，地面因爆炸隆起一座座冒出浓烟的小山包，像城市突然长出的恶疮。

这时，城市中的大部分汽车已被诅咒控制（这个时代，所有的汽车都能在网络AI的控制下自动行驶），成为进行诅咒操作的最有力的工具。一时间，全城的上百万辆汽车像做布朗运动的分子那样横冲直撞，但这种撞击并非杂乱无章，而是遵循着经过严密优化计算的规律和顺序，每辆车首先尽可能多地清除车外行走的目标，所以在混乱的开始，发生撞击的车辆并不多，每辆车都在追逐并冲撞行人，车与车之间密切配合，对行人围追堵截，并在空地和广场上形成包围圈，最大的包围圈在五一广场，几千辆汽车围成一圈向心撞击，一下子就清除了上万个目标。当外面的行人几乎都被清除或躲入建筑物时，汽车开始撞向附近的建筑物，以清除车内的目标。这种撞击同样是经过精密组织的，对于人口密集的大型建筑物，车辆会集中撞击，后面冲来的车会窜到前面已撞毁的车上面，就这样一层层堆起来，在市里最高建筑三百层的煤交会大厦下面，撞来的车辆堆到十多层楼高，疯狂燃烧着，像是堆在大厦周围的一圈火化的柴堆。在大撞击的前夜，市里出现出租车集体排长队加油的奇观，在撞击时它们的油箱都是满的。与此同时，从城市两个机场强行起飞的上百架民航飞机也纷纷在市区着陆，像一堆巨型燃烧弹，加剧了火势。

政府发出紧急通告，宣布城市处于危机状态，呼吁人们呆在家中。这个决定最初看来是正确的，因为与大型建筑相比，居民大楼遭到的袭击并不严重，这是因为居民区的道路显然不像城市主要街道那么宽敞，大撞击开始后不久就堵塞了。但很快，诅咒4.0把每一户人家都变成死亡的陷阱，煤气和液化气全部开放，达到爆燃浓度后即点火引爆，一座座居民楼在爆炸中被火焰吞没，有的建筑整座被炸飞了。

政府的下一步措施是全城断电，但这时城市中已经没电了，诅咒4.0失去了作用，但它们已经成功了。

整座城市陷入一片火海，火势迅速增大，其猛烈程度产生了二战时期德累斯顿大轰炸的效应：城内的氧气被火焰耗尽，人即使逃离火区也难逃一死。

诅咒升级者死于火海，至此，诅咒历史上的前三个关键人物都死于诅咒。

由于很少接触上网的东西，同其他盲流哥们儿一样，大刘和大角逃过了诅咒最初的操作。在后期操作开始后，他们凭着在城市中长期步行练就的技巧，以与其高龄不相称的灵活躲过了多次汽车的冲撞，又凭着对市区道路的熟悉，在大火的初期幸存下来。但情况很快变得险恶了，整座城市变成火海时，他们正在还算宽阔的大营盘十字路口中心，窒息的热浪开始笼罩一切，周围高层建筑中的火焰像巨型蜥蜴的长舌般舔过来。描写过无数次宇宙毁灭的大刘此时惊慌失措，而作品充满人文主义温情的大角却镇定自若。

大角拂须环视着周围的火海，用悠长的语调说：“早知——毁灭——如此壮——观，当初——何不——写——之？”

大刘两腿一软坐到地上：“早知毁灭这么恐怖，当初写它真是吃饱撑的！唉，俺这个乌鸦嘴，这下可好……”

最后他们达成了一致：只有牵涉到自个儿的毁灭才是最刺激的毁灭。

这时，他们听到一个银铃般的声音，像这火海中的一块晶冰：“刘和角，快走！！”

循声望去，只见两匹快马如精灵般穿出火海，马上是SFK编辑部最漂亮的两个长发MM，她们把大刘大角拉上马背，骏马在火海的间隙中闪电般穿行，飞越过一排排燃烧的汽车残骸。不一会儿，眼前豁然开阔，马已奔上了汾河大桥。大刘和大角深吸清凉的空气，抱着MM的纤腰，脸上感受着她们长发的轻拂，觉得这逃生之路还是太短了。

过了桥就基本进入安全地带，很快，他们和SFK编辑部的其他人会合，他们都骑着高头大马，这威武的马队向晋祠方向开去，吸引着路边步行逃生者们惊羡的目光。大刘大角和SFK们都看到，幸存者的队伍中还有一名骑自行车的人，之所以注意到他，是因为这年代自行车也都由网络控制，诅咒早就把所有的自行车完全锁死了。

骑车的是一个上了年纪的男人，他是撒碧。

由于早年被诅咒病毒骚扰，撒碧对网络产生了本能的恐惧和厌恶，在生活中尽可能减少与网络的接触，比如他骑的自行车就是一辆二十年前的老古董。他住的地方在汾河岸边，靠近城市边缘，在大撞击开始时，他就骑着这辆绝对没有上网的自行车逃了出来。其实，撒碧是这个时代少有的知足的人，对自己艳遇不断的一生很满足，就是死了也无怨无悔。

马队和撒碧最后上了山，大家站在山顶呆呆地看着下面燃烧的城市，这里狂风呼啸，这风掠过周围的群山，从四面八方向心地刮向太原盆地，补充那里因热力而上升的空气。

距他们不远，省政府和市政府的主要成员正在走下载他们逃离火海的直升机。市长的口袋里还装着一份发言稿，那是即将到来的城庆日的发言。确定太原城的诞生日期颇费了番周折，专家们称：公元前497年前古晋阳城问世，历经春秋、战国至唐、五代等十数个朝代，太原一直是中国北方的一个军事重镇。从公元979年赵宋毁太原，新兴的太原又先后在宋、金、元、明、清等数朝中崛起，不仅是军事重镇，而且发展成为著名的文化古城和商业都会。于是提出了城庆口号：热烈庆祝太原建市2500年！现在，历经了25个世纪的城市正在火海中化为灰烬。

这时，同行的军用电台终于接通了与中央的联系，告知他们救援大军正在从全国四面八方赶来，但通信很快又中断了，只听到一片干扰声。一小时后，他们接到报告，各路援队停止前进，空中的救援机群也转向或返回。

省AI安全局的一名负责人打开笔记本电脑，上面显示着最新编译的诅咒5.0的代码。在目标参数中，其中的“太原市”、“山西省”、“中国”也换成了“*”、“*”、“*”。

Biu的一声消失

【文】七月

1.房子

我们的故事首先从唐缺买房说起。

唐缺出身于四川唐门。按照一般人对四川人的想象，他们都长得不高，因为缺乏日晒而皮肤白皙，说一口浓厚川音的普通话，喜欢吃辣，嗜好麻将。如果按照这个标准来衡量唐缺，他就不怎么像四川人。他身高差不多有一米九，骨架宽阔，浓眉大眼，普通话标准并略带北京腔，不会打麻将，如果不是因为吃得太好又缺乏运动长出了小肚子，可谓玉树临风一表人才。

对了，差点儿忘了说，关于他的职业，官方说法叫无业游民，圈内说法叫自由作家。

自从唐缺辞职回家当了自由作家开始，他就有一个很大的烦恼：买房。

唐缺当作家的日子正赶上国内房价暴涨，当自己一个月能挣5000大洋的时候，南京房子均价4000，他心想，不错，攒个三年就可以付首付了。第二年唐缺名气渐大，一个月能赚6500了，还来不及高兴，房子均价就变成了7000。到了第三年，大家都叫他唐缺大大的时候，一个月能赚小一万了，南京市内城区却早就没有一万以下的房子卖了。攒了三年，离首付反而越来越远。

“你大爷的！”那段时间唐缺脾气很暴躁，经常想背C4去拜访开发商。就在唐缺越来越绝望的时候，2008年来了，全球经济危机了，房价下降了。

唐缺对经济危机倒是没啥想法，“反正老子失业这么多年了，裁员减薪又弄不到我头上！”倒是房价让他眼睛发绿，加上政府又出台贷款优惠政策，他天天就等着下手了！

就在这个时候，准确地说，是2008年12月9号的时候，南京市江宁区房管局局长周久耕在接受南京部分媒体集体采访时表示：“对于开发商低于成本价销售楼盘，下一步将和物价部门一起对其进行查处。”

“我操你大爷！”这是唐缺大学毕业之后，第一次摔碎自己家的暖水瓶。

哪知风云突变，不到一个月过后，周局长被免职了……

“买房买房！”唐缺发出这样的怒吼，“老子终于买房啦！”

2009年5月29号，唐缺终于正式成为有房一族。

唐缺的房子装修花了一个月，在2009年的7月4号，他终于正式搬进了新家，而我们的故事也从这一天，才真正开始。

唐缺在自己屋里的第一觉睡得舒爽之极，过去为了买房子的钱斤斤计较，痛苦不堪地折腾了好几年，这一天算是农奴翻身把歌唱。那一夜，他在盛夏的南京把全新格兰仕空调打到十八度，裹着空调被一直睡到中午十一点才醒来。

睁开眼的第一件事，就是抬起头来心满意足地看着自己的房子。

洁白的天花板，淡蓝的墙壁，实木的地板，那种只有崭新崭新的房间装修才能体会到的幸福扑面而来，让唐缺一个快三十的大男人花痴一样坐在床头傻笑。“呵呵呵，我的房子。老子的新房子！老子姓唐的也终于买得起房子了！”

笑声越来越大，在屋内反复激荡，几乎震得整个房屋嗡嗡作响，在这片笑声中，唐缺光着身子从床上一跃而起。

只听砰的一声，他的头撞上了天花板，力量之大，直撞得唐缺哀号一声，几乎痛晕了过去。

他挣扎着，呻吟着爬起来，头顶剧痛不止，心中更是大为疑惑。要知道自己虽然高大，但是这房子层高也不矮，就算站在床上跳，也不该碰到头，何况自己还没尽全力。于是他强忍剧痛，又抬起头朝天花板望去，想找到是不是有什么突起物撞上了自己。

这一看不要紧，应有二点八米高的天花板竟好像在自己面前，看上去似乎高度只有二米三上下！

幻觉！这是唐缺第一个想法。虽然自己科幻奇幻都写过不少，但要说自己写的东西会发生在现实中，他是绝对不信的。二米八就是二米八，必定是自己撞晕了头，才会觉得矮了。一边这样想着，唐缺一边环顾了自己的卧室。

这一瞬间，他脑子嗡的一声响。

卧室应该是三米宽四米二长，但这时候看起来顶多不多两米乘三米！小得不成样子。

唐缺是学商科出身，第一反应就是：“老子的六平米！老子的四万块钱！”他赶紧跳起来，慌里慌张地穿衣服，一边穿一边骂：“他妈的王八蛋，老子……”

如果这时候你能打开唐缺的脑子，那你看到的会是喷涌而出无穷无尽的愤怒。这种愤怒完完全全地占据了唐缺的脑袋，让他失去了所有的思考能力。要知道唐缺花光了所有积蓄，还背上了接下来二十年的债务，唯一换来的就是这么一套房子。所以他脑子里只有一个念头，那就是：老子的房子缩水了！

不是房价缩水，而是真正的缩水，是房子面积的缩水！这可比房价缩水严重得多。

如果唐缺这时候还有一丝理智，他就应该想想：一个用钢筋混凝土搭建出来的东西，怎么会莫名其妙地缩水呢？谁有这么大的本事，能把一个修建完成的建筑凭空缩小了一头？如果真的是缩水了，那他这么急急忙忙穿衣服，又能去干什么呢？

唐缺却另有自己的想法。

自己买了房子，房子出了问题，如果不是自己的责任，那当然只能是卖自己房子的人的责任！一切都是开发商的错！

唐缺一手抓着牛仔裤的裤腰，一手拿着手机开始给房产公司的服务部拨电话。这牛仔裤是三年前买的，那时候他还没长成一个肥宅男，所以现在穿这条裤子显得格外艰难，一边拉扯着，一边拼命朝小了一号的裤筒里跳。

电话里传来公司彩铃声：“欢迎致电纯棉房产，纯棉房产与业主共同成长……”

听了这彩铃，唐缺气极反笑，也不管对面根本还没听，吼道：“共同成长？共同缩水吧！难怪叫纯棉！跟这裤子一样，一洗就缩水！”

电话那头传来温柔的女声：“您好，欢迎致电纯棉房产，请问您有什么需要帮助么？”

唐缺怒吼道：“你们修的房子缩水了！”

对面显然是吓了一大跳，半晌才回过神，客气地回答：“这位先生，请问你是咨询我们最近房价有什么优惠么？我们目前还没有……”

“滚你的，老子刚住进你们的房子！第二天，这个房子就缩水了！就变小了！”

唐缺说出这句话，顿时才感到这事情听起来有多荒唐。他也不顾裤腰还落在膝盖上，一步一挪地走出卧室，来到客厅。客厅大约也有二十来平米，被大沙发、电视墙、茶几之类东西填得正满。第一眼望去，客厅似乎也小了许多，但是顺着家具装饰一个个看过去，却又好像每个东西都在原地，并没有因为空间变小而挤在一起。要知道因为东西多，客厅空余的空间比卧室小许多，如果真从二十多平米变成了十多平米，这些家具势必会挤成一团，把所有的空隙都挤满。但是这种事情并没有发生。

以上的想法刚在唐缺脑子里过了一圈，就有另一个声音在他脑中冷笑：“自己听听，这些念头成什么话？房子会缩水？你撞天花板撞成弱智了吧？”

这一来，唐缺满腔怒火一下就平息了许多。刚才还理直气壮地骂电话那边的客服，这时候就觉得电话成了一个烫手的山芋，想象中对面的客服人员必定在心说：“妈的，撞鬼哟，大中午遇到一个精神病，昨晚随家仓[①]的围墙倒了？”

唐缺脸立刻烧得绯红，赶紧嘴里发出一阵“吱……叽……”的电子啸叫声，假装信号中断挂了电话。

虽然电话是挂了，但回头看着这房间，确实还是觉得像是小了许多，他想了想，从抽屉里找出卷尺来，把房间从墙根到墙根量了一遍。

南北四米，东西五米，没有问题！

顿时心下更为困惑。莫不是自己脑袋的空间感真撞出了问题？正困惑着，另一个更荒唐的念头浮现了出来。

也许出问题的是整个空间，整个空间都同步缩小了。

这个念头刚起，他就吓得一激灵，也不知道是犯什么神经，也许是因为面前茶几上正放着爱田由的DVD封皮，唐缺低头朝自己下面看了一眼。

这下子，新买的房子有没有缩水，也不算是什么问题了。

---

①随家仓：关于随家仓是一个怎样的神秘机构，请自行垂询南京本地居民。

2.老师

淡定，淡定……

唐缺心中默念了片刻，闭上眼深呼吸了几口气，重新睁开了眼。

淡定你妈呀！

唐缺心中怒吼，弯腰抓起牛仔裤，把自己塞了进去。这还了得？关系自己人生幸福两个最重要的尺寸都小了一圈，还要不要人活啊？他胡乱把衬衣塞进裤子里，乱糟糟地冲出了门。

唐缺的房子买在东南大学以南，南京大学以东，正是繁华的珠江路所在。刚出了楼梯口，唐缺就发现小区的景观看着异常别扭。这地方是寸土寸金，所以小区空间并不大，放不下什么亭台水榭，只有一个小小的草坪，其间立着一个小亭。平时看着还好，今天一抬眼望过去，只觉得东西一样样看过去都在原地，但是抬头，那对面三十层的电梯公寓就好像压在自己眼前，并正缓缓向自己的房子移来，就像游乐场的碰碰车一般。他又抬眼朝更远处看去，那几个城市里散落在云南路、中央路、北京西路、洪武北路等等百米以上的高层建筑原在几条街外，但现在看去，竟像是被拉近了许多，似乎出门左拐三分钟就能走到一样。

这是怎么了？近处的东西看上去还正常，越远的东西看上去距离缩得越多！

这时候正是中午，小区门外满是行人，珠江路是卖电脑的，所以行人也是年轻人居多，街头路边随处可见大叔大妈挥舞着DVD封皮，机器人一样机械复读着：“电影，游戏，软件，美剧，动画，光盘……”人们行色匆匆，似乎并没有人注意到城市的异常变化（如果不是唐缺的幻觉的话）。唐缺像被拎着脖子的鹅一般昂着头，痴呆似的盯着远处的各个地标性建筑的顶端，脑袋不断四向转动，如果不是骨骼不允许，他一定已经用脖子打了几个结。他心中茫然，也不知自己该去的是不是随家仓。

这时候一个熟人见了他，三步两步迎上前来。

“大哥，怎么今天中午出来啊？昨天来了新货，要不要来看看？有苍井空的日本原装正版，带写真特典的！还有刚红起来的那个叫凌波什么什么的……”

这人形容猥琐，头顶也只到唐缺的胸口，唐缺也不答话，头也不低，一把抓住这人领口，问道：“你看看，有没有觉得对面那酒店看起来离这里比之前近了一些？”这人被这么没头没脑一问，不知所以然，也愣头愣脑地抬起头朝远处看了过去。“哪个酒店？哦……大哥你这么一说，好像真的比以前变近了……”也不知道这是真话还是假话，唐缺心知问了也是白问，一把将这人推开。

刚出门的时候，唐缺还不知道自己该干什么，过了这一会儿，他脑子里想起一个人来。

从口袋里掏出那款用了六年的MOTO手机，他艰难地从通讯录里找到那人的电话，拨了过去。

“老师！是我啊！你在南京吧？没被部队拉到什么山窝里遛弯儿吧？在？好！我找你有正事儿啊。妈的，真的有正事儿！我过来找你好吧？对了，你实验室有没有激光测距仪？干吗？量房子！真的是量房子！算了，见面跟你说！”

一通电话打完，他这才转过头，痛心疾首地对刚才那小伙说道：“那个叫凌波的都退役了！还新人呢！专业素质！专业素质！”说完头也不回的沿着珠江路，朝南京大学跑去。

唐缺原想一口气跑到南大，哪知只跑了几步，就停了下来。

有些不对。

走路的时候还不觉得，跑起来的时候，明显发现不对头。

好像自己跑起来的每一步都跨得比过去更大些，一站路，自己居然只跑了四分钟，每一步跨出去，都好像在月球上一样，重力变小了，腾云驾雾地飞行一样。

唐缺愣了几秒钟，然后猛然想起了什么。

如果整个空间真的在同步缩小的话，那么他的身材自然在缩小。但同时，弹跳一个比例身长所需要克服的重力势能却减少得更快，所以自己才会撞到天花板，自己跑步腾空时每一步才会比原来更长。

这事情一想明白，唐缺更是面色苍白，再也不敢停留，朝南京大学狂奔而去。

一路只听身边喝彩声不断：

“博尔特啊！”

“刘易斯！”

“阿甘！Run! Run for your life!”

他连回头对这些人怒吼“妈的，你们跑一个看看，比老子快多了！”的工夫都没有了。

一路冲到南京大学汉口路校门，唐缺瞧见一个矮矮的中年男子百无聊赖地玩着手机，才大叫一声：“老师！”停了下来。

这男子抬起头来，对着唐缺扬了扬眉毛，骂道：“妈的，你个瘟神又有啥事儿？除非给我介绍女朋友，要不别想你大爷再请你吃饭了！”

老师是一个神人。

唐缺认识老师的时候，他刚刚上本科，那时候老师正在读博。“有没有兴趣转行啊？我明年博士就毕业了，考我的研究生吧。”唐缺毕业的时候，老师还在读博。“我明年博士就毕业了！要是上班干了两年再想来读研究生，就来考我的吧！”唐缺辞职的时候，老师依然在读博。“明年就毕业了，不过我看你也不想读研究生。”唐缺终于买下房子的时候请老师出来吃饭，老师说：“我明年马上就要答辩了！”

老师太忙。老师本科毕业的时候，校长钦点留校任教，一边在职读直博，一边还要教学做研究，最重要的是，他时不时做些不能提起名字的单位的课题，时不时跑去没有手机信号的不知名地点“遛弯”，一去就是几个月，音信全无。这几年下来，虽然已经算是高级专家，但一来做的东西都是不能写上简历的机密，二来忙得太过，自己的博士论文实在没时间做，一拖再拖，自己的学生都留学回来当老师了，自己还没拿到博士学位。

唐缺其实搞不清老师到底是哪方面的专家，他只知道一点：老师是搞物理的理工科专家，自己是一个科盲。这事情，不找老师又能找谁？

虽然事出紧急，但唐缺一见老师的面，冒出的第一句话还是：“老师，你毕业了么？”

老师身高比唐缺差得远，抬头白了他一眼，骂道：“这段忙完了，马上答辩了。你要请我去玄武饭店庆祝一番？小子，到底有啥事儿，快说，你大爷我忙着呢！”

这时候唐缺才从嬉皮笑脸中收拾起来，两个人找了最近的咖啡厅坐下。

在等咖啡上桌的时候，唐缺又有些犹豫。老师跟他还是许多年前在科幻论坛上认识的，但这时候事情却又不知道该从何说起。要怎么样才能让老师不觉得自己是在屋里宅得太久，脑子出问题了呢？唐缺整理了半天，老师终于等不及了，开口说：“你丫不是发现自己是GAY，今天来找我告白的吧？我可先说，我对男人一点儿兴趣都没有啊！”

服务生正端着咖啡走到桌边，只见他浑身一抖，差点两杯咖啡就这样洒了下来。年轻人赶紧丢下咖啡，连“请慢用”都没来得及说，三步并作两步逃了出去。

“滚！”唐缺吼道。

“那到底啥事儿？扭扭捏捏了半天也不说话。有话快说，有屁快放，你大爷忙着呢！”

唐缺沉了一口气，终于吐出一句话：

“我的房子缩水了。”

他等着老师用迷茫的表情向他询问，但出乎意料，老师听了这话，神色如常，淡淡地答道：“哦，原来就这事儿啊。”

3.淡定

这时候，外面突然喧闹了起来。

正是中午，南京大学的午饭点儿，外面本是人声鼎沸，但此刻却变成惊恐之声连连，女生的尖叫声和奔逃的震动让这条小街一下陷入恐慌。

唐缺和老师坐的位置是二楼临窗，一抬眼就能瞧见咖啡厅外。两人伸长脖子朝下面望去，想知道发生了什么，只见一群穿着清凉的女大学生吓得瘫倒在地上，眼睛直勾勾地盯着对面的天空。在惊叫声中，听见有人在呼喝：“快跑啊！爬起来！要倒了！”人们四散逃开，也不知道在躲什么，有几个胆大的冲上近前，拉起瘫在地上的姑娘，拼命往一边拖死狗一样拉远。

两人正顺着这些人直勾勾的目光朝上望去，就听见咖啡厅里也尖叫起来，也不知道是服务生还是客人在尖叫：“对面楼要垮了！快跑！”一片座椅乱撞的声音，大家尖叫呼喝着朝门口挤去，这时唐缺才注意到他们在叫什么。

街对面，南大二三十层高的蒙民伟实验楼整个弯了下来，像是从七八层高的地方被人拧过，朝这边倾下来的倾角足有三十多度。看那样子，那楼马上就要塌下来了！

唐缺一跃而起，拉起老师的胳膊，叫道：“老师快跑！”

他手上一用力，老师却一丝没有起身的意思，拉不动，唐缺回头又大叫：“老师！快跑！”

蒙民伟楼很高，这一倾斜，楼身已经压在了咖啡厅正上空，拉下一个长长的黑影。老师凝神盯着自己头顶，镇定万分地答道：“淡定……坐下。跑什么啊，咖啡还没喝完呢。今天赚大了，没人来收水钱。”

唐缺瞠目结舌，指着窗外压在头顶的大楼，叫道：“你没看见那楼就要垮下来了么？”

老师摇着头答道：“没看见。淡定点儿，叫唤什么啊。”

“可是，可是……”

“淡定，淡定……坐下，我给你上课。”

唐缺这时候脸色苍白，满脑子都是顷刻之间就要塌下来的大楼，哪还有这个精神来听老师上什么课。说来也怪，一个房子如果倾斜到这种程度，早该哗啦啦地塌成一片废墟了，这么半天过去，这早该倒的蒙民伟楼却还安安静静地立着。

老师叹了口气：“你脑子怎么这么慢呢？你的房子会缩水，这条街的空间就不会缩水么？”

唐缺听了这话，惊得浑身一颤，指着蒙民伟楼叫道：“啥？真的是空间缩水了？你是说……是说……”他语无伦次，一时不知道该怎么表达自己的意思，“这楼不会垮下来？”

老师耸耸肩，点了点头。

“真的？你确定不会？”

“我还坐在这儿呢！淡定点儿嘛。”

听了这话，唐缺又看了看头顶，心下一横，一屁股也重新坐回来，端起咖啡一口气喝了个底朝天。

“这他妈的到底是咋回事儿！”唐缺叫道。

话刚落声，就听见外面警笛齐鸣，救护车、救火车、110巡警急忙忙地绕着路冲了过来，整个南京大学开始混乱地疏散，从蒙民伟楼、图书馆、教学楼源源不断地涌出人来，眼前只见无数短裙飘舞、花容失色的姑娘和脸色蜡黄的男人惊慌乱窜。

老师抬手来看了看表，舔舔嘴唇，对唐缺命令道：“去吧台给我拿瓶酒来！挑最贵的！什么路易十四，什么轩尼诗都行。”

唐缺听话地去了吧台，过了五分钟，他带着一瓶酒回来：“看不出是啥，你就将就了吧！”

两人一人一杯，老师一口气吞了一整杯，这才开口说道：“你小子懂弦论么？”

“我是商院毕业的啊！”唐缺答道，“我听过它，它不认识我。”

“那广义相对论呢？”

“爱因斯坦懂，我不懂。”

“量子力学呢？”

“爱因斯坦都搞不清楚的，我怎么可能懂？”唐缺叫道，“老大，我求求你了，所有物理学理论我都不懂，我的物理知识到牛顿三大定律为止了！”

老师听了这话，一拍桌子，叫道：“你啥都不懂？那可就好办多了！”

“啊？”唐缺一惊。

此时楼下几个大胆的人顶着钢盔跑过，搜寻没有逃出来的家伙，一眼就看见了这两个还坐在窗户边的家伙，大叫道：“喂！楼要塌了！你们快下来啊！”

老师探出头去，叫道：“鬼叫什么啊！小伙子淡定！没见到我们喝酒呢？”

这话不说还好，这三个热心人一听，只当他们俩喝麻了，没反应过来有危险，三个人一合计，就冲进了这咖啡厅。

他们个个都是五大三粗的大小伙儿，冲上楼来，二话不说，两个人架住唐缺，一个人架住老师，就开始往外拉。唐缺大叫：“我没喝醉，不用架我！”老师刚吞了两杯，满口酒气，干脆就拳打脚踢。这一来他们被架得更紧了，直接就朝楼下拖。

老师见没法反抗，就干脆躺成一条死狗状，人被拖着，口里却也不闲着。

“唐缺啊，你小子知道宇宙是多少维的么？”

“啊？”唐缺虽然是学商科的，但是也写过点儿科幻，作为一个不靠谱科幻作家的基本素养，他道听途说过什么宇宙是十几维的之类的传闻，“十三维的？”

“胡说八道！难怪这两年科幻小说越来越烂，你也好意思说你是写科幻的？连宇宙是多少维的基本常识都没有！”老师骂道。

“老子是写奇幻的！奇幻作家！”唐缺争辩道。

“你不是写科幻卖不掉才写奇幻的么！早点儿来考我的研究生，你的科幻至于卖不掉么？我教你！弦论认为宇宙是十一维的，除了空间三维时间一维，还有七维不可见。另外还有比较流行的海姆－德吕舍尔空间，认为宇宙是八维的，除了时空四维以外，还有重力维、电磁力维、万有引力维、万有斥力维……”

三个戴钢盔的壮汉这时候已经把他们拖到了一楼门口，听这两人也不知道在说什么，更是当他们喝多了。

唐缺被一路拖了出去，心想，老子要不是宅了这么多年没锻炼，也不至于被这两人这么拖着走。老师说的东西他又全听不懂，便叫道：“完全听不懂你在说什么！”

“听不懂不要紧，反正宇宙是多维的就对了。记住这点就够了。”

唐缺心想，那你直说宇宙是多维的不就完了么？我又不是不知道，废话这么多干吗？这话却不敢说出来。

从蒙民伟楼的阴影下出来，视野一下开阔了许多。原本整个空间都被这楼占满了，这时候南京远处的风景才重新露了出来。

老师继续说道：“我们所见的三维空间，只是多维宇宙的折叠投影，换句话说，我们的空间只是宇宙空间在三维展开的部分而已。”

“还是听不懂！”

两个人被拖出了足有一百多米远，才被丢下来。架着老师的志愿者骂骂咧咧地说：“两个民科[①]喝多了也不知道朝外面看看！都什么时候了！自己想死别给别人找麻烦啊！”说完急急忙忙地又回去继续寻找没有逃出来的人。

周围奔走逃命的人群呼告着，110、119、120的警笛和喧闹混成一片，老师却是全不在意，就这样双腿打直坐在汉口路的当头上，从口袋里掏出一包纸巾，从里面掏出一张，展开，啪的一声按在地上。

“这张纸就是南京。”

唐缺不解其意。

“这个水泥地平面，就是我们能看到的空间。告诉我，在水泥地面上你看到了什么？”

"……一张心相印面巾纸？"

"不！"老师叫道，"你看到了南京！"说完，他把纸抓了起来，揉成一团。"现在，你还能在我们的空间看见南京么？"

"……不能……"

"南京去哪里了？"老师把脏兮兮的纸团在唐缺面前抖动着。

唐缺这时候终于回复了作为一个科幻作家的职业素养，也不管对科学原理懂是不懂，勇敢地回答道："叠进了多维空间里……"

这时候，老师点了点头，从地上爬了起来。

就在老师站起来的那一瞬间，刚才还奔逃着的人群突然停下了脚步。像是一群机器人刚刚从无线电中接收到统一的号令一样，他们一下僵直了，呆呆地望向远处。这些目光并不统一，有的人看的是东边，有的人看的是西面，有的人看的是头顶，但他们却有着同样惊恐的表情。不光是南大附近，在这一瞬间，整个南京城几乎所有长眼睛的人都是这样的表情。一条汉口路在一瞬间变得鸦雀无声，只留下警笛刺耳的回响声。

唐缺终于从老师手中的面巾纸里抬起头来，朝天边望去。

七月，南京的阳光正烈，此时偌大的南京城就像是被烈日烤化后随意揉起来的一个糖球。南京长江大桥挂在西北的天际，直通云霄，混浊的长江如一火车站边旅馆久未清洗的窗帘，遮挡了西北的天空，"窗帘"上还能见到蠕动的"小虫"，惊恐而疯狂地鸣着汽笛。东面，馒头型的紫金山高高卷起，像被巨人扭成一颗螺丝钉，盘旋弯转拧成一个倒U型，顶端钻头一样刺进了秦淮河。夫子庙飘浮在天空的东南面，像一面旗一样摇摆不定；而夫子庙旁边的中华门瓮城却出现在西边，上下颠倒，惊慌的行人头朝下地站在倒悬的路面。南京城所有的一切扭曲在一起，如无数海市蜃楼层层相叠。唐缺扬起脖子，天顶是波光粼粼一片无边的海，过了好久，他才想明白，那是玄武湖的湖面。

唐缺也如所有南京人一样，张大了嘴巴，却一个字也吐不出来。

"淡定，淡定。"老师拍了拍他的后背，"DON'T PANIC."

4.橡皮泥球

南京城弯折了。

空间的缩水只是开始，而现在，南京城空间不均匀的收缩毁灭了原本的空间连续性。整个城市像是一个摔碎的玩具又被扫在一起，随手倒进垃圾堆里，各个组件乱七八糟地相互亲吻。

西北起长江，东至紫金山，南至中华门，整个南京城的老城就这样抛弃了浦口仙林江宁郊区，独自蜷缩起来，大概是打算就这么和地球划清界限，往生极乐。

唐缺呆呆地望着头顶，玄武湖湖面如镜，直照得他两眼发晕。他一把拽住老师，叫道："怎么会这个样子！"

老师并没有答话，自顾自地说："果然，重力维没有受到影响。"

唐缺哪儿有心思听他研究学术，这时心中只有两个念头：1.快逃出生天；2.刚买的房子咋办?

“都他妈怎么搞的!”他叫道。

“空间开始不均匀折叠了，这不是很正常么?”老师很淡定。

到这个时候，唐缺才猛然醒悟过来。

“你早就知道南京在缩水!”

老师嗯了一声，点了点头。

唐缺恶从胆边生，一把就把老师拉着领子提了起来。

“你……你……你既然知道会发生这种事情，为什么不警告大家?”

其实唐缺心中还有更大的疑惑：既然老师知道会发生这种灾难，为什么他自己不跑?

“松手松手!”老师叫道，“搞什么啊，拿我撒气有啥用?”

这时候，人群开始回过神来，刚才寂静的围墙在瞬间倒塌，围墙之后早就满溢的惊慌失措从每个人的口中喷涌而出，像是百万座喷泉同时在南京城喷发一样，尖叫如潮，冲上百米的云霄，然后落下来biu的一声，把全城所有人仅存的心智冲进下水道，荡然无存。

然而在这之前，满城已是烟火盛放。

突然的惊变让南京人暂停了下来，但运转中的机器却并没有静止。满街的汽车依然在飞奔，司机们眼前的道路瞬间扭曲翻折，中央路从鼓楼段往北便直通天际，莫愁北路朝东前方却是万丈深渊，华侨路如艺术体操里圈圈盘旋的丝带，山西路则成了过山车的连环大环。这些司机并不懂得什么“重力维没有扭曲”之类的混话，只知道眼前的一切是司机最可怕的梦魇。这些司机各自的反应不一：有的踩刹车，有的踩油门，有的猛打方向盘，有的想踩刹车踏上了油门，有的想踏油门踩上了刹车，还有玩极品飞车出身的司机两踏板一起踩下想漂移，却找不到键盘上的方向键只好拼命按喇叭。

然后就是——

……

呜……轰!

砰!砰砰砰!……

轰!轰轰轰轰轰!

冒火轮胎呼啸着飞过头顶，还没来得及庆幸，炸飞的车门就切掉了身边的半个肩膀。刚刚从写字楼、饭店、办公室、卖场、游戏厅、桑拿房里源源不断涌出的人群与外面连环不断的爆炸相撞，头顶的玄武湖在火光中映成一片颤抖的血红。

像内空糖球一样的南京拉起无数黏丝，画出城市空间混乱的链接，人群开始狂奔，从一个个烟火燃放点逃离。但是这原来摊平的城市如今卷了起来，从长江大桥脚下家乐福门口抬起头就能瞧见新街口的沃尔玛挂在自己东墙上，城里没有一处是远得看不见，也就没有办法再能幻想那里还平安。所以逃跑只是一种本能，只有跑起来才能稍有一点安全的幻想。

仿佛倾盆暴雨砸在地面，每个地点都有无数水滴朝别的地点涌去，每个地点都有别的地点的水滴涌来，新街口的跑往夫子庙，夫子庙的跑往中华门，中华门的跑去紫金山，紫金山的跑去新街口，正如太极流转，生生不息。

在这样的环境里，想要说话，只能用吼叫。

“咋办！咋办！”唐缺像甩动一个布玩具一样摇着老师，“这一切是不是你们实验室搞的？你个老处男！赔我十七万首付买来的房子！”

“淡定！淡定！”老师咳嗽着挣扎，“我们要是有这个技术，早就征服米国了！”

唐缺也不知老师说的是不是真的，这人虽然笨，但是活命和算钱两项本事却是不笨。现在也别管到底是怎么回事儿，自己要活下去，并且保住自己的房子，却只有着落在老师身上了。

唐缺放下老师，大吼道：“妈的，我们现在应该怎么办？”

老师抬起头来看了唐缺一眼：“你我可不知道，反正我是留下来保证各种测量仪器正常运作的。”他又抬起手腕看了看表，“现在几个仪器工作都正常，中微子通信设备的数据传输也没有中断，我要守在实验楼边上。”说完，他伸手指了指校门里的物理楼，那楼看上去像是用Photoshop做了压缩，纵向扁得只剩下原来的一半。

唐缺这才注意到，老师手上哪儿是什么手表，那是一个监控器，上面的液晶闪着乱七八糟的数字和彩灯。原来老师对这次异变早有准备，预备了仪器来测量和记录这次异变的状况！

“你早就知道这事会发生！”唐缺忍不住叫道。

老师听了这话一愣，也不理唐缺，瞪大眼睛看着自己的手表：“时间维也开始折叠了？为什么他开始重复自己说过的话？”

唐缺正要发作，顶上的南大校门突然一矮，直坠下来。他半个身子正在校门内，自己整个身子就变了形，校门内的一半矮了下去，校门外却还是那么高，整个人像蜡像馆半边熔化的雕像似的。这一惊，他就地一滚，闪往门外，就看那半个身子重新高了回来。还在惊魂不定，唐缺一回头，看见老师本来不高的身子就只有不到半米，而南大的校门却落得只有一米来高，似乎伸腿就能跨过去。

这下老师看唐缺就像看一个巨人，他磕磕嘴，连忙从那边走了过来。唐缺躲得太急，这时候才看清这不到三米宽的空间已经扭成了什么样：先是压扁，然后突然拉成斜立四十多度、五米来高的杆子，接着瞬间盘成螺旋状，最后才回复正常。

唐缺惊恐地咽下一口唾沫，心想好在自己向来坚强，要不这会儿早已经疯了。

老师这才回答唐缺之前的问题：“我们可不知道会发生这事儿，只是有猜想到这事儿的可能性而已。”

“……”唐缺仔细想了想这话，“妈的，有啥区别？”

“区别大了，我们只是发现了空间开始多维折叠，并没有准确预料到折叠的范围和规模。眼前这种情况，只是我们预想的若干种可能中的一个。”

“就算只是其中一个，你们不该把我们都疏散掉么！”

“没错，我们还预想可能整个地球都会像礼花一样炸开，然后折叠成几万亿个拇指大的小球，我们也就顺便计划把地球都疏散了。可惜企业号去了黑洞，要从白洞回来还需要点儿时间，所以这个计划只好暂时搁下了。”

唐缺被狠狠地噎了回去。

“空间折叠是在我们知识以外的东西，没有人能知道到底会发生什么，也许只是你下面小上五公分，也许整个太阳系都会消失，谁也说不准。”

唐缺眼睛瞪得滚圆：“只是？！难道那不是比银河系毁灭还要可怕的灾难么？”

“至少对牙晓的其他追求者就不是。再说了，现在南京城成了这样子一个球，你能保证这个南京球外面的世界，就比这里好？”

在这样的专业领域，唐缺被打得无力还击。他心知老师说的都对，但是作为一个动物，唐缺还保持着原始的野性——那就是当灾难降临，就要逃，远处可能是安全的，特别是看不见的远处。

他一把抓住老师：“现在还能不能离开南京？”狠心说出这句话的时候，唐缺的心在滴血。他仿佛看见一个姓房的少女向自己挥手远去，这个少女身姿摇曳生风，风华绝代，自己为了她苦追了多年，勒紧裤腰连五块以上的盖浇饭都不敢点。当终于有一天自己熬到了头，能和她走进洞房的时候，一阵狂风吹来，把这少女就这样掠走了。

“我怎么知道？整个空间的关联性都在破碎重组，关于这次折叠的细节我们知之甚少，那些看似消失的空间去了哪里，这些重新构成的空间关系怎么维持，我们都一无所知。也许你一路从长江大桥出去，还是连在城外，也许这个城市的边缘已经连往了高维虚空，更也许南京城外都已经折叠了起来。”

在这么一席话里，唐缺只听到“也许你一路从长江大桥出去，还是连在城外”，后面的就只有“哗啦哗啦”的噪音。他又一把抓住老师：“老师！你带我出去！”

老师大力摇头：“我还有工作要做呢，我必须守住实验室的仪器，保证它们的工作正常。”他说着又抬手看了一下手表。

这时，液晶屏上的图像一晃，突然黑屏了。然后一排小字现了出来：

“No signal,please check the signal source.”

老师赶忙抬头，正看见南大物理楼悬空成了一个薄片，接着从边缘开始，一块一块地不规则地凭空消失。就像是刚出炉的饼干被巨人吃掉一样，甚至还有点点碎片落下来，还没有着地，那些空间碎片就化成细粉，消失不见了。

唐缺以为自己已经能见惯不惊，但目睹了这一幕，依然吓得六神无主，但身边的老师却淡定依旧。

“告诉你个好消息，我工作结束了，要陪你去找出城的路么？”

5.圆环套圆环娱乐城

南京大学本来几乎是处于南京城的正中央位置，南京城南北两大出口——北面的南京长江大桥和南面的中华门都离这里甚远，但只要南北向一路笔直走过去，就能到达。这城市并不是太大，就算走路，也不过两个小时就足以穿城。

但那是南京城像煎饼果子一样被卷起来之前。

有的空间缩小了，有的空间变大了，有的空间消失在未知的缝隙里，有的空间内外翻转。现在哪儿能算是南京城的出口？

西面和北面被长江围绕，已经成了遮天的幕布，南边的东西碎成散件，乱七八糟地丢在各处，似乎只有那通天的长江大桥可以尝试一下。

唐缺在超市里拿了两瓶运动饮料、四包饼干和一个小包，和老师一起一路朝北走去。

他在路上试图打电话求助，病急乱投医，也不管是什么号码，记在手机里的就往外打，但不是打不通就是对方关机。好不容易突然接通了一个电话，唐缺兴奋地朝话筒喊：“喂喂，我们南京被折叠了！救命……”

“关我屁事啊，我很忙……”话筒那边传来一个怒气冲冲的声音，啪的一下关了。

唐缺大怒，看了下手机屏幕上显示的号码，恨恨地想：好你个陈楸帆，患难见真心啊，这样的人不能当朋友。

此时离蒙民伟楼开始扭曲的时间已经过去了一个小时。人们最初的恐慌已经随着体力迅速地消耗开始淡去，这才是最糟糕的开始——在这个光怪陆离的世界里，大家开始回复理智。

当恐惧控制住人类的时候，他们都是野兽，遵从同样的基因本能；而当理智回复之后，他们变成了百万个愚蠢的会自我思考的个体。

53.2%的幸存者和唐缺一样蠢，选择寻找逃出南京的路，这个选择一般只用花几分钟；其中超过80%的人继续和唐缺一样蠢，选择南京长江大桥。

人流汇集，通天的长江大桥像是拔掉塞子的下水道管子，伴着嘶嘶的叫嚷，打着旋儿把数不清的人吸了进去，吞的人太多，还会不时发出biu的一声轻响，那是宽阔的四车道大桥上车辆被人推下长江的落水声。上层的汽车道与人行道挤满了，路面就像沸腾的粥面，不停地漫出来，落到下面的火车桥，很快的，火车桥也满了，大桥便成了拉长的香槟瀑布，酒水一路淌入长江。

站在鼓楼，抬起头朝前看，唐缺和老师就能欣赏到这挂在空中的妙景，但他们的关注点却沿着大桥一路向天顶——潮涌的人流消失在天际尽头。

“如果运气好，”老师说，“下雨的时候我们就不会看到那些人从天顶掉回来。”

“……”唐缺听了这话，吓得心里一寒，“那如果运气不好呢？”

“如果运气不好，要么南京是一个炕熟的煎饼，刚才那个把物理楼当饼干吃掉的大嘴等下就会一口口把南京吃了，或者马上玄武湖里就会有一个哥斯拉掉出来。”

唐缺想起刚才的物理楼，肌肉抽搐：“老师，别他妈的再开玩笑了。”

老师回头来看他一眼：“谁给你开玩笑啊？你知道隐藏在高维空间的到底有些啥？我的包！”

一辆摩托车从他们身边飞驰而去，手中拽着刚才还属于老师的包，开车的姑娘和抢包的小伙儿都挎了一身各式各样的包，看来收获颇丰。

唐缺和老师专门选了比较僻静的山西路，避免和主干道上逃生的人群拥挤在一起，他们已经走出了一公里多。

实际上山西路很宽，在空间折叠之前山西路去往大桥也并不绕，但这时人却极少。

因为它看起来变成一个巨大的直立圆环，沿街的建筑沿着这大环卷成两头尖的纺锤状，看上去第一眼就头晕目眩。

“看地！不要看前面，更不要看两边！”老师这样指导他，“记住，重力维并没有发生折叠，重力依然是按照原来城市的平面状况分布的，不管看上去怎么扭曲变形，原来重力是什么相对状况，现在就还是什么相对状况！”

唐缺只觉得自己是在拍摄电影的蓝幕布下行走，只是后期才加上的布景被提前投影了出来，眼前所见是环绕的弧度螺旋，但脚下踏出的每一步都是平整正常的土地，视觉带来的所有信息都与重力感相左。好像自己并不是真的在行走，而是光影在身边轮回变换。不过是区区一公里，唐缺就恶心得想吐。

所以这条路上几乎没有人。

这个“几乎”是相对被逃亡人群挤得快爆炸的中山北路说的。

53.2%人选择逃离，还有46.8%做了其他选择，比如有31.7%的人正在掠夺这个失去秩序的城市。

其中包括飞车抢夺的那两位。多少人恢复理智之后，第一反应是：南京完蛋了！第二反应是：我要活下去！这个“我要活下去”就有了无数的分支，冲进超市抢饼干、矿泉水的最多，冲进金鹰国际和德基广场抢Louis Vuitton和Burberry的其次，紧接着是在新百和中央商场扫荡珠宝首饰的，最后还有无数面白如纸的肥宅男闯进百脑汇和雄狮国际，气喘吁吁地抱着ThinkPad、Macbook和iPod狂笑不已。

以上人群的疯狂度从前往后依次上升，正如人类物欲进化的趋势。

山西路一路都是商场，于是从这些商场里源源不断的有人涌进涌出，这些人就像这条扭曲公路一样疯狂，满脸满足地痴笑，捧着一怀不知道能做什么用的东西——光脸男捧着七八个电动剃须刀，短颈女胸前挂了二十条黄白闪烁的链子，手上满是闪闪发光的石头，如果再有数字拨号键，就活生生是电视购物里卖998的山寨手机。他们最大的作用似乎是给路上持刀舞棍的人们带来更大的幸福，这些人叫嚷着：“抢劫！”然后前面就会有人回答：“呆B，先来后到还不懂啊，排队排队！”

唐缺和老师一路在这多重混乱中缓缓前进，也不敢抬头，过了湖南路口，突然听到扩音喇叭的啸叫，像是在调音。还有人要用广播？唐缺一愣，突然想起南京军区司令部正在这附近，生出一线希望：“难道是组织上派人来了？”

只听喇叭里传来疾呼声：“第一位天使吹号时，雹混着火与血自天而降，树木青草等均被烧去三分之一；第二位天使吹号时，燃烧着的大山滚滚落入海中，海水即成血水，三分之一的海中生灵、船只死的死，坏的坏……”

唐缺一愣，随即恍然大悟：先是逃亡，再是打砸抢，然后是传教的神棍，妈的，如果再来个英雄救美，就完完整整是自己写的三流末日故事了。

这传教的声音猛然中断，伴着几声“啊！！啪唧……呃……”的怪响。唐缺小心翼翼地抬起头来，生怕这光怪陆离的场景搞晕了自己的脑袋。传教士挂在唐缺右手边的平台上，那原是苏宁电器的促销活动平台，现在峭壁一样四十五度倒悬着。教士吐着舌头，摊成一个大字，远不如基督受难那么端庄。从唐缺的角度看来，一个姑娘像蝙蝠一样倒挂在教士胸口，大头朝下，脚踩滑板，转着脑袋四处张望。

在唐缺和老师回过神来之前，那姑娘一跃而下，滑板不离脚在空中转了两周，落在唐缺身边。然后她根本没有理会目瞪口呆的两人，也没有对自己刚刚撞死的传教士投予一点关注，便踩着滑板，以不可思议的速度灵巧地穿过挥舞着金项链、剃须刀和莱刀擀面杖的人群，消失在视线里。

然后他们听到了周围几个尚存理智的人的惊呼，顺着旁人的视线，唐缺和老师抬头向天顶望去，一个踏着滑板的身影从天际划过。

这时候头顶上空已经扭曲压缩得惊人，原本相隔数里的高层建筑竟在空中交会。滑板姑娘从金鹰国际楼顶跳起，在怪异重力线的拉扯下直线坠落几丈再拉起，跨过几十米的距离，着陆在玄武饭店楼顶。她在空中高声叫嚷着没人能听清的字句，飞跃而起，炮弹一样直线斜上冲出，又跳到福鑫大厦上。这姑娘宛如踩滑板的蜘蛛侠，顷刻之间就穿越了大半个城市的高空，也不知是幸运还是疯狂开启了她对新空间的认知，她那看似寻死的跳跃却没有一个落空。

疯了疯了，都他妈的疯了。唐缺和老师对望了一下，交换着这样的眼神。

在这样的南京城疯掉很正常，这时候还在担心自己房子的唐缺疯了，人群中耸动着朝大桥挤去的是疯了，疯狂掠劫财物的是疯了，更别说明知南京会空间塌缩还留下来看守仪器的老师。如果面对这样的世界，还能心智如常，那说明这人早就疯了。

两个疯子穿越过更多疯子组成的一片混乱，缓慢地朝着大桥的方向继续前进。

此时，城北的街道已经空空荡荡。前几个小时被逃生的人们挤得满满当当的街道如今不见人烟，除了街旁越烧越大的火和争斗拥挤践踏中诞生的尸体外，已经没了多少别的东西。这给了唐缺无限的希望，似乎是人们通过了大桥，到达了南京城外。

他们走到了桥中央，头顶前方挂着的已是玄武湖，背后则是南京几乎全部城区。城区已经拧成一团乱麻，似乎能听见空间挤压的吱吱作响。

也许是之前逃亡的人群对下层的铁路桥造成了不应有的损坏，这时下面突然传来咿唔的钢筋摩擦声，然后突然一震，满是巨型钢筋的铁路桥一倾，朝长江塌落下去。巨震中，唐缺和老师都身不由己地滑向看起来已经摇摇欲坠的水泥护栏，他拼命地在路中央稳住自己的身子，又靠着自己的体重死死拉住了老师，好容易才没有被颠出去。

震动停了下来，唐缺刚刚松了口气，江面传来哗啦啦的巨响，人群落水的声音此刻才传回桥面，更有人觉得这条母亲河是更好的归宿，自己张开双臂朝江面泛起的无数白色浪花扑了下去。

两人说不出一句话，呆坐在桥上半天。唐缺从桥栏杆犄角一个被踩踏至死的尸体上衣口袋里掏出一包九五至尊烟、一个打火机，和老师一起一人点上一根。直到这根烟抽完，他们都没再交谈。

唐缺站起来，把剩下的香烟洒落长江，两人默不作声地继续朝前走。尽头越来越近，他们终于从盘卷的空间中看到了大桥通往何方。

依山石阶似只有一米来宽，石阶上密密麻麻地挤满了百万人群，如蝼蚁在暴雨前倾巢而出。入口的石坊却大若撑天，上书四字：“天下为公”。

唐缺颓然倒地，深深一叹：

“国父先生，我们来看你了。”

这时，还应是三四点的阳光在一瞬间消失。

唐缺听到了最后一个声音。

“好嘛，电磁力维终于也……”

6.著名旅游景点

“接下来大家将要看到的是这条线路又一个著名旅游景点，六朝古都——南京。南京，古称金陵，素有‘江南佳丽地，金陵帝王朝’之称……”

旅客们下了车，见到眼前的景点，瞬间石化。

荒地中插着一块木牌，木牌插得有些斜，上面的字显然也是随手乱写的。

国家级景点——南京

旅客们还在目瞪口呆中，只听导游说道：“……我们这个团的游客朋友们是非常幸运的！你们将有幸听到一段极其珍贵的历史资料。这段资料是什么呢？这段资料就是南京城消失时留下的最后声音，千年古都南京就是在这么一声的伴随下消失得无影无踪的。这段珍贵的历史资料是三天前才刚刚解密的，各位有幸成为国内外游客中第一批听到这珍贵声音的人！现在请大家安静下来，仔细听！”

劣质喇叭咿咿呀呀地发了半天噪音，终于安静了下来。

……

……

……

Biu!

……

……

……

游客们愣了半天，才终于爆发！

“狗日的，啥子东西哦？”

“您这儿不是忽悠人么！”

“退钱！退钱！”

“不带这么骗人的呀！我们要投诉！”

“投诉到底！”

---

①民科：民间科学家，贬义。

纸上海

【文】陈茜

他从来没有想到，混凝土也可以燃烧。

李路站在五角场立交桥下仰面朝天，黄色夹杂蓝色的火焰围绕桥柱一路上升，黑烟与气流卷起无数细小的垃圾碎片又立即点燃了它们，一群闪闪发亮的火昆虫。桥体像浸过水的饼干一样缓缓变软下垂，他注视着不远处的桥面砸到下层路基上，路上停滞了数周的汽车终于移动起来，像滑行的彩色糖果，掉进路面裂口。沉闷的一声巨响似乎过了很久才传过来。

他感到风扑打着脸，身后的烫伤隐隐作疼。站在十二车道的市中心，至少眼下可以不用担心有车冲过横道线来撞他。在可以预见的很长很长一段时间内，这座城市都不会有人开车了。

如果天黑前他没能马上找到上海仅剩的另一个活人，温世东，前复旦深受学生喜爱的选修课教授，李路想，也许这些街道上永远不会再重现车流了。

火焰吞噬一切。

1

数周前。

李路的车开到衡山路靠近第一食品店的那个三岔口就被拦下了，一群围观的站在黄色警戒线前叽叽喳喳一脸兴奋，他下车拿证件给路警看，得到的回答是：“人可以过去，车不行。”

他摇头，回车上拿了些装备。

“哥们，是不是美国总领馆烧了？”有人拍拍他车前盖大声问。

李路没搭理，背上书包关上车门顺着衡山路不紧不慢地走下去。

下个十字路口已经能看到辆消防车火红的屁股，一转弯更是半条街都停满了水罐车。这地段正修地铁，地下供水系统不正常，只能靠附近调水救火。李路估计起火时间如果是午夜，现在该烧的也烧得差不多了。迎着风口可以闻到些微微的煤焦味儿，再往前走开始热闹起来，警车和消防车满满当当塞了一路，他这个没穿任何制服也不像刚从火场里被救出来的人，显得分外扎眼。

平时紧闭的大门今天总算开了，李路靠证件和一句："找老刘头！"顺顺当当进了总领馆。他记得这是幢漂亮的老式洋房，曾经是。现在花园绿地全被消防泵压痕和脚印糟踏得不成样子，四面漫着水和烟灰。主建筑物果然已经烧得只剩个空壳子，楼梯口和窗户像一张张熏黑的大嘴。

消防员还没走完，一些穿着桔色石棉防火服的正提着便携式灭火器到处游走扑灭隐火，李路站在那儿看了几分钟，肩被人拍了下："喂。"

是老刘头："怎么才来？"

"美国人才是人命啊，刚从黄浦新城赶过来。别提了，死了十来个，全是烟逼上顶层闷死的。要是家属还在，可以告物业锁天台门了。"他耸耸肩，"这儿有伤亡不。"

"人倒是全没事，全跑出来了，现在统一住在对口医院里观察。他们火警感应装置及时响应，自动报警。不过等到消防赶过来已经控制不住了。"

他们边说边往现场走，老刘头跟个从臂章能看出是消防队长的说了几句，对方刚从火场退出来还戴着头盔，挥挥手做了个手势。

李路知道这是"想进去看就看吧，不过小心"的意思，也扬手摆摆示意明白了。老刘头腰上铃声直响。"你去吧不用跟着我，"李路推他走："这儿建筑质量算是世界发达水平了吧，真金不怕火炼！"老头儿就出去了，背影摇摇晃晃显出近七十的年纪。

一楼原本是大厅，大理石地板上的黑烟被消防用水一冲显出一道道的白痕。墙壁表面的装饰材料大多溶成黑胶状的一团团。李路打开刚才老刘头塞过来的建筑图纸（真不知他哪儿这么快就搞到手的）搔着下巴琢磨了下，朝备用楼梯间走去。

楼梯看上去还结实，他看看了墙和地面，这块儿火烧的温度还没达到让混凝土变性的程度，于是放心地踏了上去。刚才黄浦的情况就比这里糟得多，新城那片儿的房子大多是一间大套间划成十多个小间租给刚毕业的大学生或打临工的，相当于塞满了易燃物。消防车一小时后才赶到，这点李路倒不怪它，最近一周上海的失火率跟抽了疯一样。救火用的水是直接从附近一道死水景观河道泵上来的，总算冲走了大量由塑料板燃烧而起的毒烟，留下的气味也不好闻。他在一堆堆烧得不知其所以然的杂物中翻找了半天：这时段他心知肚明指望不上实验室化验了。

最后看出来火源是个没拔插座的电热毯。他站在一摊污水里，鞋子是潮的，袜子也是潮的，物证袋也是潮的，封口左拧右搓都搞不开，他提着截半焦的电源线冲外面大骂了句滚你娘的。

跑火场十多年，死人不是没少见过，不过顶层挤着的那十四个人平均年纪不到二十五吧。算进"8.23"特殊火灾受害者还能多赔点儿，他扔掉手里的东西往外下爬：

是二房东在两隔层之间自己搭的小梯子，结果平时顶住梯尾的柜子救火时被挪走了，他差不多两天两夜没睡稀里糊涂也没留意到，结果砰一声摔得他几乎直接回老家。

这时老刘头的催命电话来了：美国总领馆出事，速来。

到了二楼光线一下明亮了许多，因为建筑的前半部分经不住火势已经塌了。站在二楼楼板上直接可以看到下面花园里正在撤退的消防队和越来越多的警车。他仔细观察承重墙和梁的毁损情况：刚才一下已经够受了，他不想升级到2.0版。从大致损毁程度一下判断不出和底楼有何区别，如果是人为纵火起火点可能不止一个。他上下扫视家具、地板和斑驳的墙面，随着炭化程度慢慢往前走。自动灭火系统起过作用，每个喷头都启动过，这里大量纸张等易燃物堆积也不少，李路不时停下冲着“V”字形烟迹或倒塌的家具拍快照。昨夜的风向是东南。判断起火点从来不是件一目了然的事，他知道这次出结论得更慎重。

前面传来“啪”一声响动。李路吓一跳，可能是火场里刚才还撑得住的某面墙现在要倒了。考虑到现在情况的特殊性，更糟的可能性是：某个被消防队遗漏的幸存者，或纵火犯回来观赏现场——犯罪心理学教材上这事很常见，李路也真碰上过两回。

一时间他把手按在腰上，硬邦邦的只是手机而已，又摇摇头尽量不出声地向前走去——现在就把警队招上来未免太小题大做了点，八成是又倒了件家具。但此时他也心里着实后悔没问老刘头要警用装备。

绕过曾经的某堵装饰性的隔墙，他确定了刚才制造出响动的原因，一时间不知该如何反应：一个小个子男人抱着左脚靠在墙上，嘴里骂骂咧咧，对他的出现也只是翻了翻白眼。

“什么人？”李路喝一声。

小个子伸手摸兜，让他紧张了一下，掏出来的是个皮面证件：“我复旦的，教语言学。刘老知道我在这儿。你能不能过来帮我把这该死的椅子挪开？”

2

把一堆采样瓶和物证袋交给老刘头后李路就脱身了。老刘头没和往常一样跟他讨论分析几句起火的可能性，八成是当场人太多口杂不好。后头的事就由化验室接手。老头儿告诉他给十二小时假，回家补个觉吧。这还是李路亮了后背早上摔出的一大片淤青加一张苦瓜脸换来的。

温世东在交通封锁线的那头等他，他开的居然是辆拉风的吉普，在当下非常时期有点像军用的，而非文科教授的自备车，招来不少闲人围着看，见来人又呼啦一下散了。前窗上有两刚喷上去的大字：烧光，锃亮的车门上也多了数个鞋印。温世东耸耸肩，好像见惯不惯了。俩人开出一段路找了个小馆子坐下。

“你跟刘头怎么认识的。”李路问，端上来的菜软趴趴地瘫在盆里。重点路段禁止明火的后果，微波炉菜系。

“以前来学校给学生办消防培训的时候。你呢，你看样子不是警队的。”温世东夹起一筷子打量再三又放下了，李路不管，吃得稀里哗啦，鬼知道一出现场下次能吃饭的机会在哪里。

“以前是，我火场鉴证是刘头带出来的。后来辞职了帮保险公司调查火灾骗赔。这段时间调查组人手不够，我算回来帮忙的。”他解释完瞟对方一眼：该您了吧。

“我就是一对这阵子火灾群发现象比较好奇的，观察者。”

这词超脱得李路差点喷出来。现象，观察？真该让教授先生去看看黄浦新城顶楼那十多个死人。

“那您对现象观察出什么结果来了？”李路问，一面想老刘头是出了什么毛病允许他在火场里乱跑，尤其是如此重要的火场。

“这次的火灾突然增多是种奇特的现象。”对方拉开讲课的架势，“首先，你得承认这段时间，本市突然增加的火灾都是非常的。按照往年的统计，八月的火灾发生率在340起左右浮动，即使算上今年夏天降水不多以及台风过境的影响——”

李路打断他：“行了我这几天听的报告会开头全是你这样的。直接上重点吧。”

“异常之处在于，几乎所有起火时间全都接近午夜零时。说接近因为从起火到被人发现报告之间有个时间差。可能有些郊区没有造成重大损失的火灾在早期都漏报了。我这里有个时间表。”温世东从一直背在身后的学生式书包里拿出个文件夹。

“等等，你是从哪儿搞来的数据？”

“新闻。还有现在网上有个民间的火情互报系统，即使排除了正常失火以及有人趁机纵火吸引注意力之外，数据的走向也是相当明显的。”他打开文件夹。

李路尽管觉得这种民间爱好者式研究有点滑稽，还是忍不住伸头去看：图表从火灾发生时间，地点，造成损失大小等方面汇成了一幅三维曲线图。

不用高深的数学模型知识，他也能看出：火灾的数量逐日增加，且范围一直扩大。黑点匀均地布满了浦江两岸，大致集中在市区，在上海市行政区线外截然而止。图表最下端一列数字是目前为止每日火灾统计数，让他吃惊的是有今天的。还是清早，他知道局里的统计都没出来呢。算是预测？

“引起我兴趣的其实是一个数率上的巧合，”温世东说，脸上都亮了：“你知道我的专业是现代语言学——”

此时李路腰间的手机鬼嚎起来，他一低头立即骂出了声：“十二小时个屁。”三下两下扒完碗里剩下的饭扔下筷子：“又要出现场先走一步。”

“喂，留我个电话，我可能有些事要——”

李路犹豫一下写下了自己的工作电话。

当天夜里他庆幸自己与那位古怪的学者保持了联系，因为回到指挥所墙上新贴了张他分外眼熟的统计图表，并由局长敲着桌子宣布：火灾以这种速率发展下去，上海不出一周就会烧成一片焦土。

到局里点过卯后的一整天，他只能放弃了自己开车，挤在消防车上追着火场跑。路段封锁得越来越多，短播新闻里说已经从邻近几省调拨消防车及人员赶赴上海，医院烧伤科爆满病床一直摆到大厅里，网上传闻也开始乱飞，说是有个连环纵火集团正在作案，还有说是某方面在试验最新式武器的。

晚上七点，他回火情控制指挥所补充装备，一进门就看到最新的统计数字：成灾12458起。

他一下就蒙了。

温世东的数字是12457。

3

“丫的，震撼了吧？”温世东说。

“震撼。我第一反应是报警，你就是那个连环纵火的。”李路说，跨过一块焦木，“后来想想你再分身也忙不过来放火。”

他们正在远郊检查一片烧过的废弃厂房。这里平时只是用来堆些农用工具，火势起得快也熄得快，只烧掉点不值钱的板子和化肥袋子。已经是一天前的事了。当地人看到新闻说不明起因火灾一定要上报有奖，才打了电话。他昨夜饱饱地睡了一觉，火情升级后他经过老刘担保的政审就不够格了，被降到只能处理些外围小案子。老刘头担心他闹情绪还打个电话通知，李路倒不在乎，每日津贴照领就行。他饶有兴趣地打听温世东的事。老刘头说他也是被前一天温对成灾数的预测震惊了，同意他进入火场以验证什么“开菠萝理论”。李路知道他八成听岔了。

那温世东到底是什么身份。李路问，老刘头承认他们已经对之展开了背景调查，单纯的学者型人物，平时言行先锋派，挺受学生欢迎的。你明天起就留意着他，老刘头说。

知道。李路应了声，夜色里传来远远近近的警报声。

“看那里！”温世东指向原来墙面所在处的一团焦黑，“是不是从那在儿烧起来的？”

李路扬扬眉毛，一般外行人看到烧得最黑最破烂的地方就会以为是起火点，而这有时也是对的。不过现代建材里大量会造成闪燃和爆炸的物质使判断变得不可靠起来。

“唔。对了那个菠萝理论是什么回事。”

“有两个美国语言学家Berlin和Kay 在60年代提出一项理论：一个词越长，就是带的形容词限定越多，它所能指的范围越小。当然只作用于名词的范围。比如说红色的苹果所指的范围就比苹果这个词小。”温世东解释说，自己朝墙角处深一脚浅一脚走过去，李路留了只眼看着他，同时在内心觉得这事是个人都知道，还得语言学家来再说一遍？

“他们的名字命名的是一个参数，不同的语种里这个参数有很大区别，Berlin &Kay参数就是词的长度和所指的范围的大小反比关系。每种语系都有自己的计算方法。这个概念流行过一小阵子就消失了，因为模糊的地方太多太不‘科学’了。”温世东蹲下冲墙角看了一会儿招手让李路过去，他注意到教授先生自己没动手碰过火场的东西，“我倒觉得这个概念相当有意思，中文的Berlin &Kay参数还没人做过。我业余用辞海词条的数据库搞了个初步的统计软件，结果目前搞出中文普通话的Berlin &Kay参数在1.56到1.57之间浮动。”

李路读书时的数学成绩离天才怎么说也是有段距离的，但这几天对某些数据实在灌了满耳朵，不敏感都不行。“你就靠这个拿出昨天的12457？”

温世东耸耸肩，示意李路看他所指的地方：一团黏在墙上的灰状物。李路用镊子拨开表层已经炭化的部分，心说这次他撞上了。是个化油器，已经变形了。但看了半晌他觉得背后直冒冷气，然后拿来个证物袋将之装起来。

“你现在肯定不信，我刚开始也不信。这几天火灾数量上升时我怎么都想不到其中会有联系，直到网上开始出现统计数字我才觉出这事挺奇怪的。反正我上课的北配楼失火暂时调课我有时间，就开始四处逛火场找人打听，找些城市火灾的资料看看。我的假设是，物体正按Berlin &Kay参数自燃。”温世东还在说，李路已经心不在焉了。

化油器起火不是件新鲜事，在他的“车辆起火十大常见原因”列表上。但手里这个喉管部件整个显金属融溶状态不常见。他对车辆部件相当熟，有业务需要也有自己有兴趣在内。这种化油器型号很老了，可能是哪里淘汰下来就当成了改装农用机的零件。记着要实验室查下它的物理性能参数。

“是不是都像自燃的？”温世东一句话差点儿让李路吓得跳脚。自燃，特别是人体自燃之类的现象算是他听得最麻木的传说。为了追查近阶段火灾的密集式发生，各种各样的假设全提出来了，都在问老刘头要证据。不过他们不得不承认大部分火灾没能找出原因。像美领馆的起火点是一口文件柜，黄浦新城的是一条电线：看似正常但用脚趾头想想也明白：八月天谁会用电热毯。能找出原因的全是波及漫延到的。自燃这个词开始越来越频繁地出现在口头，他不知道离正式出现在官方文件上还有多久，以及谁能接受这种解释。

现在手里的东西似乎又是件不可以常理解释的东西：要把合金材料搞成一团面糊糊状简直像刚从宝钢炉子里掏出来的一样，哪儿来的高温。

“走吧咱回城。”李路不置可否。回城一路上无话，车载广播里要求某队赶往哪里哪里的调度报告互相重叠。他把开始走火场以来的记录册子扔给温世东。肯定是违反纪律了，不过他现在觉得无所谓。这些火灾是哪儿冒出来的他也一遍遍在想，他明白每个人都在想，只是工作时有纪律管着嘴罢了。

现在已经是人心惶惶。在火车站与机场值勤的熟人说那里已经是一团混乱，而他也见过一些居民开始停工停学拿着灭火器守在家里。紧急办起来的防火与救生训练没人去，因为都怕一离开家也许就烧起来了，而救火车早已供不应求。因为某些重要地区的禁明火令，包装食品和水开始脱销。有内部消息说水和电力供应已经撑不住了，大型制造企业全部停产以供应民用。不停有消息说纵火分子已被逮捕并枪决，更离谱的谣言是关于午夜装载着燃烧弹的幽灵轰炸机的。

词语自燃这种事听上去的荒谬程度至少差不多。李路耸耸肩。

他老家来过电话让他回去避避，消息尽管严格控制也都传出去了。

靠近城区路堵得严严实实。他爬上车顶一望到高速路收费处还有数公里。他打电话回总局找一个熟人：“沪宁高速路口那段发生什么事了。”

“你卡那里了？”

“堵了有一百多辆。我得回去。”

“得，要不走回来，凭局里的证件过检查处，回城再找辆车进市区，要不就回头马上找地儿住下明天再说。今天是没指望了。”

“到底出啥事儿了。”

“几千辆车烧在马路上。听说港区那儿也出了问题。今天乱得一塌糊涂，武警都出动了。”对方压低了声音：“有传言说是要封锁。你考虑下暂时要不要回来。”

他挂断电话愣了愣，回头碰上温世东从纪录册里刚抬起的眼睛，居然满是兴奋的笑意。他真想一把掐死他。

4

老刘头的电话不通，他也闹不清是卫星通讯已经不能正常维持了还是事情有何变动。从城区方向飘来的风里有股焦味，他觉得同时看到了几线烟柱消散在空中。被挡在收费站外面的司机多数在情绪激动地打手机，一小群人围在玻璃亭外头，隔得太远李路听不见他们在争什么。不过想想也知道。如果没有武警过来可能局势早失控了。

“你手机还能上网么。”他问温世东。

“试试。行。”

“看看到底出什么事了。”

温世东低头捣鼓一阵：“情况不妙。很少有人更新火灾信息，也找不到多少新闻图片。”

李路知道这不代表火情减缓，而是烧得他们已经顾不上了。他们把头凑在一起看了几条简讯，某条街上十多辆车焦黑的残骸，其中一辆半冲入路边一家店面落地窗，地下碎玻璃闪闪发亮。看不到有没有人员伤亡。让李路寒意阵阵的是画面里既没有救护车也没有警车。

这时李路手机响了，接起一听是老刘头：“你在哪里。”

“沪宁高速路外头——”

“呆在原地别动，会有人来接。注意温世东。”

结果他们老老实实呆在车里直等到接应来，外头暮色四降，大多数司机发泄完情绪后也回到了各自车里，有些调头往苏杭方向开走了。剩下的呆在原地像搁浅的死鱼，城里方向的夜空一片黑色。李路觉得异样，愣了愣想明白八成是升起的烟灰挡住了平时暗红色的光污染。他突然觉得至今为止，或者说至昨天为止（他们今早出城后就对信息隔绝了），像水力发电这些重点机构还没遭到破坏真是天大的幸运。

如果真像温世东所说的，按词语顺序挨个烧起来。这位语言学教授继续研究着纪录册，他在寂静中又反复琢磨了下这个念头，不寒而栗。

来接应的人是便衣，李路好说也当过兵，一眼看出来人大热天长衣长裤的都是藏着重型家伙的。短暂亮过证件后他们立刻把温世东包在中间，李路也明白了：价值重要的是温。

他们步行走过收费站，上海市内那头的公路上也停着一眼望不到头的车，大多里面黑黑的也看不清有没有人在。夜风很大，把几扇没关严的车门吹得咣咣直响，车主似乎已经弃车而去。

在一段支路上他们上了车，不过开一段就得下来步行。便衣中的头儿解释拖车出去清理路面太引人注目。李路心想这路况连拖车能开出来还是个未知数呢。到处是奇形怪状的金属堆，十多小时前它们都还是汽车。夜间供电似乎只能勉强维持，民宅很少有亮的灯光。空气潮湿，下午可能有过一场雨，把燃烧造成的烟尘压了下去。李路印象中上海市区从来没这么安静过。人都不知跑哪里去了。一路上经过的超市和便利店都门户大开，货架上的东西一直散落到街上，李路注意了下被丢下的全是些日用品。食物和水是抢手货。夜色中街角路边有些阴影，他认为是死人。至少现在没有臭味。

领头的接到某个电话后领他们迅速拐上了另一条小路，警卫们拔出枪来将他们两围在中间靠墙站着，要求噤声。隔了几条街，也能听到暴乱的人群经过发出的惊人声音，还有火光。他们还在放火，李路想，也明白了看似消失的人都去了哪里。

指挥所在某个不起眼的小楼里，李路觉得四周眼熟，想起几天前美总领馆失火时自己来过附近。情报研究所，当他看到被拆下的牌子背面冲外搁在走廊上时，终于认出来了。这可能是市内光纤网络最牢靠的地方。

老刘头坐在会议室里等他们，窗户都封上了。室内灯光明亮得李路一时睁不开眼，等适应后发现房间里还有几个人，都不认识。不是前几天火情控制指挥部的。老刘头看上去九天九夜没合过眼了，脸色像随时可以心脏病发作倒地死掉。

他们一进来门便关上。

“各位，你对换城方案怎么看。”长桌另一端有人开口问。李路望向老刘头，发现他也正盯着温世东，没有为双方做个介绍的意思。他们原先就都认识。他明白过来。

“我不知道。”温世东犹豫几秒钟后说，“理论上语言对现实的作用是通过人来实现的。也许会有用。但我们不知道现在状况其中的机制。”

“今天的自燃词段是1997/圳鼎/自动化设备有限公司/HIN C76AUJb/化油器。也许还有‘二手’。调查很难进行，市里的情况你们刚才进城都看到了。我们没办法证明数字与英语字母的字段是如何计算的。”发问者说，“我们不知道还有多少时间。”

“如果能找到每天自燃词之间的联系也许能推测出下一个自燃词。”温世东说。

“目前为止都是工业型号专有名词。计算机也找不到任何相关联系。”

“已经把工厂相关人员都隔离了。”一人出声说。李路看得出他也是公安系统的。“查不到他们之间有什么联系。”

“唯一的规律是每天的自燃名词都在缩短。”温世东说，“如果缩短成四字词或三字词，比如说“荧光灯管”或“矿泉水”，就完了。我们甚至不知道这些词缩短的速度。”

“如果要疏散，午夜一过就必须开始。”另一人说。他不断接电话，听完一个一声知道了再接下一个。

李路想了想。至少得知道明天烧的是什么，才能动手把烧剩下的东西抢救走。

从刚才街上的所见所闻来看，他对这座城市眼下的消防能力很没信心。

5

十二点快到了。

他们呆在离疏散出口不远的地方，被要求脱下身上所有的衣服。警卫们也把枪支弹药放在远处。尽管是盛夏，李路还是感到寒意阵阵。现在不是担心感冒的时候，流鼻涕总比等会儿午夜钟时一响时变成一团火球好。天知道下一个自然词是不是“含棉量65%以上的白色涤纶短袖衬衣”或“奥地利AUG SS109子弹”。李路记得自己配枪时领的就是这种，一晃好几年了也不知道标准装备改了没有。

他发现自己的思维总晃到某些不重要的事情上去，比如说警卫们的子弹型号啊，裸体的公安局长肚腩比其他人大得多……他知道他在避免去想“词语自燃”这回事。

那么说是真的了。

真的。

他试着接受这个“现象”，就像那个语言学教授的用词一样，“现象”。他以前没见过的但却真实存在的“现象”多了去了，比如说前阵子报纸上登得沸沸扬扬的一千年前的莲子还会发芽之类的。

温世东和对面指挥中心的人小声交谈一阵后回来站在他身边，“你真的相信这回事么。”

“还有十分钟到十二点。”李路说，“很难接受，不过——”他说了下千年莲子的事：“什么事都有可能不是么。”

“莲子的事是假新闻。”

“呃。”李路耸耸肩，“不过他们都信了肯定是有证据的。”他示意对面贴墙站着的一队人，像正排队进澡堂的。刚才那个不停接电话的不肯或不能放下手机，他离人群一段距离单独站着，仍旧不时一句知道了。

“他们从一开始就知道密集火灾不是寻常原因造成的。”温世东低声说：“热力场卫星图。”

李路愣了下恍然。从卫星图上一下就能看出火情起始时的特殊性以及分布。“那什么是换城方案？”

“你管这个叫什么。”温世东指指天花板。

“灯。”

“英文里叫LAMP，德语里叫Glühlampe。不管你叫它什么它都是吊在我们头顶上的那玩儿。拿我们的话来说是所指能指之间关系是任意的。现在如果自燃词针对的是中国普通话中的“灯”，而所有的人都管它叫LAMP，也许那种攻击就失效了。也许不会。”

“他们准备和哪个城市换？所有人不懂汉语的？”李路想问“谁在攻击？什么攻击？”，话到喉咙口一转又回去了。

“现在必须先确定这种假设有效。就是说必须要把所有说普通话的人全撤出去。”

李路摇头。很多人一辈子的家当全在这里——这时午夜到了。

玻璃。当头顶的LAMP或Glühlampe或他妈的灯爆开时李路一把拖住温世东把他往出口推，然后回头找老刘头。着了火的玻璃碎片落到他赤裸的背上，疼得要死。在最初的惊慌后他们有序地往外撤离，走道上的易燃物已经事先清除干净，火势没立即漫延开。警卫把他们的衣服抱出来，但一时谁都没有动作。

大街上火势冲天，比白天更明亮。有机玻璃，李路修正了下原先的判断。所有的街灯与灯箱广告都在熊熊燃烧，橱窗依次向外爆开，像喷出一团团雪花。街那头一团火焰炸开，一下照亮了半条街，每个窗口都没有人脸。疯狂晃动的树影在墙面上乱飘。汽车尾灯罩引燃了油箱，这下几乎所有的车都完了。李路想，紧挨着的公车车窗烧得像长了一排通红狂怒的眼睛，随即引燃了内部，整辆车如同透亮的纸壳灯笼。李路感到热浪扑面而来，转眼已是满脸油汗。一些建筑物开始冒出黑烟，太多卫浴设施与家用小玩意用到有机玻璃。闪燃与爆炸的声音充满了整个空间，远远近近。人开始出现了，他们在火影中穿过大街，四散奔逃。无处可去。李路确定自己看到几个黑影从高层建筑窗口跳出，掉到地面便没动静了。

他们飞快地穿上衣服。

"有撤离路线。"老刘头说，"跟着走。"

"你们走。"李路说，"我去找温世东。"

所有人面面相觑。温世东果然不见了。刚才的注意力全被火景吸引住，没人发现他是何时离开的。

"我去找他。"李路重复。

"如果明天晚上八点前还没找到他，你要立即出城。 我们马上准备撤离所有人。"电话不断的那个人说，他右脸上一片红黑烫伤，刚才手机屏爆了。"一旦找到他马上跟我们联系。"他递给李路一部同样屏幕爆裂的手机，"还能用。信号不会断。我们会开放所有出入口供撤离用，你们一旦离开城区一定要通知我们。"

李路点头，老刘头拍拍他的肩。一行人迅速离开。

6

他回到了指挥部楼里。不出所料，这里还没有明显的火势，他们肯定将防火措施做到了最好。李路上楼找到些瓶装饮用水和压缩食品装到背包里。地图，手电，简易防毒面具，他掂量下背包的重量，只要支持到明天下午就行，多带东西只会白白消耗体力。老刘头分别前塞给他的东西沉甸甸地挂在他腰间，好几年不摸枪，他以为自己已经忘掉了怎么对待这东西。但就像学会游泳和自行车一样，那种本能自然而然回来了。他以前射击成绩很不错。

闪出后门他观察了下风向和火势，往徐家汇方向快步走去。温度现在已经高得惊人了，他感到汗水正浸透后背的衣服，刚才烧伤的地方刺疼不已。温世东肯定是自己离开的，当时有一打警卫在场，如果有人胁迫，稍弄出点响动就能引起注意。而且他的衣服和鞋也不见了。

他沿着墙根走，这带火势零星，大部分花园别墅的主人早已人去楼空。夜色映出不远处的熊熊火光和浓烟，而声音已经隔得若有若无。温为什么要离开，李路提醒自己将事实重头整理起：如果上头在词语自燃现象头几天便注意到这不是通常意义上的人为灾难的话，温世东认识老刘头，他有便捷的通道推销出他的“柏林-凯理论”。他肯定跟着不少火场调查员跑过现场寻找能支持他理论的证据。李路也开始明白美国总领馆的火灾为何没有成为重大新闻及外交事件：卫星每个国家都有。九成领事及重要人物早撤出去了。

现在温世东的名词自燃现象被证实了，他成为重要的决策核心必须咨询的人物。明天大撤退将开始，他和李路一样，家人不在上海，他没什么要——李路突然明白了温会在哪里。

他回复旦了。

撤退计划的速度让李路感叹不已。不到一小时，仅存的广播系统便开始反复广播数个标志性集中地方，宣布将有部队来接市民出城，以及可供出城的紧急出品，城外有接应。非常时期请勿带过多随身财物，政府会提供安置。不过从一路上被砸得最狠的金店来看，这个提醒并没让人牢记心中。

李路混在渐渐汇集的人流中向徐家汇中心绿地方向走去。衡量了风险后他把身上带的水和食品分给了几个陌生孩子和女人，枪也偷偷扔掉了。

在广场呆了不到半小时，果然有直升机过来。天还黑着，李路躲到隐蔽处打了几个电话将手机也扔了，电池板折下碾碎。武警维持次序，一批批人上机走了，昏暗中他也看不清直升机上的标志。

一千七百多万人啊，他想。

天渐渐亮了。他第一次近距离清晰地看到身边那些人的面孔，苍白，惊恐，筋疲力尽。他自己也累得直想倒下大睡一场。

终于有人接他上机，在震耳欲聋的气流声中离开。依然在排队等待的人对他投以阴郁愤限的目光。

“在哪里把你放下？”

“复旦。”李路犹豫一下：“不，五角场附近就行。”

从高空看下去，上海似乎还是原样。灰暗的建筑物如蚁穴遍布大地，纤细得像玻璃模型的新楼和旧工房区交相杂处。当风吹开厚重的烟尘，他看到不少起火点仍然冒出细细的烟柱。浦江上船只密密麻麻来往有序，他仔细分辨发现全是军用的。临岸有些奇怪的楔形物体，四周拉着浮标。是翻覆的巨大货轮。

除此之外，这座城市像是死了。江边的繁忙活动只能让人想起从一具温热尸体中流出的最后一道血液。

他闭上眼睛。

7

在离复旦两三公里处李路下了直升机。

五角场附近至少没有明火。曾经繁华的商业区如今只剩下废墟，不时有一些建材自由落体砸到街上。世贸中心还闷烧了一百多天呢，李路自然不会相信这平静的表象下是安全的，他尽量往开阔地走，路上也碰到一些人，为他们指了最近的集散地点。有几个背着沉重的大包，向他打听完路线后却往摇摇欲倒的前高档商场里钻。李路耸耸肩，知道劝不住，也便自赶自的路。

这时他听到头上响起尖锐的空气嘶鸣声，一抬头高架路基的边缘呈现出一条暗黄色，随即转成砖红，整条桥面像条通了电的巨型电阻丝。他感到一种热力的重压直盖身上。第一束火苗窜出时李路终于相信了眼前的事实：混凝土正在燃烧。某种配方比的特定混凝土，否则真完蛋了，他自我纠正道，迅速远离正变成一支巨大火炬的立交桥柱，热量逼得他连连后退。

几年前他来过复旦，为某个新建的实验楼投标防火控制系统。会议结束后他在校园里随便转了转，留下的印象是座典型的大学校园——近于废话，但却能真实地概括出他对大片阳光下的绿草坪，抱着书本的学生，篮球场和整洁漂亮的教学楼群的印象。

现在这里一片寂静，人都跑光了。学生在变故前总是应变最机灵的一群，他有些安慰地想。门卫室空空如也，李路只能从一幅焦痕斑斑的指示图（告示栏成了昨夜“有机玻璃之灾”的牺牲品，好在大部分文字还看得清）上找到了校医院的位置。那里有自主紧急备用电源。

天色渐暗。他穿过校园，居然还看到有两个骑着自行车一掠而过的身影。李路大叫着你们知道疏散令吗？车上的孩子远远地一招手滑行而过。他不禁心里一疼。

校医院是座二层独立小楼，从表面上看没受到任何破坏。里面果然有灯光。李路从正门推门而入，一路摸到资料室：门上写着牌子，里面传来键盘敲击声。这位教授在隐藏自己的工夫上果然是幼稚园水平的。

“喂。”李路闪身进去。

温世东抬头看他一眼注意力又回到屏幕上。一台笔记本电脑搁在桌上，为了节电，屏调得很暗。李路有点莫名的泄气之感：人家看到他就像看到蒙古草原上的一颗马粪，一点惊奇感都没有。

李路自顾自拖了把椅子坐到温世东对面。

“撤退怎么样了？”温开口问。

“他们正在努力，不过我看今天能撤出去的只能有七八成。”李路想起一路上没看到有多少救护车。他想起那些不能自己走动的人。

“能撤多少是多少吧。”温世东用力敲了下回车然后把笔记本盖上了，抬头迎上李路的目光。

“要用网络出城哪儿都有，昨天你跑什么。”

“我的词汇数据库只能在校园内网里接进去。我有些东西需要核实一下。”

“这儿的服务器还能工作？”

温世东扁嘴做了个怪相：“我的确不是坐地铁八号线过来的。有人接我从城外绕过来。现在他们能让系统再运作一会儿。反正该干的活儿也就几分钟。”

这回答了李路真实想问的问题。他感到腰间有件硬东西硌得慌。直升机上他又拿到一部能保持通讯的手机，他打电话给老刘头，随即被转给了昨夜那位不停接电话的头头。他听完李路的简述后说增援随后即到。

“刚才我看到立交桥烧起来了，是混凝土直接起火。”李路说。

温世东往后一仰：“你觉得这些火灾是怎么回事？”

“词语自燃。不是你提出来的么。“

“这只是个现象，现象背后还得有个原因吧。比如说一个人死了，死于脑袋中了枪。子弹是死因，但我们真正感兴趣的是总是找出来是谁开的枪。”

“也许是某条新出现的宇宙定律？词燃第一定律。”李路随口一说，自己也觉得无聊起来，笑了。

“那为什么偏偏是上海？你看过起火点分布图，全在上海行政区线的范围内，一点偏差都没有。你见过地震只震某个村的么。”

“那你们怎么说。”

“前几天抓到一堆纵火犯，还有神经病来自首的，还有打电话来申称自己对所有午夜起火负责的。哪儿的人全有，还有国外的。他们还得从外国语学院弄个小语种翻译守在热线上。”温世东摊手，“到后来不管真假都紧急处理了再说，但火还是在烧。”

“那到底是不是——”

“科技情报部的人说目前为止还没有任何国家的哪种武器能达到这种效果。”温摇头，外面天已经完全黑了，“不过谁知道呢。比较怪异的猜测也有，比如说我们成了来自未来的战争的攻击目标。理论上这也是有可能的。不过实际上这跟推测哪个外星人开着飞碟来把整个城市烧了的效果都是一样的，我们屁事都干涉不了。”

“外星人？”李路摸摸脖子，苦笑。

“有可能明天全世界的电视里就出现一个小绿人说哪个国家不服从它上海就是他们的榜样。”

“真是80年代的受迫害妄想症。”李路嘀咕一句。

“现在问题在于你没办法说这种想法是错的。”

沉默一阵后李路开口：“那你们准备怎么办。”

“他们正在协商换城方案如何实施。”

“现在有谁愿意搬到这个烧得破破烂烂的鬼地方。”

李路看到温世东惊异的目光投向自己，像在说：你怎么还没想到——没闹明白上海是怎么烧成一堆破烂前，世界没一个地方是安全的。

“很多国家愿意出志愿者入住，上头正在协商如何分辨进驻的不是军队……上海是个大地方。政治上的事我也不想搞明白太多。他们正在要求我的是明确的证明，如果语言使用者换了，起火会停止。”

李路听到外面楼梯上传来脚步声，上来的不是一两个人。

“你有证据？”

“很快就有了。不管是正面的还是反证。”温世东说话时面无表情。门被推开，穿军装的一拥而入，令李路震惊的是：他们都戴着防毒面具。

8

地下室。李路不知道灯光是从哪里来的，目所触及的地方只有四壁单调的水泥。见过立交桥失火的样子后这没能给他带来多少安全感。空气是新鲜的，泵不断将压缩气瓶里的气体打过通风品，室内充满了嗡嗡声。

幸好他没有幽闭恐惧症，李路伸直双腿让自己坐得舒服些。空调将室温调节到他们不穿衣服也不会感到不适的温度。温世东盘腿坐在对面，低声哼着某首烂大街的流行歌调子，他终于控制住了自己不要抖腿。李路想这种情况下害怕也是正常的，他出于一种可笑自尊感希望自己别表现得这么明显。

那个金发碧眼的老外一个中文单词也不懂——在刚才的语言测试中证实过了。李路真想不通上头到哪儿征来这位志愿者。他双膝并拢坐在另一个屋角，不时睁开眼睛飞快扫一眼墙上的计时器。

离午夜还有十分钟。

李路想起这个场景如此似曾相识，昨夜他们同样呆在一片寂静中等待零时，等待火焰燃起之刻。他简直不敢相信只过了24小时。

与上次的等待不同的是：现在上海只留下他们仨个人了。老外不懂中文，他不懂英语，温世东英语相当流利，算双语使用者。三个样本，温解释道：而且我们互为观察者。摄像机在运转，但谁也不能保证到时某个零件会起火使记录失效。

其余所有人全部撤退到行政区线以外待命，李路想到外面六千多平方公里的死寂空城，一下心里堵得慌。

还有七分钟。

“你为什么留下来。”温世东问，他一开口说话似乎就恢复了镇定。

“你呢。”李耸耸肩：“他们能找到会讲中文又会讲英文的人一大把呢。”

“我必须得看实验结果。”他说。

是啊，因为这次实验代价大了去了。李路想起那些毒面具，那些路面上冒着黄烟的弹头残骸。必须保证上海全境内除了他们仨以外没有任何语言使用者。他不敢想傍晚时那两个骑车穿越校园的孩子。他能理解温世东为何只能留下。

“其实我问的是，一开始你为什么没走。”温说，“那天你在城外其实就有机会走，或者跟着撤退。”

李路犹豫一下，他明白时间不多了，要说就现在说。他从来没对人说过。反正那大洋马儿听不懂。

“我舍不得走。”他说，“我喜欢看火烧起来的样子。”

温世东没流露出惊讶的表情，给了他勇气说下去。

“因为这种癖好，我做了火场调查员。我自己从没纵过火，我也不喜欢火烧死人。我就是纯粹喜欢看。后来我觉得这样下去太不正常了，就辞职离开警队。但是一段时间后我又回到这个行业来了。我忍不住。这次是我见过的最大一场火。”

“没事，有这种心理的人不罕见。”温世东说，语气平淡而充满安慰。

还有一个原因让他坐在这间水泥屋里，像等待电击实验开始的白鼠。他觉得温世东也有同感，但不愿意说出来。看到那些毒气弹后他像脑袋挨了一下似的清醒过来：不仅仅是烧掉一座城市几座楼，世界已经为这大场火疯了。想像力并不是他的特长，他也能看见从此人人惴惴不安，随时等待火焰从某处窜出。事情不会有结束了。如果有谣言说这是某个不自知的特异功能者的“发功”呢，会不会每个人都开始互相残杀直到最后一个人？或者某个国家宣布他们能预言下一个自燃词呢？最终可能是核弹的熊熊大火烧掉了世界。这种类型的未来并不充满诱惑。

还有两分钟。

“会是哪儿先烧起来？”李路问。

温世东看着他。

“你应该知道，至少大至有个范围。你回复旦就是为了拿到分析资料。这个房间里只有我们三个人。是身体的一部分么。否则作为观察者我们应该在大街上。”

“只是个猜想。”温世东默认。

李路看着计时器的秒针一点点向12爬去。他突然想透了温世东昨夜的突然离开，他记得闯进校医院将他们带走的人身上的装备是两种型号。派别之争，温世东对下一个自燃词的猜测是他们争夺的中心，老刘头算哪边，那个不停接手机的头儿是哪边，温世东本人在其中是什么角色，他们之间最终达成了怎样的协议。李路突然觉得这里头的纠葛他妈的一点不重要。

重要的是十二点到了。他猛地强烈渴望自己在别的地方，只要离上海越远越好。

一开始什么都没有发生。下一秒巨大的热量从他脑袋中央炸开，像有人劈开他的头往里扔了个电炉。

他什么都看不见了，有人在尖叫。巨大的痛苦使他往外跑，眼睛，自燃词是眼睛！在他的头撞上墙并彻底陷入黑暗前，最后的声音是老外带鼻音的惊呼：

摇爱丝啊波林宁——

只有他没瞎。

十億光年前傳[挫败]

【文】今何在

前情提要

因得罪权贵而被放逐至精卫号担任舰长的陆伯言，没有一蹶不振，而是将精卫号上所有被放逐至此的士兵聚拢起来，并在随后的军事大演习中力挫各路舰队，一举扬名。

然而演习的巨大胜利并没有消弭笼罩在精卫号头顶的巨大阴云，演习结束后，陆伯言接到新的任务——带领精卫号加入远洋护航编队，负责在公海星域为大汉运输商业船只护航。

在前方等待着陆伯言的，是真正可怕的敌人。

1. 打劫

检修装甲、改装战机、维修机炮、清查舱体。准备再准备，全船人昼夜不停。

不再是准备演习时的吵闹喧嚣，一切忙碌都在沉默压抑的气氛中进行，这次是真的打仗，这次是真的会有人送命。没有人知道会不会轮到自己，没有人知道这艘船还能不能回家。

“突然发现应该给自己喜欢的女人写封信啊，”张翼德感叹，“全船人现在都在写信呢，我老张也想写，写完了却发现没有女人可寄，他奶奶的。”

“我记得你有老婆。”钟士季一边埋头刷刷狂写，一边揭穿。

“他妈的，老子在这里关了十年禁闭。老婆早跑了。”

“女人会有的。”陆伯言笑着，“打完这一仗，我们就成英雄了。那时你就等着收情书吧。”

“打完这一仗，老子他妈的就成烈士了，那时就等着收纸钱吧。”张翼德明显想像的是另一幅场景。

“行，你要是壮烈了。我让我的女人们每人写十封情书烧给你。”钟士季显然来自不炫耀会死星群。

“我说你就不能让她们现在就写？”

“当然不行，还活着能回信的我不放心。”

“全体注意，三十分钟将与我朝远洋运输船康庄号并入同一轨道，进行跟随护送行动。此次护送将持续三十二天。”广播中的电子女声毫无感情地宣布着。

舱室里胖老头打了个呵欠：“看你们一个个都跟上刑场似的哭丧着脸，不就是一群海盗么。又不知人家在哪，只有等着人家来找咱们。所以啊，怕也没用，还是老实睡觉吧。”他往床上就倒。

“睡个屁，一级战备。衣服都不能脱。海盗我倒不怕，可是战备期间酒也不准喝了，这才要命。我看海盗还是快点来吧，要是两个月不见人影，咱这帮酒鬼非憋得跳海了不可。”光头佬坐立不安，四处找烟屁股。

“你够幸福了，有些外层舱连烟火都禁了，一个火星不准有，烟也抽不上。你看吧，没三天他们就会跳海。”瘦高个采用精神安慰法。

“这海盗打不着，我们都要给逼成海盗了。你说我们护的哪门子鬼航啊，干脆把货船上东西分了大家也入了海盗帮吃香的喝辣的去。”刺青男骂骂咧咧。

“少胡说啊。现在不比以前了，军纪可严，你这叫动摇军心，打仗时最先收拾的就是你这号人。”

“行行，我不说了。不过你们说咱们护航的货轮上都运了些啥呢？别瞪我，我就想像一下，想像一下不犯法吧。”

“要我说啊，最好运得全是大美女加红烧肉，要不就全是进口的洋烟洋酒，哇，那可一个美。”

“美个屁啊！真要那样，看得着吃不着，咱们还不活活馋死。我宁愿运得全是燃油矿渣，也死了心了。”

另一个舱门里，张翼德也在和张隽乂嘀咕。

“这库里的烟酒可就见底了，我们在海上还不知要呆多久呢。没有召回命令，我们可能就得五年十年的这么在海上漂着了，得想办法再弄点来啊。”

“你不会又想去抢走私船吧？”张隽乂小心翼翼地吸着手中的烟，他也只有三包存货了，“别人都是怕海盗抢，你倒好，想去抢海盗。”

“几个小海盗，抢它不得？”张翼德一瞪眼，“全是不义之财，运到东方去榨咱们的银子，我们这叫主持国际经济新秩序。”

“现在不比以前了。”张隽乂美美深吸一口烟，然后赶紧把烟掐了，留一半给后半夜，“以前咱们反正烂命一条，人渣一堆，可以胡来一气。现在咱们是正经护航舰队，打着大汉的龙旗。穷得去抢别人海盗？这还不让友邦们看了笑话？”

“操，你张隽乂也有怕的时候？你少装蒜。我就问你，你跟不跟着我干吧。不去可以，我给兄弟们弄回烟酒来，你小子他妈的连闻也别想闻。”

张隽乂一笑，站起身来拿过张翼德的酒瓶：“干，当然干！谁叫咱没酒活不了呢。”

“好！不过先说好，咱全队谁也不能走漏风声让臭棋陆知道。反正咱们每天都要例行出舱护航并训练，到时候咱们直接飞走他也追不上，等咱们带着烟酒回来，我就不信陆伯言这小子能把我毙喽。”

“这可真没准。他急起来绝对六亲不认。我劝你别说这事是你的主意，直接推给我就得。”

“滚，我张翼德是那号人吗？”

护航到了第七天，茫茫星空中再也没有看见别的船。那关于海盗收了钱要弄沉精卫号的传言，也似乎不那么值得相信了。大家不免都松懈了下来。精神一放松，更是思念烟酒。各舱叫骂连天，因为抢烟头而打架的人关了一机库，私下高价倒烟酒的状况更是泛滥起来。钟士季虎了脸亲自带人抓，也还是禁不住。

这时，有一艘不明国籍货船在附近航道出现的消息传到了张翼德这里。

“就是它了！”张翼德兴奋地搓手，“真是了解咱们的需要，这就送货上门了。”

“咱们还不知上面装了些什么呢。再说了，万一是正经商船呢。”

“屁！什么正经商船会不挂国旗不加入海航频道埋头偷偷赶路，必是走私船无疑。那么大一艘船，总有些舱是装了烟酒的，你放心吧。”

张隽乂皱眉：“我总觉得有点玄啊。这里是海盗猖獗区，这么大的走私船，只怕会有护航的，但是周围又没有别的船。”

“你傻啊。谁走私还敢招摇过市的用军舰护航？最多是船改装一下装甲，配了几门小炮，还能怎么着。放心吧咱们是连航母编队都打沉过的，还能怕了这些小海盗？”

“当初那不是演习么，大家也不用怕死冲过去乱炸就行。说实在的，咱们手下的兵都没打过真仗……”

“那就更要打一打！”张翼德喊，“打过一次就会了。这次咱们就算是为了练兵，也非去不可。”

张隽乂苦笑：“知道啦。你打定主意的事，谁还劝得了。反正咱兄弟们去搏这一次了。”

第二天十时，张翼德的航空兵大队中的十五个小队按时出舱演练，张翼德昨晚特地调了轮值表，出舱的全安排了自己直属的飞行员。每个小队为二十架战机，这三百架战机虽然全是改装货，老旧还制式不一，但飞在天上的时候，还是颇有气势。

他们掠过护航的货船时，货船照例以灯语致敬。其实有真空中微子通讯技术早不用灯语了，但这是海上的传统。看着那巨大船只上几排灯为自己跳动闪耀着，飞行员们心中都很是有满足感。

伴着货船飞了几十分钟。张翼德下令：“全体拉升到指定坐标，开始日常演练。”全队离开货船和精卫号，飞向太空深处。在距母舰五千公里处开始装模作样演练着空中格斗，渐渐越飞越远。这时侦察机的报告传来：“演习目标位置确认，没有发现异常。”

“好！”张翼德下令，“开始第五号演习科目！”

这口令一下，三百架战机呼地一下，加了全速直向远方星空冲去，转眼没影了。

舰上指挥室参谋的喊声传来：“演练编队，你们离开战舰过远了……你们去哪？”

张翼德暗笑着：“我编队正在执行大迂回演练，一切正常，不用担心。”

参谋半信半疑：“这科目是临时修改的？”突然话筒被陆伯言抢了过来：“姓张的！立刻给我回来，不准去动那艘船！”

张翼德大笑：“我果然一挪屁股你就猜到我想去哪啊！对不起啦，我这也是奉命打击海盗。哪有见了走私船不抓的道理。臭棋陆，你就等着我给你带好酒回来吧！”

“敌船情况不明，很可能是诱饵！”陆伯言急了，“真没想到你做事这么混！”

“诱饵又如何？当老张是吃素的？海盗真敢玩埋伏，正好打他个痛快！你带着战舰随后赶到就行了。”张翼德啪地关闭了通讯。

母舰中，陆伯言摔掉无声的通讯器，大喊：“全船进入战斗状态！所有战机编队全部给我起飞！”

2.对攻

走私船就在三点二光秒外的邻近航道上，对于星空战机来说，这不过是十几分钟的功夫。转眼目标进入攻击范围。

“要喊话吗？”先锋小队询问，“喊什么呢？停船接受检查？”

“喊个屁！”张翼德骂，“直接给我打！但不要投弹给弄沉了。用机炮让它知道厉害就行！”

先锋三个小队哗一下围上了敌舰，光束火网一通交织，这船立刻就满是窟窿，破洞中火光闪闪，气体带着碎片喷出来。

“行啦！给我停！”张翼德怕把好酒给打坏了，“现在喊话，让他们停船接受检查。”

那船顺从的停下了——敢不停下么，估计船里的海盗们也在大骂：“简直就是海盗！”

没遇到任何抵抗。张隽乂问：“登船么？”

张翼德有点犹豫。张隽乂看出他的心思，登船是个危险活儿，弄不好就要出事。“让我去吧！”他向自己属下命令：“靠过去。”

舱门顺从的打开了，没有战机对接口。飞行员们只能穿太空服离机登船，张隽乂看着那黑糊糊的船内，心一横：“走，进去。”

他们进入了隔离舱。外舱门在他们身后慢慢的关上。张隽乂知道，一旦和外界隔绝，他们就已置于险境。但此时，也只有赌走私船不敢在数百战机的围绕下向他们开火了。

一声沉闷的响，内舱门缓缓打开。“所有人靠边上！”张隽乂喊，“蹲下身，随时准备开火！”

但出现在门口的不是架着重机枪的海盗，而是几个穿着杂式旧衣的水手，个个头发蓬乱，目光诡异。

张隽乂带着十九名队员顺着通道慢慢向里走，一路都没有看到武装人员。他们来到货舱前。舱门打开时，突然间所有队员都哇的惊呼起来。

“怎么了怎么了？看见什么了！”张翼德在频道中着急地问。

“整整一船……”张隽乂的声音很古怪。

“一船什么啊？”张翼德都要急疯了。

“一船香烟啊！”张隽乂欢呼起来。

“哇哦！”频道中的所有飞行员都欢呼起来。

“太棒了！和母舰恢复联系，让他们来搬。”张翼德大笑。

张隽乂走下铁梯，来到那如山的巨型货箱前。箱上都贴着某著名香烟的标签，明显是走私品。

张隽乂一挥手，命令那领路的走私船员上前开货柜。

那船员看了看他，说了一句外国话。

芯片很快将那话译出来："不要开箱。我们给你们钱。货留给我们。"

张隽乂冷笑，心想真当老子是土匪了。我们要钱有屁用？就是要收缴你们的私货。一挥枪："打开！"

那船员脸色变了，好一会，才上去开箱。

大货柜里面是摞成山的烟箱。士兵们眼都绿了，冲上去拖出一箱拆了，哗啦啦烟盒撒了一地。人们摘下头盔就往太空服里塞。

张隽乂一直没摘头盔，警惕扫视四周，但是没有发现异样。只有几个水手远远的站着观望。他一想，要是真有埋伏，那肯定是一个死，怕也没用。看见有人已经手抖索着开始点烟了，他也瘾上来了。刚摘了头盔，就有士兵把点着的烟送到他手里。张隽乂贪婪深深猛吸一口，突然像触电一样把烟猛甩了出去，用尽力气大喊。

"快全都给老子吐喽！这是毒品！"

他的大脑被毒烟刺激的眩晕，几乎看不清东西了。但他最后的清醒让他心里一凉，如果这一船只是走私烟，那么海盗们也许不会为了这些东西和军队动手。但是假如是一船毒品，那这船货的价值就足以让全公海的海盗们冲过来拼命！

他猛地拔出枪："立刻返回！外面的掩护我们撤退！"

但是一切都晚了。

舱门关闭的同时，四下舱壁移开，几十门人腰粗的重机枪管伸了出来。张隽乂听到了机枪后传出放肆的狂笑。

张翼德听到了通讯器里传来的枪声。他大吼一声："给我打！"

就在这时，货船的外甲板全部向外弹开，分成了数万片，散落在太空中。而在外壳下露出来的，是真正的黑色装甲，还有装甲上的数千门防空火炮。

陆伯言带着精卫号全速赶来，而赶在前面的是五十个飞行小队的战机，但在距目标还有一分钟路程时，听到了通讯频道中的惊乱和惨呼。

走私货船抛去了伪装，露出了它的狰狞面目：它是一艘重甲战船，装甲的质量远超过精卫号，是世上最先进的。而伸出的无数炮管，使它看起来像一只炸起所有刺的豚鱼。而几乎同时，所有火炮喷射出光束，将张翼德的飞行编队吞没。

陆伯言看到了星空中突然亮起来的那个光点。

他的手一下变得冰凉。

钟士季率领支援战机赶到时，张翼德编队已有数十架战机被击毁。张翼德带着恼怒的部下们不顾走私船密集的火力展开进攻，但他们那老旧战机上的劣质机炮对于装甲精良的走私船显得有心无力。上千道炮火也只能在敌船上留下黑洞洞的伤痕，却无法伤及其内部。

"张翼德，你的编队乱了。退开重整！让我们队投入战斗！"钟士季大喊，他分明的看见张翼德的编队已经处于惊怒的混乱之中，这样下去只会徒增伤亡。

这声喊让张翼德清醒了一些，他带领己方编队拉远脱离敌炮火重整。钟士季带队上前，下令瞄准敌船中部可能是动力舱的部分密集攒射。齐射的效果很快体现出来了，走私船装甲上开始出现一个巨大破口，是投入内爆弹的时机了。

“我们还有兄弟在里面！”张翼德喊。

钟士季摇头，在这种情况下里面的人能生还可能性太小了。不能为此让更多的人冒险。他正要下令准备投弹。张翼德率着自己最亲近的几架战机横冲而来，一头扎进了破洞之中：“给我一分钟时间！”

这时陆伯言的命令传到：“所有战机脱离战斗！战舰主炮准备开火！”

精卫号已经逼近到距走私船三万公里近处。前舱护甲板缓缓移开，巨大的主炮开始伸出。

在精卫号的内部，已经忙成一团。这可能是精卫号主炮一千年来的第一次实弹发射，这门重达一万五千吨的主炮曾经是军事史上的辉煌记录，但现在，它已经太老了。

警报声响彻所有的舱，为了伸出主炮，前部十六个舱需要位移。没有自动化的安全装置，人们奔跑着逃离那隆隆沉降的甲板。胖老头一边跑一边回望着那直径近百米的主炮从他身后的轨道上缓缓碾过，就像是一艘正要下海的巨轮。

“真没想到，我这辈子还能看到这门炮开火的这一天。”他感叹着，没顾上看路，啪地撞在铁壁上，眼冒金星。一扇厚厚铁板正在推移，将主炮槽与舰体隔离开来，胖老头正撞在这块板上，眼见自己就要被隔在这一边。胖老头吓得半死，主炮发射时会产生上万度高温，他可不想死得这么壮烈，追着那隔门拿着百米的劲头紧跑，才在合拢前一瞬从最后的缝隙中钻了过去。

“主炮充能百分之七十五……预计三分钟后可以发射。”炮火室控制员报告着，“主炮充能百分之七十六……预计五分五十秒后可以发射。”

“主炮不是早就预充能完毕待命的吗？为什么现在还在充能？”陆伯言惊问。

“电力系统太老旧了，发现预充的电压无法启动主炮，系统在自动补充。”

陆伯言只想用头撞墙。

这功夫，那走私船竟然启动了，它没有逃走。而是直接向精卫号迎了过来。

钟士季有了一丝不好的预感：“它这是想和我们正面作战？”

“它是想——打沉我们。”陆伯言死死盯住屏幕上的敌舰那正在伸展开的前甲板。

在精卫号又沉又旧的主炮发射之前，敌船的主炮已经伸展了出来，那是三门当前最先进的720厘米口径光能穿甲炮。精卫号那一千年前的厚旧装甲根本顶不住它的一击。

“主炮充能百分之八十一，预计四分二十秒后可以发射。”火控室的声音仍在传来，语气有些破罐破摔。

四分二十秒——足够敌人把精卫号打成粉末。

“所有小队给我冲上去，投出所有载弹！”钟士季红了眼大喊，这时候不拼命就死定了。

“张队长他们还在里面！”有飞行员喊。

钟士季瞪着那敌船主炮，它随时就会发射。

“投弹！”他大喊。心想张翼德，你死了我会去你坟上给你敬烟的。

但是他眼前突然被一道白光耀得什么都看不见，敌船的主炮先发射了。

那光束直接穿透了精卫号。

3.点燃

炮火从精卫号左侧前装甲穿入，贯穿四十几个大舱，一直从尾部穿出。但所幸为了追求穿甲效果，光束极为集中。敌炮口径较小，又没有加带内爆弹头，所以只是在精卫号体内留下了一条直径七米多的圆孔通道。但真正的杀伤在后头，随着战舰被贯穿，空气和温度也像喷射的血液一样流失到真空中去。

“进行隔离封闭。”陆伯言语气平稳，好像是小伤不值一提。事实上谁也不知道这一下是不是就能要了这条寿星船的老命。不过人人心里都憋着一口气，就不信这么大艘母舰就能让一艘小走私船给打沉了。

敌船有三门主炮，只有一门发射。它似乎没有足够强大的发动机能供应三门主炮同时发射，不然现在精卫号身上就是三个窟窿而不是一个。不过三门主炮轮流发射也是一种常用战术，这样可以增加击发速度，随时调整准星。按武器性能，下一次发射大约就会在二十秒之后。

“主炮充能百分之九十三，预计四十一秒后可以发射。”精卫炮的主炮似乎也意识到不努力就完了，正在奋力奔向极点，但是它也许是来不及到达了。

钟士季急得恨不得冲上去挡在敌炮前面——现在他明白战场上是真的会有人愿意去堵枪眼的，不过他挡上去也没用，那主炮可以轻易穿透烧化它这样的战机一百架。

第二道光芒闪现了。

但精卫号安然无恙。

这次爆炸开来的是走私船。

光芒暗下去之后，钟士季看见一架几乎只剩下一半的战机摇摇晃晃的从光爆区飞了出来。

“张翼德，我还以为你和敌人同归于尽了呢。”钟士季长出一口气。

“屁！不想看到老张？老张偏要在你面前晃！”张翼德骂着，然后也后怕起来，“不过刚才把高爆弹扔出去的时候，真没想到还能活下来。”

他转头看几乎只剩下一副残躯的张隽乂：“兄弟，顶住啊。”

战后的精卫号气氛格外沉默。人们都在忙于修理战舰。这一战五十七名飞行员和一百二十六名船员阵亡。进入走私船的二十名士兵里，只有张隽乂被救了出来，他的身子几乎被高速机枪打成稀烂，即使能救活，从此也要生活在一副钢铁的假躯之中了。

人们终于见识了真正的战场。精卫号被击中的那一刻，很多自以为天不怕地不怕的男人都吓得蜷在了地上。

张翼德自然要被严惩。他被关入了囚舱。这次他一点没有辩解，只是每天在囚舱中呆呆望着墙壁。再也不能看见烟和酒，不然就会掉眼泪。

那一天，陆伯言走进了囚舱。他没有说话，只是看着张翼德，等着他把话全倒出来。

“这不是老张打得第一仗……”张翼德语声低缓，“也不是死人最多的一次……”

他的手有点抖，虚弱得与过去判若两人，“但是却是老张完全自作主张的一次。”

他苦笑着：“原来看着那么多人因为自己的一个决定而死，比自己死了还难受。”

“你不会永远只是一个飞行大队长。”陆伯言说，“将来你手下会有更多的兵，一千、一万、十万……将来还会有成千上万的人因为你的决定而死。你要习惯这一点，最重要的是，别让他们白死。”

“可是这次他妈的几百条人命就白死了！”张翼德猛捶自己的头，“我是真没想到……没想到一条走私船居然装甲火力比我们的主力舰还强。”

“走私船？”陆伯言冷笑，“你看不出来那是伪装后的某国最新型巡洋舰吗？我们这艘老骨头居然把它打沉了，不算亏了。”

张翼德猛地抬头：“我就说！可是这样新的战舰是怎么落到海盗手里的？”

陆伯言叹道：“你明白的。这海上的海盗，有些是真的穷国暴民，而更多的，却是不挂国旗的舰队，为他们的跨国集团护送着军火、毒品。走私输送到其他的国家，然后再从这些国家运走巨额的资金，使穷国更穷，弱国更弱。如果世上没有战争、饥荒和瘾君子，大集团的财富又从何而来？”

“我是知道很多跨国公司与海盗一体，但是不知道他们竟然可以明目张胆到开着最新式的军舰运毒！”

陆伯言笑一声：“如果不是你愣头青冲过去就打，只怕有些事永远也没有人会去揭破。别人都不敢碰的，偏偏你去碰了。别人惹不起的，咱们惹了。那么战争开始，我们就再也不能后退了。”

“战争？什么战争？”

陆伯言把一份打印的新闻简报丢到张翼德的身边：“反正你囚禁期间也没什么事，看看新闻吧。”

他转身离去。张翼德一把抓起那些纸，上面赫然写着：

“ALG国际集团向汉朝提出三百亿索赔要求，并要求严惩在公海上袭击其合法货船的相关海军人员。”

“我X他XX！”张翼德的暴骂声响起在紧闭的铁门之后。

张翼德带着他的大队出动的那一刻，不会想到自己点燃了一场什么样的战争，将多少国家和人口卷入其中。

汉历一八八九年六月七日下午三时二十六分。

最高紧急会议在未央宫皓升殿召开。

下午五时，精卫号接到紧急召回命令。

在这之前，周公瑾的语音信件已经传到了数光年外的精卫号上。

一番“惊悉严查”之类的官腔后，是加密的另一番话。

“臭棋陆，我知道你会捅娄子，没想到你这么会捅。你知道你们打沉的那艘船和上面的毒品值多少钱？多少人与势力的利益卷入其中？你现在有两条路：一、乖乖回国来受审。你们一入国境就会被控制，你们船上所有人都会被收押。最后你会丢掉军衔，和你的部下们在监狱里度过后半生。但可以保命。第二条路、逃亡；不过这没用，因为现在有人红了眼一定要你们沉在公海。开出的悬赏足够全世界的舰队都来剿捕你们。记住，那时候汉朝一定已经将你们开除国籍军籍，你们不再有国家了，你们那时就变成了真正的海盗。而且是全世界公敌。你们唯一活下去的方式，就是跃迁，找一个越远越好的地方，最好是十亿光年之外。在那里没有人找得到你们，你们可以在船中终老。”

陆伯言笑着，录制了回复。

“我不会走。我们是汉朝海军，在我们沉没之前是，沉没之后也永远是。我们会回国。不论面临什么样的审判。如果有人想在我们入国境前就击沉我们，就让他们尽管来试试看吧！”

他打开通讯频道，向全船下达命令：“准备返航！”

4.准备

因为国境跃迁防御系统的存在，任何舰只无法从国境外直接跃迁回国内港口。而必须先抵达边境港口。陆伯言知道，敌人也许正等在那里。而他不知道汉朝海军会不会援手。

不能回预定港口，很可能一出现就直接被击沉。

陆伯言在星图上仔细地选择着，但他知道这也许是徒劳的。每个港口都可能有敌人的内应，精卫号一出现对手就会立刻得到通知。在他进港之前击沉它。

但他必须回去。

“舰长，机库广场前有异常人群集结，钟少校希望你去看看。”通讯响起。

陆伯言来到机库广场前，那里已经聚了近千人。

钟士季气冲冲地奔上来：“我们被开除军籍了？大汉不承认我们是他们的军队了？”

“你胡说什么！”陆伯言扫一眼他身后站的人，“这多人聚在这做什么？”

“你装什么傻，新闻都发了！”钟士季手中挥舞的是一份外国报纸的打印件。

陆伯言心一沉，他慢慢伸出手，接过那张纸，犹豫了很久才将它打开。

“据内部高层人士透露，在公海上击沉商业货船的汉朝军舰精卫号上的军官将被解职，他们一回国就将被逮捕，汉朝海军不承认精卫号的攻击行为是得到过上级许可的。这是一次自作主张的攻击，精卫号的行为已经背叛其国家。它面临的命运只有一条：被击沉。而汉朝军队很可能漠视这艘已不属于其军队的战舰的沉没。”

陆伯言捏紧那张纸：“这是离间。”

“你现在还傻傻地决定返航？我们一回去就会全下大牢，有些人还可能被枪决！”

“如果不回去，那才真的是叛变！那些人的计谋就得逞了。我们会真得失去国籍，然后被打沉。”

“沉什么？宇宙这么大。那么多海盗都能活下来，我们活不下来？回去是沉不了，但我可不要为你的愚忠赔上我和兄弟们的性命。”

“直到现在，你还是没把自己当成过一名士兵？”陆伯言紧瞪着他。

“我是士兵。但他妈的也要我的国家肯承认我是才行！”钟士季怒了，“我们在远海拼命，出了事自己人就先把我们卖了？”

他的喊声挑动了广场上的人群，士兵们都叫喊起来。

“不能回去！回去就死定了！”

“返航就是把大家送上死路。”

“都住口！”陆伯言的喊声使广场上安静了下来。

“不返航，你们想真的去当海盗吗？有些人要造成的正是这种结果，那样就可以正式宣称我们叛国，然后出动战舰击沉我们！失去国籍的军舰不会再受任何保护！任何人打沉我们都是无罪的。而罪名却要让死去的我们来背负！”

“那至少也是战死的，不是窝囊死的。海盗没杀了我们，却要被自己人除掉。”

“你们不会有事。”陆伯言看着大家，“我会承担所有责任，这次攻击指令是我发出的，你们不过是执行者。”

钟士季望着他：“你要承担所有事？你不准备把张翼德送去受审？这件事本来就是因他而起。

陆伯言笑笑：“我才是这艘船的统帅。”

甲板上安静了。

钟士季沉默很久：“但这件事不能由你自己来做主。我们要全船人自己决定，愿意返航的回去，不愿意的自寻生路。其中多数的那一方带走战舰。”

陆伯言摇头：“这不可能。不会有投票。”

“为什么？”

“因为我是这艘船的统帅。”

再一次的沉寂。

“你是说……”钟士季慢慢吐字，“想离开的人，你都会……”

“作为逃兵来处理。”陆伯言的语气不容分说。

钟士季冷笑：“你靠什么来执行军纪？现在我一句话，这里的人就会跟我走，你根本阻止不了。”

“我会做一位战舰指挥官所做的一切必要的事。”陆伯言直盯着他的眼睛。

甲板上的近千人都在屏息看着正发生的一切。

近一分钟后，钟士季点点头：“我知道，你手里有战舰的控制密钥。难道你不惜和我们同归于尽。也要带着这艘船返航？”

“因为我是汉朝的军人。不论你们是不是。”

“哪怕这位忠心的军人一进入国境就会立刻被逮捕，因为其勇敢地执行了军人使命而被审判？”

“我相信事情总会有得到公正评价的一天。”

“可那时候你也许已经死去很多年了。”

“相比那些已经在战场上死去的人，这不算什么。为了那些在这次战斗死去的人不会蒙受屈辱，我也必须回去，说出我的证词——我们无罪。”

钟士季低下头，盯着自己的脚尖在想着什么，几秒钟后他又扬起了头，看着陆伯言。

“好……很好。那么，证人也算上我一个。”

他转回头，望着广场上的人们，大声喊：“你们还有谁愿意一起回去作证！”

“我！”所有人高喊着举起了手。

精卫号返航出现在帝国最大的军港：威海卫。之所以选择了汉海军舰云集的重地，是因为对于精卫号来说，这是一次堂堂正正的回归。哪怕等待他们的将是冰冷的枪口。

根据规定，精卫号跃迁出现在距国境线十万公里处。开始申请入港。

“威海卫，我们是东海舰队精卫号，请求入港。”

通讯频道中竟然是死一般的沉默。

“这帮家伙怎么回事？要打就打要杀就杀，好歹吭一声啊。”钟士季大怒。

“他们应该是在请示上级。”陆伯言摇头，“我们可不是普通的回港了。”

几分钟后，指令传来：“精卫号，立刻关闭动力和火控系统，锁闭机库。全船人员集合待命，所有武器上交。原地等待相关部队对接登舰。”

“这算什么？这是受降的程序！”钟士季暴怒，“把我们当敌军？”

陆伯言却笑着：“早料到了。”他发送回复：“我舰仍处于国境之外，假如停下发动机且闭锁火力，若遭到攻击将处于无法躲避和还击的险境。”

但回应不容分辩：“服从命令！否则将视为抗命处置。”

钟士季紧盯着陆伯言，陆伯言握着通读器，沉默了几秒，下令：“通知全船……”

“别想让我上缴武器！”钟士季说，“老子是打了胜仗回来的，不是来扮演降军的。”

陆伯言摇头：“没人让你上缴。”命令接着发出，“所有人做好战斗准备！火炮预充能检测。所有飞行员登机待命，随时准备弹射！”

这下轮到钟士季发慌了：“我刚才说气话的。你不是真准备和自己人开战吧？”

“少啰唆，收好你的枪，一会儿就有仗打！到你的作战岗位上去。”

钟士季满心惊疑地跑步离开。

几分钟后，威海卫港内驶出两艘巡洋舰，那是属于北海舰队的“演武”和“至诚”号。也是北海舰队火力装甲最好的两艘巡洋舰。他们一左一右，慢慢向精卫号靠来。

与此同时，战斗警报已经响彻全船。所有人扑向他们的战斗岗位，主炮已经充能完毕。

炮手在火控台上，飞行员在战机内，听着陆伯言对全船人的训话：

“精卫号全体官兵，我们前方就是国境线！低速也不过五分钟的路程。但是这五分钟的路，我们很可能回不去了。我相信我们的敌人不会就让我们这样进入国境，不会让我们有机会去作证他们运毒的事实。他们会借我们被自己的军队猜疑之机击沉我们。攻击随时会到来，而且一定是极猛烈的。各位弟兄，我们能不能回到家，就要靠自己了！我下令不论遇到多猛烈的攻击，全力冲进威海卫军港，哪怕面对自己人的火炮。要沉，也要沉在自己的家里，不要孤魂飘于远海！等待我的指令……”

紧急通讯传到，威海卫军港语气严厉：“精卫号。为什么不停船待命？为什么进入临战状态？”

陆伯言回复：“请军港各部队注意，我们即将面临攻击。请全港立刻进入临战状态！”

通讯那头沉默两秒，通讯频道仿佛被人抢了过去：“我是吕子明！陆伯言你发什么疯？你想毁掉全船人吗？立刻取消临战状态，解除武装。放心，有什么事海军会给你作主，你千万不要铤而走险！”

陆伯言苦笑：“吕将军？你认为我们可能顺顺当当地开进军港么？”

吕子明一愣，但他迅速明白了陆伯言的意思：“这里是威海卫！我不信有谁敢在这里动你们。听指示，立刻关闭火力系统，不要给人以口实。如果上面下命令开火，那时我们想帮也帮不了你。”

陆伯言摇头苦笑，放下了通讯器。低头看看表：“全船进入攻击倒数十秒……”

“可是我们究竟要打谁！”通讯器中传来作战参谋惊恐的声音。

“目标坐标会在倒数完成前提供，开始倒数！”

“明白。倒数开始，打开所有战机弹射口！火炮进入就近目标预锁定。”

精卫号一百二十个战机弹射舱门全部缓缓移开，所有火炮开始缓缓移伸，全部预锁定距他们最近的演武和至诚号。

同一时间，演武、至诚的舰长室内，军港总指挥部内，气氛已紧张到极点。

“我舰已经被锁定。对方随时可以攻击！请求先行开火！请求先行开火！”巡洋舰上传来的声音可以用惶恐来形容。

所有人的目光投向了东海舰队副司令员、军港防卫总指挥官吕子明。

吕子明只是静静望着他眼前那杯茶水。

在精卫号的攻击倒数进行到四的时候，吕子明下达了命令：“军港全体部队进入临战状态！”

“三……二……一……”

精卫号的飞行员们瞪大眼睛看着舱门移开后显露的星空。

钟士季在指挥预警机中手心冒汗。

张翼德在禁闭的铁屋内低头紧抓了头发。

陆伯言抬起头，军港中的吕子明也抬起头，他们同样把目光投向了那片黑暗深远的星空。

就在这个瞬间，一串光芒刺痛了他们的眼睛。

火光突然在战舰的身上腾起。

战争开始了。

5.证明

织田军团就处在攻击的第一波。

这是一支游荡在东部星系边缘的海盗舰队。他们属于东海浪民，那是没有本土的一群人，世世代代生活在船上，在东海深处小行星带中漂泊。没有人愿在那几十亿片碎裂的石头中穿行，它们没有大气层，随时可能被撞碎，完全不适合定居。贫瘠的星域使其中许多人习惯了劫掠为生。他们大多数没有什么大志向，许多人甚至从来就没有过名字，只有一个绰号而已。

但有一天，突然有一个人站出来说：我要在这里建立一个帝国。

这个人自称织田信长。没有人知道他是从哪来的，应该也是无数复制基因人中的一个。

所以他的名字并没有帮上他什么忙。他的立志只是换来一片嘲笑：芯片编号22346的尾张蠢材，你想就凭你手里的这条破船吗？

织田信长有一艘船，那是他从大汉的太空垃圾中捡来的。那是一艘大而残破的旧货船，身上满是被流星打出的窟窿，拖去回炉都换不回拖船的钱，所以被丢弃了。当织田信长把这艘船拖回来时，笑倒了海贼村的一窝人。

“把它命名为尾张大傻瓜之号，真是名副其实啊。”

于是织田做的第一件事，就是驾着自制的小铁皮飞机为这艘船喷漆。人们看见船舷上渐渐显出几个白色大字：

风！林！火！山！

等等，那不该是武田信玄喷的吗？

织田信长喷得是：天！下！布！武！

这样四个大字，喷在那样一艘破到不忍心多看两眼的废铁船上，真是颇为怪异。

不论织田如何雄心壮志，他的旗舰还是仍然被称为“尾张大傻瓜”号。之所以以这个名称传开，是因为有人恶作剧地把这几个字用红色喷在了船尾。所以让你注视着一艘印着“天下布武”大字的船从你面前滑过时，刚刚涌起一点敬意，突然看见船尾更醒目的红字，无不喷饭。“尾张大傻瓜”号由此闻名东海。

令人惊异的是织田信长居然一直没有把这几个煞风景的字抹掉，甚至一直到他成为东海的霸主。岛民们评价，那是织田信长为了激励自己故意将耻辱的称号保留，而知道织田发家前的样子的老浪人们说，那不过是因为他之前穷到没有钱买漆盖去，而有了钱之后，发现如果盖掉这几个字，就会被敌人认为是假冒，再也不会有人望风而逃，相反会奋勇攻击。所以不得以一直留存下来，以示正宗。

今天，这艘“尾张大傻瓜”号就作为攻击精卫号的旗舰而列于舰队的中心。

当ALG集团秘密发出了击沉精卫号的悬赏，巨额的赏金让所有的势力都难免心动。但是小股海贼绝无勇气为钱而不惜冒着激怒汉朝的危险，但织田信长却认为机会来了。

“这样的一笔巨款，是我们购买最新战舰所需要的。有了这笔钱，我们的实力会增加一倍。”

“但即使是这样，也还只是汉朝海军的零头而已。”家臣前田利家有些中气不足地说。

“不，你认为我要用这些船对抗汉朝？我只需它们比东瀛其他城国强就可以了。须先统一本海，再制霸天下。”

“但这样一定会遭到汉军的反击，不是太冒险了吗？”

“如果这种反击能使互相征战的各城国感到危机而不得不联合起来，那正是我的目的。”

精卫号已经被包裹在一片火海之中。

织田舰队的船因为需要在流星群中常年穿行，所以数量众多但炮径较小，所胜在于射速较快。单打独斗完全不是大型战舰的对手，而织田信长擅长将数百艘小战舰集中在一起，列成竖立在目标前的平面，进行瞬间的密集攻击。而对手想要还击，却要面对成百上千的目标，纵有重炮，也完全发挥不出威力。

精卫号的装甲古旧残损，根本无法经受这样的攻击。转眼之间，已经身中数百击。它加速全力冲向国境线，以求得军港中近百艘战舰的保护。敌军的炮火追咬着它，使它像一颗巨大的火流星。

而此时，整个威海卫军港中的汉舰队还在发愣。

“精卫号遭到不明舰队攻击，是否还击？”

吕子明脸因愤怒而青筋暴起，“打到我们的家门口来了！”他要拿起通讯器下达命令，手却被一个人按住。

那是参军邹世：“这样大事，须要速报朝廷，万万不可擅自出动，给他人以口实。一旦引发争端，你我都会吃罪。”

吕子明急一挥手：“立即上报！”扬起话筒，“全港各舰队升空准备作战！”

警报声响起，防空炮群扬起，战机掠过天空，士兵们急速奔向舰船。但是此时出击已太晚。陆伯言全港战备的要求没有被执行，只有精卫号旁演武、至诚两艘巡洋舰此时具备反击能力，但是他们却一直没有得到还击命令。军官的手已按在火控按钮上，却无法按下去。

吕子明站在指挥室前，紧握着拳，听着军港中的报告。

“琅玡舰升空完毕，进入攻击位置，请求开火！”

“上谷舰升空完毕，进入攻击位置，请求开火！”

“云中舰升空完毕，进入攻击位置，请求开火！”

但吕子明只能沉默，他无法下达命令。因为他没有得到来自最高指挥部的攻击指令。

威海卫军港中北海东海两大舰队数百艘战舰，连同守港陆军近一百万人，看着精卫号在他们眼前炸开。

无数紧急出动的士兵们刚跑到甲板上，就看见了那惊心的一幕。精卫号如同巨大的流星，坠向威海卫，在空中甩出数百燃烧的碎片，重重撞击在军港的钢铁外壳上。

偷袭者完成了任务，启动跃迁，从容不迫地消失在黑暗中。

钟士季和数千名飞行员在太空中，也久久注视那军港中的火光。陆伯言在敌军跃迁到来的前几秒，将舰中的所有战机弹射了出去。愤怒的机群向敌舰队冲去，但在进入攻击范围前敌人已完成攻击，跃迁离开，用一片嘲笑似的闪光刺痛了飞行员们的双眼。

精卫号被击沉，震惊了世界。

最讽刺的是，大汉王朝连要向谁抗议和还击都不知道。

而作为被击沉战舰的指挥官，陆伯言和其下属面临的却将是审判。

一辆军用直升机降落在某军用基地机场上，周公瑾匆匆走下来，在呼啸的风中按着军帽，走进巨大的地下工事。

在距地面五百米的深处，有一间只能容几十人的会议厅，没有窗户，只有个几小小的排风口。审判就在这里进行。

周公瑾走进会议室，看见陆伯言坐在透明隔板的另一边，只有一束光从头顶照下。审判的人都在黑暗之中，陆伯言无法看见他们。

“陆伯言舰长，请解释你下令于六月三时十一时发生在公海的对ALG国际商贸集团所属货船富尔号进行的攻击行动，出于什么原因。”

“富尔号没有加入航线通讯频道，也没有向周围航船提供任何其坐标和身份标识。其行为方式完全符合一艘走私船的标准。我们勒令其停船接受检查，但我们进入船内检查的士兵遭到了攻击。”

“但距ALG集团提供的报告，是你们先行发动了攻击。”

“那是在勒令他们停船而被拒绝的情况下。”

“你称货船中有极大量的毒品，有什么证据。”

“进入货船的检查人员有唯一的幸存者，张隽乂中尉，他可以作证。”

“只有证人？没有任何证据？”

“所有毒品已经在战斗中随着走私船的被击沉而销毁，没有证据。”

审问者停了几秒，然后接着问：“你的报告中称他们具有强大火力，是改装的战舰，有什么证据？”

“我方有五十七架战机被其击毁，一百多位士兵阵亡。精卫号被他们的主炮击中，造成贯穿的伤害。”

“有什么证据？”

陆伯言沉默了。

他眼中闪过精卫号最后时刻的火光。

“因为精卫号被不明国籍舰队击毁，数万官兵阵亡。所以……没有证据。”

6.重铸

没有证据。

国际法是讲求证据的，所以不能平白诬陷友邦的商业集团走私贩毒，但是海盗们突然胆大包天，打沉了大汉帝国的战舰，这自然是不需要任何证据的，也不需要理由。所以汉海军的一腔怒火，也只有对着空荡荡的星空发泄。而且这个王朝之内，真正愤怒的人其实也并不多，或者说，如果把耳朵捂起来，自然也就不用听到任何声音了。

汉献帝就觉得一切安静得很，安静得就像未央宫的深处，可以听到跳蚤的哈欠，但就是听不到宫外的国民们在说什么。也许他们也在保持沉默，什么也没有说。也许只要永远不去听，一切就会永远这样安静下去，就像大汉帝国的安祥永固，会亿万万年。

但汉献帝其实一点也不傻。

这个世界上从来就没有过真正愚蠢的统治者，连刘禅也不是，但是却会有自私的、有无奈的、有狂妄的、有贪婪的……总有一些东西会蒙蔽人的眼睛，让他看不见万万人都看得清的事情，而在由每天亿万人亿万件事组成的洪流前，真的明白何时该做什么其实很难。

上朝的时候主战派和主和派吵了一天，主战派说是可忍孰不可忍，若不反击大汉颜面何存。主和派说引强军而攻海寇，好比让吕布去抓耗子，纵有一身力气，却使不出来，人家在暗你在明，这满天星系去哪里找那些海贼，到时劳师而未果，反使列国笑话。汉献帝觉得他们说得都很有道理。他很想说如果满朝人才精英居然都得不出个一致的结论，那么不如我们抛硬币来决定吧，但是又怕被文武一怒之下废掉。

他只是刘协，不是刘彻。他的基因能被选为皇帝。完全是因为当年那个刘彻基因花光了国库所有的钱去造舰拓疆，号称十年之内成为世界第一帝国，结果一场粮荒饿死好几十亿人，那之后大家才明白不是所有的刘彻都能成为汉武。汉武之所以能成为汉武，是因为之前有汉文汉景的忍耐与积累的缘故。

但文帝景帝的基因也不代表就能重现文景之治，忍耐积累得太过头，国库里钱都烂了，也舍不得造几个兵，结果周围蛮荒之族群起掠抢，把大汉差点变南宋。后来大家一合计，太强势的皇帝果然是不好，要削弱皇权，于是换来换去还是把献帝换了上来。

刘协很明白，自己要做稳皇帝，就是要多听少说，揣着明白装糊涂。这满场文武，哪一个不是人精，人情世事都老道着呢，可是每回开会，都能吵上一个月得不出一个结论，这是为什么，正所谓有人的地方就有江湖，江湖的水有多深，看看未央宫的早朝现场直播就知道了。

所以献帝乐得不说话，看着这朝堂上的战争。这小小几千平米的大殿各帮各派还争夺不过来呢，真有多少闲心去管几个海盗打沉了一艘老破船的事情？据说死了几万人？大汉朝有上千亿人口，还在以每年百分之十五的速度增长，就算再死上十倍，对于庞大而麻木的大汉朝来说，也不用眨一下眼睛，就当是蚊子叮了一口。

“所以说，精卫号事件，并不在于它应该被如何处理，而在于它处理之后是谁得利？”

几千公里之外的地下基地，周公瑾又轻轻把一粒白子放在棋盘上。他下棋从不执黑，因为喜欢白子那玉石的光泽，哪怕为此一直下不赢擅长抢攻的陆伯言。但胜负似乎对他不是最重要的，美学才是。

“曹孟德早已把陆军握在手中，这次他大力主战，力主加强北海舰队，正是借此机会，组建一支属于曹魏系的海军舰队。如果北海舰队按计划添舰增兵，也许会有很多新任的舰长会是他的心腹。”

陆伯言坐在他的对面，轻轻摇头。

“我不想操心这些，我不在乎那些新舰长是这系那派，我只要他们上战场能打胜仗。”

“所以啊……”周公瑾叹气，“你喜欢把复杂的局面用最简单的方式去处理，你不背棋谱，完全靠直觉去走下一步。你明知利害关系但是你不管不顾，你不喜欢解绳结，喜欢把它直接用剑劈开。你成功了很多次，但你不可能永远靠这样赢，精卫号就是一个教训。”

“没有人可以永远打胜仗，我只需要能赢决定性的那一战。”

“但你现在有机会么？舰队扩充，别人就要去接管新战舰了，而你却还坐在这里，而且可能一辈子也没有机会出去了。”

“你不用替我担心，”陆伯言轻敲棋盘，“会有人来求我出去。”

“为什么？”

“因为我会打仗，而战争就要开始了。”

“一些小小海盗，不值得动用你这九段高手。你更可能作为国宝被锁进地下保险柜。”

“小小海盗？连你也这样想？”

“你觉得我们会输？”周公瑾落子的手在棋盘上停住了。

陆伯言将黑子拍下：“因为你根本没想好怎么赢。”

“嘿，我还没落子，你抢先，要判输的。”

“不，我赢了。”陆伯言手按在棋盘上，“真正的战争没有人和你讲规则！”

敌人果然是不讲规则的，吕子明带着舰队在东海转了几个月，也没有见到有人来堂堂正正迎战。所有的海盗组织都声称对此事件负责，但是就是不告诉你他在哪。海盗们一夜之间似乎都销声匿迹，方圆几十万光年内只剩下些荒凉星球，老弱村民。东海舰队白费了无数燃油，连根海盗头发都没捞着。

精卫号被击沉的结果，却着实促进了北海舰队的扩建，汉朝号称要将北海舰队在五年内建成世界排名前三的舰队。因为要追求速度，于是开出了巨资向几大海上强国购买战舰，而自行建造的，却仍然只有一年前那一艘而已。

不过作为宽慰与鼓舞国民的重点形象工程，这艘战舰的建造摆出了不做则已，要做就做成世界第一的架势。设计吨位达九千万吨，可容载五十万士兵及三千架战机，是明符其实的天空之城。万众期待它造成的那一天，因为那将是大汉成为世界强国的一天。为造舰国家号召大家捐款，连小学生都捐出早饭钱，为战舰征名的活动开始，所有人都兴奋的想着它的名字，从天威远诛到团团圆圆，征名委员会收到了上百亿个名字，几乎把所有的汉字组合都用尽了。

这时的陆伯言站在长长的铁架长廊上，远处是帝国最大的铸炼熔炉。它像一座活动的火山，红色的光芒映亮了整个天空，钢水沿着数百道渠像河流一般奔淌。一块巨大的黑色移过他的头顶，像是另一块陆地，那曾是一艘战舰，它曾经有个名字叫精卫号，但现在，它已经被切割成数千块，要回炉重铸。

重达万吨的战舰残躯被吊着滑过轨道，慢慢沉入火焰之中。这是一个巨人的火葬仪式，这巨人曾经有过成为英雄的梦想，但最终却倒在了驶向梦想的路上。在他的躯体中，曾经有几十万人眼中闪着希冀的光，相信有一个人会将他们带向光辉与骄傲。但是他们现在都不在了。

陆伯言孤独地站着，相比这座工厂，相比那巨大的残躯，他分外渺小。巨大的钢铁厂四下看不到一个人，只有重型的机械在运转，如同这庞大的帝国，沉重地喘息着。

陆伯言看着最后一块碎片消逝在熔炉中，默默转身离去。他的身后火光不息，那些滚烫的铁血将重新凝结，变成一艘新的战舰，它会更强大，更威武，更万众瞩目，重新走上追求荣耀的道路。会有新的几十万年轻的面孔聚集在它的巨大身躯下，憧憬着未来。

但没有人能告诉他们未来。能决定未来的，只有历史。

铜镜记（上）

【文】E伯爵 【图】酸梨

第一回 野店无端遇妖邪 三郎临危逢秀才

李太白有诗云：“蜀道之难，难于上青天。”张说也曾吟道：“眇眇葭萌道，苍苍褒斜谷。烟壑争晦深，云山共重复。”由此可知，若要出入蜀地，必要登险山、涉恶水，历千难万难。然自古鱼过禹门则为龙，川人要求功名，就必出蜀。虽是多着几分风险，为了前程却也说不得了。

此为大宋淳化年间，在益州至东京汴梁的路上，有三骑人马不紧不慢地走着。当头一人年约二十五六，白净面皮，长得颇为俊秀，身上着交领云纹锦缎长袍，头插白玉包金簪，腰间坠了一袋蜀绣香囊并一青玉环佩，跨下一匹黑马皮毛水滑，一副大家公子仪态；其后一人约十六七岁，靛青的短衣长裤，戴一包头巾，跨一青驴，驴背上负着两个箱笼，一看便是前方那少爷的书童小厮；最后一人三十不到，做儒生打扮，相貌平平，略显寒酸，眼睛却生得甚为动人，颇有几分风流神采。

这三人前后虽是一路，却看不出多少亲密。前方那公子只管看着锦山秀水，满脸的新奇，好似头一遭离家，高兴得紧。实则不过是段寻常山路，比不上青城、峨嵋任中一处，况且密林悠悠，荒草萋萋，加上半山飘荡的淡淡薄雾，很是阴森。虽然山顶上是日头高照，无奈山腰依然分不到一点晴光，加之前后再无别的路人，这段行程就显得颇为气闷。

走了半晌，在山路上拐了数个九曲回肠，前方百步开外的一山岩背后，冒出一簇黄色的茅草顶子，横着竹竿挑出一帘酒旗，迎着山风摇摆飘荡。

那书童又惊又喜地叫道：“少爷，前方有酒家呢！”

锦衣公子搭手一望，笑道：“是了是了，走了这半日，正好腹中饥渴。玄珠，你紧赶几步，命店家快烧水造饭，取囊中银针与我泡上，备好酒菜，咱们可吃了再上路。”

书童答应着，正要催动青驴，后边那儒生却高声道：“且慢！”

锦衣公子转头，颇为不解地问：“长鸣兄，有何事？”

那儒生上来对锦衣公子劝道：“此地并非官道，前后荒无人烟，少有旅人过路，怎会有酒家？依我看来颇为蹊跷。即便不是强人黑店，贤弟衣饰华贵，难免没人不起坏心，还是避开为好。”

锦衣公子不以为意：“长鸣兄心细如发，可也未免太过谨慎了。咱们三人破晓便上路，现在也是晌午，肚中若不垫底，哪来的力气？况且长鸣兄也知此地少人过，强人若在此要坐地掳财，岂不早早便饿死了？不妨事的。”回头又对书童吩咐，“快去快去。”

那书童想必早饿得厉害了，对儒生的阻拦颇为不快，见自家主子发话，立即答应一声，忙不迭地催马朝酒家跑去。

那儒生面有不悦，却也不便阻拦，只与锦衣公子并头跟随在书童身后，来到那酒家。

只见在空旷地面上，支着一个简陋茅屋，屋歪顶斜倒不说了，外面的柱子竟是未去皮的原木，还附着青幽幽的苔藓，正中柴门大开，四壁上的窗户是竹篾所编，甚为通风，屋里虽未点烛倒也亮堂，门前几根拴马桩，都是粗大的树桩，仿佛新砍不久，斧痕尤在。玄珠的青驴正拴在最末，啃着地上的青草。

锦衣公子和儒生下马来，还未站定，一个小二便从店中跑出，低眉顺眼地问安，将两匹马拴住了。

玄珠也从出门来，迎着锦衣公子道：“少爷，我已吩咐了店家煮茶备菜，顷刻便好。”

锦衣公子夸了他一句，和他一齐走进这野店，身后的儒生叹了口气，也跟进来。

这茅屋内只有木桌两张，条凳八根，很是简陋，横梁竟然也是青皮原木，倒颇有几分天然之趣。锦衣公子见屋内干净爽利，气息清幽，极为喜欢，更不疑有他。

三人在一张桌子落座，一个身着棉布长袍的矮小男子连忙从内室出来，点头哈腰地问了安，道：“小人乃本店掌柜，适才小哥的吩咐俱已照办，如今先给各位客官上茶。”

他随即一拍手，两个小二便奉上香茶杯盏。虽然茶器都是粗陶，但茶好水好，依然清香扑鼻。

锦衣公子一看这三人，却不禁莞尔。你道为何？原来这掌柜与两个小二，都长了五短身材不说，竟像得如一个娘胎里蹦出来的：都满月似的一张圆脸，豆大的小眼，扁平鼻子，线缝般的嘴，面皮白净，更绝的是那两撇八字须，竟没有谁长一分短一毫的。

锦衣公子笑问道：“掌柜的，你平素穿衣戴帽大约是不用镜子的吧？这两位堂倌便足以为鉴了。”

掌柜赔笑道：“此店乃小人家中产业，只在此地招待过路行商打尖留宿以为糊口，雇的人都是亲外甥。俗话说：外甥随娘舅，长得像也是当然的。”

锦衣公子听了更是大笑，那玄珠也跟着打趣了几句，反倒是旁边的儒生眉头微皱，一脸的讥诮。

这当口，两个小二从后面厨房端出几盘热腾腾的菜摆上桌，顿时青白一片，细看下来，原来是蕨菜、韭黄、茭白还有些许萝卜，再多一钵糙米饭，大小碗碟内竟无半点荤腥。那锦衣公子见菜式简陋，面上就不好看，只问道："掌柜的，即便此处偏远买不到猪狗肉，野味总该不缺，怎的竟如此寒酸？莫不是怕我等身上无钱，竟将好料藏着自用？"

掌柜忙赔笑道："山野小店，不敢囤着那些鲜货，客官要得急，又不成去打，怠慢了！"

锦衣公子用箸拨弄那些青绿小菜，只觉得口涩无味，那儒生冷笑道："掌柜的，我看你店子后便是密林，现去捉些野味也是有的，不过差一小二去掘个山鸡窝，掘个兔子洞，何愁找不到一星半点的肉食？"

此话一出，不说那两个小二面皮发青，就是掌柜也抖了一抖。好在生意人家，极会圆场，又忙禀道："小店虽无肉食，好酒倒是足量的，客官们若等得，且先饮几盅。小人这便叫厨子为客官们寻些野味来。"

那锦衣公子顿时大喜过望："没肉有酒也是好的，快快端上来。"

掌柜打发了两个小二出去，又亲自捧来一粗陶坛子，敲开封泥，为三人倒满。霎时间醇香扑鼻，那锦衣公子呷了一口，顿觉甘洌非常、唇齿留香，大赞道："好爽快！"

他咕嘟咕嘟两口就干了，掌柜的又连忙给他添满。

旁边的书童玄珠见主子畅饮，馋虫早就爬上了喉头，忙不迭地举起碗来牛饮似的往里灌，只有那儒生冷眼旁观，丝毫不为所动。

掌柜的眼珠一转，又对他道："客官莫不是还在计较下酒菜？暂且先饮一盅，小的稍后便将鲜肉送上。"

那儒生不言不语，只瞧着掌柜冷冷一哼，掌柜的笑也不是，怒也不是，踟蹰半晌，便将酒坛轻轻置于桌上，避猫鼠似的退下了，临到厨房外又扭头一瞥，见儒生还是喝了口酒，那八字须下竟挂了一丝诡笑。

三巡酒下肚，锦衣公子只觉得腹中如燃了团火，直蒸得酒气上头，面色也红了，眼目也花了，舌头也大了，十根手指都不听使唤了。转头看看玄珠，早已软倒如一滩烂泥。锦衣公子双眼迷离，痴笑道："好……好厉害的酒，想不到……这野店……竟有此等……佳酿……长、长鸣兄……你我再来一坛……如、如何……"话未说完，也如无骨的泥鳅一般滑到了桌底。

那儒生面色如土，强撑要起身相扶，最终也摇晃了两下，倒伏在桌上。

此时野店中寂静，只听得三人鼾声大作。那掌柜的从厨房中挑开布帘走出来，身后还跟着一个浑身油腻、厨子打扮的人，竟然也是圆脸小眼八字须。忽而同样的两张面孔也从门口探了出来——原来那两个小二并未去捕什么野味，方才便守在外面。

这四人蹑手蹑脚地凑到锦衣公子等人身边，那掌柜一一查看明白了，又对着儒生尖声笑道："任你这穷酸奸猾似鬼，也须着了咱的道。小的们，快与我寻那宝物！"

小二与厨子齐声应着，一人一个地翻捡醉倒的苦主。不多时，当中那个便喜道："得了！"

原来他扯开锦衣公子的衣衫，摸到一个硬物，拽出细看，原来是一面两寸见方铜镜。只见这铜镜做工极精细，花纹古拙，背后刻了一阴阳八卦图，更奇的是镜面无半点划痕不说，竟还有光华流动。

掌柜一步抢上，将镜子拿着细细摸了一遍，笑道："正是此物！当真皇天不负苦心人，这宝贝终究是我们的了！"

四人围做一团，正欣喜若狂，却听得背后有人冷笑道："好不知羞，分明是巧取强夺，如今倒似得了分内的花红一般。"

四人一惊，转头一看，那儒生竟然立在身后，且脸色如常，丝毫没有醉态。掌柜的惊疑交加，喝道："你怎会无事？"

儒生不无鄙夷地嘲弄道："区区雕虫小技，不过晕眩术法而已，我还不看在眼里。若不是要让尔等现行，一早便将这穷窝砸个稀烂了！"

贼子个个面面相觑，掌柜突然一声呼哨，四人同时拉起双唇，门齿暴长了三倍不止，凶神恶煞地朝儒生扑来。

儒生见此诸人面生异像，却半点不慌，双手各捏了个诀，喃喃几声后，便见一阵烟雾腾起，将四个贼人包在其中。一时只听得惨叫连连，待得雾气散去，掌柜、小二、厨子都不见了，原地上仅余下堆毛蓬蓬的灰色团子——定睛一看，竟是四只野兔。

那儒生喝骂道："短尾的孬货，好没有眼色，竟敢在爷爷眼皮底下装模作样，量爷爷我是瞎子么？"

野兔精吱吱挤作一团，眼见着儒生背后竟生出八条乌黑的狐尾，只恨自己有眼无珠，以为各个尾巴藏得妥当了，未曾料想对方更有高手在。

当中身量最长的野兔用爪子捧了铜镜，人立起来，颤声道："小的伏乞上仙饶命，小的委实不知这……这位公子与上仙同行，若是知道，就是剪了我等的耳朵与诸位下酒也是不敢不从的。尊友的铜镜这便奉上，望上仙饶过小的贱命！"

儒生接过镜子放入怀中，敲敲桌上残酒，那野兔精甚是乖觉，连忙吩咐三只手下窜上桌，扶着酒坛为儒生斟满。

儒生呷了口美酒，道："尔等若要活命也容易，我问的据实答来即可，否则……哼哼，本仙这趟路上尚缺腌肉，尔等虽只够塞牙缝，好歹也能就着下二两酒。"

野兔精连连躬身点头："是是，上仙请问，小的必定知无不言，言无不尽。"

"我来问你，你如何知道这铜镜？"

"上仙容禀：小的与弟兄们原是在这山中清修，半月前小的去青羊宫外听宣道，听说有一异宝在城东现世，得之可聚天地之气，于修为有大大的帮助。小的夜观星象，又卜卦多次，算得异宝向东北而动，回来与弟兄们商议，在此设下一局，万不曾想到此宝有上仙伴护啊。"

"你当我是黄口小儿，哪里有这么便宜的事？平白地知道有宝贝，还就偏撞上了。这风声何来？谁人告知？再唬我，嫌你的尾巴还不够短么？"

野兔精急得三片嘴唇乱动："上仙息怒，小的句句实话。这消息是听青羊宫附近一雀儿精说来的，她在三清殿外常年听教宣道，最是有灵性，决不肯轻易传言的。对于此异宝现世的消息如何走漏，小的全然不知。小的可以百年修为起誓，若半句虚言，愿被人磔骨吃肉，皮毛剥去做帽子。”

儒生双目一转，料想也问不出更多了，随即摆手道：“罢了。”他起身拍拍衣衫，那桌上的野兔精连忙下地来，用毛茸茸的爪子为他揩净布靴上的灰土。儒生叫声“乖”，在四只野兔精头顶一抹，又将它们变回人形，笑问道：“真是奇哉怪也，尔等修行有高低，化形时理应不同才是，如今怎好似一个模子刻的？”

那化为掌柜的大兔子赔笑道：“不怕上仙笑话，小的弟兄们未曾化过形，小的只好依着城里某行商的脸面变了一变，不想弟兄们都学了样，依葫芦画瓢。”

儒生哈哈大笑，往它身上轻踢了一脚：“合该尔等托生为兔子！去，将铜镜归位，再把他二人扶出去，这野店也拆了，然后速速离开。铜镜之事就烂在肚里，若走漏了风声，仔细尔等的小命。”

四只野兔精连连作揖，接了铜镜放回锦衣公子胸口，又手搭手地将他和书童移到马、驴一侧，施法将野店推倒，只见地上顷刻间便起了无数杂草，恍如一副寻常荒野的模样。末了，野兔精向儒生一齐磕头，化为原形，钻入草丛中便不见了。

儒生上马瞧着面前这两尊醉菩萨，叹了口气。他大袖一挥，便看着锦衣公子与书童缓缓地坐起身，醒了过来，只是眼中迷离无神。

锦衣公子浑浑噩噩地问道：“长鸣兄，方才何事？为什么我只觉得头重脚轻，双手无力？”

儒生关切地问道：“可有胸闷？”

“这倒没有。”

“是了。方才走下山道，三郎与玄珠都嚷着乏了，便在此处稍做休息，不知不觉间你二人竟睡熟了。既然已醒来，这便上路吧，山下应有正经店家，也好寻些吃的填肚。”

锦衣公子诺了，又道：“长鸣兄不曾休息？”

儒生闻言禁不住苦笑：“在下天生劳碌命，有了空歇也睡不得的。”

锦衣公子懵懵懂懂，只觉得眯了一觉，腹中饥火更盛，于是也不多言，便催着继续赶路。在他与书童玄珠上马之后，儒生回头看看那片空地，笑了一笑——身后云山雾罩、荒草飘摇，不知藏了多少精怪，前方虽大路平坦却也难料得脚下虚实，一切都未有定数呢。

这事的缘由须得从头说起。

成都城内有一位做丝绸买卖的富户，姓张，名大成，原是蚕农，后因勤勉经营渐渐攒了家私。中年之后又与人合伙置了片店铺，起早贪黑，渐渐成了当地的大绸商。这张大成性情仁厚、仗义疏财，但凡遇上灾荒年生，都要捐出大笔银子救济流民，平日里也惜老怜贫，时常帮衬街坊，是以在成都有“张大善人”之称。

然张大成虽有万贯家财，膝下却无一儿半女。他原配郑氏本有所出，可惜不到半岁便夭亡，后纳一妾，连得三女，仍无男丁。在四十六岁上头，张大善人便又纳了一妾，终享弄璋之喜。中年得子，自然爱若性命，特请高人算了生辰八字，取名为张燧，因前头正房夫人夭折了一个大哥，其母又早产一男胎，故而行三，小名唤之三郎。

这三郎从此便是张大成的心头肉，当真捧着怕摔、含着怕化，幸而也不是一味娇惯，总是有些分寸。后六岁开蒙，聘了西席，更管教了野性。此子聪明非常，日常功课一学就会，把个张大成乐得如同得了仙童，指望着将来光耀门楣。

三郎十岁上，原配夫人郑氏亡故，只隔两月其生母林氏也去了，三郎从此更是懂事，日日苦读，以求取功名。张大成将余下的妾室柳氏扶正，勤俭持家，虽人丁不旺却甚为和睦。

三郎十二岁便中了秀才，名震成都，众人皆以“神童”呼之，后不到弱冠便在秋闱中得了举人的功名，一时间多少人羡慕，称“虽甘罗、李泌亦不过如此”。张大成更是大散金银，广积阴德，两个出嫁女儿所在的亲家同样与有荣焉，连州府上也送了贺礼。

不料就在三郎准备上京省试之时，却突然得了急症，整日头昏发热，到后来竟卧床不起，胡言乱语。只瞧得好端端一个珠玉公子，被磨得只剩把骨头了，张府上下更是如天要塌了一般。张大成急得须发俱白，那银子流水也似的使出去，名医圣手、珍稀药材如同不要钱般地搬进来，然而个把月也竟无有丝毫起色，合府上下都暗自垂泪，只道小公子要就此仙去。

张大善人平素广布恩德，所以街坊邻里都帮着烧香拜佛，寻方找药，这一日竟有个秀才拿着封荐书找来，说有祖传方子可救命。张大成拆信一看，原来是旧日交好的绸商荐举来的，上书：

“弟刘楚再拜，字达兄大成足下：自别台颜，日日挂念！闻贤侄有恶疾，五内如焚。兹有秀才胡五德，字长鸣[①]，家藏奇方，可治异症。弟拙荆尝有疾，幸得其药救之。今特为兄荐至府来，贤侄或可得其良药。望侄早安，勿烦惠答。”

张大成惊喜非常，忙将秀才迎入府内，就如福神上门。而家中愁云惨淡之际，也好歹有了个期冀。虽不知这相貌平平的秀才是否真能救得火，在生死交关当头，也无他法可想。

殊不知胡五德也是暗自庆幸，凭着一封信才让张家中门大开，否则怎过得那两尊门神。既到了府中，便是他大展本事的时候了。

第二回 狐仙巧施回春术 老僧义助落魄人

这正是“山重水复疑无路，柳暗花明又一村”。只道是三郎难过鬼门关，天上却掉下个赛华佗，硬生生地撸了衣袖要从阎王殿上抢人回来。

不过虽有故人举荐，这布衣秀才言不出众、貌不惊人，年纪不过二十七八，让张大成也将信将疑。此时张公已如溺水之人，便是根稻草也抓住不放，管他是谁，只要救得三郎的性命，便是张家上下的活祖宗。张大成丝毫不敢怠慢，也不催促瞧病，先奉上香茶珍馐，要胡秀才将息将息。哪知秀才十分识趣，当先就要先去三郎房中。

张大成大喜，忙亲自带了去。

熬了这些时日，三郎已是骨头上只覆了层皮的活骷髅，身如败絮、气若游丝。满

屋只闻得苦药焦炭的味道，那些书啊画啊等风雅之物，也因久久地无人翻看，落满了灰尘。周围仆人衣不释带地伺候着，个个面色蜡黄，愁眉不展。

张大成见爱子病入膏肓的模样，早已是来一次哭一场，如今只在门边做一“请入”的动作，就不敢朝床榻上再正眼瞧上一瞧。

胡秀才面目凝重，在床头坐定，号了脉，又细观三郎颜面气色，在其人中、风府、通天、玉枕等穴位按揉了片刻，而后唤一丫环取来清水半碗，从怀中取出一只竹管，将管中一枚药丸化于其中，令三郎服下。但见药汤入口，神智迷糊的病倌儿竟哼出了猫叫似的几声。

张大成抢上几步，见孩儿枯黄的面颊上泛了浅浅的红潮，立刻对这不是大夫的大夫信了七分。

胡秀才又问三郎何时得病，昏睡几日，有无言语等等诸多事宜，张大成不敢隐瞒，细细说了，胡秀才笑道：“来着了，来着了，公子的病确是遇了巧，在下正好有医治的方子！”

张大成听着耳中，只觉得满天神佛乍现，愣是给将死之人支了条活路，顿时老泪纵横，拉着胡秀才便叫“恩人”。秀才连说“不敢当”，又道：“公子的疾症学生固然可以医治，但这余下的一月需老大人多给方便，依学生所嘱行事。”

张大成自然是点头如鸡啄米：“但有所命，无敢不遵。不过犬子这病究竟为何，倒要请教。”

胡秀才道：“公子这病说来也不怪，从古至今皆有发生，野史中也曾记载，名目繁杂，多称为‘离魂’。病者先是疲乏体虚，恍惚无神；继而浑浑沉沉，不晓世事；最后卧床不起，直至消瘦亡故。病因由名可知，为魂魄离散，医治么，说难也易，说易却难——即是将离散之魂魄重新唤回而已。可惜世间人多有迂腐者或尽信巫而弃医；又或尽信医而讳巫，故此症多不能救，更有些庸医邪巫，乱用药石，救人不成反而害命。今学生得先祖所授秘术，可保公子痊愈，老大人只须按方抓药，并听学生安排行事，不出月余，必还老大人一个康健的儿子。”

张大成又是一番感激，忙请示下。秀才道：“先以汤药送服，每日需人参一钱，辰砂三钱，茯苓三钱，煎浓汁。待服下六剂，再观后效。”②

听了秀才所言，张大成便如同领了圣旨般急吼吼地命下人去采办，至于那些人参、辰砂、茯苓如白菜萝卜似的搬进来，也不必提。

往后接连六天，张家按胡秀才说的方子给三郎熬药服下，终于开了口禁，好歹能灌些肉粥下去，面色也渐渐回复了，不再死人一般，只是依旧未曾睁眼，还是整日地昏睡。

再看胡秀才这厢。张大成如供活菩萨地留住了，发下话去：恩人但有所求，无不应从。好在这秀才倒非那仗势跛扈的贪婪小人，于金银财物没什么想头，唯独在饮食上挑嘴了些，每餐必有一只鸡下肚。既有建功，他便是顿顿要吃凤凰，张大成也乐意供奉。

眼看着又过了十日，三郎日渐丰腴，那面颊也略鼓了些，可还是活尸般无知觉。张大成既喜又忧，要想问问下文，偏生又怕催促起来胡秀才恼了，一时间踌躇不已。还是浑家柳氏颇有决断，进言道：“官人忧虑得好没有道理！这胡相公本就是来医病救人的，咱家也不曾亏待他，每日好酒好菜地招待了，便是要金银钱财也舍得。如今三郎一日强过一日，若说先前尚虑体虚而忌猛药，眼下也不妨事了。若有好手段就该早早使出来，去了病根是正经，哪有不死不活拖着的？若是胡相公有别的计较，也可告知了让咱安心。官人只管温言相询，不过费些好话，又有啥打紧？”

见张大成连连点头，柳氏又叹气道：“可惜奴家不曾养得男丁，如今三女莲英年末也要出阁，官人与奴家的依靠唯有三郎，张家血脉亦都系在他身上。若胡相公真有回春之术，即便是要奴家的性命也无妨。”

张大成闻此一番话，感念妻贤，于是逮着机会探了胡秀才的口风。那胡秀才只慢条斯理道：“老大人尽可宽心，前些时日已养好了公子贵体，汤药却不可断，余下的便是将散去之魂魄招回。此乃通灵法术，非寻常日子可施行，需算干支，老大人再等得三日便可见公子恢复如常了。”

如此一说，张大成终于稍觉安心，款待愈加殷勤。

好容易挨到三日之后，胡秀才早饭便吃了一只整鸡，然后吩咐仆人取鸡子一枚，饭一钵。又令张大成脱下三郎贴身衣物，包了鸡子、饭钵放在大门外。张大成心知这便是要招魂了，忙吩咐家仆小心听差。

胡秀才又命二仆找来木瓢，一盛草灰，一盛泥土，立于大门两旁。又接红丝线一条，从大门外引至三郎卧房。

秀才对张大成道：“少顷学生作法，执瓢之人便需大声喝呼，将草灰泥土抛洒出去，还要偏劳老大人绕屋一周，口中呼‘三郎的魂归来’。”

张大成连连点头：“那么如此过后，当即灵验？”

秀才指屋中红线道：“此乃引魂线，只要万般俱全，三郎之魂即可由外而归，老大人不必担忧。”

张大成领了命，也不耽搁，随即出门。[3]

这胡秀才果真有些手段，不到半个时辰就作法完毕。他命人将病衣包着的鸡子、饭钵远远地抛入市桥江中，又请张大成回转来。待得张大成气喘如牛地来看儿子，三郎果然睁了眼，虽体虚无力，声音嘶哑，总算是冲张大成唤了声“爹”，把个张大善人激得老泪纵横，一把抱住便心肝肉地哭起来。

胡秀才笑道：“老大人无需悲伤，公子已无大碍，此后仔细调养便成了。”

张大成满心感激，对着胡秀才便要下跪，慌得秀才搭手扶了，连说“岂敢”。张大成奉上纹银二百两和上等丝绸无数，秀才都推却了。张大成唯恐儿子病情又变，强留着胡秀才再盘桓数日，并屡次要报答再造之恩。

秀才这才开口，说他在益州已无亲友，惟余一娘舅远在汴梁，有心要去投奔，可又苦无盘缠。张大成笑道：“这个容易。小儿本就要去汴梁参加省试，恩人若不急，就在鄙处多待些时日。等小儿身体康健了，再一同上路，盘缠自然不用发愁，彼此间也有个照应，岂不两全？”

秀才点头同意了，便在张府住下，这期间与三郎熟捻起来，竟成了好友。因他年长，三郎以兄呼之，张老爷相待也愈加亲厚，秀才每日无所事事，优哉游哉，不提。

两月过后，三郎终于痊愈，调养好了，又温了段时间的书，便收拾行装要上路。张大成本备了两辆大车，一辆让三郎与胡秀才同乘，一辆拉满了衣服书本，吃的玩的也尽都不缺，还派了仆从车夫共四人跟随。三郎嫌弃排场过大，行路不便。他自小本分，未曾离过家，加之前日那场大病更憋得气闷，本就有心趁着出这趟远门在路上玩耍一番，带了家丁则多有不便，只说与秀才两人同去足矣。张大成现虽对爱子是千依百顺，却也不放心如此安排，咬死口地不允许。

最后还是浑家柳氏两边都劝了一劝，好歹让书童玄珠跟随，并拿出家传的护身宝镜交与他戴在身上，三郎推托不过，应承了；张老爷爷也不再执拗，不过金叶子还是藏了千儿八百地在那两箱笼书中。暑热一过，这三人便离家上路了，此后种种皆如前言，不再赘述。

却说狐仙五德救张燧性命，又将其铜镜从野兔精手下赚回，种种行藏皆小心不露。三郎此人，读书是极聪明的，可生长于大富之家，又是一株独苗，众星捧月之下难免少了几分精明多了几分呆气，对周遭之事不甚上心，故而也不曾发觉胡五德的异处。他自恢复神智起便与之说笑，只觉得秀才口齿伶俐，颇为诙谐，兼之有再生之恩，更是不疑。

三人一路上以驴马代步，边走边玩，路遇名山大川、古刹胜景都少不得要去看看的。张燧与玄珠二人倒是欢喜得紧，却劳累胡秀才疑神疑鬼，唯恐遇上厉害的邪物。自野兔精露了口风起，他便知三郎的劫数就如同那天雷一个连一个地往下劈了，只怕去汴梁这一路也都不得清静。

那护身铜镜的来头为何，倒真的颇费思量。

张大成自发家以后，也好附庸风雅，搜罗了些字画古玩堆在屋中。三郎大了，比他老子识货，便将那些俗气赝品丢出去，故而张家府上倒少有不能入眼的东西，可惜俱为条幅画屏。胡五德知张家祖上并未传下些什么值钱的玩意，倒是柳氏为破落官宦之后，可见此物必是她的陪嫁。那铜镜原是在柳氏妆奁盒子里生灰，一则因其古旧，照映不清；二来柳氏就是一寻常妇人，也不识阴阳法器，大约只听上辈说的能护身，便与这张家独苗戴上。

胡五德也曾施了个迷术教三郎与玄珠昏睡过去，对这铜镜细细查验，那镜子贴了三郎的身便果真有些异象，八卦之图恍若转动，隐隐有风雷聚合。五德探头一瞧正面，赫然映出自己一张尖嘴的黑毛狐狸脸，忙又用衣服掩上。

他虽也是妖怪，但毕竟道行高深，不似宵小之辈有大贪念，况且此物还为恩人所有。但异宝落在三郎手里，就如小儿执金锭于市井，觊觎者甚众。好在修炼的精怪大都识趣，见厉害狐仙自然也就回避了，些许小妖则全不入他的眼。五德拿定主意，只保得三郎平安到了东京送进礼部贡院，那铜镜的麻烦，自有护着读书人的魁星大人接手。

如此一来，又过了十数日，三人说说笑笑出了蜀地，要前往岳州，拟取道水路直下江南。这日行在道上，却突遇一场大雨，只见得乌云滚滚，银蛇霹雳响裂帛；雨帘条条，碎玉急洒似钢钉。这雨劈头劈脸砸下来，张燧、五德并玄珠三人只如落汤鸡一般，被浇得丢魂失魄，直催促胯下坐骑狂奔，终于颠颠倒倒地寻到一处古庙可避雨。正要敲门，却见另一头有两个短衣轿夫，抬着一顶青色小轿奔来，旁边一听差与一老妪都是湿漉漉得如水锅中起来的。那听差的抢上来把庙门敲得震山响，不多时门开了，一个小沙弥出来笑道："阿弥陀佛，诸位檀越受苦了，快请进来暂避一时。"

众人忙道了谢。三郎避让一旁，让那轿子与听差等先进去，这一耽搁，连中衣也无一处干爽了。

玄珠气闷地嘀咕："哪里来的野驴，偏生还抢了马儿的槽料！公子真是好性儿，分明是咱家先到的，如何倒让起他来了。"

三郎低声斥道："休要胡说！同是落难中人，不过些许小事，怎能斤斤计较。"

胡五德倒不曾多言，只打量着这小庙，他瞧这庙是屋檐低小，梁歪墙倒；那佛祖金身都褪了色，那案上明灯也不曾烧；香炉冷冷久不用，木鱼朽朽哪堪敲；地上青砖都裂了缝，蒲团倒做了鼠辈的巢。宝殿当中一个小沙弥，僧袍千补丁万补丁的，只怕比乞丐也不如，顺眼的唯有他那副笑脸儿，倒可亲得狠。

三郎向那小沙弥道："多谢小师傅慈悲，让我等不受暴雨之苦。"

方才那对听差等也连连作揖称谢。

小沙弥道："阿弥陀佛，贫僧师尊嘱咐，出家人救苦救难，万不可拒人于门外。"

正说着，只听得有人高宣佛号，从后方出来，原来是一个年近古稀的老僧，干瘦清癯，拄了一根竹杖。众人又是行礼，老僧一一还了，叫小沙弥搬出几根破凳，让众人坐下。听差的与轿夫将轿子停在一旁，也坐了，唯独那老妪守在一旁，对轿中人说话。

老僧道："老衲惠圆，乃此光明寺住持，与小徒无觉在此清修。庙小屋陋，檀越切勿见弃。"

三郎拱手谢道："多谢老师傅收留，小子姓张名燧，这位乃挚友胡长鸣，我等本要前往岳州，现下看来，今日这场雨怕是要下上一些时候。不知老师傅可有禅房让我等暂留一夜，明早再动身。小子愿奉上纹银一两权作香油钱。”

老僧笑道：“阿弥陀佛，多谢公子。此处本就是供世人方便，何必客气，如若不嫌陋，老衲让小徒打扫出一间便是。”

一旁那听差的也上前行礼，道：“老师傅，小的是三里外刘家庄的管事，今日赶着送表小姐回去瞧病，不想撞着这场大雨。还请赐碗热汤，行个方便，小的好侍奉小娘子饮些。”

老僧一边声诺，一边吩咐徒弟去厨下烧火。

此时胡五德却起身道：“不才略通医术，愿为小娘子瞧上一瞧。”

他倒是笑语吟吟，不曾想那听差的脸却立时黑了下来，轿夫与养娘竟然也是一幅烧炭的面孔，真真倒是让人摸不着头脑。

第三回 闻异声方相露形 斗口舌美人现身

常言道“给人方便，自己方便”，说是凡行路在外，多要与人为善，积德换平安。三郎虽为富家公子，这个人情世故却也晓得，见胡五德好心义诊，而那家管事、养娘倒如被赚了棺材银子一般苦口苦脸，开始甚为诧异，后转念暗自猜测：对方为闺阁千金，自然不肯让寻常男子轻易号脉。

正这样想着，那管事的便拱手道：“小的刘吉先拜谢相公大德，只是小娘子这病来得古怪，非家中先生配好的方子不能救，相公虽通药石，瞧了也是无用的。”

胡五德听了，便顺势下坡：“即如此在下也不敢冒失，还望天公慈悲，快快停住这雨。”

几人相互客套，又一团和气。

此时那软轿中伸出一只手来，撩着轿帘招了一招，似呼在唤那养娘前去听话。三郎看那手，真个如白玉雕成的，柔弱无骨，只微微一动，便好似春风拂栏。他自小家风正派，不曾出入过瓦舍勾栏，又未娶妻纳妾，平素礼教大防，除了几个丫头，哪里与妙龄女子有过交往？此时见那青葱玉手，免不了心神一荡。

可惜那小娘子只这么晃了一下，就将手收了回去。张燧连忙低头，不敢再瞧。

慢慢地又过了一刻，雨势竟还是没减，在庙中躲避的众人只在屋檐下叹息。小沙弥端出几个缺口的陶碗，把烧的热汤分与众人。那汤色清亮得很，只几片绿菜沉在下面，没什么味道，不过可以压一压腹中虚火。眼见着天色一时比一时暗了，小沙弥将禅房打扫干净了，请那小娘子去暂歇。

三郎等不好与闺中女子打照面，破庙中又无处躲避，便同五德、玄珠等在另一处背过身去。听着轿帘作响后片刻，他转身来，只见桃红的裙角扫过破帷幕进入了后殿，又呆了片刻才坐下。

此时天色已晚，乌云满天，竟昏沉如黑夜，那刘管事看着外面哗啦啦的大雨一迭声地叹气，这样的情形即使耽误了也只好明早再上路——哪怕现下雨住了，他也没胆子连夜赶山路的。

惠圆和尚说是正殿风大，生不得火炉，恰巧小沙弥收拾好了禅房，便邀了这几人到入内暂避。刘家的女眷们自然是一间，轿夫与管事的一间，三郎和长鸣、玄珠又是一间。惠圆和尚则带了小沙弥在外边念经打坐，支了几根竹棍晾他们的外袍。

三郎等人换了干衣，吃了干粮，又分了些给刘家众人。这前后累了半日，终于抵挡不住倦意，都在各自禅房内慢慢睡了。

三郎这一觉，只睡得昏昏沉沉，又似乎隐约有些响动不绝于耳，搅得人不安稳。他只感到胸口燥热，睡到一半猛地睁开眼睛，却见四周黑糊糊一片，原来竟然已经深夜了。

这禅房中霉气很重，想来久无人住，仓促打扫过后也仅能将就而已。窗户多有破孔，晚风呜呜地灌进来，雨声依旧没有止住。三郎皱着眉头辗转不停，却听得身边胡五德呼吸轻缓，而角落里玄珠更是鼾声如雷，睡得正香。这房间里只有他一人醒着。

他缓缓起身，凝神细细分辨，果然又听到一些异响，时断时续地从外面传来。

三郎下了榻，又靠近门边，啪啪的闷响更加清晰，却分辨不出是什么。他顺势踢了踢蜷缩在草席上的玄珠，那厮竟如死猪一般没醒来。三郎又踢了他两下，玄珠干脆转了个身继续好梦，直教三郎又好气又好笑，转回身来拍拍胡五德。

秀才醒来，颇不悦地问道："贤弟莫非在此陋室睡不着？"

"对不住了，长鸣兄，这庙中似乎不大太平。"

"发生何事？"

三郎做了个"噤声"的手势，低声道："长鸣兄可听见了异响。"

胡五德侧耳片刻，摇摇头："风声雨声都有，不去管它便是了。"

"非也！"三郎急道："小弟方才细听了，绝不是风雨声——"

"那便是树声、走兽声、经幡翻转之声……这间破庙，总比不得客栈周全，贤弟将就些吧。"说完，又打了个呵欠，径自睡了。

三郎讨了个没趣，只好悻悻地回榻上躺下，拉过旧衫搭在身上。但经这一闹，怎么都睡不着了，只翻来覆去。双耳也比先前更尖，那些声音都像大了数倍，一个接一个地钻入耳中，竟然闹得他连眼都闭不上了，而胡五德与玄珠的鼾声却始终不绝。

三郎忍了又忍，终于还是坐起来，这一次竟然听到那啪啪的闷响中夹了几下呻吟，他大惊失色地开了房门，外面却伸手不见五指，只一阵阵的凄风苦雨扑在面上。三郎此时也顾不得胡五德心中不快了，直将他摇醒：

"长鸣兄，这里恐真有些不妙，还是去打探一番为好。"

胡五德睡眼惺忪，胸口火气腾腾，不耐烦地说道："贤弟这次又听到了什么？莫非竟是鬼叫？今日行路一整天，又被这背时的雨浇了个通透，不好好歇息，明日恐怕就赶不到岳州了。"

三郎张口要分辨，不料胡五德竟下地去将门关上，还插了门闩才回来躺下。三郎素来敬重他，再不敢多言，只僵在原地，却很不甘心。不多时，他见胡五德又入了梦乡，轻手轻脚地下了地，偷偷开门出去了。

然而他却不知，听到门吱吱嘎嘎的暗响，背后假寐的胡五德睁开了眼睛只有苦笑。

却说三郎出了禅房，只觉得阵阵冷风裹挟着雨点飘在身上，四周黑成一片，他也分不出哪里是天，哪里是地，只摸索着到了背风的墙根，掏出怀中的火折子，吹燃了，又在地上寻了根枯枝点着，总算得了点儿亮。

只见左右两边禅房都关着门，左手边的正是那小娘子歇息之处，右手边是那些管事轿夫的睡处。

三郎只向左边望了望，想起那只玉手，有片刻恍惚，随即收敛了心思，细辨着周围动静，却见右边那禅房门虚掩着，并没关严实。此刻只听那风雨之声愈加地大了，从四方八面满天满地地扑来，呜呜咽咽，就好似小儿夜啼，令人寒气入骨。不一会儿，三郎果然又听到那闷响与呻吟果然响起，竟更清晰了几分，仿佛是从前殿传来的。

他扶了墙慢慢挪步子，那怪声越发真切。三郎毕竟是富家公子出生，自小未曾见过什么凶险，初生牛犊不怕虎，竟也没想要回去。沿着灰墙只走了一会儿，便见前殿破烂的经幡与布幔后透出几许黄色的烛光，隐约还有影子在晃动。

三郎小心地探出头去，将眼睛凑上经幡的虫蛀破洞，正看清了正殿里的情形：

却见那管事刘吉与两个轿夫正凶神恶煞地围住了惠圆、无觉师徒二人，六只眼睛豹子似的环睁，衣袖高高撸起，钵大的拳头捏着，鼻孔掀动，与白日里的谦逊大不相同。老僧与小沙弥倒地上，面颊挂着丝丝红痕，像是受了伤，看来众人方才已经动过拳脚了。

三郎又惊又怒，不知道刘家管事等几个为何如此对待慈悲的师徒二人。

只听刘吉道："你们这两只秃鸟，若有眼色，就该早滚得远远的。这光明寺虽然破旧，也不是你们两个该来的地方。"

小沙弥皮泡眼肿，嘴角也破了，一连声地呼痛，惠圆和尚脸上青了好几块，却不讨饶，直骂道："狼心狗肺的奴才！怎如此翻脸不认人，老衲好心让尔等在此容身，倒是自己找祸事上门了？"

刘吉冷笑道："上哪个的门？到现在还是说不清话么？你这秃鸟若是识相，天亮前滚了，爷爷便可饶你性命，若还要嘴犟，现在就揭你的皮！"

三郎听得模糊，只晓得那管事似乎要将师徒二人赶出庙，却不知他歹心是从何而起？

只见那惠圆弯腰驼背，丝毫不惧怕膀大腰圆的壮汉们，反而嗤笑道："莫以为这样便能吓唬人！打量我不知道你们几个的底细！刘家庄上何时来了个表小姐，我怎么没听说？这场雨也赶得巧，偏就把那公子与你家小娘子送作一对？"

最后这话让三郎只觉得心口热了一热，又禁不住有几分赧然。

那刘吉却闻言大怒道："真是嘴尖皮厚的秃鸟，不吃点苦头不知道爷爷的手段。快给我狠狠地打！"

三郎暗叫"不妙"，正要喝止，却见那两名轿夫抄起拳头扑向惠圆师徒，陡然间身量暴长，变成了青面獠牙的模样，上身毛茸茸地铺了层黑毛，下身却一片鲜红。三郎只吓得魂飞天外，那声喝呼都卡在嗓子里，只感觉到双腿发抖，虽然有心想逃却迈不出一步，连手中燃着的枯枝也啪地落在地上。

那"刘吉"听得响动，立刻转头望过来。三郎转身就逃，还未垮出几步，只听得咚地一声，竟结结实实撞在了墙上。他眼前一阵发黑，觉得天旋地转，就此仰面倒下。

刘吉撩起经幡布幔，见到三郎昏死在地上，起初大吃一惊，随即又笑起来：“想不到你这哥儿倒聪明，一不提防就让你窥探到了真身呢！既然你自己送到嘴里，就莫怪我不吃了！”

一面说着，一面就去探他胸口，可惜手还未摸到，就被人一把攥住，硬生生地推了回去。抬头一看，原来不知何时胡五德站在一旁，似笑非笑地等候着了。

“刘管事好大的脾气，不知道三郎有什么冒犯之处，竟要让刘管事出手教训。”

刘吉脸色变了几变，揉着手腕哼了声：“我早瞧出你这穷酸有些古怪，怎么，原来也是看出他身上有宝物光华，惦记着呢？”

五德也不生气，老实地点头道：“宝物确实是惦记的，不过惦记的只是如何不让邪魔外道算计了去！”

刘吉一声怒喝，张开双臂扑了过去，顷刻间也化做了上黑下红的青面怪物。

五德身子一矮，顺手将三郎转到墙边，然后从旁边缝隙窜入了正殿。

此时正殿中，那两个轿夫化作的怪物已经滴溜溜地追着两个和尚打了，在满室的昏黄烛光中就看着两个黑毛蓬松的大个子扑两颗光头，五德禁不住笑了。

“刘吉”大骂道：“死穷酸，等下看你还笑不笑得出来！”说罢右手一伸，凭空抓了个金戈，虎虎生风地挥着杀过来。

胡五德却丝毫不惧，只退了两步，从袖中取出柄折扇，然后左足一踮，突然腾起一丈多高。“刘吉”仰头龇牙咧嘴地吼，却看见那扇子上飞出一阵黑烟，像活的一样笼在他脸上。“刘吉”吼声如雷，只把头甩来甩去，那黑烟却始终牢牢地附着他。五德落在地上，冷笑两声，抬手一扇风，黑烟散去，一根绳索却牢牢套在“刘吉”颈项中，而一头则拽在他手里。五德一用力，丈许高的妖怪轰然倒下，被他一脚踩上脑袋。

这时那两名“轿夫”也将惠圆、无觉两师徒拿住，掀翻了按在地上，虽然眼瞧着伙伴被人捆了，却又丢不下手头的两个，只急得乱叫。

两方都僵持住了，谁也不愿先服软。

这当口上，正殿后传来沙沙的响儿，一只白玉般的手撩开了破烂经幡，然后玉珠落银盘似的声音笑道：“此间还真热闹，尊驾无端端拿了我的仆从，竟是要给我下马威么？”

胡五德定睛凝神，看着经幡后走出一个妙龄女子，她只一站里在正殿中央，烛光便尽皆暗淡了，那眉目脸庞秀美如工笔绢画，身段袅娜如拂堤杨柳，直叫人移不开眼。她身上穿着桃红的襦裙、大红的背子，加了白纱披帛，竟更衬得肌肤白皙，毫无瑕疵。更奇的是，那双星眸中带着一点儿碧色，如瑰丽的宝石。

五德手中拉着绳索，足下踩着“刘吉”，本要贫嘴几句，看到这美人身后的养娘，却立刻呆了——那老婆子一手拖了昏厥的张燧出来，一手五指如钩，正搭在他咽喉上。

五德心中直骂自己短视，竟忘了这两个，连忙凝神暗中用通天目查看那女子，更是悚然一惊——对方乃一位惹不起的人物。

五德眼珠转了转，一面攥紧了绳索，一面赔笑道：“大水冲了龙王庙，想不到姐姐竟是在下的同宗。小子名叫胡五德，原籍在峨眉山中，先给姐姐问安了，还要请教姐姐芳名。”

那美人掩口道："好利的一双眼，既然能看出我的真身，想必也是修为不低。罢了，说了名字也让你做个明白鬼。我乃武夷的朱红娘子。"

五德心中叫苦，脸上却笑得越发恭敬："原来是大名鼎鼎的朱红姐姐，失敬得很。早知道姐姐在此，在下就该远远地绕开才是。"

朱红扭动细腰在凳上坐下，杏眼一扫，斥道："既然晓得了我的名号，还不快放了我的仆从，跪下磕头。"

五德赔笑道："姐姐不要见怪，在下倒是不敢故意惹姐姐不快，只是放了他，姐姐也未必饶过我。"

朱红樱唇轻启，骂他："滑头小贼，你就不怕这公子哥儿血溅当场？"

五德愁眉苦脸，却还是不放手："姐姐已经是千年修为，何苦难为我这八条尾巴的后辈？"

朱红好整以暇，道："你自己要招惹这麻烦，怨谁呀？他身上这异宝的消息早就传开了，众妖都垂涎，你怎么要凑上门去？"

五德见她口气松动，连忙回答："姐姐容禀：这原本也不是我情愿的。请详听缘由：在下本是寻常黑狐，名叫胡五德，字长鸣，自得了灵性，已修炼八百余年，再假以时日即可为地仙。四百九十岁那年的某日，天劫将至，在下从前辈那里学了偷巧的门道，寻了一处荒山破庙布阵，只等天雷落下便挡回去。谁知小的刚化为原形，正要作法，一个秀才就兀笃笃地闯进来，一脚将在下的法器踏了个稀烂。在下登时气结，正要发作，却听得天雷阵阵，浑身没了骨头一般瘫软成一团，只道是此番定要了账。谁知七七四十九个天雷竟没一个落在我头上，甚至于连破庙顶上的瓦也不曾刮下一片来。小子只道是雷公吃了酒没准头，暗叫'万幸'，待雷声一住，就飞也似地逃了，全然忘记与那秀才理论。此后又过了几百年，小子修炼勤奋，已炼出了八尾，只差一尾就可更进一层，然则无论如何也不见臀上多一根毛。"

朱红听他说得有趣，也追问道："这是为何？"

五德叹气道："小子也十分不解，后在席间请教一前辈地仙，前辈用龟甲卜了一卦，道：'汝尚有恩情未报，尘缘不了，故而修行不能精进。'"

朱红问道："可与那秀才有关？"

胡五德叹了口气："是，不过当时在下也曾想破了头寻不到根由，不得已再次相求，前辈细算了半日，告知曰：'汝可记得某日渡劫否？汝原该承七七四十九个天雷，却恰巧有人为汝挡了。此人因前世积了功德无数，故而大有福祉。汝须将此恩德还报了，方可成地仙。'"

朱红听了，顿时笑得花枝乱颤，连那老妪和五德足下的"刘吉"等都磔磔地怪笑起来。朱红只抚着胸口道："好缘分！莫非那就是这公子哥儿？"

胡五德点头："正是！小子当日听了此言，细细盘算，哭笑不得——我原有法自保，那呆头鹅闯来就罢了，竟还莫名其妙地成了恩人！如今也无他途，只好出山去寻那书生报恩。临行时前辈嘱咐：'此人托生为益州绸商张大成家独子，有大富大贵之命，然今年恰有劫，汝可去力保。省试一到，自有魁星护佑，从此青云直上，汝就可离开了。’在下纵有千般不悦万般不愿，也只得改了行头，化作秀才来到张府。不想竟在这里冒犯了姐姐，还望姐姐放过我等，必终生感念姐姐大德。”

朱红渐渐止住了笑，却柳眉一挑：“你凭着几句话便想让我就此放手，恐怕也不那么容易。”

胡五德脸色红了又白，只看着被人抓鸡仔一样攥在手中的张燧，心中不断地计较。

第四回　化干戈朱红撤局 问前程腹鬼上身

圣人云“唯女子与小人难养也”，这个缘由胡五德从前是不懂的。他修成人形后，也曾游历人间，多与歌女舞伎结交，只觉得女子温软可爱，值得多加呵护，偶尔有些刁蛮脾气也是情意浓淡的调剂。如今在这破庙对着朱红，虽然天仙一般的品貌，却好像遇到了追命的夜叉，不得不打起全副精神周旋——大约母狐狸和人还是不同的。

他见朱红丝毫不松口，又看看足下踏着的“刘吉”和那两个擒了和尚的“轿夫”，眼珠一转，对面前坐着的女子说道：“姐姐道行高深，虽知道那呆子身上有宝贝，想来也不会有什么企图，只有那些法术低微，品行下作的小妖才会夺了去帮助自己修炼。”

朱红笑吟吟地看着胡五德，道：“你这小贼也不必拿漂亮话挤对我。倒不是自夸，我如今在这人世间什么没看过、没玩过，这哥儿那铜镜，不过是聚气的东西，我是瞧不上眼的。我到这光明寺里，本是为了这几个侍奉我的仆从——”

胡五德转头看看身后，只见两个“轿夫”面皮漆黑，嘴巴里冒出四枚獠牙，各自脸上嵌了四只冒着金光的眼睛，蒲扇般的手掌抓着瘦骨伶仃的和尚，就好像攥着两枚光溜溜的鸡蛋。五德又打量了足下踩着这手执金戈的一个，突然惊讶道：“之前就觉得眼熟，莫非姐姐驱使的竟是方相[4]？”

“正是……”

“那么这两个和尚是——”

“呸！”只听那保持着人形的养娘啐道，“什么和尚，不过是没脸没皮的泼赖畜生。”

只见那惠圆、无觉师徒拼命扭动，就是挣不脱那两个方相的钳制，只急得面皮泛紫。

朱红对五德说道：“我这四个侍从都原本是石方相，立在一汉墓之中，因地气好，得了灵性。他四人本是忠心为主，一直守着主人玉棺，从未曾想要出来。谁知有一日，两只鼠精觊觎这汉墓风水，要据为己有，就毁了玉棺，并趁他四人尚不能化形，竟将原身石像搬出来抛入了山中。我恰巧路过，就收了他四人原神，并加以点拨指教，让他们修行精进。如今过了几年了，也该让他们回来报仇。”

五德恍然大悟：“原来这两个和尚就是鼠精，怪不得起初管事的要他二人滚呢。”

这时惠圆涨红了面皮，直着嗓子叫道：“上仙勿听信了他几个的浑话！小的等本分修炼，从来没有劣迹。如今他们要夺小的住处，还不是看此地阴气重！呸，仗势欺人！

这本来就是一个破庙，哪里来的汉墓？”

几个方相大怒，纷纷咆哮起来。

朱红冷笑道：“在我面前还敢弄鬼！打量我不知道你们在此地的作为么？小小的鼠精十年间就能化为人形，除开此地本身阴气滋养外，也吸了不少人的精魂吧？”

惠圆和尚顿时语塞，头上汗水涔涔而下。

朱红又道：“你之前给我们喝的那是什么汤？汤里盛的莫不是你炼就的迷魂草？若我们几个为寻常客人，这哥儿又无异宝护身，岂不就如那书童一般沉睡不醒，任听你们摆布了？”

只见惠圆原本慈祥的老脸青了又白，接着猛然发出一声尖啸，那声音竟如同锥子一样又尖又利，刺得众人都掩住了耳朵。这一瞬间，干枯消瘦的老僧突然如面团子般地鼓了起来，化为一只肥大的灰毛鼠，千万根毛如利剑般激射出来，几个方相猝不及防，挨了个结实，一迭声地痛号。而五德眼快手疾，折扇一挥，将那钢毛尽数挡了回去，连他身后的朱红、张燧等也没挨着半根。

这一打岔，惠圆已经带了无觉嗖地钻入了地下，逃了。

五德放开捆住的“刘吉”，向朱红一躬身：“在下耽误了姐姐办事，该死该死！”

朱红摆手道：“罢了，也要多谢你方才施予援手。”她冲那老婆子一颔首，后者便将张燧松开，交还给五德。

五德连忙把这少爷扶了靠墙倚坐着，细细查看，发现除了额上红肿之外并无大碍，这才放下心来。他见朱红走近那两个中了钢毛刺的方相，檀口微张，只轻轻吹了口气，鼠精的钢毛就丁丁当当地掉落下来，伤口也合上了。

然后她取下白纱披帛丢在地上，那披帛登时化为一条白色巨蟒，直扑向破旧的佛像。三角的蛇头只一拱，佛像便稀里哗啦倒成一堆碎片，莲花座下赫然露出一个黑洞洞的入口。朱红双手结印，喃喃念了几声，大蛇便钻入洞中。只一会儿功夫，听得下面传来尖声惨叫，大蛇便叼了一大一小两只灰鼠回来，恭敬地放在朱红面前。朱红伸出手，那蛇一边攀援而上，一边缩小身形，最后又重新化为披帛。

五德见了朱红如此本事，心中暗叫“万幸”——若真与她对上了，只怕没有什么好结果。

眼见那两只灰鼠气息奄奄，要死不死，朱红冷冷一笑，命“刘吉”拿胭脂盒子收了，放在身上，又对另外三个方相道：“快下去看看这两个孽障是否将墓室损毁了。”

方相们领了命下去，朱红便又回到凳上坐下，看着五德照料张燧，笑道：“你不用多虑。这哥儿胆子虽大，却不经事。只小小地磕碰一下，厥过去倒是好事。”

五德点点头：“姐姐说得是。若他醒着，怕是要吓得三魂出窍，后面上京的路倒还麻烦了。”

朱红又道：“我有个法子教你：你趁着他与那小厮不省人事，快快运起缩地术，将他二人送到汴梁，再丢在礼部贡院就成了。他一个举子，身上必有州府文书，贡院自然会接待，你不是恰好甩脱这天大的麻烦？”

五德苦笑道：“姐姐说的诚然也是好法子，可惜这报恩一事原本不像报仇，只寻个结果便了。当日既承他扛了七七四十九个天雷，如今就不能只将他丢过去了事。”

朱红樱唇微翘，似笑非笑地看着五德：“想不到你看似奸猾，却是个老实头。”

“姐姐又取笑了，小子只是想着，若要炼成九尾，取巧法恐不大妥当。”

正说着，那三个方相从洞孔钻了出来，一见朱红便跪倒大哭，说是旧主人玉棺已经毁了，只剩下几根白骨，墓里还设了丹炉，熏得乌烟瘴气，现在即使将这两鼠精剁为肉泥也难消心头之恨。

朱红安抚了几句，特命他们三个留在此处打扫，供养遗骨，自己便要带了那两鼠精回去问罪，并点了“刘吉”随侍。只见长许高的方相眨眼间又成了鬓毛稀疏的寻常听差，弯腰低眉地立在朱红身后，不过脖子上还有两圈红红的勒痕，眉眼间也对五德颇有些愤愤之意。

朱红瞧了瞧刘吉，对五德说道：“你助我挡了钢针，我返还了你的恩人，这过节便算抵了，然而你毕竟伤我的仆从，这笔账将来是要算的。我瞧你这小黑狐和那公子哥儿恁地有趣，只怕今后一路上好玩的事情还有，我别无所好，戏是最爱看的，保不定日后还要来拜访。”

胡五德应也不是，拒也不是，只好苦笑。

朱红推开大殿的窗户，只见得雨势渐渐住了，东方天穹也隐隐透了点儿鱼肚白，山野之中的晨风吹入，一室的晦气尽皆散去。随着这阵风儿，朱红与那“刘吉”如同被水浸润的淡墨一样，慢慢地失了影踪。

而余下三个方相朝五德点一点头，陆续进入莲花座下的汉墓入口中。五德起了个法，变化出一尊佛像压在上面。正殿中须臾间又回复了原来的模样。

五德将张燧背回禅房，抹了把汗珠，见这少爷兀自睡着，估计除了头上那一撞，只怕还被朱红施了点儿昏睡的法术。当下先消去了他额头上的肿包，然后将他弄醒。

只见三郎的双眼迷离，起初还不甚清明，但突然间就明白过来，一下跳起，神色大变地对五德叫道：“长、长呜兄，快跑！快跑！”一面说着，一面就下地来抓住他往外走。

五德连忙拽住，问道：“贤弟这是怎么了？怎地如此惊慌？”

三郎顿足道：“长呜兄啊，这寺中有妖怪！那、那听差的和轿夫，都是妖怪啊！”他猛地又想起来，“不妙！若他们是妖怪，那小娘子岂不是他们掳来的！”

说罢拔脚就向左厢的禅房跑去。

五德心中暗笑：看不出这呆子倒是个怜香惜玉之人！可惜在这世上，只要九尾赤狐不去掳人就是万幸了，哪个还敢掳她？

三郎去了会儿又回来，仓皇道：“那小娘子与养娘都不见了！莫非竟遭妖怪害了性命？”

五德咳嗽两声，忙对他说：“夜里雨就停了，那刘家管事就急着要赶回去，就早早抬了轿子出去了，你睡得沉，想来不曾听见。哦，是了，惠圆与无觉师徒也帮着在路上擎火把，故嘱咐我们离开时将庙门虚掩就是。”

三郎呆若木鸡，过了半晌才道：“昨夜我明明见那管事与轿夫都变成了妖怪……我在正殿后亲眼看见的……”

五德哈哈大笑：“贤弟莫不是睡糊涂了吧？昨夜你累得狠了，倒在榻上就起了鼾声，便是在耳边燃炮仗也醒不来，什么时候跑去了前殿？倒是我一贯浅眠，还几次被贤弟的鼾声闹醒呢！”

三郎张口结舌，忍不住抬手摸了摸前额，只觉得光滑一片，又是一呆，心中已信了几分。

五德走到屋角，蹲下身来在酣睡的玄珠额头上敲了三下。玄珠好一阵子才醒过来，打了个大大的呵欠，仍然一副睡不足的模样。五德笑他：“你倒睡得好，什么动静都醒不了。若不叫你几声，怕是要睡到明日去！”

玄珠素来是个只认正经主子的，对着五德也不客气：“相公说得也忒过了！小的不过是昨日淋了雨，这才多迷了一会儿，平日里也是起得最早的！大前天不是小的唤相公起来的么？”

三郎进屋来，催促他：“争什么口舌，快快收拾了准备上路吧，今日午后进了岳州城，才找得到饭吃呢。”

玄珠嘟嘟囔囔地口里抱怨，手中却不停，将行囊收拾了，驮到驴马背上。等到三郎与五德寻水缸中清水净了面，三人一同出了这光明寺。

五德落在后面，特地掩了寺门。在门缝之中，他见到庭中地上浮出一个青面獠牙、四目金瞳的半身方相，远远地向他挥挥手，他略略点头，也笑着将门带上了。

这一日午后，终于到了岳州。三人寻了家客栈住下，因饿了一夜，先就点了一大桌菜填饱肚子。又定下客房，玄珠服侍着三郎梳洗干净，又歇息了一会儿，便要出门与五德去这岳州城逛逛。

三郎出手阔绰，这店中掌柜也就奉承得十分殷勤，临出门前细细指引了道路。三郎道：“我这就要租条小船去到江南，不知掌柜的可认识可靠的船家？”

掌柜的寻思片刻，道：“客官若是要去江南，路远迢迢，小船恐不易得。小的倒认识一家船夫，他有一条铁头船，能装五六百石米，遇着风浪也不怕，最是稳当的。每年他来往苏州至恭州，什么大米、丝绸、麻布都在贩运。有客人要搭船的也可以订几间仓房，不过要先交定钱。”

“定钱好说，只是不知他如今在岳州否？”

“在的，昨日里还来我店中吃酒。说是有苏州客商贩了些锦缎瓷器，明日就要开拔了。”

“那烦请掌柜的替我问问是否还能有两间舱房，价钱一概好说。”

“客官放心，尽管去耍耍，等回来后小的自然有回信儿了。”

三郎这才定下心来，带了玄珠，与五德一同出门了。

既然来到这岳州城，岳阳楼是不能不去，三郎拉着五德，慢慢地走了看了，然后寻了家酒楼吃过晚饭，又经小二指点转去瓦舍。那里面玩杂耍的、表演相扑戏的、说银字儿[⑤]的种种玩意儿，都各自搭了棚子，高挑着花灯和幌子，引看客过去；熙熙攘攘的人流之中，闲汉、偷儿、乞丐、卖吃食儿的商贩、着短衣的乡民，还有些抛头露面的烟花女子，各色人等都拥在一处，笑语盈盈、指点着棚内的有趣之处。

三郎以往在家中苦读，闲暇也有文友约去踏青、做诗，都玩得风雅，倒没来尝过这市井滋味。他下了马，在那些棚子前一个一个驻足观看，腰中铜钱也不知丢出去了多少。玄珠本就年少，更是玩得不亦乐乎，在后面一会儿拍掌，一会儿欢呼。连一贯谨慎的胡五德都觉得此地热闹非常，不由得心思散漫，他看那些束着腰身的卖艺女子顶碗，竟难得没记挂上前面的三郎。

却说三郎带着玄珠一路逛过去，过了一个变戏法的棚子，就见暗处有个卦摊儿。那卦摊儿不大起眼，只点了盏豆大的油灯，又缩在一株大槐树下，没有什么生意。三郎本来也要踱过去，却听到身旁的玄珠扑哧一笑："公子你看，那个算命先生真是有趣！"

三郎抬头，见卦摊旁的幌子上写着："算准一文足矣；不准还需三文；若要事事料得，六文来问阴魂。"

三郎笑道："这幌子倒写得有趣，却不知他这么挑着，有多少人来捧场。玄珠，随我去看看。"

"是，公子。"

三郎来到卦摊儿，那先生是个干枯瘦小的老者，双眼深陷，鸡皮白发，双手如爪，见了主顾上门也不殷勤，抬着眼皮一拱手，道："公子来老朽这里，是要打卦还是要相面啊？"

三郎问道："看先生幌子写得有趣，为何算不准倒比准的贵？"

老者道："人活一世，本来就有千万般说不出的苦楚，若一一说准了，这辈子未免无趣，有人愿意听，老朽才勉强算一算。那算不准的，则是有能人不信命数，可亲手去扭转，故而价钱更高。"

三郎听了，笑道："那么在下倒想烦请先生拆个字，算一算我的来处。"

说罢拿起旁边的笔，在黄纸上写了一个"顺"字。

那先生看了一眼，道："'顺'者左边似'川'，右边是书页之'页'，'页'下为'贝'，公子当是来自蜀中，虽是读书人，但家境优厚，钱粮不缺，想来原本是经商的。"

三郎和玄珠听了，登时对这老者刮目相看。三郎又排出三文钱，道："先生说得半点不错，那在下就来算个不准的。这一个字，还要请先生测一测在下的功名。"

说罢，又在纸上写了一个"乃"字。

那先生瞥了一眼，道："这个字缺一捺则为'及'，公子此去应考，恐怕不及第也。"

三郎仰头大笑，愈加感觉有点意思，干脆又丢出六文："既如此，在下更想问问先生说的'阴魂'了。"

那先生抬起松松耷拉着的眼皮，将六枚铜钱都收入袖中，问道："公子可想好了？"

"先生保我平安？"

"这个自然。"

"那就无妨。"

老者起身咳嗽着道：“请公子随我走几步？”

玄珠见了急忙叫道：“你这老儿要带我家公子去何处？莫不是设了局谋财害命？”

老者干笑道：“你这小哥儿也太护主了，我不过让你家公子到这槐树背面来，你多走两步不就看得见了。”

三郎拍拍玄珠的肩，示意他不必担心，留在原地，便跟着那老者来到了槐树的背后。

虽说在瓦舍闹市中，但这槐树背面竟没有一点儿光。此时天也全黑了，只见黑糊糊的树阴盖住了两人全身，连脸也看不清。

只听那老者道：“委屈公子先闭上眼睛，若非老朽开口，且莫睁开。”

三郎心中又是好奇又是期待，虽然有些疑惑，还是照做了。只觉得那瓦舍中的嘈杂之声如潮水般退去，耳中却忽而传来一个绵软的女子声音：“公子好胆色，竟然真要跟阴魂聊上一聊？”

三郎只觉得背后起了一阵冷汗，虽是骑虎难下，却又真有兴趣，低声道：“在下既然来了，自然是愿意的。”

“公子想问的功名，需奴家去阴司打探了才晓得。”

三郎道：“其实小娘子不去也无妨，方才先生说人生一世，若事事都料得了反而无趣。在下来算功名，也不过是玩玩而已。”

那女子幽幽地叹了一声：“若奴家的相公也能如公子一般淡泊名利那就好了。”

三郎听那女子声音时远时近，竟如漂浮在空中一般，更觉得凉气入骨。他觉察那女子口气悲凉，忍不住道：“小娘子切勿烦心，若有什么在下帮得上忙的？”

那女子笑道：“多谢公子，奴家等了这些年，多有胆大之人来问功名富贵，却从未有人说要为奴家做些什么。”

三郎忙道：“助人危难，本就理所应当。”说罢，又觉得“人”这字眼儿多有不当。

只听那女子静默了好一会儿，又幽幽地问道：“公子当真要帮我？”

“男儿一言，快马一鞭！”

那女子语气立刻一变，喜道：“好！那奴家就暂随公子了！”

三郎还在愣忡，只觉得有什么东西钻入腹中，竟如同冰锥一般，又冷又痛！他大叫一声，不等老者开口，就睁开眼睛。

只见槐树阴阴，瓦舍如故，不到三丈外的地方依旧是灯花灿烂，游人如织。三郎却四肢乏力，腹中剧痛，喘着气靠在槐树上，半天没缓过劲来。那算命先生方才淡然的模样全不见了，颇有些惊慌地道：“公子觉得如何？”

三郎道：“就是腹中疼痛，别的倒没什么。”

老者怒道：“你怎地不依我嘱咐行事？”

三郎讷讷地不知说什么，却见那老者朝他肚子上打量一通，叹气道：“罢了，也是你的劫数。”

第五回　客栈夜半逢旧客　狐女明眸识祸端

这才是丈二的和尚——摸不着头脑。三郎只觉得自己与算命老者两个在槐树阴里打哑谜，只不过一个满头的雾水，一个却肚里亮光。方才还跟老者领着的阴魂说话，顷刻间怎么就肚痛起来了？莫非真着了道儿？

三郎揉着肚子，只觉得身子渐渐都恢复如常了，又不像有什么事。他晓得这老者果然有些古怪，或许会扶桑幻术也说不准。

一想到这节，他便不愿再多耽搁，连忙拍拍衣衫，说声“辛苦”，就走回到光亮之处。只听得那老者在背后嘀咕什么“晦气，丢了这个好使的，哪里再去找乖觉的？”之类的话，他也没搭理，招呼了玄珠，牵了马径直走了。

玄珠在一旁上下打量着他，神情怪异，三郎啐道：“你这东西，怎么像没见过我似的？”

玄珠忙赔笑道：“公子莫怪，我是瞧着公子面色发白，可是身子不舒坦么？”

三郎伸伸手臂，蹬蹬腿脚，笑他：“你又在胡说！看我这样子像不舒坦吗？”

玄珠也放了心，说道：“公子没事就好。不过说起来，那老鬼儿倒真有些古怪呢！公子瞧他拆字那么准——”

三郎挥了挥手：“江湖术士多有些暗地里的巧计，他从你我二人的穿衣打扮、口音举止上也可知道来处；中举与否，也不过信口胡诌。子不语怪力乱神，怎么可将这些当真呢。”而后又想起另一人来，“对了，长鸣兄去了哪里——”

这话说了一半，三郎却记起自己那场病，是那这秀才又用药、又招魂才救转来的。要真没有鬼怪，胡秀才施的是什么方儿呢？他心中正忐忑时，听到身后有人唤名字，一回头正看见胡五德招手。

三郎与玄珠站住了等他，五德急急忙忙地赶到面前，问道：“贤弟方才到哪儿去了？真叫我好找。”

玄珠撇嘴道：“相公自己看耍子看失了魂，倒问我们走哪里去了。”

三郎斥了书童一句，对五德道：“长鸣兄莫怪，方才我在一个算命摊子那里胡乱拆字玩呢，并没走多远。”

五德点点头，这才稍微放下心来。

三郎笑道：“天色也不早了，今天逛的地方不少。咱们还是回客栈休息吧。”

于是三人都上了坐骑，沿着来时的路回客栈。等到了时候，店堂中已经没有多少客人了，小二正在打扫，那掌柜的见他们进来，连忙上前问安，并说道：“那船家我已经派人去找过了，他们就停在距此三里地不到的码头。船老大姓潘，人称潘老五。他这次客商租的船底货舱装了货物后还有些空余，马是放得下的，但是客舱只有一间了，若客官愿意，须得先给五两银子的定钱。”

三郎点头道：“只要干净麻利，行船稳妥，别的都好说。”便吩咐玄珠去取了银子交给掌柜的，要他转交。

掌柜收下了，又提醒道："我即刻就差人送给去，潘老五开拔较早，怕是天一亮就要打发徒弟来接，客官还需早点起身。"

三郎道："辛苦了。现在给我们三人烧点热水，再泡壶好茶上来。"

掌柜答应了，退下。

三郎命玄珠去铺床，自己却与五德坐在窗前说起逛瓦舍时的种种趣事。三郎是开了眼界，言谈之中颇为愉悦，五德也说了不少，兜兜转转便扯到了摆卦摊儿的那老者身上。三郎将前后因果细细地与五德说了，只未提那腹痛之事，随即又问道："长鸣兄比我见识广博，不知是否听说过江湖术士会一种'腹语'术？据说此术能喉头不动，专在腹中模仿他人的声音。"

胡五德点头道："有倒是有的，我三……三年前也曾在南边见到过，不光能学人说话，就是鸟啼、兽吼，也学得惟妙惟肖。贤弟莫非是想说方才在那卦摊儿上所听的'阴魂'开口都是算命的老儿耍了腹语术？"

三郎道："小弟读圣贤书，从来都觉得鬼神之说难以相信，不过有些见闻又实在奇妙。今晚所遇的不提，就是长鸣兄为小弟治病那一桩究竟是怎么回事，我也十分不解。"

五德笑道："莫非贤弟觉得我也装神弄鬼了？"

三郎涨红了脸，忙道："哪里哪里！小弟绝不是这个意思……众多大夫束手无策，长鸣兄的法子却药到病除，要说装神弄鬼都有这本事，那就尽管装的好。小弟只是觉得不知究竟该信还是不信了。"

五德心中暗笑："你这个呆子真有趣，对着狐仙说不知该不该信鬼神！若依着本仙从前的性子，就露出本相来吓昏你。"他心中一面乱想，一面却端起面孔，正色道："贤弟以为天地之间人乃万物之灵？"

三郎点点头："只有人才知廉耻、听教化，自然为万物之灵。"

"然而人中有杀子弑父的，禽兽却有羔羊跪乳、乌鸦反哺，这不是比人更知廉耻、通教化？"

三郎愣忡，又道："人可法天道，学经明理，又可聚而为众，垦田养畜、伐木造船，岂不比动物强。"

五德冷笑两声："饶是九五之尊，黄袍加身，富有四海的，也是人死如灯灭，什么都带不走。纵然生前创下不世伟业，赚下泼天的家私，又享用得几分，霸占得了几时？禽兽之类，畅游天地之间，无牵无挂，渴了饿了都是天地供养，死后也自归于天地，自由放荡，岂不远胜过人的庸庸碌碌？"

三郎眉头紧皱，却无话可说。

五德见了，又道："若'人为万物之灵'这话本身就虚妄，世间万物皆有灵性，岂独人这一份；既有灵性，多几个鬼怪神仙又有什么稀奇？"

三郎似懂非懂，皱眉想了半晌，又问道："那么若人与禽兽都有灵性，肉身一灭，灵性是否就如轻烟散去？"

五德眯着一双凤眼，端了香茶慢慢品着，却不答话。

三郎低声道："想起病了的那些时日，只觉得半身子躺在床上，一半身子却飘浮不定，只道是病中神志恍惚，莫非那时就是灵魂出窍？"

五德笑道："若不是出了窍，我何苦要招它回来？"

三郎额头上冷汗涔涔，手指在桌上划来划去，五德笑而不语，知道他这呆子平素只信孔孟之道，对仙术幽冥传说都不加着意，此番驳他一驳，将来知道敬畏仙家自然是好的；再退一步，等到了汴梁，五德若要遁走，也可要个好看的花式，让那呆子知道这一路救命的原来是神通广大的狐仙——

他这里正想着，却听见三郎突然握拳在桌上一拍，大声道："不对！若是世上真有鬼神，那为何往往只听见种种故事传闻、却无人拿得出实证？"

五德愕然，只觉得猛然呛了口热茶，险些把舌头都烫掉。

三郎又道："长鸣兄救我，也曾使了灵药，若真是有鬼神，那为何离不得药石？今日见那个算命之人拆字卜卦也不过是两张嘴皮的事情，即便是后面什么'会阴魂'，也保不住捣鼓了些腹语之术，若真有魂儿，怎么偏要我闭眼，不容见上一见？可见背后必有古怪机关，只是不能为我这寻常人所见罢了。"末了面上又露出喜色："方才长鸣兄说的未尝不是道理，然而圣人既有此训示，必有更高的见识。日后小弟须得更加发奋才是正理！"

这一番话，只让五德瞠目结舌，不知如何相对——他知道三郎文章虽然高妙，为人却有些呆气，却不曾想竟呆到了如此地步。当下也不多言，苦笑两声，说了几句"贤弟高见"，就坐不下了。眼看着玄珠为主子铺好了床侍立在一旁，他便起身告辞回了自己的客房。

他回了屋，只听得隔壁门扉吱嘎作响，而后又有玄珠告退的声音及脚步。街上的梆子敲过了亥时，众人都安睡了。五德脱了外衫，在床上伸展了四肢，想到三郎之迂腐，不禁又好气又好笑；想到明日便可上船东去，则舒心不少，只一会儿便迷迷糊糊地睡了。

夜深人静，露重霜寒，这客栈虽然算不得上等，却确实干净，床上被褥都是软和的，只可惜怎样也比不得山间陈年的枯叶层层垒起来那么合意。五德在床上浅眠，梦到自己尚是一只寻常野狐的时候，在那峨眉山中追逐兔子、山鸡等，一个失足滚下山坡，就顺着那厚厚的落叶翻着跟斗。黑亮的皮毛上沾了枯草败叶，也不觉肮脏，只有满心的欢乐。滚着滚着尾巴越来越重，原来是一根根地多分出了七条。他正高兴，却听到天上雷声滚滚，一道道霹雳如银蛇般蹿下来，直落到他的脚边，几根黑毛被烤得卷曲起来。

他心中又怕又慌，只吓得魂飞魄散，连忙撒开四足在山林中逃命，却见天雷如冰雹一般洒豆子地落下，四周又无什么山洞岩壁可以遮蔽。仓皇地逃了半日，好容易看见一方形如纸伞的巨石，连忙躲到了下面。只听得轰轰隆隆，焦雷一个接一个，却都只落在巨石之外。

五德长长地舒了口气，用尾巴扫开枯叶，盘腿坐下来，却忽然听到耳边有个很熟的声音问道："长鸣兄还好吧？可有伤到哪里？"

五德抬头一看，那岩石的内部石壁上突然嵌了对眼睛，接着便慢慢地浮出了一张脸，赫然就张三郎的模样!

这一下可比天雷还厉害，竟吓得五德一个后仰栽了下去，心中直叫道：“晦气晦气，怎么到处都遇见这呆子。再留在此处怕是还有祸事，早早跑开为妙。”

一面想着一面就离了巨石，谁知却迎面撞上一个天雷，他只觉得身子竟如同落在炭炉中烤一般，尾巴都燃了起来。

就在魇得难受的时候，五德突然醒转过来，才明白自己仍是身在岳州的小小客栈中。

只见窗户大开，月光直照进来，银辉满地。在这片光亮中，有个影子在轻轻晃动，定睛细看，原来窗边竟坐了个人。

五德大吃一惊，忙跳下床来，却见来者体态窈窕，眉目如画，穿着一身赤色衣裙，不是九尾狐仙朱红娘子，又是哪个?

五德连忙深深地作揖：“原来是姐姐驾到，在下真是失礼了。”

朱红掩口笑道：“方才那阵天雷，烧掉了你几根尾巴呀?”

五德心知那个梦便是朱红捉弄他，也不敢生气，赔笑道：“总共也只有八根，姐姐要喜欢，拿着两三根烧着玩也行。”

朱红纤指弹出一簇火苗，点亮了油灯，起身到桌前坐下，对五德说道：“你也不必对我油嘴滑舌，我到你这里来是有正事的。”

五德心想：莫非那破庙中的债须这半夜来讨?怕不是有什么古怪差事。

朱红见他脸上神色，冷笑数声，从身上取出一只胭脂盒子，揭了盖儿一倒：巴掌大的盒子里掉出了两头肥肥胖胖的死老鼠。

五德一愣，随即认出这正是占了汉墓的那两只鼠精，原来已经被朱红娘子灭了么?

朱红摇头道：“我知道你这小狐儿想的什么?可惜我却不曾害它们性命，我也修天狐道，怎么可以随意杀生。带走它们本是想着削去百年道行，打回原形的。不料回到武夷，才发向竟然已经死了，而且身上修为一点不剩，已是两只平常灰鼠。”

五德啧啧称奇，却也不大明白：“姐姐施法捉它们时，也不曾下死手啊。”

“正是。”朱红嫌恶地看着死鼠，“我素来也不管这些劣货，若不是为刘吉他们几个出气，连看也不想看的。”

五德心中好笑：原来他捆过的那个方相，还真的叫做“刘吉”哩。他微微一咳，又道：“既然如此，那想必是它们自己用邪法修炼，走火入魔也未可知。”

朱红摇头：“我思前想后，推演了数遍，只怕古怪出在你恩人的那面铜镜身上。”

五德后颈一凉，问道：“此话何意?”

“你恩人那宝贝可容我仔细一观?”

五德嗫嚅着不便作答，朱红冷笑：“你也不用做出这副悭吝的样儿来，我说了不要你的就自然不稀罕。若我真有心，你就算寸步不离地守那一大一小两个宝贝，也不过是白做工。”

五德见她眉眼之间动了怒，不敢再支吾，连忙又作了个揖：“姐姐请勿见怪，说到底我要保的还是张三郎，只要送他到了京城，别的一概不计较。这铜镜么，不过是担心招惹来的妖物害他性命，才多加留心。似姐姐这般没有歹意的，在下自然没什么推托。”说罢伸手指向朝隔壁，“姐姐请移步。”

朱红也不客气，运起穿墙术，径直来到了张燧住的那间客房，五德也紧随其后。

不料他二人刚一进屋，便被一阵阴寒之气吓了一跳。只见这屋内门窗紧闭，黑糊糊的一片，无论月光还是夜风，竟没有丝毫透进来。五德听到床榻上有些窸窸窣窣的响声，忙点燃了油灯，举着走过去一看，却不禁倒退了一步：

只见张燧在床上扭动翻转，被褥都被踢开了，脸色惨白如纸，额上汗出如浆，双唇咬得死紧，仿佛是难受之极，偏生口里却又叫不出半声来。

五德惊疑交加，立时扑上去唤三郎醒来，然而此时那文弱公子力气却大得怕人，只是胡乱挣扎，还打了五德好几掌。不管五德叫唤还是拍脸，他只是不醒。

朱红细看了片刻，走上来拉住五德道："且慢，你看他肚腹。"

五德转头，却见三郎腹间涨鼓起来，似有活物在跳动。须知三郎体态匀称，平时穿着喜好宽大，故而也看不出有什么肚腹，但此时仅着中衣，当腰竟然凸了一个球，如怀胎五六个多月妇人，着实令人遍体生寒。

五德大骇："这是何时惹来的妖孽？"

朱红双眉颦蹙，命道："快将他今夜所去之处、所遇之人细细讲来。"

五德连忙说了，猜度道："莫不是在那算命的摊上着了道儿？"

朱红点点头："昔日我在司马氏立国为晋的时候曾游历荆楚，有些个术士会召孤魂野鬼，蓄为私奴，然后令鬼预测休咎，无有不中的。凡会此术者，多是八字纯阳，否则就压服不住，而他们收了鬼大半都是藏在腹中。"

五德背后一阵冷汗，看着三郎肚腹："莫非……他肚中竟有只鬼？"

"正是！"朱红又看着三郎，疑惑地说道，"怪了，若是真为腹鬼，怎么如此轻易就脱离饲主上了这哥儿的身？"

五德也束手无策，只好央求道："姐姐慈悲。在下可从未见过这等邪术，如今要求姐姐救命了！"

朱红抿嘴一笑："要救也不是不可以。我说小狐狸呀，你之前伤了我仆下的账还没算，又要添上一份恩情么？"

五德心头算盘划来划去也找不到第二宗不亏的买卖，只好道："若姐姐救了张隧此难，在下自然也会报答姐姐。"

朱红也不多刁难，柳腰轻移在床沿坐下，对五德道："你来为我护法，莫教不长眼的进来。"

五德大喜，连声地诺了，在四角方位及门窗上用茶水画了符。只见朱红也不避嫌，撩开三郎贴身衣物，看了看他胸口的铜镜，又注视他胀鼓的肚腹，一手按着，一手捏了诀，口中念念有词。不多时便见她如画的眉目之间多了层金光，身后也幻化出九条婀娜妩媚的赤色长尾，浑身隐约有紫气缭绕。

五德在旁边看了，不禁叹服：不愧是修炼天狐道的地仙，做法之时也如此庄严，远非那些平常妖众可以相提并论的。

第六回　忽听弱女诉冤情 急向城隍觅檀郎

此时已近子时，周围寂静无声，五德侍立一旁，大气也不敢出。九尾狐仙朱红娘子正在做法，一点声音也会分心。五德看着朱红，心中又是后悔又是羡慕：后悔的是“一步错，步步错”，早先便不应该跟了张三郎去瓦舍逛，不该看耍子跟丢了人，更不该在听他说了算命一节后还不好好查验；羡慕的是眼前朱红法力高强，运气作法之后，原本翻来覆去的三郎顿时渐渐平静了下来，拧得要打结的眉头也舒展开了，若是自己有这本事，必然能顺利无忧地一路到汴梁。

不过转念一想，若非这鬼上身的呆子几百年前坏了他渡劫，怎会多出这些事来？

朱红作法已经全神投入，哪管得五德心中的兜兜转转，过了半炷香的工夫，她收了咒，恢复到平常模样。

五德连忙上前问道：“辛苦姐姐，现在如何了？”

朱红看了看榻上的三郎，说：“现下是无妨了，我将此鬼束在他腹中，阴气也聚在一处，不能全身游走，故而没有先前那么难受了。”

五德看向三郎，只见他气也顺了，眉也展了，脸色也稍带点儿红了，这才松口气，却又皱眉问道：“姐姐不能将那鬼除掉么？”

朱红笑他：“你这小狐儿是关心则乱，鬼又不同妖，不是轻易就能作法令之为聻[6]的。天地阴阳自有伦常与分量，皆是定数，怎么能平白在我们手中折了去？”

五德诚心一揖道：“多谢姐姐赐教。但如今又该如何？”

朱红略一沉吟，答道：“先逼它现形，再细问缘由，看可否将它赶走。一旦离了人，鬼差必然来拘。”

五德连连点头：“甚好甚好，在下就即刻就为姐姐护法。”

朱红将息了少时，便命五德移开屋中桌椅，将三郎放到正中地上，只用手指凌空画了几下，烧出几道符咒来，然后盘腿坐在三郎上首，捏诀作法。

屋中虽然关门闭户，又贴了封闭咒符，却好似有寒气冻着人一般，一刻比一刻更冷。五德知道这是阴气浸出的征兆，而朱红乃是赤狐，修的又是天狐道，阳气最甚，正可制住。

不过一会儿，三郎那突出的肚腹突然又大了一分，然后便如包了一团黑气，竟分外像一个鼓了。那鼓面上隐约有东西在滑动，撑得皮凹凸起来，有时如半张人脸，有时如一只手，有时又如一张嘴。从五德立着的地方看来，就好像有个胎儿奋力要挣脱。

这时听得朱红断喝了一声：“出！”

那黑气竟然从三郎肚中浮了出来，慢慢在空中凝成一个人形，而后逐渐地清楚，原来是一个妙龄的女子。只见她乌发蓬松，脸若春花，虽然已经做了鬼，但仍旧体态动人，丝毫不觉得可怖。

朱红厉声训斥道："你是哪里来的野鬼，竟然敢藏身在男子腹中作祟，真是没脸没皮！快快自行离去，若不听劝，当心本仙教你魂飞魄散！"

那女鬼在朱红与五德面上扫了几眼，知道这两尊都是不好惹的真神，只低眉顺眼地行了个礼，道："奴家名叫绿柳，本在冯老倌那里替他算命卜卦，近今日碰上这位公子，结了缘，得了公子首肯才跟回来的。奴家绝无害人之心，还望两位大仙明察。"

五德问道："他竟肯让你上身？这倒奇了。三郎心实，莫不是你说了什么话唬他？"

绿柳连连叫冤，又把之前在瓦舍里说的话复述了一遍，幽幽地道："奴家原本也是随意诉苦，哪知公子仗义，说是愿为所用。奴家被那冯老倌驱策着，每日都要偷偷摸摸地去阴司打探消息，又害怕被鬼差捉住，担惊受怕。今日幸蒙公子垂怜，自然就借他之力脱离了苦海，奴家感恩还来不及，怎么会害他。"

朱红冷笑道："你不害他，他怎么会噩梦连连？你当我不知道你的诡计？你这不是在梦中勾他又是什么？"

绿柳急道："奴家委实不曾想过要勾公子的魂！只是奴家离不得他，这好些年才碰上如此的好人……"她嗫嚅半晌，又说不下去了。

五德又急又怒："你倒会挑！鬼类阴气太盛，多呆些时日，就必然害他丧命！你这一番假惺惺的，还要做到何时？"

绿柳面上为难，一忽儿张口欲辩，一忽儿又闭了口，最后银牙一咬，恨道："罢罢，你们就定了我的罪吧，若有本事就将我除了。反正我现在是盘着公子的身子，他死我蜇，终是不会放过的！"随着她这话，那姣好的面孔突然变得阴森起来，鲜红的舌头掉出一尺多长。

朱红见她如此，也不气："原来竟是个吊死鬼。"她盈盈一笑，来到五德身边拍拍他的肩，以示安抚，又对绿柳说道，"你也无需发狠，此番你找上这公子哥儿，也必是有求于他，若将你要的什么说来与我们听听，保不定比找这平常书生管用呢！"

五德原本也是细心之人，但此刻难免关心则乱，听了朱红的话，这又才后悔方才说得太硬。

绿柳看他二人神色稍平，也不再执拗，思前想后，终于恢复了本相，叹口气："二位大仙请勿见怪，奴家心中烦恼，又愧对公子，故而失礼。要说奴家之所以如此，也确有怨气，若不开解，实在不甘心去转生。"

五德与朱红相视一笑，知道总算是撬开了蚌壳。

绿柳娓娓说道："奴家是岳州本地人士，十岁上家中逢难，不得已入了娼门。后十四岁破瓜，与城东秀才苏仲文交好。苏郎人品出众，才华横溢，家中虽不甚富庶，也不愁温饱。奴家品貌略比其余姐妹强些，妈妈便多花费些银钱请了师傅教授曲艺，故而身价愈高，苏郎虽有心为妾赎身，却终不能如愿。又过四年，苏郎有意上京去求取功名，奴家虽然不舍，但为图将来，也将私下攒的贴己相赠，含泪送别。我二人相约，无论成与不成，三年五载他必转来。”

五德听到这里，忍不住偷偷给朱红耳语道：“瞧她这副模样，想必那秀才进京后中了状元，跟哪位公卿小姐成了亲，然后将她抛在脑后。这女子伤心之下，就投缳自尽了。”

朱红心中好笑，又不便忘形，只好瞪了五德一眼。

五德却反而委屈道：“又非我乱说，戏文上都这样写的。”

他们俩这边窃窃私语，那绿柳自然也不是聋子，虽知五德的话不好听，也不着恼，继续说道：“这位大仙虽未全猜中，也多少沾着了边。自从苏郎走后，我日夜盼望他金榜题名，衣锦还乡，有姐妹说本地城隍灵验，也不知到庙中烧了多少香，磕了多少头。如此春去秋来整整三年，都不见他归来。我也不敢去他家中探听，终日以泪洗面。这三年之中，多少富商巨贾捧了金银来，要纳我做小，妈妈贪财，三番五次逼迫于我，我只是抵死不从。多少姐妹也劝我，年岁一日大过一日，有好人家便点头从良，否则等到年老色衰那冤家也不回来，岂不后悔。”

五德插嘴道：“莫非那秀才果真负心？”

绿柳摇头：“奴家是见惯了风尘薄幸的，若苏郎真的负我，我也不过死心嫁人而已。怪的是苏郎一直没有任何消息，奴家托一些相好的熟客到了汴梁时代为打听，却也没有他上榜的消息；又忍耐不住命贴身丫鬟去苏家近邻探听，也不曾有音信。我心头只觉得古怪，愈加不安，夜夜噩梦连连：一会儿见他路上遇到歹人，遭了横祸；一会儿又见他衣衫褴褛，蜷缩在破屋中，形容枯槁……正在这般上不见天，下不着地的处境里，偏生又有个叫什么甘大官人的豪客硬要赎了奴家出去。他家财大势大，在京城也有官家亲戚，妈妈不敢得罪，更是发狠地相逼。那几日，奴家忧愤成疾，既惦记苏郎，又无法脱身，每日都如刀剜着心头肉，思来想去别无他法，只有一根白绫了结了性命……”

说到这里，女鬼泣不成声，朱红也不禁恻然。

五德问道：“莫非你念念不忘，流连于阳世，就是为知道那秀才的下落？”

女鬼一边擦拭泪珠，一边点头：“正是……奴家本是吊死的鬼，若要转生必找人替代，可怜住那屋子的姐妹个个命苦，奴家也不忍心戕害，白昼寄身草木，夜晚则在苏郎故宅外徘徊，如此又过了三年，不料有一日遇上了算命的冯老倌，被他捉去养在腹中，驱策为奴。奴家日夜盼望，只要得了苏郎的消息，是死是活都无怨了。”

五德深感为难——听这绿柳的意思，就是要三郎为她找那杳无音信的苏秀才，可这整整六年没有下落的人，到哪里去找？而三郎终究肉体凡胎，怎容得这女鬼藏在身上！听了绿柳这番话，他更是火也发不得，赶也赶不走，唯有求助于朱红。

九尾灵狐向他一笑，伸出左手小指一摇，五德心领神会，忙深深一揖：“姐姐有法了这桩，在下铭感姐姐大德。”

朱红满意地点点头，对绿柳说道：“你要找你的苏郎，却也不难，本仙有个法儿可知道他的下落，不过你也须得老实回话。”

绿柳连忙点头：“大仙请问，奴家但凡知道的，决不隐瞒。”

“你被算命的拘在腹中，不能随意挣脱吧？”

“自然不能！若有一点儿空隙，奴家岂愿与那老儿共处？”

“那为何三郎与你一番交谈你便可上他的身？莫非就是因他答应了助你？”

“此其一也。不过奴家与公子作答时，只感觉那老儿封我的符印突然弱了许多，并露出一个圆形的破口，奴家待得公子首肯，连忙脱身。”

“你转入这哥儿腹中的刹那，可有何异状？”

绿柳蹙眉细想了半晌，忽道：“是了，我记得公子胸前有道白光，凡光晕所触到的符印，便尽皆化了。”

此话一出，朱红与五德都面上变色。他二人相视一眼，却并不显露，朱红对绿柳言道：“你少安毋躁，现在已近子时，我等天亮时分就要离开岳州，在此之前必探得你苏郎的下落。”

绿柳大喜过望，拜了又拜。

朱红对五德低声道：“如此看来，你恩人这宝贝果真古怪，现下我们先打发了这女鬼再作打算。”

“姐姐说得有理，但不知这苏秀才到哪里去找？”

朱红笑道：“你这小狐狸莫不是真的傻了？凡一城，必有一地城隍，此城中家家户户都在他的文簿中，便是阴司鬼差来拘魂也要与他勾通，而道士建醮超度亡魂，更要发文书给他知照。如今要查一个秀才，不找他找谁？”

五德道：“姐姐的意思，莫非是叫我去城隍那里翻阅文簿？”

“正是。”

“姐姐真是说笑，我一个小小的狐精，尚不是仙人，怎么能去他那正神处放肆？”

朱红又道：“你不用担心。你修行不低，且炼的是正道法术，又积过德行，进那正殿是再容易不过的。只要进去，也不定要亲自拜谒城隍，劳动他大驾。凡土地、城隍这样的小神，手下官吏都是当地贤达或者修成了正果的妖类，你寻一个沾亲带故的，说上两句好话就成了，又有什么困难？”她顿了一顿，又指指地上的张燧，“你此去路途不远，我就留在这里，一来看着绿柳，二来也怕你恩人那藏着的宝贝再作怪。就不知你是否信得过我了……”说罢又似笑非笑地看着五德。

五德此时却甚为洒脱：“姐姐既然肯耗费法力布阵，在下也不会以小人之心度君子之腹。”

他只一拱手，便从后墙穿过，运起缩地术，两步就到了岳州的城隍庙。看着一旁刚好有家酒楼，又悄声地进去选了一坛子佳酿，遗下银钱，出来到了庙门口。

其实土地、城隍之类的神仙，虽官职低位，却是最少不得的，就好比人世间的县令里甲。若没了州官府官，一时还不妨事，若县令没了，这地方便要乱，每一处的城隍庙建在城中便是有方便百姓祭拜之意。而这庙虽在人人得见的地方，却又刚好阴阳颠倒，白昼时香火旺盛，城隍老爷是个泥胎，而夜晚一到，则各方的正神鬼差却纷纷出来，忙得昏天黑地。

胡五德到了这里，只见城隍庙朱门紧闭，灯火俱灭，那飞檐挂着铜铃刚好在月面上嵌了一个弯角。他也不敲门，只先躬身一拜，然后默念了咒，对直走进去，眼前忽然一黑，猛地豁然洞开。

原来在凡人看来黑影幢幢的大殿里头，竟然是一派灯火通明的模样，宝座上端坐了一个头戴官帽的老者，留了三绺长须，正在伏案批阅文书，旁边侍立着两个绿衣主簿。他两个将批阅的文书速读一遍，便交付给下面的各个小吏去督办。那些小吏都是有了神职的得道小妖，深夜中也不化为人，皆是留着原形，只看着满堂的猿猴、老鼠、蛇、狸猫、黄狗、燕雀等来来去去，或用手捧，或用嘴叼，拿了自己该办的差事就跑。

五德走进去，旁人也都不管他，他提着那一坛子酒，细看了半天，终于瞧到新进来的复命的一个小吏浑身棕毛，双耳尖尖，拖着三条长尾，正是只狐狸。

五德大喜，连忙上前问安："贤兄请留步，还记得峨嵋五德否？"

那狐狸看了看他，眼中有一丝疑惑。五德又笑道："昔时白珏仙人领了神职上天赴任，弟与兄同去道贺，莫非就忘了？"

那狐狸眯眼想了一想，笑道："原来竟是同宗，几百年不见，贤弟修行大长啊。"

原来胡五德方才修得人形的时候，有只青城的白狐修成地仙，被破格召上天庭做了御殿常侍，四面八方凡有些道行的同宗皆去道贺。那时五德地位低微，本无法见到白珏等地仙，只不过借机与其他狐狸戏耍一番而已。没想到那次结缘竟在今日有了用处。

这狐狸修行的时日原本比五德年长，不过炼化出三尾之后便蒙土地举荐，来到了岳州城隍处做了小吏。这倒也不奇怪，城隍官职虽小，却是受了封的正神，在这处辛苦些年，将来也有好处的。

那狐狸道："贤弟不在峨嵋清修，来此地做什么？莫非也想谋个差事？"

五德道："小弟是个散野惯了的，当不得差。此番到岳州，还想请城隍大人帮忙呢！"

那狐狸急忙摇头："贤弟千万不可！本地老相公可不比别处，最是勤勉，每日都教训我等，享了血食便须尽心办差。现下公务正紧，若去打搅他，恐讨不了好。"

五德烦恼道："这可如何是好？小弟这事也急，等不得的。"

狐狸又问道："贤弟有什么要事，说来听听，说不定愚兄倒可以帮忙。"

五德忙鞠躬道谢，开始胡诌道："小弟有一故人，是这岳州人士，名叫苏仲文。他昔日在峨嵋游玩，竟带了小弟的炼丹法器回来，小弟找他数载，没有丝毫踪影。如今小弟修行已经到了最最要紧的关头，再不找回法器，就有大折耗了。有劳贤兄帮忙查查文簿，看他究竟是死是活。"他恨那绿柳附在张燧身上惹些祸事，便也信口说苏仲文是贼，坏她情郎的名声。

那狐狸听了，颇为为难地看看上方埋头批文的城隍爷，悄声道："若贤弟不急，暂缓几日，我必为弟查之。"

五德愁眉苦脸："贤兄明鉴，若等到明日，自怕已经来不及了。"他又将那坛好酒祭出，"小弟此次过来也没带别的什么，薄酒倒是有，请贤兄将就着解馋。"

狐狸一见此物，登时眉开眼笑——要知道但凡狐狸，平生就好二物，一是鸡，二是酒。有了这两件，比送金银珠宝更管用。况且城隍庙香火虽旺，分食的也多，更少有美酒供奉，确是个清苦差事。如今五德这坛子酒，倒真的勾起了那狐狸的馋虫。

他喜滋滋地将酒藏匿在殿中一角，又嘱咐五德留在此处，借着复命的机会去了那高台。下来时正撞着两只野兔，这狐狸便捏了那两只兔子到一旁去，耳语片刻。兔子连连点头，其中一只去跑了缠那右边的绿衣主簿，另外一只则溜到文书背后去查阅。

五德暗暗好笑，看来他们狐族还真是治兔子的好手！先前他便教训了四只，今天这位又号令了一双。

不多时那只翻看文书的兔子跳下高台，跑到狐狸身边说了些话，狐狸过来对五德道："已经得了！贤弟要找的这个人确为本地秀才，不过已经亡故。"

"亡故？"

"正是。"狐狸又道，"他六年前便客死异乡，魂魄回来时着鬼差领走了。走的时候大吵大闹，非要去见一个名叫'绿柳'的女子，鬼差最是守时，链子一缚，拖了便走。那秀才嚷着什么'去了阴司也不投胎，必在奈何桥上相候'云云，真真是个痴情种子呢。"

"那秀才转生何家？"

"应是资州陈家子，不过资州城隍尚无牒文回报，看来果真还未投胎呢。"

五德大喜，连忙躬身致谢，出了庙门便奔客栈去。而那狐狸也笑眯眯地从正殿一角拖出美酒，将尖嘴探入，嘬了一口，浑身舒坦。

注①：关于狐仙的名字，"胡五德，字长鸣"，"五德"是鸡的别称，《韩诗外传》云："头戴冠者，文也；足傅距者，武也；敌在前敢斗者，勇也；见食相呼者，仁也；守时不失者，信也。"而鸡因为打鸣，又叫"长鸣都尉"。所以"胡五德，字长鸣"其实潜台词就是："我是狐狸呀，我爱吃鸡。"而"玄珠"这个名字，就是"墨"的别称了，他是书童嘛。

注②：这个离魂症的方子倒是却有其事的，不是胡诌的，能不能真的治好倒没试过——当然最好也不要试。

注③：关于招魂的方法也是民间的真事，具体步骤比这个还简单些，比如念咒都不用，只要叫魂就可以了。当然最好也不要去试。

注④：关于方相，《周礼》记载，有一种怪物叫魍象，好吃死人肝脑；又有一种神兽叫方相氏，有驱逐魍象的本领，所以家人常令方相氏立于墓侧。以防怪物的侵扰，还说这种方相氏有黄金色的四只眼，蒙着熊皮，穿红衣黑裤，乘马扬戈，到墓内用戈击四角，驱魍象等。所以它们的作用是镇墓，从考古发现的情况考察，最早见于战国楚墓，流行于魏晋至隋唐时朗，五代以后逐步消失。其实一般都是木头或者陶器的材质，用石头做方相的比较少。

注⑤：说银字儿就是宋朝时的说书。

注⑥：人死为鬼，鬼死为聻。

刻漏

【文】蔡骏

我把头探进了一大堆乱七八糟的杂物中，在天井里，这些旧相册、旧镜框、旧书，还有爷爷用过的旧工具，它们被我的双手翻腾着，仿佛是凝固了几十年的尘埃一下子喷薄而出，在阳光下飞舞起来，就像一团难解的雾，覆盖着我的视野。

我好久才从落不定的尘埃里喘过气来，目光被尘埃的迷雾拉了下来，重重地摔在杂乱的旧物中，我仿佛真的能听到砰的一声坠落在几十年前的水门汀上。事实上，不是水门汀，而是一个圆筒，在那些五十年代的旧杂志下隐藏着的家伙。

我伸出手去把那东西拽了出来，又大又沉差不多有半米高，在阳光下飞扬的尘粒中，那灰不溜秋的木头圆筒忽然发出了些许的光泽。我打开了天井里的水龙头，白花花的水冲刷在木筒上，那声音就像是秋后的雨水敲打在古老的木檐上。当几十年或许更长时间的尘土随着流水消失在了下水道后，木筒露出了青色的皮肤，就像一个浴后的少妇。我发现这水淋淋的尤物体形却十分单调，毫无少妇玲珑的曲线，而是笔直笔直的身体，标准的圆柱体，就像是经过了几何学的计算。最后当我仔细观察了圆筒最下层时，我发现用少妇的比喻是完全荒谬的，而应该用穿开裆裤的小男孩来比喻。在圆筒接近底边的地方，伸出了一个几厘米长的小嘴，就像是宜兴紫砂茶壶的小茶壶嘴，但它的开口要比茶壶嘴小得多了。

这东西的样子真是奇怪，我对着它思考了许久都没想出到底是什么东西。如果是容器，怎么可能在下面开个小洞呢。然后我把水放进了圆筒，满满一筒的清水荡漾着，不时飞溅到我的脸上，水面折射的阳光有些晃眼。于是我转过了身去，继续把头探入了尘埃里。

过了片刻，我忽然听到了很轻的水声，是水滴轻轻落在地上的声音，轻得让人以为那是自己耳膜边的血管里的血液在流动。我回过头去，地上积了一些水，在满地的尘埃中，那巴掌大的积水厚厚地涨了起来，就像是个水做的小岛，而地面则是汪洋的大海。又是一滴，那晶莹的水珠先在圆筒下的小嘴嘴里洋泡泡似的悬挂着，直到越来越大，越来越重，才在地心引力的作用下挣脱了那比针眼略大的洞口的枷锁，做了一个自由落体的动作。就像是从三米跳板上往跳水池里跳一样，形体优美地坠落在了下面的同伴中，立刻如鱼儿入水一样融化得无影无踪了。接着，又是一滴，我对了对手表的秒针，每一滴之间的间隔都一样，都是整整5秒钟。

在这个阳光明媚的中午，灰尘们在强烈的骄阳下翩翩起舞，我站在天井里似乎能从尘埃的深处窥到什么东西。于是，我花了整整半天的工夫开始自己动手，那些爷爷用过的几十年前制造的旧工具，质量特别好，居然没有生锈，用起来得心应手。我是一个手比较笨的人，被那些乱七八糟五花八门的材料伤透了脑筋，终于在太阳即将消失的时候完成了我的工程。其实这“工程”非常简单，在圆筒上加一个基本密封的白铁皮盖子，盖子中央开一个小洞，一根又细又长的木棍子穿过小洞，木棍的下端粘接着一小块泡沫塑料，泡沫就漂浮在圆筒内的水面上。

然后我在笔直的小木棍上每隔一厘米就刻上数字标记，接着开始对表，随着下面小嘴的滴水，我每隔一分钟记录下木棍上数字标记的位置。也就是说，下面在均衡地滴水，圆筒里的水面就均衡地下降，浮在水面的泡沫块也带着木棍一起下降，由此而来根据木棍上刻度的改变就能知道时间了。我知道我们的祖先称这木棍为“箭”，称这圆筒为“壶”，所有这些东西加在一起叫做“刻漏”。

我一个人在天井里，守着一大堆杂物和尘埃，开着灯，一次次往我的刻漏里加水，小嘴里不断滴出水来，“箭”就缓慢地下降，“箭”上的刻度记录着时间，直到“壶”里的水放完为止。我就像个小学生一样睁大了眼睛观察着，刻漏上的一小时与我表上的一小时只相差37秒。但是第二个小时，刻漏比我的表慢了8分51秒，我明白，这是因为水压的关系，“壶”内的水位越低，水压也越低，下面滴水的速度也越慢，所以，这是一只走时越来越慢的钟。

这时我抬起了头，天上的月亮是那样的圆，就像一只大钟的钟面。当我低下头的时候，却仿佛见到了一艘中国帆船，在灰色的东海海面上向北行驶——

中国人的船舱里弥漫着一股汗臭味，就像世界上任何一个国家的船舱和水手的气味，对于一个从大西洋航行到太平洋的人早已经习惯。船舱被打开了，一片淡淡的泥土味从空气中传来，陆地不远了。

一个圣方济各会的传教士精疲力竭地爬出了船舱，在暗无天日的船舱里关了太久，他的脸色苍白得吓人，两腮爬满了浓黑的胡茬。他见到了一片灰色的水天，别人告诉他现在已经进入了长江，他从没见过如此宽阔的江河，然后这艘中国双桅帆船转进了一条内河，在中国江南密密麻麻的河网中蜿蜒行驶着，最后停泊在一座繁华的城市边。

他背着自己硕大的包袱走进了这座城市，他知道自己要去哪儿，在那个黑暗的船舱里，他确信上帝已经指给了他方向，他顺着那条冥冥之中上天安排的道路去见那个人。

他从遥远的葡萄牙来，穿过好望角，越过果阿，在澳门学习中文，然后坐上一条中国人的帆船去传播上帝的福音。他从熙熙攘攘的人群中穿过，所有的人都停下了注视着他，在一座巨大的府第前，他找到了他要去的地方。

这是17世纪的事了。

刘家老爷在客厅里见到了传教士。他惊异于世界上居然还会有如此相貌的人，他仔仔细细地围着传教士转了一圈。发现那家伙的胸前挂着一串链条，链条坠子上刻着一个骨瘦如柴的人，双手伸展开来整个人就像个“十”字。老爷寻思着这位外国神仙与我们寺庙里那胖乎乎的菩萨比起来可真够惨的。

令老爷吃惊的是这野蛮人居然说起了汉语，虽然含混不清，但也足够中国人听懂了。接着传教士那双毛茸茸的大手伸进了自己的背包，在那大背包里捣鼓了半天，最后抓出一个长长的圆筒，一头大一头小，然后他把小的那一头放到了老爷的眼前。老爷有些疑惑，但为了表示礼貌，他还是仔细地看了看，却发现圆筒是中空的，视线穿过圆筒，可以看见客厅外的照壁，但那圆筒里看到的照壁却好像比平时大了好几倍，这让老爷吓出了一声冷汗。然后他放下圆筒，照壁又恢复了原样。

“这是什么妖术？”

“千里镜。”

然后，传教士又把手伸进了那大背包，低下头翻腾了半天，拿出来一个小瓶子。老爷也从没见过这种瓶子，既不是青瓷，也不是白瓷，而是完全透明的。小瓶子里装着粉红色的水，轻轻地荡漾着，就像女人的眼神。接着，传教士打开了瓶盖，老爷立即闻到了一种浓郁的香味弥漫了整个客厅。老爷明白那是瓶子里发出的，他把鼻子凑近了小瓶子，那味道让他想起了年轻时在南京国子监读书，每晚都到秦淮河的画舫上寻花问柳的难忘岁月。

“快把瓶盖盖上，我老了，不敢再闻这味道了。”老爷急吼吼地说着，脸颊却红了。

传教士在胸前画着十字，然后一边盖瓶盖，一边告诉老爷这东西叫香水。

他又把手伸到背包里去了，这一回老爷仔细地盯着他的手，看着传教士变戏法似的拿出了一个圆球，大约有小孩的头那么大，旁边和下面有几根轴支撑着。那只毛茸茸的手就这么一推，圆球就自己转了起来，转了好几圈才停下。老爷好奇地端详着圆球，发现那是彩色的，主要是蓝色，其次是红色黄色和绿色，上面标满了密密麻麻的外国字。

“这是地球仪。”

“什么叫地球？”

“就是我们生活的这个世界，这片大地。”

老爷心中想笑，大地怎么可能是圆的，若是在圆球的另一边，人们岂不是要掉下去了，野蛮人到底还是比较低能啊。但他并没有说出口，微微地对传教士笑了笑。

传教士继续把手伸进了包里，这回拿出的是一本厚厚的书。

“圣经。”他闭上眼睛虔诚地说出了这两个字。

等他张开眼睛，却发现老爷正贪婪地盯着那神奇的背包。

“莫不是个百宝箱？”老爷暗暗地自言自语。

那天晚上传教士就睡在了刘家老爷特地安排的客房里。那精致的红木家具，宽大舒适的床让他头一回睡了一个好觉，只是他不会使用蚊帐，以至于第二天起来身上多了好几个红块。他明白那富有的中国老头在盘算着自己的那个大背包，所以知道自己会受到他们的热情接待。他在清晨的庭院中做了早祈祷，吃了一顿老爷派人送来的早餐，无非是大饼油条加一碗豆腐脑，但他依然为此地主人的慷慨而吃惊，因为在葡萄牙，连国王都吃不到这样好的早餐。

然后他在巨大如迷宫般的花园中散着步，在太湖石与幽静的池塘间，他开始考虑他的传教计划。忽然，一个孩子叫住了他，也许是个小书童，他跟着这个孩子走过一扇月门，进入了一个更幽静的花园。在花园的尽头有一间房子。走进房子，忽然那小孩不见了，传教士有了些忐忑不安，他开始想到会不会中国人把他引到这里要谋取他留在客房里的背包呢？

这个时候，这个故事里的一个年轻人出现了，大概二十岁左右的样子，嘴角略带着难以描述的微笑。他请传教士跟他走。传教士有些疑惑，他跟着年轻人穿过这间放满了书橱的房间，在一道屏风后面，年轻人又打开了一扇门。原来门后还有一个庭院。这个庭院被几组小花盆隔成了好几块空地。

在第一块空地里，他见到了一块石头刻成的大圆盘，像个车轮，雕刻着从圆心辐射到四周的直线，并在边上标记了汉字。圆盘的中心竖起一根金属的“针”，长长地，指向天空。日光突然从厚厚的云层中挣脱了出来，万丈的光芒照射到庭院里，照射到传教士的长长的睫毛上，也照射在石头圆盘上，于是那根竖直的“针”的影子就躺在了圆盘上的某一根辐射线上。

“先生，到了中午，影子就会落在正上方的那根直线上。”年轻人语调轻柔地做着说明。

在第二块空地里，他见到一个高大的木架子，做成了台阶的式样，总共有五级，每一级都有半个人这么高。在每一级上都放着一个铜制的圆筒，从最高的一个圆筒往下四个，每个最底下都有一个小嘴，最下面那一个圆筒中有一根细长的棍子伸出。传教士仔细地观察了片刻，发现最下面的棍子在缓慢地往上升，露出了一节节的刻度。

第三块空地上，传教士却见到了一个固定在铁杆上的大秤。就像所有中国人使用的秤一样，不过这一个要比一般的大许多倍。秤砣、挂钩、刻度一应俱全，只不过称重的那一头挂着的是一桶水，而在那一桶水上面还有一个不断在滴水的圆筒。那圆筒就和前面看到的几个筒一样，通过小嘴把水均衡地滴到下面的水桶里。水桶里的水越来越多，于是钓着水桶的秤杆上的刻度就发生了变化。

第四块空地，传教士首先见到一个漏斗，沙子从漏斗里均匀地流出来，撞击了一个齿轮，像这样的齿轮总共有四个，一个带动一个旋转。最后一级齿轮带动在水平面上旋转的齿轮，这个齿轮的轴心上有一根指针，指针则在一个有刻线的仪器圆盘上转动，忽然，圆盘上出现了两个惟妙惟肖的小木人，它们击响了一面小鼓，发出悦耳的声音。

"巳时到了。"年轻人轻轻地说。

第五块空地，是一个圆球，居然与传教士带来的地球仪酷似，只是，这个中国的地球仪在滴水的带动下不断旋转，其实它代表的不是地球，而是宇宙。

还有第六块空地、第七块……

直到正午时分，小木人手中的鼓又一次敲响了，那奇特而陌生的声音让传教士有些不知所措。他觉得自己千里迢迢来到这个马可·波罗笔下神奇的国度不是为了福音，而是为了这些古老的计时器，正午的阳光直射在他的眉头，耳畔有规律地响着刻漏滴水的声音，这时他摸了摸自己胸口里的东西，然后问道："年轻人，你叫什么名字？"

"子烟。"

子烟是刘家老爷唯一的儿子。

我家里有一个三五牌的大钟，上海出的，是爸爸妈妈结婚的时候买的，那个时候差不多每户人家结婚都会买这个牌子的钟。这个钟每到整点都要敲响的，比如1点钟敲一下，12点钟就要敲十二下，而每到半个钟头还要敲一下。这些钟声都非常响亮，实在是有夜半歌声的意境，不过在子夜时分，那十二下钟声听来也挺恐怖的，就像末日审判的钟声。

我现在一个人住在一套房子里，家里有许多新买的钟，都没有声音，质量也挺不错的，虽然有好几次想要把这座三五钟仍掉，但这老钟倒真的是命大，由于各种原因，历次劫难它都逃过了，一直苟延残喘到了现在。但也许真正倒霉的是我，因为每天晚上我都要被这钟声所折磨，在半夜里，巨大的钟声几乎惊天动地，让睡在被窝里的我时常从梦中惊醒。而且即便未到整点或半点，三五钟里秒针运行的声音也比一般的钟表响得多，有时候我甚至觉得自己是在寺庙里，那秒针的声音就像是老和尚在永无休止地敲着木鱼。好几次我忍无可忍了，故意把三五牌钟给弄坏了，让我能安安静静地睡觉，可过了几天三五钟又奇迹般地自己好了，仿佛它是有生命的。

但真的要扔了它，我又有些不舍得，那木鱼般的秒针声让我难以入眠，但当某一天我真的听不到那声音的时候，可能我会更加彻夜难眠吧，也许我永远也摆脱不了它了。

传教士在这座城市里生活了一年，成为刘家老爷最尊贵的座上客，当然，前提是老爷如愿以偿地得到了传教士那神奇的背包里某些东西。但是传教士还是决定离开这里，而老爷已经得到了香水、望远镜、玻璃球，还有烟草，他再也不愿意听传教士那喋喋不休的《圣经》了。于是，在一个香气四溢的夜晚，传教士从这个城市里失踪了。在圣方济各会编纂的一本书里，留下了他去北京传教的记载，但是也有人传说他去了日本，或是蒙古，甚至是西藏。

最后一个见到他的人是子烟。

事实上，传教士是特意要在临走前向子烟告辞。在子烟的房间里，两个人都没有说话，一片寂静中，只有刻漏滴水的声音是那样清晰，这微弱的声音却充斥了整个房间。

好久传教士才从这声音里回过神来，他小心翼翼地在自己宽大的黑色教袍里摸索着，好不容易才摸出一个小巧玲珑的自鸣钟来。

他把这块自鸣钟塞在了子烟的手心里。轻轻地说：“送给你。”

然后他在子烟的头上画了一个十字，接着转身出门去了，永远地离开了这里。

子烟来不及赶出去，传教士已经消失在了夜色中。子烟回到灯下，仔细地看着自鸣钟，很小，足够放在衣服袖子或是口袋里。重重的，是用墨西哥的银做的。在玻璃表面下，有一长一短两根指针，钟面上有罗马数字的刻度。子烟能听到从自鸣钟的心脏里发出的声音，那是最古老的滴答声，与刻漏的滴水声同时响起，居然那么相似。他闭上了眼睛，钟声和刻漏声同时撞击着他的耳膜，于是他做了一个梦。

当子烟醒来的时候，又过去了一年，除了日复一日的钟和滴水的声音以外，突然多了一阵猛烈的炮火声，巨大的喧嚣从城市的四周响起。他茫然地看着窗外，黑色的浓烟混杂在黑夜中，还有远方熊熊的火光。父亲冲了近来，失魂落魄地叫着，满洲人来了，拉起子烟的手就往外跑。

那一夜在无数逃难的人群中，子烟被父亲拉着向城门奔去。突然他想起了什么，大喊了起来，转回身去，父亲死死地抓住了他，说：“儿子，别管你那些破烂了！”

父亲用近乎哀求的目光看着他，忽然父亲的神色变了，他的眼球开始向外突出，张大了嘴。子烟这才发现，父亲的胸口突然多了一个窟窿，一个骑着马的满洲人手里的长矛正从父亲的后背一直插到了前胸。父亲终于松开了抓住子烟的手，慢慢地倒了下去，父亲的脸变得模糊了，连同父亲袖子里藏的那瓶香水一同沉入了黑夜的大海中。子烟立刻被汹涌的人潮挤走了，他什么都不能做，就像是一块漂流在水上的木头，随波逐流，被一片缭乱的夜色淹没。

几天以后，满洲人停止了屠城，子烟回到城里。他的家已经成了一堆瓦砾，到处残留着灰烬和仆人的尸体。迷宫般的花园已经不复存在了，他的房间也只徒存四壁。

他看到房后的庭院里第一块空地的日晷已经被砸碎了，坚固的石头圆盘分成了六块，也许是用火器炸的；第二块里的五级刻漏少掉了三个“壶”，可能是被满洲人用去当马桶了；还有第三块空地里巧夺天工的秤漏，秤杆已经一断为二了；第四块空地里应该是詹希元创制的五轮沙漏，现在只剩下了两个小木人躺在地上看着他；而那张衡发明的漏水浑天仪也已经变成了一个半圆。

子烟默默无语地走了出去，当走到自己房间的瓦砾堆里的时候，他忽然听到了什么熟悉的声音。这让他的心里什么东西又重新恢复了温度，他仔细地听着，是自己的脚下发出的，在瓦砾堆里。他循着声音趴在了瓦砾上，用手指挖开砖头，直到他的手指上全是鲜血，他终于在这脚下的深处找到了声音的源头——那银色的外壳在沾满鲜血的双手里颤抖着，反射着正午的阳光。

“多美啊。”子烟对手中的自鸣钟自言自语着。

“嘀嗒”。自鸣钟是最后的幸存者。

子烟把自鸣钟塞在了自己的怀里，离开了这座城市。他走在江南的小径里，野地里有许多尸体，于是他坐上了一艘船，沿着蜿蜒的水道向大陆的深处而去。天气越来越凉，过了些日子，下雪了，漫天的雪花里，一袭单衣的子烟冻得浑身发抖，蜷缩在船舱里的某个角落。他的手隔着衣服揣摩着自己胸前藏着的自鸣钟，他的皮肤能感觉到自鸣钟机芯里的运行，那种轻微如自己心跳般的声音，甚至有时他会误以为自己长了两个心脏。

小河越来越浅了，船无法再行驶，他下了船。

子烟看见远方的山丘和那些半山腰上被白雪覆盖的枯黄的茶树，他定了定神，就向山上走去。这里已经很荒凉了，连绵不绝的丘陵里见不到一个人，他越往前走山势就越高峻，直到从丘陵进入一座莽莽大山。子烟不知道自己向何处去，他已经没有家了，他只是觉得自己应该这么走，仿佛前头有什么在等待着他。

这时他听到钟声了，钟的声音，悠远洪亮，从前头的树林中传出。他慌乱地从怀中掏出了自鸣钟，酉时到了，太阳已经西沉了。他用最后的一点力气向钟声响起的地方跑去，在密林的深处，他看到了古钟寺。

推开那扇摇摇欲坠的大门，子烟在寺院里看到了一个大凉亭，亭子里面吊着一口大钟，钟边有一个五十多岁的僧人。子烟原以为自己冒失地闯进来会使老和尚大吃一惊，但那僧人是如此平静地看着他，平静得有些可怕。

老和尚笑了笑，朗声道："你终于来了。"

"我终于来了？"子烟不明白，他觉得这句话意味深长，但他不愿意去弄明白，他知道自己弄不明白，"好吧，我来了，我能不能来了就不走了？"

"你想来就来，你想走就走。"老和尚的回答让子烟非常满意。

"老师父，这里有刻漏吗？"

"没有。"

"那为什么你的钟敲得那么准时？"

"这需要理由吗？这口钟我已经敲了四十年了。"

子烟走到了大钟的跟前，用手抚摸着钟面，铜做的，无比坚固，仿佛与日月万物共生。在黑色的钟面上刻着几行梵文。

突然子烟跪了下来，把头埋在了老和尚的僧鞋上："求求你，给我剃度吧。"

"留着你的头发吧，你只不过是做了一个梦。"

今天我迷迷糊糊地从梦中醒来，太阳已经照到了我的床上，天哪，现在至少已经是7点半了，平时我6点就要起来的，怎么，闹钟没有响，我狠狠地摇了摇它，一看时间，原来闹钟停了。我看了看三五钟，怎么也停了，我管不了那么多，急忙赶出门去，狠狠心叫了一辆出租车去单位，但还是迟到了。

下班以后我有些心不在焉，在淮海路上转了几圈，在一家礼品店的橱窗里我见到了一个沙漏，一般是被人们作为礼品的，沙子在玻璃里永不停息地流动着，一上一下，就像是血液循环，我盯着它看了好久，直到看得头有些昏了才转身回去。天色太晚了，我抬腕看了看表，这时我发现我的手表也停了。

回到家里，我又把我做的刻漏拿了出来，往里加了水，并做了些加工，以便它能保持一昼夜的计时。我有些糊涂，呆呆地看着水珠缓缓地滴落，我又一次被这东西吸引住了，觉得自己脑子里突然变得一片空白，一张白纸，苍白舒展，懒洋洋地躺在一片水面上，这水面就是时间。

第二天早上，我又迟到了，迟到5分钟，按规定扣五元。第三天我迟到了15分钟，扣了十五块。第四天干脆迟到了1个小时，这回扣得我惨了。我明白这是因为我的刻漏是越走越慢的缘故，但我真的感到我的时间是越来越慢了，我又抬头看了看月亮，月亮也迟到了，今天已经是十六了，它刚刚圆。

在长长的山间小径里，子烟挑着两桶水走着，他的肩膀已不像当年文弱书生般单薄，而变得厚实有力，稳稳地托着扁担。他留起了长长的胡须，脸上留下了刀刻般的皱纹，两鬓也过早地添了许多白发。他挑着水回到了寺里，把水倒进了水缸里。

子烟已经在这里生活了二十年，偌大的寺庙里就只有他和老和尚两个。

每天的卯时和酉时，老和尚都要来敲钟，每次子烟都会悄悄地看一看自己怀中的自鸣钟。他发现老和尚就等于是一个钟，亘古不变地准时。酉时又到了，那悠扬的钟声再次准时响起。而他的自鸣钟也始终陪伴着他，寸步不离身体，就连晚上睡觉也要安在自己的胸前。如果什么时候没有了自鸣钟的跳动，他会怀疑自己的心跳是否停止了。

总之，自鸣钟已经与他合为一体了，或者说，子烟就是自鸣钟，自鸣钟就是子烟，就像老和尚就是古钟，古钟就是老和尚。

“子烟。”老和尚叫起子烟的名字。子烟来到了他面前，看到他已经从钟边下来，走到了大殿里，盘腿坐在了佛像面前。

“子烟，你已经来了二十年了，你究竟明白了吗？”

“师父，你要我明白什么？”

“从你第一次来到这里，我就希望你能明白。我想看看你的心。”

“看我的心？”子烟退了一步，看了看佛像，又摸了摸自己的心口，他感到的却只是自鸣钟里机芯的运行。子烟低下头，燃烧的香把那缭绕的轻烟往他的鼻息中送去，再通过气管贯彻了全身。他觉得自己的胸口突然被那团香烟所笼罩了，于是他猛地撕开了自己的上衣，自鸣钟正安安稳稳地放在他的心口，“师父，我已经没有心了，我的心，就是这钟。”

“你的梦终究是快要醒了。”老和尚微微地笑着说，“快回房去睡一觉，明天早上，你和你的心将一同醒来。”

子烟回到了房里，立刻睡下了，很快就睡着了，他睡得又香又沉，好像从出生就没享受过如此美妙的睡眠。

在卯时之前，他准时醒来了，他已经养成了这个习惯，赶在老和尚敲钟前起来打扫寺院。但他却迟迟都没有听到钟声，他有些奇怪，来到了古钟前，没有人。然后他走进了大殿，却发现老和尚继续盘腿坐在蒲团上，闭着眼睛一动不动，俨然一口老钟。

“师父。”

老和尚没有反应，子烟轻轻碰了碰他，却发现老和尚已经坐着圆寂了。

子烟大哭了一场，然后把老和尚火化了，他原以为老和尚会留下来舍利，但却连骨头渣都没有，只剩下一片轻轻的灰尘被西风卷到天空中去了。

子烟一个人孤零零地回到了古钟寺里，看着那口古钟，总觉得钟上刻的梵文要下来和他说话。他又把自鸣钟掏了出来，发现现在依然是某时，可是现在天色都快黄昏了，应该是酉时了。他觉得不对，又过了一个时辰，天上已是满天星斗的时候，自鸣钟上居然显示的是寅时，居然又比某时倒退了一个时辰。子烟心想，怎么这自鸣钟突然倒着走了呢。他回过头，看了看大殿里庄严的佛像，然后把自鸣钟放回到了心口，自言自语地说，我的梦醒了吗？

子烟决定离开这里，他下山了。

他再次走过那条走过的山路，走出莽莽的大山，走出大山是丘陵，丘陵上种满了茶叶，正是采茶时节，采茶女们在忙碌地劳作。走出丘陵，在一片平原中有一条小河，但刚好能够通行客船，他跳上了客船，船老大还是原先的装束，唱着欢快的船歌载着他去那片江南水乡。穿过一望无际的稻田，又不知行驶了多久，终于到了子烟家乡的那座城市。

出乎他的意料，这城市依然繁华如故，城门口依然悬挂着明朝的旗帜，他跟随着南来北往的客商进了城，走过一条条商贾云集的大街，他见到了自己过去的家。他不敢相信，居然和二十年前一模一样，他想一定是换了主人重新按原样又修了起来。他不敢从大门进去，而是沿着高高的围墙走了一圈，见到一个偏门虚掩着。于是他悄悄地走了进去，发现里面的花园也和过去一样，几乎每一棵树每一朵花都没变。他来到最幽静的地方，那是他住过的房间，居然还在，他曾亲眼见到这里成为了一片废墟。他走进房间，还是几个大书橱，还是那些他喜欢看的书。在房子后面，那个花园里，他见到了他的日晷、五级刻漏、秤漏、五轮沙漏，还有漏水浑天仪，全都在，一个都没有少。刻漏里继续在滴着水，五轮沙漏的刻度盘上的指针还在准确地运行着。

子烟真的无法理解，他不知道这是谁又重新把这些东西弄出来的，也许这是一个天大的巧合，新主人有着与子烟相同的爱好。正当他苦思冥想而没有结果的时候，他忽然听到房间里有人叫他的名字，谁会叫我的名字呢？

子烟回到了房里，他见到了他的父亲。

没错，是父亲，绝对没有错的，而且跟二十年前一点变化都没有，难道当年他没有死？子烟惊讶地张大了嘴巴，他想把心中的疑惑说出口，但却又不敢，只是一个劲地发抖。

“子烟，你怎么了？中午吃饭还好好的，快跟我走，来了一个客人。”父亲拉着子烟的手就往外走，子烟已经控制不住自己了，他被父亲拉着去了客厅。

在去客厅的一道长廊里，镶嵌着一面镜子，子烟走过镜子，对着镜子照了照，他看到镜子里是一个二十岁的少年，白白嫩嫩的脸，干净的下巴上没有什么胡须。这个人是谁，子烟想了好久，最终他想起来了，这个人就是他自己，二十年前的自己。他又摸了摸自己的脸，粗糙的皱纹没有了，长长的胡须也没了，头发梳理得整整齐齐。

子烟有些傻了，但他还是被父亲拉到了客厅里，在客厅，他见到了一个葡萄牙传教士。传教士穿着黑色的袍子，脖子上挂着十字架项链，背着一个巨大的背包。他解开了背包，取出了一个望远镜、一瓶香水、一个地球仪、一本《圣经》，最后，是一个自鸣钟。传教士走到了子烟的面前，微笑着把自鸣钟塞到了子烟的手里，并用娴熟的汉语说："年轻人，这个送给你。"

"不，我已经有了。"

子烟把手伸进了自己的怀中，却什么都没有，我的自鸣钟呢？

然后子烟看了看现在的传教士给他的钟。重重的，是用墨西哥银作的。在玻璃表面下，有一长一短两根指针，钟面上有罗马数字的刻度。又是和原来的一模一样。子烟后退了一步，看了看父亲，看了看传教士，他想哭，但又哭不出，然后他拿着自鸣钟飞快地跑回自己的房间，在钟声与刻漏滴水声中睡着了……

我的刻漏还在滴滴答答地给我计着时，听着这种滴水声写作，我感觉像是在梅雨季节里缩在被窝中听夜晚雨点打在防雨棚上的声音，听着这种声音总能让我做奇怪的梦。好了，现在我可以告诉你们，我正在写一部小说，但我现在无法确定我还要不要继续写下去，还是就此以子烟回家睡觉做结局。我不知道这算不算结尾，也许根本就没有结尾。我原先打算给子烟安排一段感情的，就在那古寺里，和一个给丈夫上坟的寡妇，但我觉得这是多余的，因为子烟爱上的是时间，如果有可能，他会娶时间为妻。

但是我不可能像子烟那样，我还要生活。

我新买了一个闹钟，包装上特别强调了是用墨西哥的银做的，我不懂这样强调究竟有什么重要性。当然，这个闹钟的质量还是不错的，次日一早，准时地提醒了我起床。

我起床后来到了天井里，睡眼 中看到了我的刻漏还在轻轻地滴水。

卯时整。

我突然听到了一声钟声，悠远洪亮，带着几十年的陈年往事的气息，我觉得这钟声是那老和尚每天早上敲响的古钟声。但接着我又听到了五下，原来是我的三五牌钟，它又一次起死回生了。

艾蓓缇布熊

【文】人形胃

你曾是我的死亡。
——Paul Celan（德国诗人，1920-1970）

火葬场对托尼这么大的孩子来说实在算不上什么最佳环境——这是妈妈常常抱怨爸爸的地方。

“但他喜欢跟着去嘛！”父亲却总是耸耸肩，一副“与我无关”的样子。这倒是事实，托尼喜欢看到反应容器里那些灰白色的粉末团团飞舞，越转越快，越转越密集，最后凝聚成璀璨夺目的宝石。

当然更神奇的在于：2秒钟之前那些粉末还是一具完整的身体。托尼常常想，人是不是都由阳光下那些细小的微粒们组成的？要出生了，微粒们就“嗖”地裹在一起，按照爸爸妈妈想要的样子组成一个婴儿；人死了，微粒们再“嗖”地散开，找也找不到。

“报告！无机异物！”“报告！无机异物！”长手臂的机器人忽然顶着红灯又转又叫。托尼也看到容器里隐隐闪现的金属光泽。

“怎么回事儿？”父亲嘟哝了一声让机器人把无机异物清理出来：不过是一块很小的硅片。“恐怕是脑袋里的芯片，忘了检查。”父亲不知道是在自言自语，还是在对托尼解释，“来，让我们看看这是什么。”

芯片被塞进了角落里的专职感应区。而在一阵吱吱嘎嘎之后，感应机器人终于结结巴巴地吐出这句话：“年-年代过久，无法鉴-鉴定。”

“我去拿给爷爷看！”托尼不耐烦地从爸爸腿上跳下来，抓起芯片，跑到门旁，转开把手，才想起回过头向父亲请示。“我拿走了哦？”他扬扬手里那块芯片。

阳光从门缝里洒进来，手心里的金属片折射出亮亮的光彩，光线中隐隐地可以看见无数微尘，就像回忆里无数凝结的时间片段。

连我也不记得我们是怎么认识的。

最开始的时候，你叫我呼呼和突突，噜噜坡坡也是我，还有呜噜苏呼和扑啦啦。你含混的口齿里发出的每一个声音都在叫着什么。没有人应你，除了我。那都是在叫我。

后来，我又变身成戴着碎花头巾的狼外婆，你装出熟睡的样子，却趁我伸着大灰爪子靠近的时候猛地坐起挠我的胳肢窝。可怜的狼外婆在紧绷绷的围裙里扭来扭去躲避你狡猾的偷袭，最终，因为踩到自己的尾巴而滑倒在地。你拍着小手又笑又叫，还踮着脚尖在我的肚子上乱跳。

有时候，我还得是骑着白马的异国王子，或者满脸褶子的老巫婆。我勾着背，眯着眼睛，小心翼翼地给你递苹果，你却总是“啪”地把毒苹果打落在地，正气凛然又无比骄傲地说“我知道你们的阴谋！”

可是宝贝，你连阴谋是什么都还不知道呢。

在你五岁的那年冬天，我们发明了最好玩的游戏，就像以前的孩子们那样，画玻璃。

唯一的一扇玻璃门在地下室。说是地下室，但玻璃门外却是一片虚空。因为我们住在半空城市艾蓓缇。一百年前，老大哥不过是在玛克缇的立体地图上随手画了一个不存在的小圈，如今艾蓓缇却已经成为玛克缇人们心中挥之不去的实在阴影——这座空中之城剥夺了他们的阳光和星空——哦，这当然不是重点，要紧的是半空的优越地理位置使得艾蓓缇迅速替代玛克缇成为新一代交通枢纽城市。玛克缇变成了为时代所不屑的二线城市，逐渐萧条萎缩，被人遗忘。艾蓓缇的人从不愿去玛克缇，而玛克缇的人也不愿提起家乡：他们来到艾蓓缇是为了拼死拼活混一张红卡以获得永久居住权。

传说中的玛克缇既古老又神秘。公开的资料里显示，它是那种精密仪器一般的城市，道路总是九十度角折来折去。施舍的人造阳光从上方的阴影中洒下来，会被标准立方体的建筑们一次次打断，然后在地面生成有棱有角的影子。

唯一混乱的时间在夜晚——家家户户的灯光颜色和亮度未经规范，于是有的耀眼有的柔弱。对于悄悄藏在地下室的你来说，这多少有些让人困惑：头顶与脚下都是星空，到底该怎么确定自己的位置呢？

艾蓓缇则摒弃了玛克缇遍地棱角的呆板：几何学建筑师为艾蓓缇设计出精致完美的各种建筑形状，色彩专家为整个城市的各个角落都搭配了和谐舒适的颜色，保健专家根据不同时段人眼的不同需求为艾蓓缇的每一盏灯设计了最适宜亮度。周全的设计让艾蓓缇人认定，他们是这个社会中最幸福的居民。

而那扇古老的玻璃门，简直就像古书里的神器，在艾蓓缇的底部，在玛克缇的空中，夜复一夜地静静地映现出万家灯火和你稚嫩的脸。温暖潮湿的艾蓓缇地下室空气隔着这层玻璃，遭遇了玛克缇上空大气的寒冷，凝结成小水珠，密密麻麻排成了一层薄雾，这成了你最初的画布。

你总是有许多精灵古怪的念头。

有时候是球形城堡：城堡像肥皂泡一样小心地悬浮着，有许许多多不同形状的窗户，阳光温和地流过，留下许许多多不同形状的影子，开心地又唱又跳；有时候又是遥远的海洋深处：老是要磨牙的大鲨鱼、橙色斑点的小丑鱼、喜欢从背上喷水的蓝鲸都在百无聊赖地绕圈圈吐泡泡，它们努力着保持安静，因为睫毛长长的小人鱼公主在粉色的高脚床里睡觉；有时候是哑银色的长尾巴宇宙飞船，一扭一扭地向前，穿过热热闹闹的小行星带，避开沉默强势的黑洞，又向华丽多彩的星云挥挥手，最终在遥远的星辉里变小、隐去……

没有人能弄懂这些乱七八糟的涂鸦，除了我。只有我可以从那些复杂混沌的雾气中辨别出你创造的王国。好吧，或许其他人也能看得懂，但是又没有其他人看见过。我有时候会想，如果玛克缇的人用很厉害很厉害的望远镜望向玻璃门，他们一定会被吓一大跳——天上有这么多这么多神奇的世界呐。可是在我们所处的世界里，无论是艾蓓缇还是玛克缇，谁都没有时间管一个小孩子的世界，更没有时间拿着望远镜胡乱张望。

不管画的是什么，你都会在最后加上两对脚印——握紧小拳头往玻璃上一压，再用手指点上五个指印，这是小脚丫；摊开手掌五指合拢印在窗上，再画上几个圈儿，这是大脚板。

水滴沿着玻璃缓缓地爬下来，小脚丫大脚板连成一片。

“我们一起走啊走”你说，“走啊走。”

就这样，我们在玻璃门前游历一个个奇妙的地方，又凝视着它们一点一点消失。

不过在我心中，你画的最好的并不是那些不可思议的地方，或者栩栩如生的动物。

那天，你踮起脚尖，紧紧捂住我的眼睛，把我带去玻璃门前。

“喏，可以看啦！”

我睁开眼睛，看见白色雾气玻璃里显现出一只胖胖的大熊模样。

“这是什么呐？”

“是你呀！”你嘟哝着小嘴非常不满意我的回答。

“嗯！是我呀！”我仔细盯着面前。玻璃里映现出咖啡色的大熊娃娃：衣服是用那种古老的棉布做成的——像博物馆里展览的一样。陈旧又破破烂烂，但是有一种家的整洁舒适。土黄色的背带裤，绒绒的脸和爪子，我看见它咧开嘴给出一个憨憨的微笑。我分不清那是你的画还是我在玻璃上的倒影。

后来你慢慢长大。

小孩子读太多书并不是一件好事，很多年后你会这样评价那时的自己。而那几年里最吸引你的却从来都是书——幼儿时期的童话朗读机器人，少年时期的信息藏书扫描眼镜，还有你最中意的古董图书馆。古董图书馆里有最原始的书，它们是用纸做的。纸张要占据许多空间。一本古董书的体积得是信息眼镜的四倍，可提供的资料却不及它的万分之一。所以古董书自然地逐渐退出市场，而古董图书馆也成为了鸡肋。因为是新兴开发城市，艾蓓缇的“鸡肋”只有一个，但是也塞满了最初移民从玛克缇带来的各色各型的古书。那个堆着许许多多并不值钱的古董的地方，成了你少年时的祈祷室。

你喜欢蜷在被摆放得歪歪倒倒层层叠叠的古董书中间，身下是软软的人造革地板，随便拿一本书就可以度过满满的一个下午。阳光穿过图书馆的廊壁，平行四边形的影子一点点被拉长，最后融在一片昏暗之中。你喜欢哗啦哗啦地翻着纸书，也喜欢呆呆地看光线和黑影你推我攘。图书馆里的一切似乎都可以让你安安静静地满心欢喜。

闭馆之后，你便和我一起手拉手走在高聚乙烯街道上回家。这个时候你总是迫不及待地有很多话说：

“熊熊你知道么，玛克缇里有好多好多绿色，不只树是绿色的，满地满地都是绿色的草。草是一根一根的，但是它们好多好多的聚在一起，铺满很大的一块地方……”

“哈？你问那是种什么样的绿色？……嘿嘿，才不是PANTONE368C！也不是359C！不是！都不是！……他们叫……绿！嫩绿！你能想像得到么？让你心里感觉软软的痒痒的那种颜色呢……”

“熊熊，玛克缇的家里有好多人呢，有爸爸、妈妈和小朋友，有时候还有爷爷奶奶～”

“妈妈总是好温柔好温柔的，爸爸有时候会有一点凶，但只是装作凶的样子，半夜的时候爸爸们会偷偷跑进小朋友的房间帮他们盖好被子，再悄悄地吻一吻小朋友的眉心，让他们做一个好梦～嘿嘿，你也觉得爸爸们很奇怪对不对？”

“熊熊，我想和其他的小朋友一起玩呢……不，我不是说用超联网下五子棋的那种……书里说，玛克缇的小朋友们老是在一起玩儿的！他们顶喜欢玩儿的一种游戏叫藏猫猫，就是其他小朋友躲起来，有一个小朋友把他们一个一个找出来……顶好玩儿呢。”

“熊熊我们也玩藏猫猫好不好？”

“啊不！还是不要玩这个了。万一你躲起来我再也找不到，那我该怎么办……”

你突然紧张兮兮地握紧了我装满棉絮的手腕，莫名失落地低下头去。我们的影子在地上，被远去的路灯拉得很长很长，让人心中忽然生出些许寂寞——这当然也是我们现代人不该有的消极情绪。你却忽然歪了歪脑袋，指着地上长长的自己对我笑：“你看，熊熊，我是个大孩子了。”

总之，总之你是那么喜欢那些没用的老古董，那些随着纸张泛黄逝去的落后生活一次又一次让你生出激情与渴望。当时的文化人类学家称呼它们为“古老神秘情结”。这是被网络课堂上的那只青蛙老师严厉禁止的一种情绪，因为它容易让人心怀虚妄的幻想，幻想是无用的、消极的、易于破灭而且使人沉沦的。老师的话总是有道理的，只是你花了好些年才明白。

十八岁，按照习俗，对你来说还很陌生的父母要送你一份礼物。当他们和善地对你笑，问你想要什么的时候。你紧张了半天，支支吾吾的，说不出话来。我拍拍你的头，给你打气。你终于鼓足勇气：“我、我想去玛克缇。”

“嘿，这还不简单，”在古书中，那个应该被称作父亲的人笑了起来，想缓解紧张的气氛，“只是玛克缇没什么好看的呀！都是他们想上咱们这儿来，咱们的人，从来没有想过去的。”

“嗯，我就是想去看一眼。”

你特地挑选了18岁生日，搭乘了大螃蟹号飞碟来到玛克缇。我们降落的地方恰好曾经是玛克缇最古老的图书馆，你是从耳机里的智能城市地图解说知道这一点的：

“欢迎来到玛克缇星际机场。玛克缇星际机场地处玛克缇中心，原为玛克缇城市图书馆。在老大哥重要思想的指导、中央政府的支持下，玛克缇政府清除了一系列效率低下的无用建筑，邀请艾蓓缇大学著名实用派建筑师李麻克先生亲自设计建造了这一现代、高效的星际机场。玛克缇机场预祝您旅行愉快。”

你愣了愣神，又解释一般地对我说：“呐，玛克缇好多好多图书馆，不只一个的。”然后便急急地研究起智能城市地图的查询功能。

“去城市草坪——”

“搜索中……城市草坪，已更名为城市胶皮。玛克缇政府在老大哥重要思想的指导，中央政府的支持下，引进艾蓓缇先进胶皮技术，建起了三百四十层的胶皮大厦，胶皮大厦质地柔软，移动性强，是现代建筑的杰出典范。”

“搜索草地——”

“搜索中……草地，指生长草的地方（注：草是一种古老植物）。草地曾经在玛克缇随处可见，其功能主要为造氧。但因其造氧效率过低，占地面积过大，一度严重影响我市的工业化进程。在老大哥重要思想的指导，中央政府的支持下，玛克缇政府一举清除了市内全部草地，为工厂和商业创造了更多机会用地。”

“搜索绿地——”

“搜索中……绿地——绿地计划。绿色对人眼具有保护作用。为了玛克缇居民的身体健康，在老大哥重要思想的指导，中央政府的支持下，玛克缇政府将实行绿地计划，即根据专家设计，将玛克缇部分街道漆成绿色，以保护市民们的眼睛。

“搜索嫩绿——”

“搜索中……无结果。请使用规范用语，颜色请注意色调编号。感谢合作”

“请搜索嫩绿——”

“搜索中……无结果。请使用规范用语，颜色请注意色调编号。感谢合作”

“给我搜索嫩绿啊！”

“搜索中……无结果。请使用规范用语，颜色请注意色调编号。感谢合作”

你终于忍不住叫喊出来。

我们还是去了曾经的城市草坪，城市胶皮的工艺确实非常精湛，在艾蓓缇也很少见这么成功的大厦。你慢吞吞地在大厦旁边踱步，小心翼翼地低着头走来走去，我知道你是试图寻找有没有残存的嫩绿。

最后你终于放弃，却又忽然想到什么似的奔向旁边的一个行人，用力拍了拍他的肩膀。

“干什么啊？”这个玛克缇人摘下即时通讯耳机，又把指路墨镜往脑袋上推了推，不解地问道。

“我、我是艾蓓缇来的呢，想问一下哦，这边有小孩子们玩的地方吗？”

“小孩子们玩的地方？”玛克缇人皱起了眉头。

“就是……小孩子们一起满地乱跑啊什么的……”

“羊驼！你以为我们玛克缇是什么？！白痴的第六世界城市吗？你们那儿的小孩才满地乱跑呢！你们全艾蓓缇都满地乱跑！我们早就有自己的儿童监管系统了！我们的

孩子也跟你们一样可以从小一个人学习长大！你们这些艾蓓缇人！就是瞧不起我们玛克缇！告诉你们，我们迟早有一天会超过你们的！”

那天晚上，我和你并肩坐在玛克缇标准长方体的人行道边。你望向周围的万家灯火，目光却暗淡失去了焦点。那些我们在半空中所见的星星点点终于就在我们身边，但却只有僵硬硬的沉闷感觉。仿佛它们天生就只是单纯的照明用途，除此之外再也不肯给出一点美给出一点不一样的性格。

我把破灯心棉布做的爪子搭在你的手上。我们不约而同地抬头望向艾蓓缇，望向我们的家。怎么样也还是看不见那扇玻璃门的吧。艾蓓缇，好似黑漆漆的乌云一样，沉沉地向我们压过来。谁也不会想到那里曾有一个爱幻想的小女孩，整夜整夜地默默注视着、憧憬着玛克缇——这座落后而又力图迎头赶上的古老城市，这座曾经有绿色有草、一起玩藏猫猫的朋友的城市。

我不知道该怎样出声安慰，只有静静地盯着你扬起的侧脸。你没有表情。有一瞬间我简直害怕你就此凝固下来，和玛克缇或者艾蓓缇一样凝固。

最后你终于扭过头来看我。

“嗨，破烂熊。”你说。

“嗨。”我说。

你看着我。我不知道是在看我被老鼠啃掉一半的左耳，还是背带裤上用毛线缝的补丁。我又觉得你并不在看我。因为我忽然地在你的眸子里看到一种特别的光彩，这个城市的暗与亮。还有风，风吹进眼睛里面，轻微的刺激，有些干燥想要流眼泪。

我有些紧张地用力眨了下眼睛，再认真地看回你。

你却已经在那个瞬间学会了如何安静温柔的微笑。

然后，爱情来了。

这个年代的婚恋有着极其高效的分配系统。根据数学家们的精确计算，女性应在十九点五岁时开始觅偶，方能找到最佳对象。因此，在十九点五岁的时候，你的性格、外貌参数就被自动上传到城市婚恋系统中，系统会每两周进行一次配对，把参数吻合的对象资料分配到各人手中。当然，是否进入约会阶段，还是由双方决定的。

忽然那么一天，电脑屏幕开始亮着警示黄灯提示你：“请注意！请注意！二十三点六七岁之后遭遇最佳配偶的机会将骤减至百分之七，为了您的终生幸福，请抓紧本次配对机会！请抓住机会！”

“那就配对呗～”你无所谓地按下“接受约会”。

通过即时视频技术，你们从一起吃饭、看电影，到一起逛网络商城、订购日用品，像所有正常的配对青年一样慢慢发展着感情。配对总是成功的，如果这样的科学组合都不能让你满意，你自己也不可能找到更让人满意的对象了——难道你要说自己比科学还要强？

正因为这样，配对期的男女青年们也都心甘情愿地接受着这种被安排的恋爱。

“恋爱呗。结婚呗。”你们习惯于这种无所谓的态度。

于是到了最后的确定配对成果的真人见面——到对方的家里进行参观。

他跟着你走进屋来，局促地想表现出镇定自若。那双精力过剩的眼睛着急地四处捕捉着任何可以引他夸夸其谈的物件。

“这种年轻男人呐！”我向你吐了吐舌头，你却装作没看见地将头扭向他。

你们有些尴尬地沉默着。

“没什么好说的了。”你忽然这么说

“没什么好说的了。完全没有。”他附和道。

嘿，这算什么嘛。我在心里无数次想象我们如何一起嘲笑他那股傻劲儿：每次都是笑得前仰后合，你从床上滚到地板上，再捂着肚子爬回床上。有时我也担心你是不是会护着那个傻小子，怎么说他也是你的配对对象。于是我又在心里模拟我们为他争辩的场景。当然，每次都是我赢。或者，我也暗暗地想，我应当宽容点儿。于是在我这么胡思乱想的第三个月里，我下定决心：当你问到我对他的看法时，我就不置一词地耸耸肩膀。嗯，这姿势很有点儿用，你自己就能琢磨出那家伙不怎么样了。

可是，你到现在都没问过我。

那一天。那一天总是被别人称作最幸福的一天。我也悄悄地去了宴会。当然是虚拟传像中的宴会。数百对在同一天配对成功的新郎新娘一起被公证结婚。看起来盛大无比的宴会厅其实不过是婚恋办事处一个小小的空阁楼。只是数百对新郎新娘同时把他们的影像传送到这里，以符合规定中的婚庆气氛。

千百年来人类科技突飞猛进，却还是舍不得简化进食的程序。满目琳琅的美食影像和无数礼貌笑脸的影响把我淹没。我却仍是一眼就看见了你。层层叠叠的裙褶之上，你是他从容体面的新娘。却似乎因为虚拟传像的不稳定，显得有些模糊和虚弱。

人们庸俗而故作深沉地谈论，这是你最美的时刻。他也这么说，在凝望你的眼睛时。

不是。当然不是。

他不知道你唇边那个永远也得不到的吻，不知道已经被你深深隐匿的真正的美。

我无力地站在角落，渐渐隐去。你看不见。

我不知道这是不是你想要的。

很快，你有了孩子，你的下一代终于脱离了你们这一代的儿童监管系统，政府重新要求起女人作为母亲、男人作为父亲的义务，父母们不可以再只是提供金钱和18岁的成年大礼而不履行其他抚养职责。于是，你有了无休无止的哭闹声，日复一日的嘈杂。还有了个只用作储物箱的洗碗机。你把我埋藏在你疲倦的目光下，越来越深。

但我还是会在某一天，站在楼下花花绿绿的栏杆边，望向你新房子漂亮的落地窗。你的小男孩坐在学步车里。你在他身边，像所有母亲那样总是忙忙碌碌。

我向你挥手。学步车里的小男孩兴奋地朝我叫。你转身走进厨房。

我们终于很少相见。有个叫爱因斯坦的怪大叔说，时间流逝的快慢是相对的。快乐的日子过得飞快，无聊的时光却漫长得折磨人。对我来说却不是这样。你记起我的日子，一点一滴的细碎情节我都记得一清二楚，每一个瞬间都温柔而缓慢。不在你身边的时光，对我来说好像根本不存在一样。

你想起我的时候我就会在，我想起你的时候——我的全部时间都在想你。

我以前总是不明白为什么人们要常常感叹时光蹉跎。在我看来，你不曾变过。我从穿白裙子的小女孩身上便发觉了你的镇静和忧郁；而花白头发下你不再年轻的脸的后面，依然是那个吐着舌头坏笑的小丫头。

我始终不明白时间的意义，直到你闭上眼再不睁开。

你不能明白这对我有多么残酷。人类用一生的时间去练习接受离别，而我的生命却只能不经任何提示地接受有你、无你这两种境况。

我是一只大大的破烂熊娃娃。我有一颗很老很老的心。

“爷爷，那是泰迪吗？”Tony不知道什么时候跑了进来，不声不响地站在爷爷的氮气椅边。

“啊，哈，这个～”老人看着显示屏里的破烂熊娃娃一下子不知该如何解释。

“那个人脑子里原来一直装着只泰迪？”Tony并不在意有没有答案地继续发问。

“这么说当然也没错啦，”爷爷从来不是那种爱说“等你长大了就知道了”的大人，“这是很久以前的一种芯片，装进人脑里之后，孩子们就会幻想有各种各样可爱的形象陪他们玩儿。这个人的芯片里就是只熊。”

“那干吗要让他们这么瞎想啊？”Tony更加迷糊了，“这样不会把脑子搞坏么？”

“因为以前有那么一段时间，地球上的情况特别糟糕，人特别多，所以一家里都只能有一个小孩子。大人们又都特别特别忙，没空理小孩子们。所以小孩子就特别特别孤单。有人就像出这么个法子：让孩子们跟他们想象中的玩伴在一起玩儿。等他们长大了呢，再把芯片取出来，他们就知道熊啊兔子啊什么的都是假的都是想象的了。”

“那要是不愿意把芯片取出来呢～”

“不愿意取的话，芯片也会在逐渐失效停止工作的。”

“那他们该多难过啊。”Tony顿了顿，“他们再也不能和他们脑子里的泰迪们在一起了。”

小孩子的想法总是特别奇怪。爷爷苦笑了一下开始思考该怎样向小孙子解释人类万千年来不曾改变的孤独属性。又或者毕竟还是不该对小孩子扯这么多：他们还有长长的、长长的一生去懂得这一点呢。

半掩的门忽然闪过白黑相间的身影。长长的耳朵弯弯地下垂，眼神好像有一点哀怨。但又立即因为咧开的嘴而显出小小的狡猾。当然，这只兔巴哥最大的特点还在于那条鲜红的领结。世界上只有这一只兔巴哥有这样的领结。

他眯了眯眼睛，告诉自己这不过是幻觉。就像他一直做的那样。就像她一直做的那样。打领结的兔巴哥不见了，只有仰着头等他答案的小孙子。

“嗨！担心什么呐小家伙？”爷爷弯下腰抱起Tony，把他举得高高的，“那是个早就过去的时代啦！是个过去的时代！”

24格每秒天堂[七]

【文】潘海天

第十七章 基督最后的诱惑

我遵守一切规矩，神的，人的。你从不。可是，他们却更爱你。
——《燃情岁月》美国1994

一

他的眼睛只能勉强睁开一条缝。

世界就在那道缝的后面。光线暗淡，好像隐藏在一座厚厚的堡垒之后。

——他能看到的所有东西都是些局部。

震动不已的艾布拉姆斯坦克底盘，挂满泥沙的BELLEVILLE全天候沙漠作战军靴，加挂OPS 12型消声器的枪管。

世界就是由形形色色的局部构成，只是这些成千上万的碎片重新拼合而成的整体，要远远大于真实的世界。

他被拖着走过了枯萎的苜蓿地。层积的沙砾。生锈的轮胎钢圈。鹅卵石街道。干涸的水沟。

他被拖着走过了抖动的遮阳棚撑杆。室外咖啡座上的吊灯。婆娑的行道树碎片。抽烟老人的招牌。

他看见了血红色的玫瑰花瓣。一只鸽子的红脚爪。一顶破烂的帽子。

克罗斯停住脚步，把他像一堆行李一样扔在地上。

有人在高声谈话，话声好像尖锐的哨响。那声音不是克罗斯的。

水手刀想要避开那些话，但此刻他的大脑是座漏水的窝棚，话语还是不断漏入他的耳朵。

你把德国佬的那本书搞丢了吗？真可惜，那可是一部关于电影的书，一部关于视觉关于心理学的书，它揭露了一个确实存在的关于时间的秘密。

……

“是谁在说话？”水手刀问。他努力抬起头，怎么也看不见说话的人。

……

人们为什么一个接一个地想要逃离这儿，是因为这儿混乱？还是因为这儿虚假？

……

“是谁在说话？”水手刀大吼，用细小的眼缝横扫世界。

……

哦，你会说，这只不过是部电影。

可是你错了。

……

如果我告诉你，本片中出现的所有理论，在现实世界都是成立的呢？本片中出现的所有病例，在现实世界中也都有实例呢？

“我听到过这个声音。”水手刀沉思着说，他拼命地向一侧转动脖子，终于看到了本在身后的景象。

那是细细的青铜像，在一道缝里呆滞地朝他瞪眼，鼓起的嘴里叼着一只海螺。

“这是那座广场。”水手刀说。

这是那座星形广场。

他和朱莉在这儿相遇。

他们的故事从这儿开始。

除了朱莉，他还在这儿认识了另一个奇妙的人，一位神奇但却怪诞的老头。那个从第一部虚拟电影开始就迷失在无穷迷宫中的老人，那个救过他性命的老人，那个虚拟电影之父，那个从无数人的美梦中寻找饕餮大餐的老人。而这声音，这声音……

水手刀的双眼半睁半闭，在那道眼睛的缝隙里，一缕白头发好像旗帜飘扬，一条口水横挂下来，一只眯缝眼里满含笑意。

“原来是你，原来是你。原来这一切，都是你安排的。”水手刀拼命地喊出了这句话，否则它就要在嗓子眼里噎死他了。

“我喜欢这暴风雨前的平静，就像贝多芬……”老头说，“这个世界本来就是用音乐来构建的，至少是用音乐一样的程序。电影的秩序比现实要好得多，它有规律可循。”

“之前你为什么要救我？”

老头的笑容看上去十分慈祥。他坐下来，友好地拍拍水手刀的肩膀：“我喜欢你，水手刀。你做得很好，你是第一个走到终点，把所有数据卡给我带来的人。”

水手刀吸了一口气：“你是G-S之父，为什么还要杀死S。他不是为你的公司服务的吗？”

“S，”老头笑了一声，笑声好像鸽子的翅膀拍打着飞远了，“这是我痛恨现实的原因，现实里没有秩序和正义可言。你也知道这是我的公司，我创建的电影模式，我建立起的虚拟王国，我一手制造了它，可是他们现在却有权力把它从我手中剥走。他们叫嚣什么我沉溺在自己修建的玩具中不肯面对现实，他们无法与一个浸泡在营养液里的身体沟通，他们一点也不明白，就是因为我的热爱，神之领域才有了生命，我已经不能离开这儿生活了，他们却想要剥夺我的一切。Ecaps-Dog公司已经快不是我的了，我用了自己在公司残存的所有的影响拍了这部片子，那些讨厌的董事，他们也许发现了一些问题，试图进入影片扭正它的进程，可是在电影里，他们不可能是我的对手。

“你没有觉得奇怪吗？Ecaps-Dog公司成立五年来没有染指任何电影制作，这全都是因为我的坚持，如果技术设备能够跟得上我的想象力，这场革命早在5年前就该上演了。电影的革命行为始终和技术的进步暧昧不清，为了这一刻，我足足等待了12年的时间。12年。拍一部片子需要多大的人力和物力，这不容易。泰坦尼克号的结尾字幕有十三分钟，制作人员达到3000人，这不容易。

“这部电影是属于我的，我是制片人，我是导演，我是编剧，我是它的父亲。是我制作了它，对，是我。

“我等待着这部电影给我送来合适的人，带着我需要的结局来到面前。我将它赋给你们，让你们如同救世主般呼风唤雨，就是因为我要等待这个结局。

“当然，那些邪恶狡猾的家伙，他们坚持要设置一些保护措施，所以我必须拐好几道弯才能搞到我需要的东西。S——”老头咯咯咯地笑了起来，“对付S这样的饕餮豺狼，我早为他安排好了一粒棋子，那就是克罗斯。”

“那个秘密任务……”水手刀努力回忆起他们一起收取任务信的场景。

“来得真够快的啊。”他说，把一封厚厚的信扔了过来。“是新任务吗？你将去哪？”

克罗斯扬了扬自己手里的信，那上面同样有一个“0”形的红色标记。“看来这次他们要把我们分开了。”他说着，把自己的那封信揣进兜里，转身拉开车门，跳了下去，“走吧，让我们去兜兜风。”

“他要执行的任务是来自你的命令？可S是个活人。你下令杀他，他会变成……”

“植物人！”老头捂住胸口咳嗽了起来，他咳嗽的时候并不像个坏人，而仅仅是个很老的老人，“这还是我告诉你的呢。那个讨厌的啮齿动物，贪污犯，躺在医院里对他而言已经算是个恩宠。听我说，水手刀，他们是些愚蠢和古板的人类，不值得救赎。”

“这么说，是你故意削弱了这部片子里逻辑锁的力量？”

“在虚拟电影之初，我们限定了许多规则，不能让剧本人物自知身份，不能伤害人，不能侵入其他人的电影通道。三百年来，我始终被困在0图层，困在自己的电影里，看着外面的无数美妙天堂却无法进入。今天，这一切都该结束了。”

“难道你试图成为上帝？”水手刀虚弱地撑起身子，问他头顶上的人。

老头哈哈大笑，他停止了咳嗽，直起身子，遥远的天顶上，隐约传来一阵轰隆隆的闷雷。

一切仿佛是从这一刻开始改变的，他的白胡子开始剑戟般向外翘起，他的形象开始变得威武庄严，虽然他还穿着自己那身破旧的大衣，却带上了君王般的气势。他的手上多了一根手杖，杖头是一个卷毛的狗头。云层翻卷，撒下来的阳光从他的头顶上漫出一片圣光。就连本来就眯着眼的水手刀，也不敢直视他的脸庞。

“我本来就该是上帝，这个世界拜我所赐才能存在，你的这部影片可以解除逻辑锁，可以让我拥有更多的力量，可以帮助我自由穿行于各个电影，这才是我想要的真正王国。这才是神的感觉。”他轻声说话，声音却好像闷雷一样洪亮阔大。你要知道我这部片子的名字，知道扮演的角色，就该跪下来亲吻我的脚背，祈求我的恩赐。”他垂下头，满怀怜悯地看着躺在地上的水手刀，“我的名字叫约书亚·基利斯督。”

他打了个响指，水手刀猛觉身子下的鹅卵石地面仿佛活过来般翻卷，它们像是蔓延的藤蔓，像是舞蹈的蛇皮，翻腾着向外伸展，把广场的边缘向外推去。这个又小又温馨的星形广场变得越来越大，最后像是天安门广场那么宽广。

“我是电影世界的神，我是GodSpace的神，可是电影本身，却让我发现，最重要的关窍不在于此。”老头低头对水手刀露齿微笑。

雷声阵阵。黑暗的乌云开始在天空中聚集，不知从什么地方刮来的飓风，扫帚般把地上的尘土卷起。

也许是因为流血过多，水手刀越来越深地沉入一个寂静而寒冷的深渊里。老头的话好像从深海的另一头传来，遥远又波段漫长。

“在虚拟电影本身发展的过程中，我有了一些超出预期的发现，”他眨了眨眼，非常好心地拍了拍惊恐万状的水手刀，“既然现实同样是眼睛和大脑共同营造的虚假世界，我为什么不能通过控制电影来拯救外面那个世界呢？”

老头哈哈大笑：“惊讶吗？电影不是一直在影响人类的生活吗？”

“这是假的，我们看完电影，”水手刀木然地跟着他的思路转动脑筋，“很快就把它忘了，我们很清楚，这玩意儿是假的。”

约书亚对水手刀眨巴着白眉毛下显露睿智的眼睛：“你对电影了解得还不够多，不够多。认识电影就等于认识我们自己和我们所生存的世界。我记得很清楚，1920年，罗伯特·弗拉哈迪在北极拍摄《北方的纳努克》，为了协助他拍摄电影，爱斯基摩人纳努克一家延误了捕鱼和狩猎的时机，几个月后就饿死了。这是最早的关于电影影响人生的记录，但是它绝不是最大的事件。1970年，尼克松连续观看两遍《巴顿将军》后下令轰炸柬埔寨，越战升级；1981年，一名青年模仿《出租车司机》往里根的肺里射了一枚子弹，差点废了那个总统。哦，至于里根，他根本就是个演员。拿破仑控制了报纸，丘吉尔善于使用电报，希特勒则是广播之王，所以你看，媒介是真正的权力。而今天则是一个被视觉控制的时代。有多少人死盯着电视机和电脑屏幕，任由自己的身躯肥胖膨胀，视网膜投影技术即将投入使用，你们这整整一代都是在影像的包围之中成长。这不是审美幻觉不是白日梦，它终将变成一种生活方式。视觉控制现实，相当于资本控制劳动。如果只有你一个人来游历虚拟电影，这是无关紧要的。但是，如果成千上万的人都进入这一渠道，经历同样的经历，这件事无论如何也不能再被视为无关紧要。不论你身处何方，不论你有什么样的生活背景，都会同悲同欢，这是一场集体的文化仪式。它弥合了精英艺术和大众艺术的鸿沟，这是创世纪以来最伟大的力量。仅次于上帝。人类主体将会适应电影机器，并通过这个机器适应一个现实的电影化版本。”

水手刀仰着头，在雨水中艰难地呼吸：“你这狗娘养的，你想要在……现实世界里也当上帝。”

要不是肺里充满了血，他真想放声大笑。他本期望在这儿来上一场虚假的世界拯救，然后回去洗澡睡觉，过上一个毫无意义的周末，却现在却有人告诉他，真的存在这个控制世界的阴谋，就在他的眼皮底下。这太可笑了，太荒诞了，太电影了。他能去告诉给另一个谁听呢？他左右转着头，但是看到的，只是缝隙里无人的世界。

二

“这需要时间，老兄。”那名个子矮小的男人说着，挠了挠他油腻腻的头发。

“但你没有时间。时间宝贵，时间飞逝，时间是你没、有、的东西。”

“我才不想要你那个烂糟了的世界。我将会成为媒体之神。真正的神。”约书亚双手拄在拐杖头上，安然地说。

“你是这个世界上最厉害的人了，你还需要什么呢？”

“我需要你。”

“我？”水手刀再次觉得惊恐起来。

“我老了，我在这个世界躲避得太久了。我已经没有办法回到现实世界里去了。我通过虚拟世界来管理我的公司，但是你也发现了，背叛我的人越来越多。我需要一个可信赖的人，到现实里去，把这个更理想更有秩序的影像世界插入到他们视觉的间隙当中——别着急拒绝这一切，人类早就失去梦想了，想想看，水手刀，想想看我所做的，想想看你每天过着什么样的生活，想想看谁夺走了你的乐趣。只有电影才可以拯救你，只有电影里坏人会受到惩罚，只有电影里道德体系才可以被重视。我知道我所做的一切都是对的。我在拯救许多像你这样的年轻人。更妙的是，现在我知道了，在真实世界的投影碎片之间也能切入我的电影世界……好好看看你面前的纽约吧，它很快就不仅仅是虚拟的纽约，也是真实的纽约。”

水手刀拼命地抬起肿胀的眼皮，广场的边缘外人群熙熙攘攘，他们不知真假地在这个世界的边缘游动。

闪电在他们的头顶上空频频闪光，把黑色的混沌撕碎嚼烂，老头的身上仿佛披上了无数闪光的鳞片。雷电稍纵即逝，老头的神圣形象也一闪即灭。

“为什么是我？”水手刀痛苦地问。

老头低下头，充满悲悯地说：“因为我爱你，水手刀。这一切的开始，得让MBO把我变成可以自由穿梭在电影迷宫中的神才行，我决定感激你，是你给我带来了最后的福音。只有魔鬼才会试图加害打开魔瓶的渔夫，可我不是魔鬼。”

克罗斯一直默然地站住约书亚老头的身后。水手刀知道他的兜里装着所有的数据卡，他凝聚起最后的力气，露齿一笑：“这么说，比加是对的，他把笼中鸟实验室彻底炸毁了。你得不到它！”

“别忘了，我了解那部电影的所有信息。”他纵声大笑，打了个响指。矗立在他身后的那尊石头喷泉摇晃起来，海神像向内崩塌了，青铜马的前腿伸向天空，海螺沉默地掉入空中，喷泉池陷落成一个巨大的深不见底的空洞。空洞和先前的广场一样飞速地扩大，水手刀躺着的地方就是它的边缘，在被飞速地推离巨洞的圆心。

现在这成了一个多么可怕的巨洞啊，它直入地心，仿佛一个提供给整个城市使用的巨大通风管。对面的洞壁围合成了巨大的弧形，如同火山口的岩壁，上面布满一条条深色的水迹。它的模样，和水手刀所见的笼中鸟巨洞一模一样。如果从空中俯瞰，它就是地球呆滞的眼窝。

朦胧的眼窝底部，则如同一座密集的森林，枝枝丫丫地伸出许多枝状的东西。从那些枝丫上面慢慢地冒出一个个发亮的球体，就像植物叶子上的露珠慢慢汇集生成，然后又从末梢脱落。它们慢悠悠地向上飘动，而且速度越来越快，直到最后像子弹一样飞快地掠过他们身旁。

正对巨洞上方的乌云当中，一团又一团，冥冥不可言状的灰白色云气，就像梦魇一样浮现了出来。又是一声暴雷，一道长长的闪电劈开混沌。雨水开始泼洒而下了，它们敲打在水手刀的身上，带来刺骨的寒冷。

水手刀咽了口口水：“你仿制了笼中鸟实验室。”

“不，这不是仿制的。这就是那座实验室。它本来修建在你的电影世界里，但是距离0图层只相差0.5微秒，你可以把0图层理解为一个异次元空间，和你的电影空间完全一致，但只要我不愿意，你根本就进不来。你以为我在电影里的三百年一直在做梦和乞讨吗？我一直在忙忙碌碌地干活，在让这个空洞掉落到0图层里来。”他张开双臂，放声大笑，让破碎的大衣在风雨闪电中狂舞，“我全都想到了。”

水手刀在危险的边缘翻过身来，趴在剥落的鹅卵石地砖上，鼓起勇气往下看去，风和云气从地心深处鼓荡而起，让他隐约看到下面五彩的亮光，却看不清有多深。

在下面有三条蛛丝一样纤细的吊索伸向圆筒的中央。它们交织成一朵三叶草的形状，在花蕊位置，有一个水滴一样透明的壳体，中心就是那台可怕的机器。和比加死亡之时留在那儿的场景一模一样。

老头朝一直雕塑般立在一旁的克罗斯点了点头：“去装上那些数据卡。”

水手刀嘶哑地喊了起来：“克罗斯，不要听他的，他疯了。我们是兄弟。你要相信我。”

大个子有点犹豫，脸上被烧坏的伤疤好像在雨水里发着光，但是那点儿犹豫很快被雨水冲走了。他探头向下抓住了铁扶梯，飞快地滑了下去。

“这不对。你为什么要阻挡他呢，”老头吃惊地朝水手刀转过头来，“我的孩子，其实你也是想要留下来的吧。阻挡这些有什么意义呢？如果不是对现实不满，你又怎么会选择加入虚拟电影？”

“不。我不加入。”水手刀无力地挥动着胳膊，想要从老头身边爬开。

他努力爬开。

倾盆大雨让鹅卵石地面非常湿滑，身上的衣服早就湿透了，冰冷的雨水迅速的降低着他的体温。

老头好整以暇地跟在他后面走：“你只剩下半条命，也许马上就要死了。”

他要去警告个谁。

他需要时间。

时间宝贵，时间飞逝，时间是他没有的东西。

老头小心地绕开那些水坑，一脚踩在他的伤腿上。

疼痛好像火烧一样窜了上来。水手刀惨叫起来。

老头低下头，抓住他的衣领，把他转过身来，残忍无情地甩了水手刀一个耳光。

水手刀摇摇头，甩掉眼眶里的雨水和泪水，也许还有血水。

他是位英雄，一位要拯救世界的英雄，但此刻却毫无反抗的能力，就连一个三岁的小孩朝他动手，他现在也无法抵抗吧。

但是他就是不想投降。

不想轻易投降。

在内心深处，水手刀其实充满恐惧，他猜想老头的杀手锏还没有使出来，一定还有恐怖的事情在后面等着自己，一种切入肉体和心灵深处的恐怖。那是某个他遗忘了的细节，就像温压弹被均匀铺开后还需要点燃的一瞬。

他预感到这个可恶的老头就如同降临的厄运，不会就此离开。此刻他已经不奢求胜利，只想试图说服自己要挺下去。因为有什么东西在他心里悄悄地燃烧着，让他不肯低头，也许是因为被戏弄的愤怒？也许是因为亚萨朱莉的被杀？他也说不清楚。

老头扔下他，站直身子转头看什么东西。

即便没有大雨，水手刀的眼里看出去也是一片模糊。但是他明白机器的启动已经成功了。因为在桥心的位置上，在白茫茫的雨水间，闪动起一片点燃的火光。

“哦，”老头朝他耸了耸肩，“新世界开始召唤我了。现在时间站在了我这一边，你怎么看？”

水手刀试图咧开一张笑容，却发觉牙齿和舌间布满血块。

老头眨了眨眼，“别充英雄，”他慢吞吞地说，“任何英雄都要付出许多代价。想想看，你有什么可以付出的，你是否支撑得住它。”

他冷漠地对着手上的一个通话器说：“去把她抓回来。”

温压弹在水手刀的额头里爆炸了。

他急迫地伸出手，扯住老头的大衣下摆，“你让克罗斯去抓谁？谁？” 他大声喝问，“谁？谁？”

老头好奇歪过头，观察着水手刀，“你觉得呢？”

“你他妈的……这和她完全无关。我们只是想要回家。你去干你的，和我无关，放开她，好吗？”水手刀放声怒吼。这一刻，他真想痛扁自己，是他把地址告诉给克罗斯的，他把自己的软肋送到了敌人的手里。在这部电影里，他犯下的错误不计其数，但这个无疑是最可怕的。

“放开她？这可是你未来的幸福。”约书亚老头夸张地叫了起来，“你怎么能就此放手呢，你们可以在这些电影里随便选一部过日子，田园胜景，还是繁华都市，甚至是世界尽头的另一个星球，随便你挑选，玩腻了你还可以再换个地方，在你死之前，可以拥有几乎无限长的生命，和无限的能力。你可以一直做下去，做这个英雄梦，一直不会醒，这只鸟，连接了梦境和现实。”

“你只差一点点，就会变成一个伟大的人，来吧，来做出这个选择，”老头伸出双手，接住那些雨水，让它们汇聚在掌心，然后他把那一捧水泼到水手刀脸上：“你看，你听，你感受吧，这个世界如此真实，它还会越来越真实。而真实的世界本身就是虚假，它还会越来越虚假。在时间长河中，有人当主角，那就必须有人当配角。你想要做英雄，还是平凡死去的庸人？”他把脸凑到水手刀面前，那双蓝色的温柔的眼睛几乎将他淹没：“在时间面前，你选择哪一个？”

三

冰冷的雨不停地下，浇灌着他的全身，把刺骨的寒冷渗透到每一处骨头缝里。

这就像一个醒不来的噩梦。

他的头昏沉沉的一跳一跳地疼，这是失血过多脑供氧不足的后果。体温越来越低，水手刀知道，他正走在死亡的路上。

在半睡半醒之中，他好像掉入了一个梦里。

他和伙伴们并没有分开，他们的三人小组依然围绕在他身边，嗯，这么形容也不对……他们似乎还是少了一个人。

有人问：“胖子在哪里？”

“他没呆在咖啡馆。”

“你也没有呆在咖啡馆。”

“是啊，我们跑出来了。”

水手刀想起来了，他急促地警告说："有人要去抓你，快跑吧。"

"我们正在跑呢。"那个女声回答说。

是啊，水手刀醒悟过来，他们正在跑呢。

风从耳朵边掠过，他们跑得飞快。好像在一条长街上。跑在前面的是亚萨，扎着马尾，穿着短裤和跑鞋，看上去好像是要去长跑锻炼。她那漂亮的两条长腿在他面前跳动，好像松鼠的尾巴。

她突然转过身来。不，这不是亚萨。虽然她们长得如此相像，水手刀还是一眼就认出了，她是朱莉。他找到她了，虽然这只是在梦里。

他哈哈地笑了起来，觉得自己一定笑得像个白痴。

朱莉站住了脚，朝他看来。

水手刀发现自己根本就没有在跑，而是仰面朝天地躺在地上。

朱莉朝他弯下腰来。

"你还好吗？"

他直愣愣地瞪着她，心想她的眼睛为什么这么蓝，她的表情为什么显得这么生气。

"你还好吗？"

"我不太好，我已经放弃了。"他又笑了起来。

朱莉捏紧了拳头，看上去怒气冲冲，随后毫无征兆地挥起一拳，狠狠地砸在了他的头上。

疼痛把水手刀从梦里唤醒。他张开肿胀的眼睛，在白茫茫的一片雨雾中，看见一个小小的身影正从广场边缘朝他们走来。她抱着自己的肩膀，浑身上下被大雨浇得浑身湿透，一路上东张西望，走走停停，带着点胆怯，就像一只美丽而易碎的瓷瓶。

那时候，被放大了一万倍的喷泉广场，就好像一片平展展的白色舞台，一个走动的人影也没有，只有被大雨击打起无数水花，像精灵一样跳跃着。

老头和克罗斯都好奇地看着这个走过来的女孩，好像狮群注视着迷路的羚羊奇迹般地走向自己的领地。

"别往这儿走。"水手刀蠕动着喉咙低语。

朱莉走近了，她蹲下身子，抓住水手刀的肩膀，试图帮他坐起来。

"你好。"她说，然后挥手在他头上重重砸了一拳。

水手刀惨叫一声。

"这是你遗弃我的代价。现在我们扯平了。"朱莉平静地说。

老头一手提着狗头手杖，饶有兴趣地看看水手刀，又看看朱莉，

水手刀抓住她的袖子，急迫地说："快逃。"

"我们不逃。"朱莉摇了摇头，她那双闪亮的蓝眼睛里有一丝害怕的光芒，但是她紧紧地咬着牙，"我不是英雄。我和土王都不是来当英雄的，但我们不逃。"

老头语调温和地回答说："你当然不用逃，我希望此地能很好地款待你——请原谅，我还有个约会。克罗斯，替我好好款待他们。"他举了举头上的破礼帽，喜笑颜开

地退了场，朝扶手梯走去。

水手刀惊恐地看着226G克罗斯·博拔出了腋下的小型点22柯尔特伍兹曼手枪。他脸上的伤疤被雨水洗得发白，显得更加狰狞恐怖，但是这样的脸上却带着温柔的微笑。

水手刀想挺身护住朱莉，但是一个趔趄，又跪倒在地。他痛恨自己的软弱无力。

“我还正想跑一趟爱丽丝的杯子咖啡馆，没想到你居然自投罗网。”克罗斯慢悠悠地说，有意无意地挡住了朱莉的退路。

朱莉仰起头怒视克罗斯。他比她高了不只两个头。

“我并不怕你。”她说。

“小姐，我也不需要你怕我，哈哈。”克罗斯温文尔雅地微笑。

“你说哈哈的时候并不是真的在笑。”

“什么？”

“那是你说出来的，你实际上不知道自己为什么而笑，你的表演差劲极了，克罗斯先生。”朱莉极其认真地说。

克罗斯有一阵子被朱莉搞得不知所措，在这儿逻辑锁当然不起作用，但是很显然，他的大脑仍然会有些卡壳。

“你是怎么找到这里的，朱莉小姐。”他耍着手里的左轮手枪问道。朱莉的表现让他不安。这个女孩和他所认识的其他人相比很相似，瘦弱，不经风雨，不谙武器和格斗技术，几乎没有任何反抗的机会，但与此同时，她仍然让他不安。

水手刀转头寻找老头。他看到一个细碎的人影已经走上了细长的吊桥，朝着亮光闪闪的笼中鸟机器走去。

“要找到这儿实在是太容易了。”

“是吗？”克罗斯又怪声怪气地笑了起来。

朱莉再次转头看着水手刀：“我有些话要对你说，实际上我们没有去咖啡馆，在路上我们遇见了另一部电影里来的墨西哥人，他一直在寻找一些重要的东西。他的名字也叫水手刀。”

“什么？”水手刀迷惑不解。

“他是另一个水手刀，另一个游历者，另一名进入到这儿来的人，他要我转告你，你的电影是特殊的，独一无二的，它是阴谋的牺牲品，但同时，失去逻辑枷锁，也让它拥有非凡的魔力。黑就是白。水手刀。这儿是0图层，这儿天然吸引着所有的英雄。这就是我找到这里的方式，而你拥有更好的方式。”

“你们在说什么？什么电影？”克罗斯又顿了一下，他一把抓住了朱莉的胳膊，“好了，交谈到此结束。跟我来，小姐。”

“我只想对你说，”朱莉挣扎着说，她捏紧拳头，“是那把琴让我们相会的。”

“什么？”

“他说还有办法。他失败了，但是他知道还有办法。我都会告诉你。你要用你的方式救我。”

“我不行。”水手刀惊慌地喊，水手刀方式？用暴力解决一切问题？可他现在甚至站不起身来。

朱莉目光闪闪，此刻她才不是什么音乐家。她的容貌中带有愤怒和风暴，她是一位魔女。

“你可以的。”她喊，克罗斯从她身后抓住了她的肩膀。

水手刀抓紧时机，撑起半个身体，如果他能轻轻地活动一下尚算完好的右腿，如果他能踢中克罗斯的脚踝，也许能……

克罗斯轻松地闪过了朱莉的攻击，他扬起拿枪的手，抓住朱莉的胳膊，颇为绅士地把她向空洞的边缘推去。从无底的巨洞里卷出的风，将朱莉的头发向上吹去。

克罗斯对水手刀露出洞察心底的一笑：“我知道你在想什么，兄弟，如果你反抗，我就把她推下去。我们什么也别动，就在这儿，等主人回来。”

他是他们兄弟中比较狡诈的那条蛇，出计谋的那个。他们在一起的时候，总是克罗斯计划，水手刀实施。

朱莉被扭成一个痛苦的形状，但她在克罗斯的手底下仍在尽力微笑，她朝水手刀眨了眨眼。

“不要。”水手刀痛苦地要求说。

朱莉一仰脖子，用后脑撞向了克罗斯的脸。克罗斯根本就没有预料到这个落在手底下的小姑娘还会反抗，这一下确实出乎他的意料之外。虽然如此，她依然撞不中克罗斯，可是毒蛇对付危险的条件反射几乎可以预见。克罗斯向外一扬手，松开了抓住朱莉的手，把她向远处推去。在那一瞬间，濒死的水手刀一脚踢中了克罗斯的脚踝。水手刀跳了起来。左腿发出了喀嚓一声怪响，它也许断掉了。剧痛让水手刀的眼眶里布满了泪水，但是他仍然挥手猛劈，打在克罗斯的手腕上，点22手枪飞了出去。

他紧跟着朱莉掉落的身体跳了下去，他们一前一后落在了桥面上。桥已经和之前有些不一样了，它似乎变得更透明，更脆弱，看上去似乎无法承受他们的重量。

朱莉正在滑出天桥的边缘，水手刀猛扑过去，透过那些泪水抓住了朱莉的胳膊。

在从无底巨洞底部冲出的灰暗和光彩交替变化中，他看到朱莉的脸格外苍白。她并没有向洞底落去，恰恰相反，而是在那些风和雨水中向上飞去，她的一只胳膊被水手刀缠绕住，整个人被拉成一张弓，她身上所有的东西都在向上飞。头发、衣襟，和从她的眉梢滑落的雨水，全都在向上飞。

水手刀使劲地拽住她的手，用全身的重量拖住她，往自己的怀里扯她，希望把她拖回桥面，但他的脚同样在桥面上打着滑，向着边缘滑去。呼啸的风像龙一样向上吹着，水手刀猜测自己一旦滑出桥面的范围，不会掉入深渊，而是也会步朱莉的后尘，向上坠入天空。那把飞离克罗斯之手的枪，正在她头顶上向上飞，像是一个很小很小的剪影，很快就消失在云中。

大雨仍然在下，但水手刀却感觉不到雨水敲打在自己身上了。他半闭半睁双眼，看见那些雨水是往上飞的。它们密密麻麻，从桥底向上落，交织成白色的细网，直落到那冥冥不可言状的灰白色云气中去。

这是个玩笑。水手刀想。但是已经有人先他笑出声来了。是克罗斯，他正在他们头顶上发出咯咯的笑声：“和你早先去过的那地方不一样吧，它们不是往下落，而是向上飞！这是条逆向之河！只有那座桥能帮助你们保持正常的重力。”

水手刀此刻已经无暇回答了，他要专心对付摇晃的吊索，那东西几乎算不上吊桥，桥面只是一层薄薄的半透明的织物。它被丝一般的水珠打得湿漉漉的。

地球上的洞穴再深也有结束的时候，但是天空则没有尽头，这是真正的无底洞。

水手刀紧抓住朱莉的手，另一只手攀住了桥栏杆，无数个荷路斯之眼组成的漩涡栏杆，脆弱的玻璃索道在他手里发出清脆而可怕的断裂声。他什么都看不清，只能听到雨声和克罗斯的笑声。他什么都看不见。万物的开端缘于黑暗。他眨了眨眼，模模糊糊地看到一道灰色的线在他的视野里笔直地伸展，然后消失。

“你为什么要做这些？我让你躲起来。”

“你要生我的气吗？”她问。

“我，当然不会。”他惊讶地回答。

“这会你是谁？”

“什么我是谁？”他苦恼地喊，“我还能是谁。”

“认真选择，杰克，我来就是为了说这个。”

“太迟了，我快死了。还能有别的选择吗？”水手刀说，鲜血从他的嘴里喷了出来，“我快死了，我拉不住你了。”

“杰克，这次你必须负起责任了。听我说，这不再是电影，你要当真。”她那双明亮的眼睛就在他的头顶上空闪闪发亮，简直要穿透到他心里。

“那我该怎么办？”水手刀低声喊。她的手在他掌心里打着滑。

“放开她，她太重了。”克罗斯躲在阴影里喊道。

水手刀苦笑着想起刚被抛到这个世界来时发生的一切，那副场景和如今多么相像。他吊在缆索上，手里抓着部长夫人，那个时候他意气风发，以为自己可以拯救一切。那一次，他和克罗斯是兄弟，而这一次，克罗斯在等着宰杀他们。

克罗斯眨眨眼，手中魔术般地又出现了一把SIG P210手枪，居高临下，他喊道，“我早说过，她们是你的累赘，水手刀，让我来帮你处理。”

脆弱的桥栏杆上响起了一连串可怕的撕裂声。那些固定在洞壁上的拉杆正在撕裂。水手刀背对朝他们走来的克罗斯，毫无办法。

突然之间，克罗斯像条蛇那样向后退去。

水手刀听到一声枪响，低哑沉闷。是绿枪的枪声。几块鹅卵石的碎片在洞壁边缘上溅起。有人在朝克罗斯开枪，但是弹着点离克罗斯却有点远。

“一个保险措施？”克罗斯哈哈大笑，但噗噗的枪声一声接一声，让他不得不向后退去，被子弹赶离开巨洞边缘，但水手刀仍然能听见他的笑声：“这个烂狙击手还能再开几枪？他还有几发子弹？”

四

在一个街区之外的楼顶上，土王正咬着牙，疯狂地吐着唾沫。拉杆，上膛，低头瞄准。一枪，然后又是一枪。

“哦，我没有打中，嗯，又没打中，”土王痛苦地说，“怎么办，他们说400米内击中目标的概率是80%，傻子都会打中，那我为什么打不着。”

他使劲儿拧着眉头，对自己说：“快点，他们就要死了。我可是伟大的唐·璜·德马克，我会拯救他们的。”他吼叫道。他找到了个机会，克罗斯藏身于一把公园座椅背后，但是半个头却露在了土王的射界里。土王抖擞精神，甩掉缠头巾，盘腿坐起，将克罗斯牢牢地套在瞄准镜里，“我抓住你了抓住你了抓住你了。”他喊，像水手刀教他的那样，将所有的感觉触角汇集到十字线上，屏住呼吸，轻轻地扣动扳机。咔嗒。没有子弹射出去。“这不可能。”

土王绝望地叫着，伸手在身上乱摸，“备用弹夹被我放到哪里去了，落在熟食铺了？在车上？”

五

水手刀最后努了把力，把朱莉拉近了一些，可是随即脚下一滑，溜出了索桥边缘，瞬时间他的脚跟离了地，两条腿向上飞了起来。要不是他把栏杆抓得铁紧，一定会坠入无底的天空。他的身子变得轻飘飘的，灰蒙蒙的云层变成在了他脚下，抬头上看，则是洞穴深处微弱的光。

“可以了，”朱莉在他手上微笑，“你已经足够努力了。”

那一时刻，索桥的中心突然响起了火光和温柔的歌声，就像是女巫的号角，水手刀悚然而惊，扭转头朝后看去。

在索桥的中心，白光的剪影里，一个人影用手抓住了那支庞大的舵。笼中鸟的机器被启动了。

“去制止他，他一旦拥有了ZIK能力，就会实现他所梦想的一切！”

“你要帮助我。留下来。”水手刀绝望地喊，泪水从他半瞎的眼里往外涌，“没有你我做不到。”

“你能做到任何事，任何事。记住在那家电影院的天台上我说过什么，没有你我会活下去的，同样的，没有我，你也可以活下去。”

“我不会死，因为我不存在这部电影里。你也是。”她轻声地说。

水手刀只是拼命地眨眼睛。他甚至没有办法抹去自己的眼泪。他愤怒地叫喊着，使劲地握紧手掌。“我不管那么多，我不放手，我不放手。我绝对不放手。”他说。

克罗斯的阴影再次从洞穴边缘冒了出来，笼罩在他们之上。

她轻轻地一笑。

那一秒钟似乎拖延了有十万年那么漫长。

他没有听见枪声。

朱莉放开了自己的手，她那柔顺的脖子向后仰去，嘴唇张开了，从里面喷出一股带着沫的血。“不，不要开枪。”水手刀疯狂地喊道，但他听不到自己的话语。就像在噩梦中一样，他张开大嘴，但却没有任何声音从他的嗓子里发出。他想要把她紧紧抓住，他的指甲抠进了那女孩的肉里，但却依然感觉到她的手腕无可挽回地从他的掌握里滑开。

他拼尽全力，想从这种无能为力的噩梦海洋中挣扎出来，但却只能眼睁睁地看着她向着巨大洞穴的上方坠落，向着那团不可预知流动着的灰色云层掉落下去，朱莉朝上飞去，向着水手刀伸着一只手，那团涌动不息的云层就如一只可怕的诡异的眼睛，在这张背景下，她的身躯显得很小，犹如一个小小的符号，但她那张苍白的沾着血迹的脸，就如同乌黑的被水淋湿的枝头上的白梨花，在水手刀的眼睛里放得特别大。她向上消失在时间的洪流里，就像泪水消失在雨水里。

“她活不成了，可是谁能呢？”克罗斯在水手刀的上方，或者说，在水手刀的脚底下轻声细语。

“这不是我想要的结局。”水手刀含着泪说。

“这当然不是结局。”克罗斯轻快地笑着说，他没注意到水手刀手里捏着什么。那是朱莉放手前塞到水手刀手里的东西。

一团揉皱的纸。

是从德国教授那本书上撕下来的纸。

六

克罗斯双手抓住爬梯，轻快地滑了下来。他是一尊大汉，只是站在那儿就给水手刀带来巨大的压迫感。如果他要杀死水手刀，只要一根指头就可以把水手刀从纤细的吊索上摘下，扔到无尽的天空深渊里去。

“来吧，杂种。”水手刀说。他好像一片成形的雨云，血雨滴从各处伤口上逐渐汇集，然后一道道地飞入虚空。

克罗斯抬头看着水手刀，眼里闪过一丝光亮。他把枪收回枪套，伸出一只手，抓住了水手刀的胳膊，好像水手收帆一样将他一点点拽回桥上。

一进入桥身范畴，水手刀立刻找回了失去的重力，啪嗒一声摔倒在桥面，挣扎着站不起身。

“你没事吧？”克罗斯问，他蹲下身，想检查下水手刀的伤口。

水手刀捏紧拳头，一拳砸在克罗斯的下巴上。

克罗斯哼了一声，头部往后一仰，但他的反应很快，立即甩出一个肘锤，重重地砸在水手刀的软肋上。

“怎么回事，我是来帮你的。”

“我们曾经是兄弟，”水手刀深吸了一口气，忍住肋骨上瞬间闪耀大片光芒般的剧痛，咬着牙挥出一拳，“我可以替你挡子弹，需要的时候，我也可以被你杀死，如果那可以帮到你完成任务……”他又挥出一拳，“但是，你必须事先告诉我一切……”

“……克罗斯，你从背后朝我们开枪，你就不再是兄弟了。我不会原谅你。”他说，又挥出狠狠的一拳，然后一低头朝下三路扑去。

他的重心本来就低，向前一俯身，就已抱住克罗斯的大腿，他用肩膀使劲抵住克罗斯的膝盖，把那人摔倒在地。

这是他们这一生中无数次的打斗的翻版，他们曾经年轻，热情，充满火爆脾气，无所顾忌，毫不畏惧受伤和流血，打斗对他们来说就如家常便饭，但是这次又不完全一样，区别在于水手刀已经疯了，他的打斗毫无章法，丝毫也没有保护自己的意思，只是不停地进攻进攻进攻，打不中克罗斯，他就用头撞，用牙咬，掰克罗斯的手指，咬克罗斯的膝盖，捣克罗斯的下腹。

克罗斯纵身往后，猛地向下格挡，把水手刀的手臂钳住，然后斜着往上拧。他的左脚凶横地猛踹水手刀的伤腿，水手刀一声惨叫，跪倒在地，捏在手里的纸团也滚落在一旁。

克罗斯趁机把一条胳膊从水手刀肩下穿过，勒住了水手刀那沾满血迹的脖子。

“住手。你他妈的住手。”克罗斯说。

水手刀用一只手插在克罗斯的胳膊和自己的咽喉中间，咆哮着想要咬他。

但是克罗斯把他死死地压在栏杆上，他冷酷地压住水手刀的脖子，勒得他眼冒金星。

克罗斯掏出了枪，顶在水手刀的后脑上，把烧伤的脸颊贴在他耳边轻声说：“我不想这么做，你现在不是我的对手，我甚至不用动手，再不救你自己，你就要流血而死了——我不想杀你，让我们好好谈一谈，谈一谈，我现在放开你，你要冷静下来，懂吗？”

水手刀被勒得眼前阵阵发黑，他点了点头，在勒住脖子的胳膊稍微放松的一瞬间，水手刀吸了口气，将抓住的手臂向下拧，用肩部狠命地撞击对方的小腹，在克罗斯失去平衡时他又猛地一拉。手臂发出了喀嚓一声，也许是脱臼了，也许还没有。克罗斯发出一声痛苦的吼叫，P210手枪落在地板上的碰撞声清脆可闻。水手刀朝那声音扑去，他在地板上翻滚，但是不够快，一只军靴踢在他的头侧，他缩起身体半跪而起，在一片漆黑中寻找那个模糊舞动着的人影，然后继续朝他扑去。

一团火光阻止了他。

好像铁锤猛击水手刀的胸部，一个尖锐的小东西钻入第三和第四肋骨间，弹头滚烫，把他撞得向后一仰，重重地向后仰倒在地。这也许不是致命的一枪，但却是击垮水手刀所有反抗力量的一枪。

他翻着白眼，筋疲力尽地挥动手臂，气息从他血淋淋的、破裂的肺里往外冒。

“结束了，”克罗斯吼道，“结束了。”他一只手摸着流血的耳朵，另一只手抬起冒烟的枪口对准水手刀。那是他兜里藏的第三把枪。

他看着水手刀的眼睛说：“对不起，我不想杀你，可这是我的任务。”

扑通一声响。

克罗斯一头栽倒在地。

土王气喘吁吁地提着绿枪站在那儿，双手抓着绿枪的枪管，好像抡一把大斧那样站在克罗斯的后面。

第十八章 天堂电影院

这会是我的旷世杰作

——《无耻混蛋》美国2009

一

“干得好，伙计。”水手刀无力地说，他每说一个字，血就从嘴里往外滴落。

他捡起克罗斯手里的枪，然后抓住桥栏杆把自己拉起身来。

“跟我走。唐璜。”

“我不想过去。”土王扭扭捏捏地说。他望着索桥中心，眼睛里带着种明白无误的恐惧，“现在已经太迟了。”

“拿上你的枪，跟我走。”水手刀开始自己朝着索桥的中心走去，并不太关心土王是不是跟在后面

他的眼睛依然能睁开一半，但是在暗黑的夜里一点都不管用。坚硬的雨点像小弹丸打在他的脸上，强风在索桥上呼啸。

“约书亚！”他喊道。

水手刀一只手提着那把枪，另一只手摸索着湿漉漉的桥栏杆，引导自己前进。

笼中鸟机器的位置上，仿佛燃烧着一团炫目的火。

“约书亚！”他大喊。

在狂舞的雨点中，那名个子并不高大的老头从火焰中缓缓走出，挡在他的面前。

约书亚的脸庞上有两行黑色的血。他的两眼大睁着，露出灰白色的眼眸，脸上是呆滞却又意味深长的笑容。

他身上的长衫在风雨中飞舞，让这个矮小的人看上去仿佛拥有体型巨大的魔王的力量，只有破旧黑色的礼帽依然带给他一些人间的气息。

他没有像比加那样被烧成灰烬。“你没有死。”水手刀喘着气站定脚步，很有点失望地说。血顺着他的袖子滴落。正常人的血液有4000毫升，有多少血足够他流的呢？

身后传来拖拖拉拉的脚步声，土王跟上来了，他仍然像举着大刀般扛着那把绿枪，一对黑眼珠嵌在苍白如纸的大脸上。

“我早该知道，就是这样的感觉。”老头半仰着头，他摊开双手，仿佛第一次学会呼吸那样深吸了一口气。“多美的空气啊。”他说。他说话的腔调很奇怪，慢吞吞的，好像每一个字都是突然蹦出来的，字与字之间则毫无关联。

水手刀抖去眼睛里的水，他歪侧着头，不敢保证自己是不是看清目标，眼前人的身后似乎拖着许许多多灰色的影子，一些扑腾翅膀的声音从老头张开的双臂上方传来，就好像无数的鸽子栖在他的两条胳膊上。约书亚老头转着头，用他的盲眼慈爱地环顾四周，“为什么你不相信电影可以拯救世界？你看这个洞穴，看这些光，我们一直就被约束在这样的洞穴里，看着云上千奇百怪的投影，以为那就是世界，并不清楚它只是个巨大的梦。我所想的，不过是用一个更美好更随心所欲的投影来替代它，有什么问题呢？”

在老头说话的时候，水手刀只是捏着他的枪，死死地盯着老头的脸。他不害怕ZIK，他曾经打败过比加，也一样能战胜眼前这个瞎子。

瞎子好像看穿了他的心思，瞎子都有超能的视力。他呵呵呵地笑了起来，那笑声很轻，但水手刀他们就好像站在海啸即将来临前的海滩上，一股难言的压力扑面而来。

他抬起灰白的双眸无言地看了土王一眼，后者立刻踉踉跄跄地向后退去，

“加入我，水手刀。”他继续要求说，“加入英雄的行列，我们可以永远不死。”

“永远不死？”水手刀低声苦笑，“要留在这里活受罪吗？”

“谁可以阻止我呢？”老头又问。

土王牙齿打颤得厉害，根本无法回话。豆大的汗珠从土王的胖脸蛋上滚了下去，他垂下手里的枪，“我突然想起来还有很重要的事没有做，我先回去了。”

这最后的肥胖伙伴急急忙忙地跑向爬梯，艰难地爬了上去，看都不敢看水手刀一眼。索桥上只剩下一个半盲的人和一个已经瞎了的人相互对峙。

“谁可以阻止我呢？”老头又问。

“我想试试。”水手刀疲惫地说。

约书亚微笑起来：“你要知道，水手刀，不需要我亲自对付你，你的麻烦大得要命。”

整个世界摇晃了一下，好像从半米高的空中落到了地上，一种莫名又熟悉的感觉贴近了水手刀。

“这是哪儿？”水手刀茫然地问。

他听到了四周传来旋风一样的声音，那是铺天盖地的警笛声、汽车的刹车声、还有急促奔跑的脚步声。

“听听，这是你的电影，”老头轻松地说，“你杀死了这个世界里权力机构的最高首脑S，所有的警察和军队都在找你。”

巨洞的边缘开始冒出了一排人影，那些人都是有着精良训练以及冷酷无情的态度的职业枪手，他们的攻击行动就像机械一样准确。水手刀丝毫也不怀疑，队列里还有225小组和224小组。他们杀起人来，就和水手刀一样精准和有效率。

“其实不用他们来，我已经快死了。”水手刀说。血从他身上的旧伤和新伤里一起往外滴落。他跌跌撞撞地向着老头走去，半道上被一个什么东西绊了一下，他再也支持

不住自己了，像座山般轰然倒下。

绊倒他的是一个黑色的盒子。小提琴盒。

怎么可能？水手刀木木地想，那个空盒子，大概早被核爆炸化为原子状态了吧。

但是如果像老头说的，爆炸的仅仅是核弹，而不是这个存在另一维度的空间，那么，盒子也许会遗留下来？

他摸着这个朱莉的遗物，忍不住笑了起来，一直笑到喷出一口血，喷在黑色的皮革面上。

是那把琴让他们相会的，这是朱莉最后说的话。

可是他们根本就没找到过琴。他们忙忙碌碌，奔跑来去，许多时间里这个盒子里根本就没有琴。

水手刀的手指顺着盒盖的边缘摸到了锁扣，打开了它，里面果然是空的。

他略微失望地翻过身子，仰面躺下，无力地摊开胳膊，“就在这里结束吧，我好累啊。”他说，

“只要你点个头，你就不会死。”黑暗已经把他的身体完全笼罩起来了，水手刀再也看不见他了，但话语里的吸引力让他在黑暗里就好像一座冰山那么明显。

水手刀趴在地上，每喘一口气，从肺里就咳出更多的血。

“让我休息一下吧，等我休息好了——”

“你就加入？”

“我就杀了你。”

“HOW？”

“——怎么杀，我还没想好。”水手刀承认说。

“哈哈。你可真是傲慢啊。”

“也许。”水手刀回答。他完全躺倒在地了，现在他伸出去的指尖碰到了一团纸。刚刚在打斗中掉落的纸团。

这是他最后的力量了。

他捡起那团染血的纸，把它举到眼前。纸团已经被雨水打湿了，水手刀小心地展开它，看到了一段断断续续的话：

电影启示录——视觉心理学研究

我们只看到自己希望看到的东西。

在十年前，康奈尔大学的丹尼尔·西蒙斯和丹尼尔·莱文，设计了一个有些顽皮的实验。他们找了一些愿意充当“陌生人”的实验者，让他们在校园里向过路的人问路。

正如你可能猜到的，这个实验是被特别设置过的。当这些“陌生人”和过路者交谈的时候，研究人员会安排两个人走上前去打断他们的谈话——方法是让这两个人抬着一扇门从他们中间穿过，谈话被打断的时间很短，大约只有一秒钟的时间，但是在这一秒

钟里，会发生一个重大的变化：抬着门中的一个人，会和那个问路的“陌生人”对调一下。当那扇门被抬过去以后，这个新的“陌生人”会继续站在路人面前，没事人一样继续交谈下去。

那些过路人能够注意到他们面前已经换了人吗？

结局很出乎意料之外，在多数路人眼中，这个变化没有被注意到。

你可能会不服气，会说：我会注意到那样的变化。你有可能是对的。但是想想看，也许实际上你从来都没有留意过——就在你看过的电影里。

电影里总有无数穿帮镜头。

《宾虚传》里那场著名的战车追逐戏中，开始有9辆战车，在追逐中有6辆被毁掉了，在这场追逐的结尾，应该是有3辆战车，但在镜头里却有4辆。

《拯救大兵瑞恩》中，小分队开头有6个人，当其中一名黑人被狙击手打死后，在其后的行军里，他们仍然有6个人。

在《英雄》里，地上躺着那个著名的通话器。

在《特洛伊战争》里，天上飞过一架喷气式客机。

除了那些专业找茬的人士，大部分人对这些穿帮镜头视而不见。

在我们的视线范围内，眼睛能够清晰看到的范围只有2°。这并不是一个很宽广的范围。

握住你的拳头，把胳膊伸直，然后竖起你的大拇指，这个拇指的宽度范围大约就是两度，在电影院的时候，你可以把拇指摆在电影屏幕前，这时候你就能意识到眼睛能够看清楚的范围到底有多大了。没错，我们可以在这区域之外看到一些什么东西，但那只是一些大致的、模糊的信息。

我们能够注意到的细节，在一定程度上取决于我们如何定义自己和他者。

黑人容易混淆白人，富人容易混淆穷人，年轻人容易混淆老年人，

在那个门的实验里，如果让问路的陌生人和抬门的人都带上安全帽。那么被忽视“换人”的结果更是直线上升。在2/3的被试验者眼里，他们全都是“建筑工人”，他们的脸庞特征已经被忽略掉了。

我们会看到自己希望看到的。

还有最后一点，需要提起注意：我们到底能看到什么，还与我们想要寻找什么有关系。

杰里米·M·沃尔夫说：“一件东西，如果你不常看见它，那么，你也会常看不到它。”沃尔夫博士是哈佛大学医学院的眼科教授，他擅长的领域是视觉搜索。在这一领域，研究人员试图回答的问题是，我们是如何发现自己寻找的东西的。

这个问题并不像看上去那么简单。

我们对视觉的存在习以为常，抬抬眼皮，刷地一下，一切尽在眼中。

但是，对于那些曾经失明的人，重新学会观看周围的世界，却是一种苦恼的经历。

冯·森丹报告说那些白内障致盲后的复明者，他们对重获的视力充满疑惑。“有人脱下一只靴子，朝自己的前方扔去，然后试着判断靴子的具体位置，他朝着靴子所在的

方向走了几步，然后努力想去抓起靴子，但是没能够到，于是他又继续向前走了一步，两步，然后继续摸索靴子，直到最终把靴子拾起来。”

在波士顿的视觉观察力实验室最近的一次试验中，沃尔夫博士让参加试验的志愿者观察几千张图像。每一张图像都被放在非常繁杂的、充满了其他事物的背景下，他们要求志愿者报告自己是否看到一件工具，比如说扳手，或者是锤子。

当这个工具会多次出现的时候，辨识率非常高，大约是93%。

但是当它的出现率大幅度减少的时候，比如说，每100张图像里，只出现一次，错误率迅速上升到30%。

为什么呢？因为观察者放弃了。

沃尔夫认为，存在着“退出门槛”。观察者在寻找那些平时很少能看见的东西时，几乎总是会很轻易地承认自己无法找到。他们倾向于加快自己放弃的速度。

为了加强你们的印象，我们再来说说分布在美国各个机场的那5万个扫描屏。公众们相信它们会找到藏在行李箱中的枪械和爆炸品。但是联邦政府隐藏了这一测试结果：纽瓦克机场的一次测试表明，这些扫描屏会放掉25%的枪械，在洛杉矶机场的结果更糟糕，安检人员放行了75%的爆炸物行李。

想想看，这些经过专业训练的人员尚且如此，那么，你我这样的普通人又会怎么样？在从周围世界中寻找重要的物品时，我们的表现会如何呢？

和过去一样，水手刀几乎看不懂这段话。他看不出这段话和目前所处的境况有何关联，现在的情形和他要完成的电影任务还有多大的关系呢，这本书，早该完成了它的使命。但是朱莉把它交给自己之前的眼神告诉了他，它一定非常非常重要。

他翻过烂糊糊的纸，在背面看到水手刀之歌的谱子。

那是一段完整的小提琴独奏谱。

而最后四小节是他们在星形广场相遇并且相爱那天听到的歌：

Lover

Love me do

You know

I love you

水手刀好像又听到了世界在乐谱敲打下的颤动。

“我知道你想要我找到完整的自己，我是谁？我是路夜，还是水手刀？你要我替你拉这首歌吗？”他苦笑着想。

最后的希望。

可是他没有琴。

最后一滴血从他肩膀上的伤口中滴落。

他放开染血的纸片，闭上了双眼。

二

水手刀又掉落到了那段熟悉的梦中。朱莉在他前面奔跑，她的金发欢快地跳跃着，可是他怎么也追赶不上。

这一次，他的步履可有一些艰难。他跌跌撞撞地走着，想要跟上女孩的脚步，可是朱莉的影子一闪就不见了。

水手刀奋力追上去，却发现自己突然陷入一个奇怪的水泥迷宫中。

他看到了剥落的水泥墙，林立的柱子，水泥墙面上，已经到处刻满了歪歪斜斜的字迹。

HELP。

在那些乱糟糟的字迹中间，蹲坐着一个让水手刀觉得非常熟悉的背影，那个人正抱着自己的肩膀，衣服上满是水泥碎屑，一把磨秃了的刀子扔在脚边。

他蹲在那里，抽动着肩膀，看上去就好像一名异常瘦弱的小孩，一副惶然无助的模样令人厌恶。

水手刀可绝不会允许自己如此忧郁绝望。

他皱了皱眉头，可是必须承认，这就是自己。

“很抱歉把你关在这里。”他轻声地说，碰了碰自己的肩膀。

路夜擦了一把眼泪：“我本来以为，这是一次轻松的游历——可是从来就没有什么轻松的事情，是吧？”

“行了。别哭了。”水手刀不耐烦地说，“让我们把事情完成。我现在无法站起来，你说，有什么办法吗？”

路夜抽噎着用袖子擦了擦鼻涕。他好像刚刚看清水手刀的状况：“我的天，你把自己搞得这么糟糕，身上全是伤口，幸好没怎么流血。”

水手刀想告诉他，那是因为血流光了。

但是路夜的心思并不在上面。

他走上前捏捏水手刀受伤的胸口，又摸了摸自己身上同样的位置，“其实我并没有受伤，是吧？这些不过是你看到的东西。”

水手刀痛得呻吟了一声，但他的眼睛却是一亮。这已经不是第一次了，当他变成路夜的时候，所有的伤口和疼痛就都消失了。

“这就是我出现在这里的原因吗？我要变成你，路夜，变成你，我就可以从这些重伤里恢复。”

路夜张大了嘴，向后退了一步，“你要让我到外面去，去找那个可怕的人吗？你都不是他的对手，我又怎么打得过他。我连路边的小流氓都打不过。”

水手刀沮丧地凝固在了当地。

只有他是水手刀的时候，才可以打败那些敌人。

只有他是路夜的时候，才可以将自己从死亡边缘拉回。

这真是一组无解的矛盾是吗?

三

嗨，英雄!

“喂，你是个英雄，不能总是趴在那儿装死。”约书亚说。

水手刀呻吟着，翻了个身站了起来。

约书亚在桥的中心耐心地等他。

他爬起身来，动了动胳膊，再动了动腿，他捏了捏拳头，又摸了摸胸口，全身上下完好无损，那些受过伤的地方全都消失了，只在皮肤上留下一些干涸的血迹。

“嚯，发生了什么?”约书亚笑了起来，他的白头发在风中飞舞。

瞎子的感觉敏锐至极。

“哦。你不是水手刀了，是吗?”

“我不是。”路夜承认说。

约书亚继续侧着脖子打量他，不停地微笑。他的灰白眼睛中流露出一丝好奇的意思。

“你也不是路夜。”

“也不是。”水手刀说。

“那么发生了什么?”老头耸了耸肩。

“一点点改变。”他说。

在内心的专注和冥想中，他终于醒悟，自己并不是两个人，不论是水手刀还是路夜，都并非完整的人格，他们的内心深处本来就隐藏着彼此。水手刀就是路夜。路夜就是水手刀。找到了这一点，他才是他。

“但我并没有看到什么改变。”老头说。

“你只能看到你想看的东西。”水手刀-路夜讽嘲似地说。他跪了下来，闭上好斗的目光，合上提琴盒，然后再次打开了它。

你只能看到你想看的东西。

他睁开双眼，一把枣红色的小提琴正静静地躺在琴盒中。

琴弦如歌，油漆好像流动的光芒。

完美无瑕。

这就是朱莉从头到尾都在寻找的东西。想想看，那把琴是关键。

水手刀认真回想，在他的影片里，许多英雄的出现，许多其他剧本人物的出现，都与这把琴有难以割裂的关系。

他和朱莉的相遇。

马里奥教父的加入。

墨西哥人寻找的东西。

土王的出现。

海盗。

绿巨人。

全都全都因为那时候他们手上有这把琴。

这是一把钥匙吗？

水手刀叹了一口气，把它提了起来，轻轻地架在自己的肩膀上。

"嗨，你在干什么？"约书亚怀疑地问。

"你没看到吗？我想要做一次独奏。"

"什么独奏？"

"我很好奇，这么长时间，你从没拉过提琴？它也许会为你的乞讨生涯增添许多乐趣呢。"

他把弓放到小提琴上。起初，他拉得犹犹豫豫，错误百出，就好像木匠锯木头般吱呀难听，

"停下来，别拉了。"老头吐了吐舌头。

但是这儿是属于他的电影，他想要什么能力都有可能实现。水手刀的指法变得越来越纯熟，音乐声在暴雨纷飞的洞穴里飘扬。水手刀和路夜之歌，那就是他自己。

老头不耐烦地扬了扬手，巨洞边缘那片黑压压的人头和枪管动了起来。微光瞄准器，氘光瞄准器，激光红点，都在朝着水手刀的身体移动。

"够了，这游戏不好玩。"老头威胁地说。"你的死亡就在眼前，该给我答复了。"

"现在？当然不。"水手刀说，他越拉越快，用她的琴讲述他的故事。他心知肚明，这是一把有魔力的琴，它由意大利的名师制造，给每一任主人带去死亡和诅咒。它落入了修道院，然后是吉卜赛人的营地，与人私通的音乐家，文革里的中国音乐老师，苏黎世的拍卖会，最后才到了朱莉手里。

他越拉越快，到底什么才能让他发现自己的真正力量，痛苦，愤怒，还是对死亡的恐惧。

他越拉越快，一连串紧密相连的强音轰隆隆地冲向天空，如同波浪翻滚。在那个鲁莽直前的强音后面，他又听到了另一个声音，它来回徘徊，犹犹豫豫，不相信美好和真实的存在。那是个苍白的幽灵，孤独又敏感，踯躅徘徊在一个幽暗的世界里。这一段忧伤的旋律来回重复着，越来越轻，最后渺不可闻。突然那一段强音又出现了，它拥着那段旋律，把它搂在其中，打碎它的节奏和合声，把它完全消化在自己怀里。

他注视着巨洞的边缘，好像用小提琴注视世界，那些坚实的鹅卵石地面在小提琴的注视下颤抖、战栗、退缩。

这是我的电影。他在心里喊，但是我现在邀请你们到来。

水手刀放下琴弓，对着空旷的广场高喊："出来吧！出来！"

他的呼喊声好像一道光，炸开了地面。路面下的鹅卵石像是豆荚里成百上千的豆子，冲上了天空。闪电的符号在广场上蔓延，夺目耀眼的光芒从Z字形的裂缝里冲出。

一名骑士伴随着光芒跃出裂缝。他戴着黑眼罩，顶着黑帽子，系着黑斗篷，骑着一匹

雄健的黑马，马鞍后挂着黑色的长鞭。“向你致敬！”他高喊道，挥舞长剑，向水手刀行了个礼。黑马像狮子那样咆哮。水手刀瞥见他嘴唇上两撇黑胡子，笑容好像一只狐狸。

水手刀还没来得及叫出这个熟悉形象的名字，空气好像被呼啸的炮弹劈开，一名身着蓝色紧身衣的家伙飞出地面，大红色的斗篷在身后招展，他那壮实得吓人的胸口上别着个闪闪发光的“S”标记。

“向你致敬！”他在空中喊道，呼喊声好像滚滚的闷雷划过长空，把密布的乌云都抖擞出一个缺口，他以比子弹还要快点速度飞过天空，在超越音障时，白色的尾气嘭的一声散成一朵心的形状。

“搞什么鬼。”224小组的两名职业枪手目瞪口呆地说，一个人将一枚肩扛式地对空导弹扛上肩，转动监瞄器，把发射管指向天空的方向。

可是一条银色的丝线倏地从旁边射出，黏在导弹上，唰地将它夺走了。

那是路灯杆上缩成一团的小个子，他飞入空中，在空中伸展开身子，好像一只蜘蛛在丝网上滑行。

广场上又有人喊了起来，一辆黑色的怪车好像黑云的阴影掠过低空，展开双翼，滑翔入夜色。他好像属于黑夜的精灵，全身都裹在黑色的战衣里，黑色的头罩上可见两只又长又尖的耳朵，

一名身着暗红皮衣的大汉跃过花坛，他头上戴着起角的头套，腰上挂着一支盲杖。

他们看到一团朦胧的光影推倒石头垒成的岩壁，冲入广场，那是一个奔跑者，他奔跑的速度快如闪电，只有在短暂的闪电光芒中，士兵们才能看清他头戴一顶有翼金属头盔，胸口一个大大的黄色闪电标记。

“好一群蒙面的大汉。”约书亚用一种充满厌恶的口气说。

没错，这些突然出现的一群人无一例外，全都是些蒙面的人。

他们蒙面，是因为他们想要被看见。他们脱下面罩的时候，就消失在大庭广众里。蒙面时如果勇敢，不蒙面时就怯弱，蒙面如果高尚，不蒙面的时候就卑琐。所有的蒙面英雄都是反抗者，但蒙面的反抗也是一种矛盾的反抗，他们超越了秩序和社会准则，但又不同意这种超越，这是种人格分裂的反抗。

巨洞边墙上的裂缝依然像火山喷发那样涌出人来。

一名全身覆盖着坚硬的铁皮，胸口的灯好像小太阳一样放着光的英雄跳入场中。

一名好像是重重叠叠的石块拼凑成的巨人咆哮着跳出坑洞，在他身后随着火炮爆炸的巨响，跳出一团人形的火焰，火焰人匆匆忙忙扔下一句“抱歉，烧着了……”就跃上天空，好像一朵璀璨的礼花。

一名满脸乱蓬蓬胡须的壮汉随后跟出。他光着肌肉虬节的上身，看上去十分矫健有力，只是头发胡子上都冒着火苗。他仰头朝着天空上那一溜火光发出狼一样的怒号，挥动胳膊，拳头上跳出四根锋锐的利刃，他也跳入到那群已经彻底混乱的军队里去了。

水手刀没有看到身影，却听到了一个声音。那是女性特有的温柔的语气：“抱歉，霹雳火就是这么没礼貌。”一名隐身人刚走了过去。

然后是一阵齿轮和铁皮摩擦的吱嘎声，又一个铁皮人带着机械特有的精准步伐迈步出现，他戴着一顶类似摩托车手的铁帽子，但面罩下却是一张人类的脸。“你有权保持沉默。”他说，从大腿内侧掏出一把很大的手枪威风凛凛地提在手上。

还有头上一颗金星的女郎，扎着金色腰带，头发好像黑色的暴风。

一个梳着日本武士发髻的红皮肤怪物再次扩大了坑道，他穿着一件风衣，但是那衣服没法遮挡住他那丑怪的脸庞、额头上被锯断的角和特别庞大的右手。

跟在后面的是一名穿着风衣戴着平顶帽的孤寂家伙，他低垂双肩，手插在兜里，帽子下的蒙脸布上，黑色的墨迹好像蝴蝶一样变形。

这些英雄组成了一条滚滚的洪流，水手刀已经看不清那些人的模样。他们的脸在雨幕中好似一些模糊的黄色的色块，英雄独有的气息在他们的中间掠过，像是模糊不清的符号。

他们的种类相貌性别职业各有不同，在这些人里，有抱着一盆绿色的植物的孤胆枪手、革命领袖、不受约束的警员、善良的杀手、超级特工、魔法少女、强壮的士兵、消防员、史诗英雄、独脚海盗、阿拉伯王子、古罗马角斗士、埃及公主、金甲武士、丛林精灵、吉卜赛人、奴隶、神职人员、反抗的印度人、亚马逊勇士和混血农民。

这是一场英雄梦的大汇集。

他们各有各的能力，各有各的梦想，

他们如同洪水涌入广场，把那些士兵和警察扫荡到一边。那些NPC们不知道发生了什么，战战兢兢地举着枪，拥挤在一起，如同洪水过后的留在高处的沙堆。

“向后转，起步跑！”法官德雷声如洪钟地高喝。

剧本人物松了口气，像是终于听到了一条合适的命令。

小奥斯卡敲起进军鼓!

他们集体转身，踩着鼓点退出了广场。

在铁皮鼓咚咚的鼓声里，洞穴终于崩塌了，整整半边的侧壁垮塌了下来，就好像半月形的宽阔台阶，从高处的广场铺到与索桥相接的地方。巨大的石块雨点般地飞向天空，落入到黑色的深渊里。

吊桥好像暴风雨中的蜘蛛丝，剧烈地抖动着，但是看是纤细脆弱的索桥却是用非常结实延展性极其出色的材料制作的，它在那样的大幅度摆动中挺了下来。

试图围捕水手刀的国家军队也崩溃了，他们在英雄们组成的一堵堵墙面前向后退缩，好像被烈火追赶着的蚁群，即便以NPC的智慧，大部分人也知道什么时候该转身逃跑。只是普通程序编码组成的血肉之躯，无法与这样的对手抗衡。

四

电影无法拯救朱莉，但它至少能拯救世界吧。

在这些喧嚣的躁动里，只有水手刀一直不吭一气，死死盯着那个人。他捏着克罗斯的枪，那把打中了朱莉的枪，也许还是射击过亚萨和德国教授的枪。

“你无比强大，我见识过你的力量，”他舔着嘴唇说，“但我不相信你能对付得了1000个英雄！”

老头提着他的狗头拐杖倨傲地笑着，眼睛下的黑色印迹让他好像也戴着一幅面具。

“你和他们是一样的人么？”老头问。

“当然一样。我也是他们中间的一员。”

“可这不够。”约书亚老头再次大笑了起来，“光凭这个可不够。”他摇了摇头说，一副魔王的腔调，“对付你们这些正义人士，有天然的办法。你须牢记，这个世界有黑就有白，有阳光就有阴暗。否则电影就不存在了。”

他瞄着水手刀脚边的提琴，冷笑着说：“很显然，你找到了把撬动迷宫的钥匙，但这不起什么作用。我也有很多钥匙。我还乐于摧毁你的梦想，你们的梦想。”

“我讨厌英雄。”他阴险地笑着，摘下帽子，朝水手刀戏剧性地鞠了一躬，突然站直了身子，使劲将那顶破帽子扔了出去，“他们要想拯救世界，先得拯救自己。”

一声尖锐的呼啸，上百枚，也许有一千枚白亮亮的钢镚从他的帽子里飞了出去。那是他收藏了三百年的钢镚。现在水手刀知道了，那是他收藏了三百年的钥匙。

它们四下飞迸，滚动，好像童话故事里炸开的石榴种子，落到哪条缝里就滚进去不见了。谁知道它们躲藏在石缝深处搞了什么鬼，于是另外半边洞穴也垮塌了。

从那些硬币钻进去的石头缝里迸出来了无数邪恶的形象。

他们身着炫目夸张的服饰，他们有着这个世界上曾经出现过的最可怕容貌，他们承载着摧毁世界的责任，他们骑着孩子们的噩梦，他们带着杀戮的欲望，冲出了他们的束缚。

四匹骷髅马冲在前面，那是恐怖、瘟疫、黑暗和死骑士，然后是剑法高超的威尔塔上校、光头的莱克斯·卢瑟博士是超人一生的敌人、八条金属脚爪的章鱼博士、控制一切金属的万磁王、不慎落入化学药池内的邪恶小丑、天生的畸形人企鹅、寄生虫、光头KINGPIN、红头魔、毁灭博士、稻草人、黑色长袍的满大人、永远不暴露面目的章鱼先生、喜欢恶作剧的捣蛋先生。

然后是恐怖片的主角。这是一群奇怪的生物，它们的寻求与众不同，只为满足自己嗜血的奇怪喜好，从黑暗的洞穴里挤出来头来时，尖利的指甲划过墙壁，发出的声音令人不寒而栗。

无头骑士、异形、铁血战士、电锯杀手、食人族、谋叛者、天生杀人狂、巨人戈里亚、戒灵骑士、杀人前要先投掷硬币的双面人、邪恶冷酷的地底人、吸血僵尸、爱上了世人的科学怪人。

电影的制作者们赋予它们的爱不亚于那些拯救者。

它们的队伍甚至要比对面的队伍壮大得多。

在这支散发黑暗邪恶气息的队伍里，还有黑衣勋爵、金刚女、铁面克罗能、毒液、靶眼、收割者、毁灭博士、疯癫博士、恶作剧大王、提琴手会利用小提琴粉碎目标和创造障碍物、拎着冷冻枪的冷冻队长、罪恶的炼金术师、哥特大猩猩、花笛人、能够利用魔杖控制天气的气候巫师、 纵火狂，连环杀手、精神病患者、隐藏在警察内部的奸细。它们呼啸咆哮，占据了另一半崩塌的广场。

突然有那么一瞬间，拥挤着数千人的广场奇妙的安静了那么一秒钟。

黑暗的雨夜里，势不两立的两大阵容剑拔弩张，却安静得听得到对方的呼吸。

这一切显得如此的不真实，这是一场关于虚构的虚构。虚构的英雄们为了虚构的胜利站到了一起，他们拥有非比寻常的能力，但却也多了许多现实中并不存在的敌人。但是他们的集体出场，更像是一场庞大的隐喻，每一个人物都有原型，是希望，是梦想，是英雄，是反派，是救世主，是暴君，是殉道者，是刽子手，是和平主义者，是战争贩子？这一刻又有谁能分得清呢？

按照电影的定义来说，它为围坐火炉边的英雄提供梦想。由此出发，采取行动，至于结果，早已命中注定。

“哦耶，这下有好戏看了。”这一切的创造者站在那儿，提着狗头杖由衷地感叹道，“这是一场高效的平衡。”

闪电侠率先朝前冲去，正好被光速小子迎头挡住。

超人紧随闪电侠之后朝反派阵营猛扑，但是和他有同样能力的ZOD将军轻而易举地拦住了他。他们在空中缠斗到一起，翻翻滚滚，从帝国大厦的楼顶一直摔到基坑深处，在曼哈顿岛上造成了一个陨石坑大小的洞。

蜘蛛侠被毒液拦住，金刚狼遇上了金刚女，蝙蝠侠面对着小丑，超胆侠的对手是靶眼，天行者卢克面前是他的父亲……每一对对手都如此相像，

光明和黑暗。

他们就是硬币的两面。

他们都是试图用一己之力改变现状的人，他们都是想建立理想秩序的人，他们所采取的行动都是天才式的戏剧行为，他们说的最多的词都是“净化世界”，所有的战斗其实都是怀着不同的改造社会的梦想，却走上不同的道路。英雄选择的是拯救，小丑选择的是摧毁后的重建。

两方的战士潮水般撞击在一起，抛起了飓风吹鼓般的巨浪。

这是两个世界间的大战，没有什么词语可以形容它的激烈程度。

无数的爆炸和火光在黑暗的广场上起伏闪亮。

无数超音速的气旋和蕴含巨大能量的光柱相撞。

无数绚烂的礼花在夜空中同时绽放。

爆炸的热气不时地拂过索桥，把他们的衣服吹起。

偶尔一些极度的寒气袭来，将坚实的鹅卵石冻结成淡蓝色的晶体。

高热的氦激光又将它们化成气体。

这些人战斗时释放出来的热量，让还没有落到地面的雨水就被蒸发了。

雨水仿佛是落在一个笼罩整座广场的气泡上。

老头双手拄着拐杖，大张着口，带着一副欣喜的表情：“我打赌你从来没看过这样

的场面。”

远处的高楼倒塌了，它们好像多米诺骨牌，一座接一座地倒下。

“哦。这是我的电影，”水手刀愤怒地叫道。至少在这部片子里，他离拯救世界的道路越来越远了，“别在我这里瞎搞。”

剧烈爆炸火光映亮了他的脸，也映亮了老头的脸，但都只有短暂的一瞬间。

他们的对话仿佛就此明暗相间。

“毁就毁了吧，这没有关系。我可以轻易地离开这儿，到一个世界相对安静的时间里去。当然，你们做不到。”

他戏谑地笑着，在一次爆炸的闪光里，朝水手刀摆了摆手，做了一个“再见”的手势。

随后他的身影开始变淡，好像要融化在空气里。

“别想从这里逃走！”水手刀愤怒地吼道。他照直冲了过去，但是湿漉漉的索桥上，突然泛起一股让他觉得似曾相识的感觉，它们在他眼前快速掠过的时候，蛇一样扭动起来。

“一个小礼物。”约书亚的声音响起，他的手从背后一捞，好像抓住了个什么人，朝前推来。

那是一条大汉。有埋伏！水手刀吓了一跳，猛地站住脚步，但那只是一名目光呆滞的大汉，虽然相貌有几分熟悉。

“把你的钱包给我……”那名大汉说。

水手刀认出了他，飞起一脚踹在他的胸口，然后看着那个人影倒飞上深渊，在灰白的浓雾中留下一个不真实的剪影。

只是一个小玩笑。老头回到了他的电影开始，把这名愚蠢的拦路抢劫者又送回了此时此地。

他愤怒地喘了一口气，发现黑暗已经笼罩了整座庞大的城市。

广场边缘那些隐约的高楼、街道、树木、那些战斗的人群，全都不见了，一切骤然消失，仿佛它们从未出现在这世界上，

一道闪电划破天空，巨雷震撼着城市，旋即暴雨如注，天昏地暗中，再也看不见老头的身影。

五

水手刀低头揉搓自己的手掌，他扣扳机的手指都淤青了。

整个疯狂的夜晚里，他也陷入到鏖战当中，和那些前后左右不断冒出来的怪人们搏斗，他不停地射击，换弹夹，打空子弹后总能在敌人的尸体上，箱子里，甚至是地上找到新的武器，这仿佛是一场迷宫里杀怪兽的电脑游戏，漫长得没有尽头。

他和阴影里的敌人搏斗，他和相貌丑陋的小丑枪战，他向喷火的巨龙口中开枪，他和庞大得像是整个黑夜的巨大恶魔纠缠，但他是英雄，跳出来的所有对手都是他能对

付得了的，没有超出他能力范围之外的敌人。他怒吼，翻滚，开枪，扔手雷，持续一整夜，并且可以这样一直怒吼下去，但是突然之间，就再也没有新的怪兽出现了。

“我们胜利了吗？”他茫然地问。

初升的太阳正从城市的背后升起，它的前景是那些影影绰绰冒着烟的高楼残骸。

更近的地方是坑坑洼洼的广场废墟，每一处水洼都是镜子，倒映着扭曲的白云和蓝色的天空，只有走近了才能发现水里头散落着许多黄晶晶的弹壳。

他没有看到任何一具尸体，也没有看到其他英雄。

通道是敞开的，他们全都离开了。只有土王还呆在水手刀的电影里，那也是因为一些其他的理由。

“英雄总是会胜利的，不是吗？”土王乐观地说，“哇，打得可真过瘾。”他依然倒提着那把绿枪。那把枪看上去被他用得很厉害，枪管都弯了，枪托上还有些发黑的污迹。

“你说，那个印第安人怎么能在如此混乱的暗夜里，连扔十二把小斧头，全都命中那些木乃伊，一点也没有搞错呢？”

“大概他们相互之间有着天生的吸引力吧。那些木乃伊就是属于他的，就像那些黑巫师属于你一样。”

土王不是独自一人，有一个表情甜腻得像牛奶的漂亮女孩粘在他身上，她赤身裸体，仅在腰间风骚地围一条花边镂空小围裙。

“嗨，水手刀这是菲娜朱莉菲娜朱莉这是水手刀。”土王说。老流氓居然有点脸红。

菲娜在土王的胖脸蛋上使劲亲了一口，春意荡漾的碧眼胶牢在土王身上。

男人和女人。电影永恒的主题。

但是像土王这样可以不加选择地搞到女人，恐怕也只有非常极端的电影里才能实现。

“这是从我的影片里掉出来的，她被一个邪恶的巫师控制了心智，但是被我救了。”胖土王解释说，他嘿嘿嘿地笑着，“她选择了我。”

水手刀活动着自己肿胀的手指，事情还没有完是吗，他要做的事情仍然没有结束。

“我把这个粘人的小蜜糖搞到手后，就可以回我的电影里去了，但是我想呢，得留下来和你告个别呀。毕竟是你帮助我找到了一些英雄的感觉，唔，英雄。”土王得意地挺起了胸，让菲娜一阵晕眩。

“约书亚老头呢？有谁看到他了吗？”

“没有。逃走了吧。”

“逃走了？”水手刀心神不宁地重复说，“只要他还在，这事儿就完不了，这儿就会始终乱下去。”

“让它们乱吧，”土王心猿意马地搂着他的第一千名女人，“我们都不在乎，是吧，小宝贝……”

菲娜朱莉翘起一支赤裸的大腿缠住了土王肥厚的腰。

“她的心智真的没问题了吗？”水手刀偷偷地问土王，他转过头去不敢再看那个不要脸的场面，“你刚才说要走了？是啊，你的电影一派热带风光，平静甜蜜，美女如云，你留在这干吗。那么又只剩下我一个人了。”

土王从那场暴风雨一样的亲吻下挣扎着出来说：“你，一个人？我是说，你用那把小提琴就可以打开电影间的通道，一定也可以用它离开。”

“你说离开哪里？”水手刀有一阵子赶不上土王的思路，等他明白过来土王的意思，不禁吓了一跳。

他可没有想到过这一点。

这琴是把钥匙。

他轻轻地拨着琴弦，感受到琴弦上传来的魔力。它像是黏稠的蜜糖，胶黏着四周的世界，它一旦开始颤动，世界也跟着发抖。

在和约书亚老头的这些交锋中，他似乎从老头身上得到了一些东西，就像NPC从电影游历者们身上获取数据一样。他学到了一些方法，一些控制电影的方法。他看清了这个数据世界的构造方式，也知道要怎么去改变它。现在他确实可以用朱莉的琴做到许多意想不到的事，例如离开这部电影迷宫。这不是这些天来他一直梦寐以求的事情吗。

他拨动琴弦，嘴角不禁微微上挑。他们在电影里跌跌撞撞地转了这么久，四处碰壁，离开电影的方法其实就在身边。

问题只在于，此刻——他能就这么离开吗？

“你应该离开了。这已经是第八天了。你该走了。”土王说，“我们抓不住他。这是不言而喻的，这里有1001部电影呢，他可以随便躲在哪一部里。”

可是。

有时候你必须做出选择。

他把土王从那个风骚的娘儿们腿下拖了出来。

“你得帮我最后一个忙。”

土王大叫大嚷地抗议。

“朱莉说，要用我的方式去救她。”水手刀搔了搔头，“我得承认，依然没有想太明白。英雄们战胜了他的宿敌，可这不是我的方式。用朱莉的小提琴逃走，这也不是我的方式。”

“那你还能怎么样？”

“我想试试那个东西，然后我就能追上约书亚，也许，我还能改变历史，救活朱莉。”水手刀说。

土王四处张望，然后顺着水手刀的视线把头转向正前方。

在摇摇欲坠的索桥的中心，那个透明的水滴壳像个庞大的花蕾，在阳光下闪烁发光。

“虽然我很害怕当个瞎子，但我想，要成为自己，就得先当会笼子中的那只鸟。”水手刀说。

他们再次启动了那台机器。笼中鸟在黑沉沉的时间之河里游动起来。

“你要跟我来吗？”

土王倒吸了一口气，好像牙疼：“我？不，打打杀杀的事情不适合我。老唐璜的任务已经快结束了。”

水手刀理解地一笑，抓住舵把，把头部固定在了金色的头盔上。

土王拍了拍他的肩膀，突然伤感起来。“照顾好自己。”他说，用头巾抹拭起左眼来。

水手刀已经没时间伤感了，他想象突然扎向眼睛的两根钢针，大脑后部感到一阵凉飕飕的疼。他还以为自己永远不会选择这么做呢。

有时候你必须做出选择。

可是现在水手刀并不害怕选择。

六

这是一种极度的痛苦，从他的生命里吸取养料。

这种痛苦让时间变得更漫长。

长长的探针扎入他眼睛里的那种痛楚，比世界毁灭还要漫长。

水手刀死死地抓住乌木做的舵把，双手的触觉现在是他连接世界的唯一通道。

他把自己的头扣在头盔里的搭扣足够结实，否则他的灵魂会从头颅里窜出来逃走。

幸福短暂，痛苦漫长。

这是人类共同的问题。

在这样的痛苦中，水手刀能清楚地意识到，长长的探针中心是空的，大机器正把什么注入了他的眼睛里。

奇怪。虽然受着这样的荼毒，他确实没有瞎。只是眼中的世界慢慢地变成灰白色，慢慢地失去了景深。

好像有浓厚的灰雾涌起，将远处和近处的景物混为一体。

他眼中所见的一切好像变成了灰色的平面。

水手刀现在知道比加行走的时候为什么要借助盲杖了。他也知道约书亚为什么要事先准备好一根手杖了。

他能看见所有的东西，只是无法判断距离。

如果把他的鞋子扔向前方，水手刀估计自己也不知道要摸上几次，才能把它们捡起。

但是，他的视力也有敏锐的一面。

他可以看清五百米外路灯下飞舞的虫子。

它们就像黑色的涟漪浮出灰色的水面，清晰异常。

水手刀轻微地晃动脑袋，好像一阵微风拂过那些灰色的照片，在边缘部分，它们变得清晰了，有景深了。

现在水手刀也知道，为什么比加有时候能判断出一些静止东西的位置，虽然这样做对他来说很有些困难。

而且，最重要的是，时间正在变慢。水手刀无比清醒地意识到这一点。

栏杆上残留的雨水，滴落的速度越来越慢了，它们好像停留在空中一个个拖着尾巴的圆形小球。

飘落在空中的烟雾散开的速度也慢了，它们像扇子一样徐徐展开，在空中勾勒出一幅幅离奇的图案。

这还不够。

他可以分辨出风一寸一寸的慢慢滑过他的肌肤，水一滴一滴的从倾倒的罐子里流出，鸟一下一下的拍打着翅膀飞走，他能感觉到自己的血液如同铅液——沉重缓慢的流过心脏。

这还不够。

土王的话好像在一个一个字地蹦出。“你、怎、么、样？”胖子在问。他可以看到土王眼周的肌肉和血管一点点扩张，他意识过来那是个显露惊异的表情。

这还不够。

可他还想要更慢一点。

让扎在眼里的针插入得更深一点。

让自己再痛苦一点。

让时间行走得更慢一点。

世界越来越像一个薄片，没有景深，没有透视关系，没有前后关系。

他还想要再慢一点，

他已经几乎能看见一个薄片一个薄片之间的黑暗了。

他需要再往前迈一步，跃入到那片黑暗里去。

水手刀捏紧舵把，使劲地将自己往前一推。

可怕的轰鸣声遮盖住了一切，如同四十九亿年的潮水汇集在了这一时刻升起，如同四十九亿年的火花都在这一时刻爆发。色彩变幻的光球，巨大的空洞，惊慌失措的土王在他的瞳仁里变成了亿万片绿色，黄色和红色的碎片，它们的锐利尖角刺痛了他的眼睛，它们停顿在晶状体里，最后融化成白色的雪水。

水手刀跃入了黑暗。

他逃离的那个世界，变成了一片轻飘飘地飞上天空的雪片，也许也跟着死了。

水手刀对这问题并不那么关注。四周的灰色消失了，变成一片海似的单一纯粹的色彩，不是蓝色，而是纯白色。他不知道自己身在何处，感觉上像是一个小斗室，如同一个小小的白色匣子，四壁白得不带一丝杂质，白得不似在人间。他躺在那儿，就如同睡在电影院的黑匣子里一样，但这儿是白色的，而且并不是他一个人。

“怎么啦？”有个声音友善地问他，“你好像不太高兴？”

他意识到床头那儿，还有另一个人坐着，就像医院里的看护病人的护士一样。

“比加？”水手刀惊讶地喊了出来，“我以为你死了。”

“我是死了，”比加耸了耸肩膀，“也许在这一切之后。”他紧裹着那条灰色的肮脏的大衣，和水手刀最后一次看到他时一样。那件大衣和这里的纯白色格格不入。他的脸上也依然流着黑色的血，就和水手刀后来看到的约书亚一样，和水手刀自己一样。

“但是，前和后还有字面外的意思吗？”比加露出一副让人看不懂的微笑，“前与后之间的时间，也许是无限的呢？”

“那你就永生了。”水手刀说。

“嗨，你好像不太高兴？”

“我没找到一个完美的结局。”水手刀眨巴着眼说，“我不明白为什么会是这样。”他想起飞入天空深渊的朱莉，就感到了一阵灼烤心灵的剧痛。

“我选择错了，”水手刀说，“也许我摆脱了命运之书的控制，我觉得自己接受的选择是对的，但做的方式还是错了。反正都一样，有人死了。是我的错。这不是我想要的结局。”

比加点着头，让他继续说。

“不过我想，”水手刀沉思着说，“也许，不完美的结局才表明这一切真的发生过。只有电影里，只有命运之书里才有完美的故事。”

“你经常在怀疑吗，路夜？”比加问。

“我一直都在怀疑，”水手刀说，眼泪把他脸上的黑色印迹冲淡了，“我一直都在怀疑，我总害怕它会破碎，但我又担心它不破碎。因为生活总是失败的，只有电影里才永远会成功。如果它成功了，那也许就说明它只是一场电影，我还是生活在一场幻梦中。”

“我原来一直有个想法，那就是这一切都是电影。我在这里面遇到的一切都是剧本上写好的。什么网络故障，所有的电影混合到了一起，什么挑动世界阴谋的虚拟电影发明家，那个让我喜欢的电影女孩，还有你，你这个呆坐在我面前觉醒的电影生命，全都是假的，我会在感官丧失箱里醒来，发现这是一部最新的电影，而我在梦里当了个傻英雄。我还得回家去度过难熬的一个周末，然后起床去上班，不是为了活着，只是为了坚持下去。

“这只是一部电影是吗？还是真的发生了问题？”他大声地质问，“谁能告诉我怎么回事？我打开了命运之书的诅咒，可结果就是失败。为什么我总要失败？为什么真实的东西就总要失败？”他依旧披着一层愤怒的情绪，愤怒已经是他的外衣。

“我原先觉得你是路夜，但是现在觉得你也可能是水手刀。”比加眯着眼上上下下地打量他，然后建议说，“你可以再来一次，自己去看看清楚。”

“再来一次？”水手刀充满疑问地重复着，“再来一次？”

“你现在在哪？”比加反问说，“你在一个庞大的时间里。”

“我想改变这个结局，告诉我该怎么办，比加。”

“要把握一个原则，已经发生的事情不可再更改。”

“你在开玩笑。我就是为了改变过去才来到这里。”

“你会发现的，已经发生了的事情是些固定的画面。你不能把过去的画面涂抹掉，再重新画一幅新的。”

“那我来这里有什么意义呢？”

“你可以多想想。”比加咧开嘴，露出一副雪白如狼的牙齿。

“你去逛逛吧。”最后他说。

七

就如同在用录像机看一场电影，他可以轻松地倒带，快进和暂停。

只要明白了就没什么难的。水手刀飞速地滑过整个过程，掠过了一个又一个的场景。他在空中飞翔，飞过丝一般柔顺的夜晚，飞过那些星星点点的往事组成的火花。他随意地倒退快放，在某个场景还可以跳进去看看。过去的脚印变成了一本翻开的旧历史书。

水手刀看到自己在屋顶上蹦跳，看到自己在街道上邂逅那位女孩。他们快乐地在街头拌嘴，游荡，吃冰淇淋，在那个广场上，鸽子飞翔，玫瑰花簇生着。快乐让人变愚蠢。他们一定没有注意到天空中飞翔的另一个自己。

他继续关注那一对儿，看到他们为了她和黑帮火并。水手刀跳出了办公楼，子弹追逐着他的脚步，然后他们傻呵呵地去吃吃喝喝，直到碰上疯狂海盗船，朱莉被马里奥教父抓走，水手刀的牙咬得嘎嘣响，但他知道更早的那个自己就能应付。他很想看看那天下午那位救了自己的狙击手是谁，于是静悄悄地顺着巷子背面溜进了那个场景中。

但是那儿根本就没有别人，他的车子孤独地停在那儿。他环顾左右，看见一发火箭弹击中了大楼底部，紧接着墨西哥人已经驾驶着他那辆大脚越野车轰隆一声冲了进去。那家伙的鲁莽性格只在水手刀之上。水手刀还在等待，但他没有看到任何人的影子。大楼底部已经开始传来枪声。他恍然大悟，那个人原来是他自己。他并没有改变任何历史，因为他就在历史当中。

水手刀从停着的车子后备箱里找到了一挺PSG-1狙击枪，趴在那儿开始支援自己。他的射击很有节制，但是让墨西哥人不得不躲了起来。一辆疯子般的切诺基从大楼后面蹿了出去，随后他看到自己从地下坡道那儿窜了出来，跟在后面徒步追逐。

“那时候就是傻。跑步？”他嘀咕着说，低头一枪把那辆吉普车的后轮打爆了，切诺基一头撞到了消防栓上。断裂的消防栓像是愤怒的天河开了口，把大水直灌到车里。正是在那个地方，耀武扬威的土王出现了，他继续看着他们三个人快乐地前进。快乐让人愚蠢。他们迎头撞上了僵尸教堂。

他跳过这一段。

他迎头撞上绿巨人，那家伙正蹦跳着斜穿过红色的沙漠，就像一颗绿色的跳豆。

“嘿，老兄，帮我个忙。”水手刀指着联邦大楼的后门，跟他商量，“那个时候的我需要你在那里。”

“我正要去密苏里州，不过，就帮你个忙吧。”绿巨人说，“不就两辆坦克吗？”

他还漏过了什么东西。水手刀在心里嘀咕。

对了，是那里。

水手刀像一只低头寻觅危险气息的猎狗，钻入纽约地铁里去了。

他到的正是时候。

两列地铁擦肩而过。他分不清那一辆上坐着自己，但是很快，其中一辆地铁轮下喷出了可怕的火花，那是上校拉动了紧急制动闸。那辆列车在铁道上抖动，扭转，跳跃，然后彻底地脱轨了。它侧过身子，撞飞成百上千根钢柱，玻璃碎片和各种奇怪的内容物如同子弹般射出窗框。有一大团东西掉了出来。水手刀的心猛地跳动了一下，没错，那是一只吸血鬼带着他的爱人摔出了车厢。

列车车厢仍然在滑行，但是吸血鬼已经跳了起来，像影子一样，就在它张开吸血蝙蝠般锋锐的利齿时，水手刀一路夜赶到了位置，一把将它撞离了朱莉。现场响起了一片可怕的尖叫声和骨头断裂的声音。他揪住了它的尖尖耳朵，掐住它那多毛的厚脖子，他们互相撞击，把大块的水泥面从墙上撞下来，打成了一团，顺着枕木和轨道叽里咕噜地滚着，夹杂着破碎的木条和衣服碎片。最终水手刀把那家伙的腿拧成了麻花，把一把银匕首扎进了怪物的心脏。

他蹲坐在地，呼哧呼哧地喘着气，对付这吸血鬼对他而言也不轻松。

他们闹出的动静不小，他刚想躲起来，却听到朱莉的声音，“杰克，你怎么在这里？”

水手刀闪电般转过身去，他看见那女孩一手撑着地面坐了起来，她微微皱着眉头，被原子核爆灼伤的眼睛是闭着的。水手刀手足无措地站了起来，就像刚打完架被抓住的小孩。他似乎已经很久没有这么近地看过她了。

“我……我不是杰克。”他说。

他很想伸出手去摸了摸她的头发，她那柔顺的头发摸起来和他想象的一样，丝绸一样光滑。他不能改变历史吗？他能给她带来些什么？又能告诉她些什么？

她惊异地看着他的方向，嘴唇微微张开，在这般柔和动人的月光下，在这般气氛下，水手刀觉得自己的胸口又闷又紧，这种感情不可能是电影带给他的。

“可是我听出了你的声音。”

“管它那么多呢，我来，想和你说一句话，那就是我爱上你了，小女孩。”他说。

“你并不是……”

“嘘——”他说，把她的手压在自己的胸口上，“你可以摸得到，这是真的。是我，这是我。”

她展开脸，就如同一朵花张开它的花瓣。她抬起头来用一双看不见的眼睛看他，刚要开口说什么，却听到翻倒的列车车厢拐角处，有一个人大喊大叫着跑了过来。

水手刀向后纵身一跳，跃入到时间的缝隙了去了。他很想继续呆一会，看看是接下来发生的事情是否和他记忆中的完全一样，但是另一个时间已经如同太阳吸引着彗星一样，把他硬是给拖走了。

他在纷飞的时间碎片中匆匆而过，寻找各类需要被填补的空白，像个守护天使一样陪伴着神经大条的自己笨拙地一步步挪向终点。一幕幕的场景透过长镜头一样的眼睛转达给他，飞速在眼前流过，如同一条宽广的大河。两个水手刀，就如同河的两岸，他们缺一不可。也许到某个点上，它会重新汇集起来的。大河飞速流动，向着那个点冲击而去。

他回到了那个时刻。

河水撞击到了一起。水手刀害怕得颤抖了起来，如果他失败了，也许会发生很可怕的事情吧，但是他成功地抓住了那个躯壳。他不再是个旁观者，而又回到了水手刀的身上。但是他很快就发现，那不是一件美妙的事。

他正在感受着被劈裂般的疼，一只手正死命地拽着朱莉，另一只手紧抓住吊桥的细栏杆。他们飘在笼中鸟巨洞的索桥上方，脚底朝上，被狂风吹拂着，随时要落入上方的深渊。此刻他们很像是落入蜘蛛网里的虫子，而蜘蛛就是克罗斯。他的老搭档正在巨洞的上方，蹑手蹑脚地朝他们走来，手里握着一把枪。

“可以了，”朱莉正在朝他微笑，“你已经足够努力了。”

“也许根本就没有大团圆的结局，”水手刀沉思着说，“无论什么样的选择都通往结局……”他左右看看周围的人，看着满脸发绿的曼，看着躺在泥水里的上校，看着躲藏在平台阴影下的克罗斯。

他很快就要走过来，朝朱莉开枪了。他依然可以等土王过来打晕克罗斯，他可以召唤出所有的英雄和老头奋力一战，但是朱莉会死去会死去会死去。他不能改变历史。

“可你总得选择……”

“那些都不是我的方式。”水手刀说。

克罗斯的暗影覆盖住了他们头顶的天空，好像正在磨牙的黑寡妇。

“相信我，朱莉。”水手刀-路夜朝她一笑，突然松开了紧扣住桥面的手。

他们一起向天空飞去，好像从一条船上掉入冰冷的大河。寒冷撞击着他们的心脏。朱莉的身体猛地一挺，在他怀里绷紧了。

“呼吸。呼吸。”他在朱莉的耳朵边喊，“顺着时间的威力行走，不要反抗它。”

但是没有经受过笼中鸟考验的朱莉依然不能呼吸，她大张着眼，眼里充满惊恐的神色。他低头把嘴靠近朱莉，把空气吹进她的肺里，轻柔得像是羽毛上的阳光。一呼一吸。她不再抗拒了，紧绷的嘴唇放松下来。她恢复了过来，然后再一次把嘴压上他的嘴。这一次不是人工呼吸，而是轻吻，然后是重重的吻，他们的吻里带着鲜血和丁香花的芬芳。

水手刀低头向下看，看到另一个水手刀单手抓着桥索，留在了那儿。

没错，那一个水手刀的任务是还原历史。没有什么会被改变。

他和她一起飞了上去。可怕的风声在他们耳边呼啸，如同喷气式客机的呼啸一样。朱莉在他的耳朵边尖叫。云层如同吞噬一切的混沌，越来越大，朝他们迎面扑来。

“我们会死吗？”朱莉问，“我们会飞到什么地方？”

“抱紧我就不会，” 水手刀-路夜回答说，“我知道我们要去哪，或者说，我知道我们要去什么时候。”

他们直上云霄，绕着灰色的云层不断盘旋攀升。

乌云的颜色正在变淡，变薄，消失，直到露出了蓝色的天空。一道孤零零的阳光穿透裂隙，射到他们脚下的云层上，闪闪发光，透过云层，他们可以看到脚下的矩形亮光。那是城市的印迹。城市正在他们的脚下聚集，快速隆起，兴旺，颓废，然后倒塌，最后变成荒漠。富含雨水的乌云里的水汽被晒得炙热，最后变成淡淡的白雾，向上升去。一道彩虹出现了，在他们头顶上闪闪发光。

“这是天堂吗？”朱莉问他。

“这是时间。从宇宙大爆炸开始，直到世界末日——但其实我没有时间了，七天的时间就要到了。我不知道那个破箱子一旦停电会发生什么，”水手刀咽了一口口水说，“我希望能跟你在一起，一直等到最后时刻。可是在那之前，我还要离开一秒钟，就一秒钟。”他痛苦地叹着气，为这分别的一秒感到伤心欲绝。

他果然短暂地消失了一会，然后又再次出现了，还不到一秒呢。

他张开双手，迫不及待地重新拥抱住朱莉，热切地说，“都安排好了，全安排好了。我的天，我想你想到痛苦得要命。”

现在他们开始往下落了，一直往下落到一个熟悉的场景里。

那是一片微风吹拂的广场，鸽子依旧在乱哄哄地飞翔，挡住了阳光。玫瑰花密密麻麻地簇生着，仿佛要爆炸了。一位衣着破旧的老头一动不动地坐在公园长椅上，好像流淌的河床上滞留不动的黑色鹅卵石。他脚前的帽子里堆满了钢蹦儿。他就带着那种呆滞的笑容，观望着眼前来来去去的人流。

“这是在哪？”朱莉惊异地问他。

“这是最后的地方。”水手刀说。

“哪一天？”

“这是我们认识的头一天。”他告诉那姑娘说。

“这怎么可能呢？”

“没有什么不可能的事情，我在这里看得多了，”那个老头伸了个舒服的懒腰，他蹲坐在长椅上，神情猥琐，衣裳破旧，但看上去却非常非常惬意。他笑眯眯地上下打量着他们，“年轻人，你的任务完成了？”

“快了，”水手刀说，“我迷了很长时间的路，不过终归还是找到终点了。”

“你可别觉得能在我这里捞到什么好处。”约书亚老头警告性地竖起一根指头说，他的大衣下，一把像刀鞘那样的东西鼓了起来。

“你是一位英雄，我可不想惹你。”水手刀颇带几分敬意弯了弯腰说，“但是我给你带来一位朋友。”

“谁？”约书亚瞪大了眼睛。

“木匠约瑟，他正在找你。他想向你报告，你的十字架已经完工了。”

约书亚老头的脸色变白了，他的身子向后缩去。

“嗨，这是怎么回事，什么木匠，你在搞什么？”

“你为什么一直躲藏在0图层，不去完成你的使命，是在逃避你的命运吗？每个人都有他的命运，完成了就会退出。你太贪念这个世界了，这就是你的弱点。因为你不愿意被钉上十字架，你一旦完成了使命，就要被赶出这座电影圣城吧。”水手刀摊开手臂，朝身后指了指，“这是木匠约瑟，这是耶路撒冷的总督彼拉多，这是加略人犹大，我把他们都带来了。”

约书亚苍白地冷笑一声：“胆怯永远是人类最大的弱点。”然后这老头突然向椅子后面跳去，像只矫健的黑猫那样逃跑，还没有跑远，身子的形状就已经变淡了。

朱莉惊呼了一声，但是水手刀并没有去追赶。

过了微小的一个空隙，空气中传来波的一声震动，老头突然又闪现在他们的面前。

“你做了什么？”他丢失了曾拥有的所有安详和百无聊赖的表情，急冲冲地询问水手刀。

水手刀瞪着眼睛看他：“我把他们带去了笼中鸟机器，现在他们都是能穿越电影通道的夜行者。不论你躲到哪一部电影里去，他们都会永远跟着你。”

“你没有必要这样对待我。”约书亚的眼睛深陷入脸，他的模样看上去一下苍老了两百岁，他捏着自己的手杖，好像抓着最后一根稻草，“我救过你，水手刀。可你却要杀我。我不能离开这儿，我的所有生命都投入了虚拟电影里，我已经在这儿生活了三百年，你明白吗？我不能再回到那样的世界里生活了！”

水手刀充满同情地看着他，他伸出右手的食指和拇指，比划出一支枪的模样，指着这个救世主的额头说：“对不起，我是英雄。”

只有电影里，坏人才会都受到惩罚。

八

那天傍晚，城市已经消失了，广场的周围展现出一片奇诡的荒野莽原。他们在一座低矮形似骷髅的山丘上，看见一个佝偻着的身影背着十字架艰难地爬坡。

“还有多少时间？”

“很快了。”

水手刀在心里数着秒。

五、四、三、二、一。

空气里突然发生了一次闪电般的爆炸，然后又是一次，土王和几位超级英雄闪烁着出现在广场上。

“我也快了，”他得意洋洋地叫嚣着，“我还差一名情人，就完成任务了。”

一个火球在广场上空，几乎就压着他们的眉毛爆炸，更多的人飞了出来。超人、蜘蛛侠、蝙蝠侠、绿巨人，还有一群群的英雄和超级英雄们，好像铁炉子里溅出的火花，飞向苍穹下的各地。

世界在抖动，似乎充满影影憧憧的重影，一根路灯柱变成了十根，鸽子每拍打一下翅膀，就有二十只翅膀在扇动空气，玫瑰花有上千的花瓣，水手刀伸出手去，发现自己的手在抖动，变淡。这是真正意义上的平行世界，有多少部电影就有多少个星形广场。

“我们完成了。”他们高呼。

一条白色的细线突然出现在空气里，它嗞嗞叫着，整齐地把广场切成了两半，然后越来越亮，越来越宽，直到形成了一条白亮亮的通道。那是水手刀的退场通道。

该说再见了。

“我只差一个女孩的吻就成功了，可是这个世界上好女孩太少啦。”土王哀叹着说。他的脸上有三道抓痕，那模样应该是被猫女挠了一爪子。

“别担心，朋友，我们不会抛下你不管的。”朱莉说，水手刀还来不及反对，她就飞快地俯身在土王的嘴上轻轻一碰。

“啊，这一刻多么美妙。”土王轻叹着说，他得意地朝水手刀挤了挤眼，“我早说了，朱莉爱的人是我。”

他用手碰碰自己的头巾，低头朝女孩鞠了一躬，他行礼的模样非常绅士。他突然变瘦变高了，变得年轻英俊，举止高雅如同一位王子。

“美丽的仙子，你解开了我身上的诅咒，伟大的唐·璜·德里克会牢记在心。”

水手刀难以置信地用手指着他，“你你你？”

“我很帅的，我说过的吧。”土王白着眼说。

“我还是喜欢你胖的样子。”水手刀说。

水手刀在街道尽头看到几棵棕榈树，大队的骆驼队和马匹，象群正在朝广场走来。土王微微笑着，朝等待他的四十头大象走去，每一头大象的背后，摇动着金色的盖伞，有四名举着孔雀翎毛团扇的仆人，还有二百名高举着金喇叭，身穿白色长袍的黑人，他们的脚上都挂着沉重的金制脚镯。

“下次有时间到开罗来做客吧，”土王说，笑嘻嘻地走入了那群越来越淡的人群中去，然后消失了。

水手刀带着复杂的情感看了看周围的一切。他把身上背负的那些乱七八糟的武器和弹药卸了下来，扔在了地上。

“你用不着再杀人了？”她问。

水手刀笑了：“除了一个，影院老板老白。”

“你不后悔经历了这些吧。”她说。

“你说得对，那就饶了他吧。”

朱莉变得越来越透明了，一个同样透明的剧场似乎浮现在空气里，若隐若现，台下坐满了观众。

水手刀把琴盒递给了她，她打开盒子，拿出了把小提琴。它光洁美丽，就像它出生那刻般簇新。

“你准备好了吗？”

“你准备好了吗？”女孩反问他。

“我什么都不怕。”他开了个玩笑。他真想把时间永远停留在这一刻。

她拉起了那首水手刀之歌。

那是水手刀听过的最美妙的一次演奏。虽然水手刀也拉过这首曲子，但是从她手里拉出来的完全不同。

她的曲调似乎没有水手刀那么繁复花哨，很收敛，很简单，很清晰，只是每一个音符里，仿佛都充满了悄声细语，快乐、悲伤、期盼、沮丧、痛苦、迷惘、焦躁、紧张，然后，鲁莽的强音出现了，锋利如刀，直冲神经末梢，野马般从台下冲上舞台，活生生腾空飞起，再重重跌落。这一次，他一开始就听到了另一个旋律，一段潜伏在皮肤下的迷惘和痛苦，仿佛一滴水在河流里漂浮的感觉，这两段旋律犹如久别重逢的双生子，互相试探，靠近，也互相厮打。这一段忧伤的旋律来回重复着，所有的谜语都蕴藏在这段曲子里。它像一个巨大的迷宫，不仅连接一切心灵，包括过去、现在、未来，同时也连接一切原子，一切生物，及时间与空间本身的无限。能感受到这一宏大乐曲，令水手刀心存感激。

我更喜欢这个版本。他说。他听到了潮水般的掌声。一次两次三次，如同起伏的汹涌海浪，那是给她的。越来越隐约难见的剧场里闪动着白色的光芒，他看到了后台里另一个透明的白色通道。她放下小提琴，长长地舒了一口气，看向水手刀。

“其实我害怕极了。”水手刀承认说。

他想起来很久很久以前，影院老板对他说。他在这里面什么都会遇到——有女孩，甜得像哈瓦那雪茄；有坏人，杀起人来如同砍瓜切菜；有正义，硬邦邦的像五毛钱的硬币……他会不愿意结束的。

“我害怕他说的一切都是真的，我推开箱子盖，发现一切都只是一场梦。”水手刀说。

“你害怕得有道理啊，”她眉毛弯弯，似笑非笑地看他，“因为这个故事的结局太好了，所以你不相信它。有这么多人叫朱莉，有这么多女孩都是我。你凭什么要相信我是唯一的那个呢？”

他伸手去抓女孩的手，却从她的手中间穿了过去。他们互相凝视着对方，却再也接触不到了。

“如果现实世界，也是个巨大的投影，你会来找我吗？”她说。

“我当然要去找你，”水手刀急切地说，“我一出去就要去找你，我会找到你的，不论你在什么地方，什么城市，什么国家……不论你是存在现实世界里，还是存在于电影里。” 在那个现实的世界里，他最擅长的是使人失望。他从来不敢去赴约会，从来不敢和女孩说话，从来不敢主动去做些什么，但是这次会不一样了吧。

“那是当然的，你训练有素，会找到我的，像水手刀在影片中做的一样。”她露出了点调皮的笑容。此刻她已经变成随时都会被一阵风吹散的雾，只是那么一瞬间，水手刀流露出了他的优柔寡断和缺乏信心，他有点心慌。

“给我点线索。”他急急忙忙地说。

广场上寂然无人。

阳光如同暴雨洒落。

明天会是美好的一天。他毫不怀疑。

【剧终】

河络图纸

情人节又来了，这个该死的节日，既然我没办法说服我女朋友不在这一天疯狂消费，那我只好拉上更多的男同胞跟我一起悲催了！

河络图纸·情人节礼物专题，如果你的女朋友正在走向你和这本书，你可以立刻合上书，立刻！

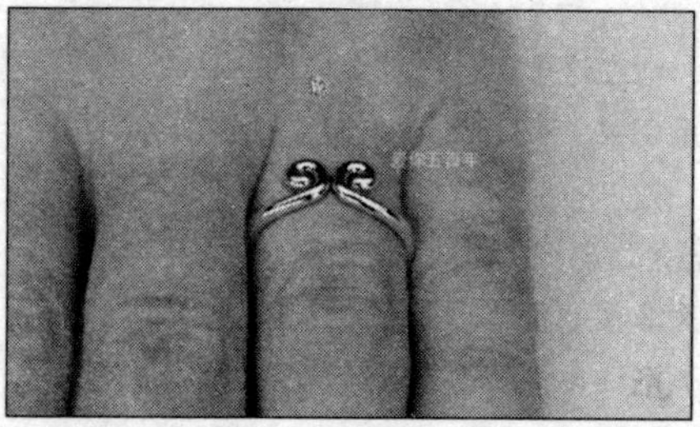

自古以来，情感控制（“怎么能让他爱上我还爱我一辈子”）就是一门大产业，具体实现方法五花八门。不过，无论是吉卜赛秘药、印第安巫术还是东南亚蛊毒，都比不过我们今天介绍的这种方法。这种方法成功率高达100%——虽然它在整个人类历史上只使用过一次，但是其对象之难搞，效果之显著，足以使我们认定它就是天下第一的爱情秘方。

这种方法和其他绝大部分的爱情秘方一样，需要施法者自己的经血，施法对象的毛发，以及必胜的信念。将这些原料充分混合后装在一个细颈瓶中，放在人迹不至的林中空地，让它吸收日月精华，每晚子时还要沐浴焚香对它念上七遍金刚咒。如是500年，等到瓶子发出金光，就可以从里面倒出一个水火不侵，大小随心，与天地同存的金！刚！圈！

这就是观音给孙悟空戴金箍的故事。自从戴上了金箍，孙悟空就老老实实带着唐僧这个讨厌鬼和拖油瓶去取经，成正果，当了佛家干部。观音虽然按照事先约定的，在他成佛后就取下了金箍，却又把它变小，套在了孙悟空的无名指上。从此猴子和黑框公主生活在了一起，千秋万岁，直到永远……

[来源 & 设计：李剑叶（http://labexp.blogspot.com/2009/11/love-u-500-years.html）]

前几天，这款戒指的设计师李剑叶给我们来信了——

他说，这个戒指准备开工销售了！

在情人节之前得到这个消息，你，和你身边的姑娘，心疼或者感动地流泪了么？

友情奉上淘宝购买链接，您和您身边的姑娘是不是又一次心疼或者感动地流泪了呢？

淘宝链接：http://item.taobao.com/auction/item_detail-0db2-c60f14645c660c2bab6a3b5ef00a9d4e.jhtml

九周刊

在上一期杂志上，我为大家介绍了一款由九州幻想工作室负责制作的九州背景桌面游戏《战！九州！》，但是版面有限，最终语焉不详，这一期我们来细细说说这款游戏。

在我们的规划中，《战！九州！》是一款集卡牌收集、占城、角色扮演、对战等元素为一体的桌面游戏，配有一张全新竖版九州地图、9种角色卡、6种兵种卡、10种星辰金卡（后续还会跟进星辰卡、英雄卡和天神卡的研发）、将军棋、一本背景介绍兼规则书、一枚天驱指环，适合2到8人一同参与，分有普通对战和团战两种形式，对于初级玩家和高级玩家均有可以满足其要求的玩法。

这款桌游采用的是九州世界的背景，玩家可以扮演天驱、天罗、鹤雪、辰月等等九州世界中耳熟能详的角色，并在九州大地上挥斥方遒、攻城拔寨，这款桌面游戏中附带的九州地图上，首次细致入微地标识出了九州大地上天启、悖都、南淮、青石、九原等著名城市和梦沼、冰海长城、北邙古城等著名地域，让玩家可以更好地体验征战九州的快意，同时也可以让不了解九州背景的玩家最快时间融入到这一架空世界，并体会到九州的乐趣。

另外，除了刘洋绘制的新版大幅九州竖版地图之外，所有的卡牌图片均由张旺设计造型，天草、大角联合上色绘制，加之天驱指环数量有限，这一版我们准备做成限量版，有收藏癖的同学不要错过哦。

九州读者俱乐部申请表

姓名＿＿＿＿＿＿　性别　□男　□女　生日＿＿＿＿＿＿

手机＿＿＿＿＿＿　电话＿＿＿＿＿＿　电邮＿＿＿＿＿＿

住址＿＿＿＿＿＿＿＿＿＿＿＿＿＿＿＿＿＿＿＿

喜欢的作者＿＿＿＿＿＿＿＿＿＿＿＿＿＿＿＿＿＿

喜欢的周边类型＿＿＿＿＿＿＿＿＿＿＿＿＿＿＿＿

你是否愿意购买《战！九州！》？　□是　□否　□不确定

你对《九州幻想》编辑部的寄语＿＿＿＿＿＿＿＿＿＿＿＿

＿＿＿＿＿＿＿＿＿＿＿＿＿＿＿＿＿＿＿＿＿＿＿＿

＿＿＿＿＿＿＿＿＿＿＿＿＿＿＿＿＿＿＿＿＿＿＿＿

本表可复制/自制/克隆/有丝分裂

老妖问答

恰好

哇，这么好的一款桌面游戏，请问我该怎么才能购买到呢？

加菲：这个问题问得好，经过我们的努力，新春过后，《战！九州！》将会和《九州幻想》三月号同期上市，并且所走渠道相同，基本上能够买到《九州幻想》的书报亭和民营书店都将可以买到《战！九州！》；如果你是会员，可以等待杂志消息，通过编辑部直邮这款桌游。当然我们也会同时争取桌游吧渠道，尽力让桌游吧较多的城市可以普及这款桌游。

恰好

“经过我们的努力”之后跟着的居然是“新春过后”啊！你们不是说争取年前上市的吗？这样我这个寒假岂不是不能玩这款游戏了？！

加菲：稍安勿躁……由于春节档期属于一个铺货淡季，加上《战！九州！》的制作环节涉及地图、彩色卡牌等多重工艺，为了能配合张旺大神绘制的人物卡牌图片，以及首款限量版的模式，我们当然要将整套桌游的工艺精益求精，所以制作周期不免延长，还请谅解……

恰好

好吧我谅解了，只要年后能给我打折。

加菲：打折这种事情，是要靠自己争取的呀！不过我可以给你一些提示：

你可以抱着书报亭蜀黍的大腿哭着说明自己生活艰辛赚钱不易并用自己对九州的一腔热血感动他说服他给你一个九折。

你可以填写上一页的调查表，对，就是上一期杂志也有的那张表格，寄到邮编200060的上海邮政信箱060-006，注明“九州幻想 收”即可，这张表依旧可以复印、可以自己手工或电脑绘制，不过如果你上个月已经寄过了，这个月就可以不必寄了。年后我们开始上班时会整理所有会员表并通过电邮和手机联系你。

恰好

唉……那过年开始攒钱好了，可是我需要攒多少钱呢？

加菲：嗯，成本核算还在进行中，不过价格可能会略为偏高。

我们一开始的方案是做成纯卡牌类的游戏，但是这样一则不够美观，二则对于不懂九州的童鞋们而言难以入门，所以增加了地图、战棋、天驱指环等等增强游戏趣味性和直观性的东西，于是成本也就跟着往上走啦。

据估算，这款桌面游戏最终的售价应该会在六十元上下，拍拍，权当给自己买一份精致的新年礼物吧。

恰好

六十……好吧，咬牙忍了！那我只有最后一个问题了——你不觉得我在这里假装读者配合你完成这个栏目很傻么？

加菲：十分觉得，所以阿豚和大角一致推举你来完成这个卖傻的任务嘛，你不傻谁傻呢？

恰好：……独孤九剑！破猫式！

大角共和国的独裁者 【文】苏冰

我还记得第一次见到大角的时候，他刚刚去参加了一个科幻作家的聚会，拎回来一大包韩松等人的小说。把我们让进屋，任由我们在他的新家里四处探险，惊叫，他往客厅里的躺椅上一横，闭上眼睛就不动了。

后来的谈话是角嫂主持的——严格说，当时还是“准角嫂”。她转动着一双灵活的大眼睛，挨个盘问我们的身份。问到我和轩辕狼，我们俩都说是学法律的，角嫂大感惊讶：“学法律的应该很实际，那你们为啥要跟潘海天他们在一起瞎折腾？”汗，当时我没想到，一年以后我真的和他们“在一起瞎折腾”了，还折腾了很多年……

那天从大角家回去，一上MSN，斩鞍就跳出来问：咋样咋样，大角是不是特能说？

我说哪呀，他们家的话都让角嫂说了，大角从头到尾就说了一句……

斩鞍问他说了啥？

我说，我们说话，大角一直半躺在躺椅上闭着眼睛一声不吭，我们以为他睡着了，就都不敢吱声了。这时候他把眼睛睁开了，说：我听着呢。

斩鞍默然。我问，你为啥会以为他很能说啊？

斩鞍郁闷地说：你要是能进老妖山就知道了，那人简直就是个话痨！

老妖山，是当年我们这些九州粉丝心目中的圣地。它是9z.net论坛上的一个认证版面，只有七个老妖和管理员void才进得去，版面功能是供老妖们讨论设定。没有权限进老妖山的我们想象那里一定堆叠着无数精妙的设定，充斥着老妖们的连珠妙语。后来终于猴子放我和windlau进去参观了一圈，结果发现，关于设定的帖子不到十分之一，大多数都是几个男人的互相笑骂，以及穿很多和很少衣服的美女图片，其中确实数大角发言最积极。

关于生活中大角话少，还有一个笑话。

某日，大角没零花钱了（具体是自然损耗还是被强制征收，待考），打电话向猴子借，他们两家离得很近，猴子就叫大角到他家来拿。大角到了猴子家，猴子的妈妈开了门，大角就说：“我来找今何在拿钱。”然后无语。今妈妈说那你进屋坐吧。大角进屋，落座，仍然无语。今妈妈终于被他的严肃震慑了，忍不住到猴子屋里压低声音问：“你到底欠了大角多少钱？人家现在上门来讨了！”

这件事大角不承认，但我向今妈妈核实过，绝对可靠。

和大角接触多了，就会知道他除了不爱说话这个明显特征，还有几大爱好，其中一项是听老婆话，另一项是打游戏，但这两项是根本冲突的，因为角嫂不许他打游戏。但角嫂总不能24小时盯着他，于是大角的游戏时间就像海绵里的水，总能挤出那么一点来。

2004年的时候，我们经常扎堆打《帝国时代》，于是总能看到大角这样的发言：“快快快，赶紧分组打一盘，我老婆还有四十分钟就回来了！”果然，到四十分钟的时候大角忽然掉线。我说大角真是训练有素，关机速度够快的。猴子说，还关什么机！他肯定是直接拔了电源……

2007年的时候，大角沉迷于一个网页游戏，于是那段时间他到办公室特别勤，来了就把自己关在小屋里。开始我以为他要安静写稿，直到有一次我进去找他签字才发现，原来他是躲起来打游戏。

我说，你再玩，我告诉角嫂。

大角说，你哪知道她什么时候在家……

我说，你都躲到这儿来了，她还能不在家？再说我也有她手机号。

大角说：你怎么能有她手机号呢？我很注意不让你们勾结在一起啊！

我说，你又低估编辑的对敌作战能力了不是？

大角说，你先出去，我马上就写。

我说，你这是骗新来的呢？

大角说，你出不出去？不出去我就不写了，我不写就交不了稿，交不了稿杂志就得开天窗……

我说，嘿嘿，我就是那打不死的吴琼花，饿不死的白毛女，进了你这潘公馆就打算舍生取义，你觉着吓唬对我好使吗？

大角马上换了一副商量的口气说，你看，你要是告诉我老婆，她就要骂我；她一骂我，我心情就不好；心情不好，我就不能写稿；写不了稿，我就交不了稿；交不了稿，杂志就得开天窗……

这一次我放了他一马，倒不是怕他要赖拖稿，是不想破坏他们家的安定团结。

后来又有一次，我和豆子正在加班，豆子忽然收到大角一条短信，十分意气风发："我已经把我老婆送走了！你赶紧上网替我造兵，我四十分钟就到！"

这一次我可来气了，上网跟斩鞍说，大角太让我失望了，角嫂有事要去北京，八点的火车，大角七点四十就兴冲冲奔回来打游戏了！

斩鞍说，那你失望啥？

我说，他们俩在我眼里一向是爱情的楷模夫妻的典范，所以角嫂要出门，大角就应该在站台上依依惜别，目送火车离去，然后神色黯然回到家中，只觉得处处都是角嫂的影子，伤怀良久，夜不能寐……还有心情打游戏？！

斩鞍回了我一串省略号。

我说连大角都这样了，我再也不相信爱情了！

斩鞍又回了我一串省略号。

我说点点点是什么意思？

斩鞍说，点点点的意思就是，你说的那种情况倒不是不可能发生在大角身上，不过他处于那种状态的时候，八成大学还没毕业——莫不是你穿越了？

前几天看到阿豚的博客，说大角角嫂带他和恰好去吃了烤肉，在照片上我又看到了角嫂那双纤秀的手，当初在他们家的阳台上，这双手给我们烤过好吃的鸡翅，大角完全辜负了他那一缕仙风道骨的白发，得意洋洋吃得嘴角流油……

我忽然想，要不就再信一次爱情吧。

TINKEE DOWNTOWN DAILY

天启都市報

四二版 ■售价五铜钿 ■订阅代号中一八七六五 ■刊号天字一号 ■天启皇家报苑 ■苑长易在天 ■总编辑 潘海地

天启天气预报

今天：温度-1℃ - 4℃。白天：晴，夜间：晴转多云。北风6-7级

明天：温度2℃ - 4℃。白天：阴，夜间：多云。北风5-6级

青都特刊

特别策划：

青都电视台的罪与罚

■实习记者 加加

（本报讯）星流年5438年，即北宁羽氏王朝赫携21年，刚刚竣工不久、被誉为划时代的建筑、当代齐格林的骄傲、九州最强电视演播楼的——青都电视台大楼，毁于天雷引发的大火。

青都电视台，简称青视，是齐格林乃至宁州最大的电视台。是羽族在大九州信息体系中的喉舌，也是羽族人民重要的思想文化阵地，初名齐格林电视台，后更名为青都电视台。

自星流年5121年开始试播，青视至今已有三百多年的历史，三百年的历史长河中，它将北宁羽族的文化风俗、风土人情、政治方向和国民国情完整、清晰地展现给了其他各州的人民，为促进人羽、蛮羽、鲛羽之间的文化交流与了解作出了不可磨灭的功绩。

然而三百年过去了，当象征着这一文化阵地最高荣誉和辉煌的炮塔——青视新大楼毁于天雷时，各州人民却均表现出了一种既叹息又窃笑的复杂情感。

青视新大楼，坐落在齐格林正北的山脉之上，占地面积近两拓，依着北峭山脉相邻的两座主峰山势建立，周身呈淡蓝色，平均楼高仅有三层，被外电称为“覆盖在齐格林双峰上的宝石轻纱”，却因为形状太像羽族未婚女子时常穿戴的束胸衣而在宁羽内部饱受争议。

当这占地广阔、宁静雅致的大楼在羽族春祭节最后一天被一道紫色雷电轰然击中而后燃起熊熊大火、最终烧至片瓦不存时，整个北羽族，还有很大一部分人坚信，这栋大楼是毁于青视大楼对美之神的亵渎。

同时，这也说明着青视新闻中心正在慢慢退出它的王座，它在新闻界王者的位置上呆的时间太久了，功过是非都太多了，它该步下神坛了。

本期特别策划——青都电视台的罪与罚。邀请各界人士畅谈青视两百年的点点滴滴，也算是为那栋出师未捷身先死的青视大楼开一个体面却又尖刻的追悼会吧。

■宁羽春晚四十载，青视最辉煌的时代。（详见本报第二版）

■生于青视死于青视，宁州雷球与青视共存亡的八年岁月。（详见本报第三版）

■青视百年百位主持，性丑闻主角竟是第一名嘴。（详见本报三至六版）

■青视的黄昏之年——论宛州电视台与天启电视台的崛起。（详见本报第七、八版）

■青视争议主持爆料黑幕，黄健：我那段失态演说其实是一个阴谋。（详见本报第九版）

■抑郁症的聚集区，青视的工作压力究竟有多大。（详见本报第十版）

老妖大爆炸

水泡一直讨好斩鞍，想和他攀亲家。现在的男女比例是117比100，水泡不想让悠殿变成100后面的那17个。话说遥遥和悠悠也是两小无猜啊。

不承料到斩鞍是个老封建，重男轻女，自从有了轩轩，对遥遥的态度江河日下。

水泡心里恨恨的，只要瞧见斩鞍不在立马想方设法欺负下轩轩。轮到斩鞍心里恨恨的，就是抓不到水泡的把柄。

舍不得孩子套不到狼。斩鞍假意把轩轩一人留在办公室，拉着遥遥号称出去买东西，其实偷偷躲在门后面窥视。水泡又活蹦乱跳起来，跑到轩轩面前，拽拽他胖嘟嘟的脸，揍揍他胖嘟嘟的屁股，还不停作大恶魔状。轩轩吓傻了，哭都不敢哭。

斩鞍心都哆嗦了，一脚踢开门，大喊：“水泡，你再敢欺负我儿子，我就，我就……”他拉过遥遥，“我就欺负你儿媳妇。”

关注

■著名雷球评论员大眼·李新书上市，书中揭露了雷球界重重黑幕，据称出版方已为作者购买高达数万的保险，而天罗山

■天启星流六八七六年二月十五日

宁羽春晚四十载
青视最辉煌的时代

■实习记者 菲菲

从星流年5211年起，青都电视台正式承办羽族最大的节日——春祭节的晚会播放活动，在之后的四十年间，青视为九州广大观众留下了无数值得铭刻的瞬间。

星流年5209年，旷日持久的宁羽内乱被平复，羽氏重新掌握政权，面对萧条的民生民情以及凋零的文化生活，当时的羽王毅然提出“经济建设为主，文化建设为辅，政治斗争全面放下”的决议，开启了羽氏“盛世八十年”的帷幕。

在这种背景之下，5211年，青都电视台在羽族传统节日——羽族春祭节——正式通过电视媒体开展了一系列的报道和庆祝节目并开放给全九州人民观看。

在那一系列节目和活动中，春祭晚会——后简称春晚——造就了最大的一个高潮，在现场纪实性地播放了羽族春祭大典之后，纵横九州界的各类知名人士陆续登场，用自己的方式给出了对这标志着羽族新的一年到来的节日的最高祝福，歌舞绚烂、光影斑驳。那一年通过电视观看了春祭晚会的老人们在后来回忆时，都感慨说春晚在第一届就奠定了不可逾越的高峰。

“从来没有人这么做。”天启卫视台长感慨说，“羽族人成功了，他们把盛大和完美、娱乐和文化结合得如此成功，让后来者无法超越。”

后人总结，第一届春晚的成功之处在于：

改变传统观念，勇于推出新节目，在那个时代，羽族人一直在努力给全九州人营造一种高贵不可亵玩的形象，显得冷硬而不可接近；而那一届，当姬武神的代表在轻纱朦胧下唱出一首《恋歌》时，整个时代、整个九州沸腾了，那一代的姬武神也成为了九州史上第一个全九州级别的偶像。

恢复了羽族传统语言节目“伶戏”，伶戏作为羽族民间最传统的语言艺术，从来没有成功南渡滩海，推向中州，而在第一届春晚之后，伶戏成了内海南北共同的娱乐节目，成为了那个时代九州最欢乐的节目类型之一，也是之后支撑了青都春晚四十年的顶梁柱。

在娱乐化的同时没有忘记严肃地向全九州宣传羽族最传统的精神和文化，那一届春晚，开始于新科羽王飞上年木顶端庄严宣布春祭开始，结束于十年内战后仅存的四十二名鹤雪士傲然翱翔空中将和平之羽洒向人间。全程堪称完美地向九州各族人民展示了羽人高洁、骄傲、热爱和平、顽强不屈的精神风貌，给这台春晚一个坚实的文化支撑。

在这种基础之上，青视再接再厉，之后的十年春晚场场精彩，每年春祭日，九州各族人民都会早早吃完饭，守在电视机前等待熟悉的音乐响起宣告四个小时的美好宴席开始，直到春晚的标志曲目《铭刻今宵》的音乐响起。

“那时候，每一年我和青视春晚都有一个约会。”天驱领袖、越州天驱武库董事长在回忆年幼时的美好时，曾不无缅怀地说过这么一句话。

5214年，青视春晚正式邀请宁州以外的艺人参加表演，标志着春晚从一个九州全民关注的节目变成了一个全民参与的节目。而也是缘于这种契机，五年之后，瀚州语言表演艺术家赵老根加入了春晚，开启了青视春晚的巅峰十五年。

自5219年赵老根首次登上春晚，之后二十年他仅仅缺席了一年，十九届春晚，他用自己独特的方言——有熊山地方方言——带给了全九州人民无可替代的欢乐。

在上一代看着春晚长大的孩子们终于长大，新一代的孩子们对这一台四个小时的晚会失去了耐心的时候，让一个个家庭全家团聚在电视机前面等待春晚的理由，很多时候只剩下了赵老根。

（下转第七版）

（上接第一版侧边堂中州分部也对近期愿意承接“业务。

■著名鲛族运动帕斯遭媒体曝光块，可能会遭到年的禁赛处罚。

■雷州新技术电中州，但因缺少应系统，导致符合要求的影院紧缺，界对所谓的影视致以了最尖刻的嘲

■天启方面下达例，各地驿站贩卖阁最新成书价格不于龙渊阁定价的五四，此举遭到了包渊阁各地修记在内人民的强烈反对。

■雷州胥哥即将离中州天启，宣称无受觐见皇帝必须自条件，若他真的就开，东陆又少了一胥铮铮的汉子！

言 论

“会议期间，雷赛上座率不得超90%。”

——为了天启代表会议期间秩序井然，州雷协颁布了这条啼笑皆非的条令。

“我与二二男女有别。

记者采访星相学家
关于他与另一位星
家二二的星象著作
及到的形象轨迹不
的原因，梁凉妙语
，称性别不同关注
向自然也不同。

**这是一个民族的悲
”**

—中州人族开始在整
州范围内清退长门
开设的讲坛，这些
个中州偏远地区教
及做出巨大贡献的
如今前景堪忧，对
现象，九州各族发出
悲痛的喝骂。

**有的雇佣兵只是在
生意，而有的雇
兵确实在守卫梦
”**

—网游妙语点评三枪
兵团和阿凡达佣兵团
区别所在。

**我会很好地享受我
来的家庭生活，谢
大家的关心。”**

—殇州夸父的骄傲，
断腿的兽魂战士”大
父明被爆出妻子已怀
四个月的身孕，面对
者采访，通用语已经
分地道的大夸父巧妙
避开了问题，不过他
子愈发遮掩不住的肚
已经让一切没有了悬
，人们都在好奇地等
着：我们要迎来更高
的夸父了么？

生于青视死于青视

宁州雷球与青视共存亡的八年岁月

■本报记者 加加

九州有两种雷球，一种叫做雷球，一种叫做宁州雷球。

雷球的前身是一种叫做翔球的运动，生于宁州，被当时很多宁羽贵族所喜爱，他们收养擅长飞翔的羽人，组成球队互相较量，那时翔球是羽族专有的高贵休闲运动。

后来一位瀚州的吟游者经过苦心思索，将翔球的规则加以修改，便成为了现代雷球的前身，名字取动若雷霆之意。

随后雷球运动发展迅速，至星流年四千多年，已经俨然成为九州第一球类运动。但是讽刺的是，直到星流年5381年宁州才有了自己的雷球职业联赛，而原因其实很简单，骄傲的羽人直到那个时候才肯低下自己高贵的头，承认最受欢迎的是这个叫做雷球的畸形儿，而不是他们高贵的翔球爸爸。

在宁州雷球联赛开始规划和筹备的阶段，青都电视台就已经和宁州雷联达成了协议，独家转播宁州雷球联赛的赛事，在这个问题上，青视一直引以为豪的政治敏感度又一次起到了关键作用，他们敏锐地发现新任羽王曾经有过五年在瀚州的质子生涯，据称那五年间这位少年皇子最大的乐趣就是雷球，此番新任羽皇刚刚上任，宁州自己的职业联赛就被提上日程，其间必有关联。

事实证明青视又一次正确了，在之后的数年之间宁羽皇室对新成立的雷协投入了巨大的资金，在高投入的基础上，宁州雷球在九州的实力排名稳步上升，而拥有联赛独家转播权的青视在其中受益匪浅。

从雷球联赛身上捞到第一桶金之后，青视再接再厉，以极高的宣传密度在全九州普及宁州雷球运动。青都电视台第五套体育频道成了青视的王牌频道，而其中王牌中的王牌无疑就是宁州雷球联赛。

然而，单说雷球这一项运动，当不再限制必须飞翔之后，北宁羽族对它已经完全没有了任何优势，尤其是这些故步自封的羽人还妄想着在比赛中保持高雅的仪态和高贵的血统。初期的高额资金投入确实可以让宁州雷球从无到有，从弱到强。由宁州雷联中最优秀的球员组成的宁州雷球队曾以北陆第三的成绩冲入了九州杯。然而，这已经是宁羽在顽固坚持自己所谓传统的情况下能取得的最好成绩了。

九州杯结束之后，宁羽雷球队迎来了最黑暗的三年寒冬，之后三年，州内联赛丑闻不断，州外拓展停滞，再次冲击九州杯铩羽而归，宁州雷球好似一瞬间被打回了原型。

然而这个时候，一贯敏锐的青视错误估计了形式，在和宁州雷协密议之后，一同增加了对雷球联赛的投入，意图逆市而上。然而他们没有意识到，如今这个雷球联赛，已经充斥了假哨、假球、暗箱操作等丑闻，大多数民众也对肩负着宁州羽族形象的雷球队失去了信心。

矛盾终于在齐格林承办的九州运动会上彻底爆发，九州体育界五年一度的盛会“九州运动会”在5390年于青都齐格林辉煌开幕，这届后世称为不可逾越的华丽盛会，唯一的瑕疵就是作为东道主的宁州雷球队在比赛上丢人又丢球，以三战全负、多人恶意犯规的记录离开了赛场。

建水体育论坛等九州知名体育社区集体发表声明，不再刊登关于宁州雷球的任何消息以及动态，收到了民众热烈的响应。之后半年，青视宣布中止与宁州雷协的十年转播协议，不再转播宁州雷球联赛，宁州雷球的关注度一瞬间跌入低谷。

一年后，宁州雷球联赛由原本的雷甲改名为雷超，半年后，雷超联赛因全民抵制宣告死亡。

自此，宁州雷球与青都电视台的八年恩怨，宣告结束。

2009幻界动态

【文】大荒孤络

动态

[42工作室登陆央视十套]

2009年底，中央电视台十套《科技人生》栏目与42科幻工作组共同策划了《寻找阿西莫夫》专题。此预示科幻文学主流化的日子即将到来。

[美国科幻频道改名]

为了更好的吸引主流观众，NBC环球旗下科幻频道被改名为“Syfy”。因为“Sci-Fi”这个名字总是与那些怪胎宅男联系在一起，与大众和女性观众针锋相对。但是有人称Syfy这个名字令他觉得智商下降了20点。

[《网络科幻评论》停刊]

著名网络科幻评论杂志《IROSF》(www.irosf.com) 的出版人Bluejack在2009年最后一天宣布因为财政原因将于2010年2月号后停刊。IROSF是专注于科幻评论和理论研究的网络杂志，自2004年1月创刊以来至今已发布72期。

[托尔金未发表作品即将面世]

《希伽德和古德龙传奇》是托尔金二三十年代在牛津大学教书时撰写的小说。该书是根据古代斯堪底那维亚神话改写成的作品，成书早于《指环王》三部曲。

[《I, Robot》系列将被续写]

阿西莫夫的遗产继承人已授权一位不太知名的作家Mickey Zucker Reichert去续写《I，Robot》三部曲，第一部续集的书名叫《Robots and Chaos》。反对者表示不知名的作家没有资格续写此名著。

[中国科幻走出国门]

09年9月份美国出版的世界科幻小说集里有两篇中国的科幻小说，分别为韩松的《噶赞寺的转经筒》和杨平的《MUD——黑客事件》。其中韩松的《噶赞寺的转经筒》还经意大利奇幻期刊《FATE MORGANA12》翻译出版。

[“太空歌剧”将搬上大银幕]

丹·西蒙斯有着“太空歌剧”之称的获奖科幻系列小说《海伯利昂》的前两部将搬上大银幕。华纳打算由导演斯科特·德里克森将这两部拍成一部影片。

[《冰与火之歌》改编成游戏]

法国独立游戏工作室Cyanide获得《冰与火之歌》的视频游戏独家改编权，游戏发行平台为PC和“下一代主机”。鉴于小说的规模可能发行多款游戏。另外HBO频道已经获得了《冰与火之歌》的电视改编权，之前小说已有相关棋牌游戏问世。

[幻想界又增中文奖项]

6月，中国幻想文学星空奖成立筹委会，星空奖旨在奖励上一年度的中文幻想优秀作品，为幻想作品提供一个独立公平的竞争平台，致力成为中国幻想界最独立、公正的荣誉奖项。网站：www.skyaward.org

奖项

[星云奖]

2009年的星云奖于4月26日在洛杉矶揭晓，在此之前还闹出了乌龙事件——在2月份公布的星云奖终提名名单上，竟然遗漏了两篇作品。

大师奖颁给了“不锈钢老鼠系列”的作者哈里·哈里森。

获最佳长篇的为厄修拉·勒古恩的《力量》

[土星奖提名]

第35届美国科幻恐怖电影奖土星奖提名名单近日揭晓。

《黑暗骑士》获得了11项大奖提名，领跑电影类奖项。电视剧《迷失》在电视类奖项中也独占11项提名，成为夺奖最大热门。

科幻相关名单：http://tinyurl.com/cldady

推荐

[美国2008年度最佳科幻小说集]

这是一本关于当前科幻小说发展现况的书，囊括了美国年度最具影响力的科幻佳作25篇，由兔子等着瞧领衔“双峰驼”翻译。

[弗诺·文奇四本新书国内出版]

在去年的译文版上的文奇专辑后，科幻世界此次又将弗诺·文奇的4本经典作品在三月中旬出版。

此次出版的包括《彩虹尽头》、《实时放逐》、《为和平而战》等三本长篇小说和一本科幻小说集《弗诺·文奇科幻小说选》。

[《火星三部曲》第三部出版]

在2月份《蓝火星》发行后，《火星三部曲》算是在国内出全了。

火星三部曲系列有《红火星》、《绿火星》、《蓝火星》等三部，是与《火星编年史》齐名的科幻经典。

活动

[潘海天、夏笳广州大学城活动]

3月22-26日，潘海天和夏笳来到广州大学城出席了“科幻快跑”系列活动。先后前往四所高校参加活动。

[大刘现身北理工]

3月29日，刘慈欣、姚海军出席了在北京理工大学的《全频带阻塞干扰》漫画版宣传活动上。主办方在现场透露下一部改编为漫画的作品是《三体》。同场出席的嘉宾还有吴岩、陈楸帆、夏笳等。

[国际交流]

9月15日，立陶宛幻想活动家芭芭拉在北京师范大学召开学术报告会，介绍了立陶宛幻想文化的发展情况，科幻学者吴岩主持并翻译了相关内容，部分科幻研究生和科幻迷参加了这次活动。

[科幻之夜]

10月31日万圣夜，韩松、吴岩、姚海军、杨枫、星河、凌晨、严蓬、陈楸帆、夏笳、飞氘等人化妆成各色科幻角色参加了松鼠会举办的科幻化妆夜活动，现场还颁发了科幻土星环奖，整夜欢腾。

[科幻大讲堂]

2009年秋，成立不久的42工作组发起了“科幻大讲堂”系列活动，在北京的各大高校举办了十场讲座，分别涉及影视、写作、科幻理论、气候以及人工智能等方面。在2010年42工作组还会有更多有趣的活动，他们的网站是www.42sf.net

[上海高校幻想节]

上海的几所高校联合举办了“上海高校幻想节”，其中最有趣的是科幻辩论赛和真人RPG寻宝活动。并且以丁丁虫为首建立了“科幻苹果核”组织，相信他们与42一样今后会为幻想多样化作出贡献。

[尼尔·盖曼中国行]

英国幻想作家尼尔·盖曼10月份来到北京开始了他的中国之行。首先在北京举办了读者见面会，之后抵达成都参观了《科幻世界》编辑部和四川大学，并在都江堰塔子坝中学和老书虫书吧做了讲座。

悼哀

1月22日，武侠小说大师梁羽生在悉尼病逝。其作有《白发魔女传》、《七剑下天山》等30多部。

2月份，英国科幻作家Richard Gordon（1947-2009）和美国新浪潮科幻作家Philip Jose Farmer（1918-2009）相继去世。

Gordon发表过《空中之光》《时间故事》等小说。Farmer的名著包括大河系列、梯塔系列等，荣获世界幻想小说终身成就奖、雨果奖等奖项。

6月2日，奇幻作家大卫·艾丁斯逝世，享年77岁。国内读者最熟悉的是他的《圣石传奇》系列。

7月14日，美国著名幻想杂志《轨迹》创始人查理·布朗去世，享年72岁。

广告

09年底，测试规则俞半年的九州首款桌面游戏《战！九州！》宣告规则、卡牌研制完毕，现已投入生产，预计旧历年后即可上市。这一款桌面游戏知否能打开九州周边的新局面，会在读者中产生怎样的影响，我们拭目以待。

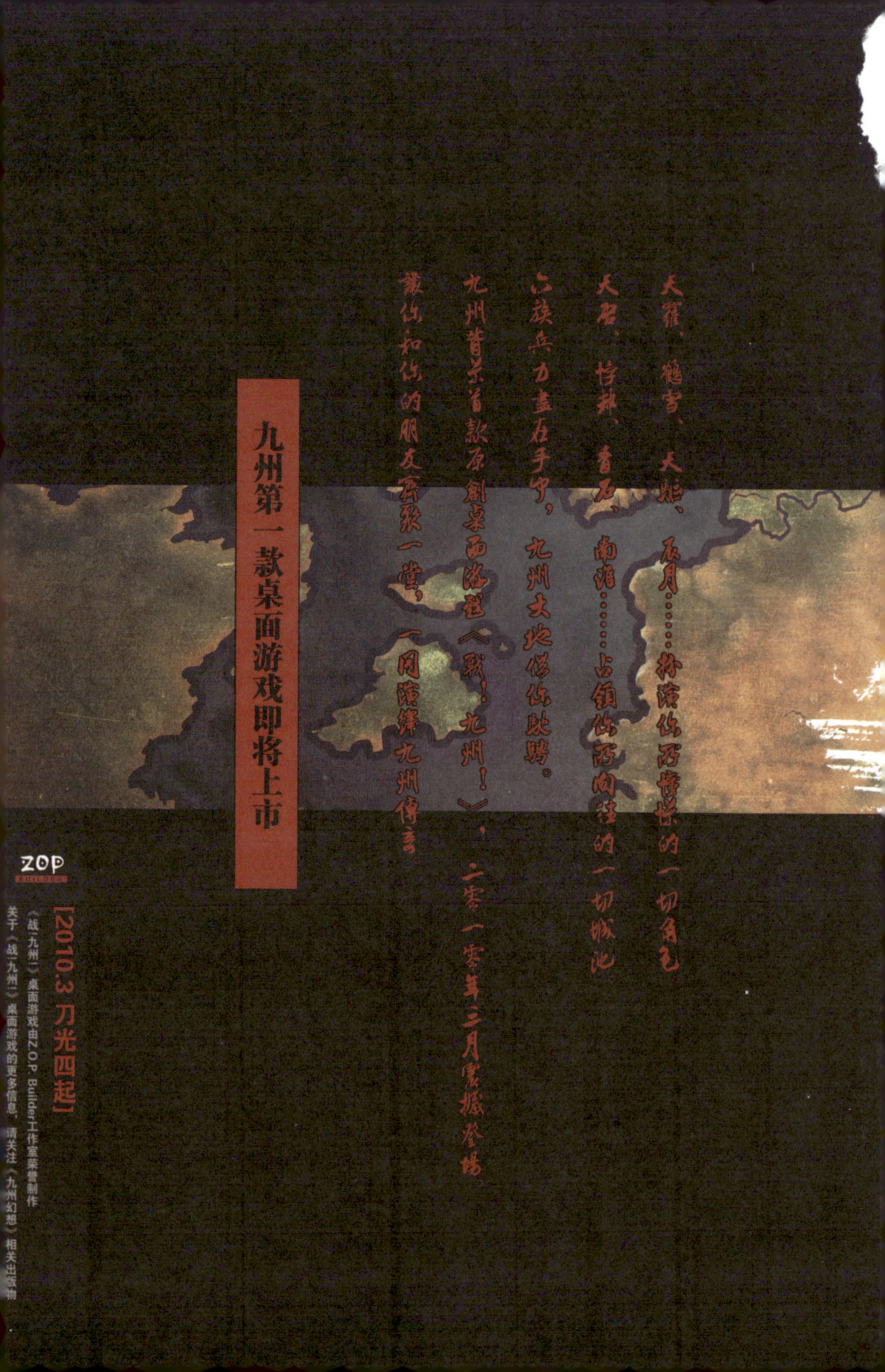
九州第一款桌面游戏即将上市
天罗、鹤雪、天驱、辰月……扮演你所憧憬的一切角色。
天启、悖林、青石、南淮……占领你所向往的一切城池。
六族兵力尽在手中，九州大地任你驰骋。
九州背景首款原创桌面游戏《战！九州！》，二零一零年三月震撼登场。
让你和你的朋友齐聚一堂，一同演绎九州传奇。
ZOP BUILDER
【2010.3 刀光四起】
《战！九州！》桌面游戏由Z.O.P. Builder工作室荣誉制作
关于《战！九州！》桌面游戏的更多信息，请关注《九州幻想》相关出版物

戰九州